AF400947

ایک مردہ سر کی حکایت

(افسانے)

ساجد رشید

کتاب دار

نام کتاب	:	ایک مردہ سر کی حکایت (افسانے)
مصنف	:	ساجد رشید
اشاعتِ اول	:	۲۰۱۱ء
اشاعتِ دوم	:	۲۰۲۳ء
سرورق	:	آصف شیخ
اسکیچیز	:	ساجد رشید، آصف خان
کمپیوگرافی	:	کتاب دار کمپیوٹرز
پتہ (رہائش)	:	۳۸/۳۶، آلو پارو بلڈنگ، عمر کھاڑی کراس لین، ڈونگری، ممبئی۔۹
رابطہ	:	کتاب دار، ۱۰۸/۱۱۰، جلال منزل، ٹیمکر اسٹریٹ، ممبئی۔۴۰۰۰۰۸

EK MURDA SIR KI HIKAYAT

(Urdu Short Stories)

By

Sajid Rashid

Ist Edition: 2011

IInd Edition: 2023

Coverpage : Aasif Shaikh

Scketches : Sajid Rashid & Asif Khan

Residence : 36/38, Alooparoo Bldg., Umerkhadi Cross Lane, Dongri, Mumbai - 400 009. Tel : 2374 3358 / 9320 417 033

Contact : **KITAB DAAR**, 108/110, Jalal Manzil, Gr. Floor, Temkar Street, Mumabi - 08.

Tel : 2341 1854 / 9869 321477 / 9320 113631

فهرست

موت کے لیے ایک اپیل

چیف جسٹس
الٰہ آباد ہائی کورٹ
الٰہ آباد (یو پی)
۱۰ مئی ۲۰۰۷ء

مضمون : میں ڈُرگا پرشاد ولد بدری پرساد چتر ویدی عمر ۶۸ سال ، سابق صدر مدرس ، ساکن رکاب گنج لکھنو (یو پی) عدالت سے عرض ہے کہ اب میں اپنی زندگی سے سیر ہو چکا ہوں اور میرے اندر مزید جینے کی خواہش ختم ہو چکی ہے ۔ لہذا اب میں اپنی زندگی کو بھی ختم کرنا چاہتا ہوں ۔ عدالت سے گذارش ہے کہ مجھے اپنی زندگی کو ختم کرنے کی اجازت دی جائے ۔

جناب عالی!

میں ڈُرگا پرساد ولد بدری پرساد چتر ویدی ، عدالت سے اپیل کرتا ہوں کہ مجھے اپنی زندگی کو ختم کرنے کی قانونی اجازت دی جائے نیز میری موت کو خود کشی نہ قرار دیا جائے ۔ کیونکہ میں آتم

تیا نہیں کرنا چاہتا۔ مجھے اس اصطلاح سے ہی اختلاف ہے۔ خود اپنی زندگی کا انت کرنا آتم تیا
کیسے ہوگیا؟ میں تو آتم سماپتی کرنا چاہتا ہوں۔ ہندستانی کریمنل ایکٹ کے تحت خودکشی جرم ہے
جس کی سزا تین سال تک ہوسکتی ہے۔ بڑا عجیب قانون ہے۔ ایک شخص اگر زندہ رہنے کے
لیے دو وقت کی روٹی نہیں جٹا پاتا ہے اور اس کی خود داری ذلت کے رزق پر موت کو ترجیح
دیتی ہے تو اُسے قانون اِس لیے سزا کا مستحق ٹھہراتا ہے کہ اُس نے آتم تیا کرنے کا جرم کیا ہے۔
معاف کیجئے جج صاحب قانونی موشگافیوں کو میں نہیں جانتا لیکن ایک بات ضرور کہنا چاہوں گا کہ جو
قانون دو وقت کی روٹی کی گارنٹی نہیں دیتا اسے کسی آدمی کو ذلت کے ساتھ جینے کے لیے مجبور
کرنے کا کیا حق ہے۔ میں یہ غلط فہمی ضرور رفع کرنا چاہوں گا کہ میں کسی ذلت سے شرمسار ہو کر خود کو
ختم کرنا چاہتا ہوں۔ میرا تو معاملہ ہی دوسرا ہے۔ میں نہ تو فاقہ زدہ ہوں اور نہ ہی کسی لاعلاج مرض
یا احساس جرم کا شکار ہوں کہ جو مجھے موت کی ترغیب دیتا ہو۔ میں اپنی زندگی سے بے حد مطمئن
انسان ہوں اور اِس عمر کے اِس آخری پڑاو میں ایسا محسوس کرتا ہوں کہ میں اپنے حصے کی زندگی کو
حسن و خوبی سے جی چکا ہوں لہذا مجھے اب مر جانا چاہیئے۔ میں سمجھتا ہوں کہ کسی مقصد سے عاری بے
مصرف زندگی، اُس کیچوے کی طرح ہے جس کا وجود دماغ اور دل سے خالی ہوتا ہے اور جو
کیچڑ میں اس لیے پڑا رہتا ہے کہ کیچڑ کھا کھا کر جیتا رہے، بس جیتا رہے۔ میں زندگی کا کیچڑ کھا کھا
کر محض جینا نہیں چاہتا۔ ایک پرسکون اور باوقار موت چاہتا ہوں جو فی الحال میرے اختیار میں
ہے۔

جناب عالی میں ایشورودادی اور قانون کی بالا دستی میں یقین رکھنے والا ایک ریٹائر بوڑھا
ٹیچر ہوں، جسے کوئی موذی مرض نہیں ہے اور جس کے ایک بیٹی، دو بیٹے اور بہوئیں ہیں۔ جن سے
پوتے پوتیاں اور نواسی نواسے ہیں۔ دونوں بیٹے معقول قسم کی ملازمتوں میں ہیں۔ دونوں اپنی
اپنی ملازمتوں سے کبھی خوش اور کبھی ناخوش نظر آتے ہیں۔ بیٹی کی شادی میں نے اپنے ایک
دوست کے بیٹے سے کر دی ہے جو کمپیوٹر ہارڈ ویر انجینر ہے۔ میرا داماد خوبصورت نہیں ہے لیکن خوش
اخلاق ہے البتہ اس کی ماں مغرور اور حریص قسم کی عورت ہے اس کا خیال ہے کہ اس نے اپنے
بیٹے کی تعلیم اور پرورش پر جتنا خرچ کیا ہے شادی میں اس کا ایک چوتھائی بھی جہیز نہیں ملا۔ بس

اس نے میری بیٹی کی زندگی کو نرک بنادیا تھا۔ جج صاحب آپ کے پاس تو جہیز کے لیے تشدد کے معاملے بھی آئے ہوں گے، آپ نے بھی شاید ان معاملات کی سنوائی کے دوران محسوس کیا ہوگا کہ بہو پر ظلم کرنے والوں میں ساس اور نندیں سب سے متشدد ہوتی ہیں۔ ہے نا عجیب بات کہ عورت پر مرد سے زیادہ ظلم ایک عورت ہی کرتی ہے۔ میری بیٹی بھی ایسے ہی سسرالی ظلم کا شکار تھی۔ میں نے اسے بڑے لاڈ پیار سے پالا پوسا تھا لیکن مجھ سے ایک غلطی ہوگئی تھی کہ میں اس بھرم میں پڑ گیا تھا کہ تعلیم اور تربیت پر زیادہ خرچ کرنا فضول ہوتا ہے، اسے واجبی تعلیم اور امورِ خانہ داری کی عمدہ تربیت دے دینا ہی کافی ہے۔ میں نے اگر بیٹی کو خود کفیل ہونا سکھایا ہوتا تو شاید اسے سسرال کے ظلم کو نہ سہنا پڑتا۔ جن دنوں میری بیٹی نرک میں جی رہی تھی سچ کہتا ہوں جج صاحب اس سے زیادہ نرک میں بھوگ رہا تھا۔ ایک مظلوم بیٹی کا باپ ہونا کتنا بڑا امتحان ہے یہ مجھ جیسا کوئی باپ ہی سمجھ سکتا ہے۔ ایک روز میں نے اپنے چپکے سے اپنے پراوڈنٹ فنڈ کا سارا پیسہ اپنی بیٹی کو اس کی ساس سے خانگی خوشی خریدنے کے لیے دے دیا۔ میری بیٹی کہتی ہے کہ وہ اب خوش ہے۔ میں وثوق سے نہیں کہہ سکتا کہ وہ واقعی خوش ہے یا اپنے بوڑھے باپ کو مزید دکھ نہ دینے کے لیے خوش رہنے کی کوشش کر رہی ہے۔ چلیے میں اسے خوش ہی مان لیتا ہوں اور یہ سمجھتا ہوں کہ میں نے اپنی بیٹی کو اپنے پراوڈنٹ فن کے بدلے میں خوشی مہیا کر دی۔ میرے بیٹوں کو میں نے آج تک نہیں بتایا ہے کہ میں نے اپنی جمع پونجی سے ان کی چھوٹی بہن کے سکھ کا سودا کیا ہے۔ مجھے ڈر لگتا ہے کہ کہیں وہ مجھ سے خفا نہ ہو جائیں کیونکہ ہم ہندوؤں میں باپ کے سارے اثاثے پر بیٹوں کا حق ہوتا ہے اور بیٹی پرایا دھن ہوتا ہے۔ جج صاحب آپ سوچ رہے ہوں گے کہ ہمارا کوئی مشترکہ خاندان ہوگا، تو ایسا قطعی نہیں ہے۔ دونوں بیٹے مضافات میں قسطوں پر خریدے ہوئے فلیٹوں میں پرسکون زندگی گذار رہے ہیں۔ دونوں کی پتنیاں بھی بر سرِ روزگار ہیں۔ بچے مہنگے اسکولوں میں تعلیم حاصل کر رہے ہیں۔ میرے بیٹے مہینے دو مہینے میں مجھ سے ملاقات کے لیے ضرور آتے ہیں اور وہ میری ضرورتوں کے بارے میں مجھ سے پوچھنا نہیں بھولتے ہیں لیکن میری کوئی خاص ضرورت بھی تو نہیں ہے۔ میں نے ڈسپلن کے تحت زندگی گذاری ہے فضول اور بے مصرف چیزوں کا میری زندگی میں کبھی دخل نہیں رہا ہے

ـتاریخ کے مطالعے کا شوق ہے جسے میں ایک مقامی لائبریری کیسے پورا کرلیتا ہوں ـ تاریخ میں میری دلچسپی اس لیے بھی ہے کہ میں اسے وقت کی سب سے بڑی مدرس مانتا ہوں ـ وہ قوموں کی تہذیب اور تمدن کے عروج و زوال کی ایسی داستان پیش کرتی ہے جو کسی فکشن سے کہیں زیادہ دلچسپ اور زندگی کی حرارت سے معمور ہے ـ جب ہمارے ماضی کے واقعات اتنے دلچسپ اور تحیر پیدا کرنے والے ہوں تو پھر خیالی کہانیوں کو پڑھنے کا کیا فائدہ ـ سگریٹ شراب اور اس قسم کا کوئی دوسرا شوق مجھے کبھی نہیں رہا ـ چائے دن میں دو بار پیتا ہوں ـ ایک بہت پرانا چھوٹا سائز ٹی وی ہے جس پر نیوز چینل کی خبریں اور ہسٹری چینل کی دستاویزی فلمیں دیکھتا ہوں ـ میرے گذارے کے لیے میری پینشن کافی ہے ـ میں اپنے پرانے گھر میں تنہا رہتا ہوں ـ میری پتنی کا پانچ سال قبل انتقال ہو چکا ہے ـ اسے شدید ڈائی بیٹس تھی ـ حیرت ہے شکر کا مرض بھی جان لے لیتا ہے! کہتے ہیں زندگی میں مٹھاس نہ ہو تو زندگی بے کیف ہوتی ہے اور یہی مٹھاس اگر خون میں شامل ہو جائے تو زندگی اجیرن کر دیتی ہے!

میری پتنی بہت اچھی ہندستانی استری تھی جب تک زندہ رہی پوری طرح دوسروں ہی کے لیے سمرپت رہی ـ میرے ہی گاوں کی لڑکی تھی دھانی! اس کے پتا بچپن ورما ذات سے گرمی تھے اور ڈاک خانے میں ملازم تھے ـ میں نے اسے پہلی بار غازی میاں کے میلے میں دیکھا تھا ـ گیہواں رنگ بڑی بڑی آنکھیں اور خواہ مخواہ مسکراتے رہنے والے ہونٹ ـ وہ مجھے بھا گئی تو میں نے اپنے گھر میں شادی کی بات چلائی ـ پتاجی آگ بگولہ ہو گئے ایک برہمن پری وار میں ایک گرمی بہو کی کلپنا ان کے لیے پاپ تھی ـ میں اسکول میں ٹیچر لگ چکا تھا اس لیے ہمت کر کے فیصلہ لے لیا کہ اپنی زندگی خود جیوں گا ـ ایک روز میں دھانی کے گھر گیا ـ اس کے پتاجی گھر پر نہیں تھے اور دھانی اپنی بیمار ماں کا میلا پھینکنے جو ہٹری کی طرف گئی تھی ـ اس کی ماں ایک بھلنگا سی چاپائی پر بے سدھ پڑی تھی ـ اسے لقوہ تھا وہ ہلنے ڈلنے سے معذور تھی ـ دھانی جب لوٹ کر آئی تو اس نے اس سے اپنے من کی بات کہہ دی اور اس کے چہرے کی مسکراہٹ ایک دم سے غائب ہو گئی ـ وہ سر سے پیر تک کانپ گئی ـ ایسے موقعوں پر لڑکیوں کے گالوں پر پھیل جانے والی سرخی، میں نے اس کے رخساروں پر نہیں دیکھی بلکہ اس کا چہرہ پیلا پڑ گیا تھا ـ اتنے میں

دھانی کے پتا آگئے تھے میں نے ہمت جٹا کر ان سے دھانی کا ہاتھ مانگ لیا۔ وہ حیرت سے مجھے ایسے دیکھتے رہ گئے جیسے میری دماغی صحت پر انہیں شبہ ہو۔ میں نے ان کے شریر کو تو نہیں ان کے من کو ضرور کانپتے ہوئے دیکھا تھا۔ انہوں نے مجھے کوئی جواب نہیں دیا تھا۔ دھانی نے مجھے بعد میں بتایا کہ میرے جانے کے بعد اس کے پتا نے اسے بہت پیٹا تھا۔ انہیں یہ شک ہوا تھا کہ میرا اور دھانی کا کچھ پریم وریم چل رہا ہے۔ دھانی کو اس بات کی شکایت مجھ سے مرتے دم تک رہی کہ میری وجہ سے، بے حد لار کرنے والے بابو جی نے اس پر شک کیا اور زندگی میں پہلی اور آخری بار پیٹا۔ کچھ دنوں بعد میں نے دھانی کے بابو جی کو یہ باور کرا دیا تھا کہ میں دماغی طور پر بالکل صحت مند ہوں اور دھانی ہی سے بیاہ کروں گا۔ جج صاحب، آج کے دور میں جب کہ گھر گھر میں ٹی وی پہنچ گیا ہے اور روز ٹی وی سیریئلوں کے ذریعے شادی شدہ عورتوں کو دوسرے مردوں سے جنسی تعلقات کی ترغیب دی جا رہی ہو اور گھروں میں ماں بیٹی بہن بھائی باپ سبھی ساتھ بیٹھ کر ان سیریئلوں کو دلچسپی سے دیکھتے ہوں ایسے ترقی یافتہ زمانے میں اگر کوئی لڑکا لڑکی اپنی ذات برادری کو چھوڑ کر بیاہ کر لے تو سنسکرتی کے محافظ ہونے کے دعوے دار سماجی لٹھیت کیسا طوفان کھڑا کر دیتے ہیں، آپ جیسے قابل منصف کو بتانے کی ضرورت نہیں! میں نے تو ایسے وقت میں ایک پسماندہ طبقے کی لڑکی سے بیاہ کرنے کا فیصلہ کیا تھا جس کے ٹھیک چھبیس سال قبل مہاتما گاندھی ہری جنوں کے مندر میں پرویش کے لیے مذہبی پابندیوں کے خلاف ورزی کر چکے تھے، اس کے باوجود آج بھی جو ہری تو ہری جن، مسلمان تک کا تھالی لوٹا الگ رکھا جاتا ہے۔ دھانی کے پتا اس شادی کے لیے تیار نہ تھے اور میرے پتا جی کا تو سوال ہی نہیں اٹھتا تھا۔ بڑی مشکل سے دھانی کے پتا تیار ہوئے تھے، انہوں نے بعد میں بتایا تھا کہ انہوں نے سوچا تھا کہ ایک با بھن کل میں بیٹی بیاہے گی تو پرلوک میں بیٹی ہی کا نہیں ان کا بھی اُدھار ہو جائے گا۔ دھانی اکیلی بیٹی تھی باقی تین چھوٹے بیٹے تھے، اس لیے انہوں نے ہمت کر ڈالی۔ گاؤں سماج اور برادری میں بڑا کہرام مچا سب نے کہا ''پنڈت جی کا بیٹا ملیچھ ہو گیا ہے۔'' دھانی کے پتا سرکاری ملازم تھے ان کو نشانہ بنانا مشکل تھا، اس لیے ان میں بھی تھوڑی ہمت تھی۔ میں نے گاؤں سماج اور گھر چھوڑا اور کورٹ میں دھانی سے بیاہ کر لیا۔ بیاہ کیسے ہوا اس تفصیل میں نہ

جانا ہی ٹھیک ہے کیونکہ قانون کا بنا دیا جانا اور قانون پر عمل درآمد دو مختلف باتیں ہیں ۔ یہ مجھ سے بہتر آپ جانتے ہیں ۔ پتا جی نے میرے بیاہ کی خبر پاتے ہی مجھے خاندان سے بے دخل کر دیا تھا اور ان کی موت کے بعد مکھ اگنی دینے کا میرا حق بھی مجھ سے چھین لیا تھا ۔ میں شمسان میں ان کی چتا کو بہت دور سے جلتا ہوا دیکھتا رہا تھا کیونکہ میں ملیچھ جو ہو چکا تھا ۔ اس روز میں نے خود کو بہت تنہا محسوس کیا تھا ۔ سچ کہوں جناب میں اپنے پتا جی سے بہت محبت کرتا تھا اور بڑا بیٹا ہونے کے ناتے وہ بھی مجھے بے حد عزیز رکھتے تھے ۔ انہوں نے اگر مجھے اپنی زندگی سے الگ کرنے کا فیصلہ کیا تھا تو یہ ان کی انتہائی مجبوری رہی ہوگی ۔ انہیں آخر اس سماج میں رہنا تھا جس میں وہ ایک بابھن ہونے کی حیثیت سے لوگوں کی جنم سے مرتیو تک کی رسمیں کرتے تھے یہی ہماری روزی تھی ۔ وہ ایک ایسے شخص کو جوان کا بہت پیارا بیٹا ہی کیوں نہ ہو، ایک کم ذات لڑکی سے بیاہ کرنے کے بعد اسے کیسے سویکار کر سکتے تھے ۔ اگر وہ ایسا کرتے تو سماج انہیں سویکار نہ کرتا اور پھر یہ سماج بھی تو ان ہی کے پرکھوں کا بنایا ہوا تھا ۔ میں آج بھی سوچتا ہوں تو اس پوری ورن ویوستھا کے سامنے میری پتا جی کی بے بسی قابل رحم لگتی ہے ۔ گھر سماج اور اپنوں کے بغیر میں نے خود کو کتاب کے اس پھٹے ہوئے پنے کی طرح محسوس کیا تھا، جو کتاب سے نکل جانے کے بعد اپنے سیاق اور سباق سے کٹ کر بے معنی ہو جاتا ہے اور کاغذ کے ایسے ٹکڑے سے زیادہ نہیں رہ جاتا، جو ہوا کے رحم و کرم پر ادھر ادھر اڑتا پھرتا ہے ۔ میں نے اس وقت بھی سوچا تھا کہ ایسی بے معنی زندگی بھلا کس کام کی، لیکن دھانی کی محبت اور قربانیوں نے میرے اندر جینے کی امنگ کو ختم نہیں ہونے دیا ۔

دھانی تن سے جتنی سندر تھی من بھی اتنا ہی سندر تھا ۔ اس نے میری محبت کا جواب بے مثال ایثار سے دیا تھا ۔ ان دنوں ایک ٹیچر کی تنخواہ ہی کیا ہوتی تھی اور لازمی ٹیوشن کا رواج بھی نہیں تھا کہ زائد آمدنی ہو جاتی ۔ ہم اساتذہ ٹیوشن دیتے تھے لیکن مفت میں ان طلبا کو جو پڑھائی میں کمزور اور غریب ہوتے ۔ کاٹ کسر کے ساتھ دھانی نے گھر چلایا بچوں کو تعلیم دلوائی شادیاں کیں اور ایک دن چپکے سے گذر گئی ۔۔۔ میں آج جب دھانی کے بارے میں سوچتا ہوں تو لگتا ہے، کیا سکھ ملا دھانی کو؟ جب تک وہ اپنے گھر میں رہی، بیمار ماں کی انتھک خدمت کرتی رہی

۔چھوٹے بھائیوں کی نگہداشت میں مصروف رہی ۔شادی کے بعد گاوں سماج سے علاحدگی اور پھر اپنے بال بچوں میں الجھ گئی اور ایک دن ڈائی بیٹس اتنی بڑھی کہ دل کا دورہ پڑا اور اچانک چلی گئی ۔بس وہ اپنے کرم اور کرتوتہ سے بندھی گھر ہستی کا ایسا رہٹ بن گئی تھی جس کا کام کنویں کی گہرائی سے پانی کھینچ کر کھیتوں کی پیاس بجھانا ہے ۔زندگی کے اس سنگھرش میں دھانی تنہا کہاں تھی ۔ہمارے دیش سماج کی ساری لڑکیاں اپنی زندگی سے جوجھتی رہتی ہیں اور رفتہ رفتہ دھانی بن کر مر جاتی ہیں ۔دھانی کیا گئی ،زندگی جونک کی طرح میری شہ رگ میں پیوست ہوگئی اور میں اس عذاب سے نجات پانے کی سبیلیں سوچنے لگا تھا لیکن میرے بچوں کی بنتی سنورتی گرہستی نے میرے اندر کے دیے میں ایک بار پھر جینے کی خواہش کی باتی کی لو کو بڑھا دیا تھا۔میں اپنے جیتے جی انہیں کامیاب اور مطمئن دیکھنا چاہتا تھا۔

دھانی کی موت کے بعد میں تنہا اپنے پرانے مکان میں رہتا ہوں ۔ایک جوان بنگلہ دیشی ملازمہ دیپا سانیال ،جو بیوہ ہے ،روز صبح میں آ کر میرے گھر کی صفائی اور میرے لیے دونوں وقت کا کھانا پکا دیا کرتی ہے ۔کمال ہے یہ بنگلہ دیشی ہندستان کے ہر اس شہر میں جا بسے ہیں جہاں انہیں دو وقت کی روٹی میسر آجائے ۔سچ ہے روٹی دنیا کے تمام کلچر اور زبانوں سے زیادہ پرکشش ہے ۔دیپا چار پانچ سال قبل بنگلہ دیش کے چھوٹے سے شہر کھلنا سے ہجرت کر کے ہندستان آئی ہے ۔کھلنا میں ہندوں کی اچھی خاصی آبادی تھی اور تالابوں اور کھجور کے پیڑوں والے اس شہر میں دیپا کا خاندان کئی نسلوں سے آباد تھا ان پر یہ زمین اس وقت بھی تنگ نہیں ہوئی تھی جب دو قومی نظریے کی بنیاد پر جناح کیک کے ایک ٹکڑے کی طرح پاکستان کو کاٹ لے گئے تھے ۔اس وقت پورے مشرقی پاکستان میں بائیس فیصد ہندو تھے ،یعنی ہندستان میں آباد مسلمانوں سے بھی زیادہ ۔جب بنگلہ دیش کو جنرل ضیاالرحمان نے اسلامی جمہوریہ میں بدل دیا تو ایک بھاشا اور ایک تہذیب میں وشواس رکھنے والوں کو اچانک پتہ چلا کہ ایک مذہبی ریاست میں کوئی بھی مذہبی اقلیت دوسرے درجے کی شہری ہوتی ہے ۔جج صاحب آپ کو نہیں لگتا کہ جب بھی صاحب اقتدار کو اپنی بقا خطرے میں نظر آتی ہے وہ مذہب کا چولا پہن لیتا ہے ۔جبر کے لیے جس استحقاق پر مبنی سفاکی کی ضرورت ہوتی ہے وہ صرف مذہب ہی عطا کرتا ہے ۔

مذہب اور اقتدار کا یہ گھال میل ، دھرم میں گہری آستھا رکھنے والے مجھ اسکول ٹیچر کی سمجھ میں کبھی نہیں آیا!

دیپا بتاتی ہے کہ بنگلہ دیش میں ہندوؤں کی حالت ناقابل بیان ہے ان کی عزت اور عفت محفوظ نہیں ہے ۔ جب بابری مسجد کو ہندستان کے جنونی ہندوؤں نے مسمار کیا تھا تب بنگلہ دیش کے ہندوؤں پر وہاں کے مذہبی جنونیوں کا عتاب نازل ہوا تھا اور ہندستان کی ایک مسجد کے انہدام کا بدلہ وہاں کے بے شمار مندروں کو مسمار کر کے لیا گیا تھا۔ ان دنوں جو مظالم ہندستان میں بجرنگ دل اور وشو ہندو پریشد نے کمزور مسلمانوں پر کیے، حیرت انگیز طور پر بالکل ایسی ہی بربریت کا مظاہرہ بنگلہ دیش میں جماعت اسلامی نے ہندوؤں کے خلاف کیا تھا۔ جج صاحب ایک خطے کا مظلوم دوسرے خطے میں ظالم کیسے بن جاتا ہے؟ ہمارے دیش میں سن دو ہزار میں ایک وزیر اعلا نے ریاست گجرات کو مسلمانوں کے لیے نرک بنا دیا تھا۔ ان دنوں میں سوچا کرتا تھا کہ بھگوان کی کر پا ہے کہ میں ہندستان کا مسلمان نہیں ہوں ۔ دیپا سے مجھے یہ سن کر یقین ہی نہیں ہوتا ہے کہ پچھلے بیس برسوں سے بنگلہ دیش ہندوؤں کے لیے گجرات بنا ہوا ہے ۔ ایک رات حاملہ دیپا کو اس کے شوہر کے سامنے محض اس لیے ریپ کیا گیا کہ اس کا شوہر شیخ حسینہ کی عوامی لیگ کا پرجوش حامی تھا۔ عوامی لیگ سیکولر پارٹی ہے اس لیے وہاں کے ہندو اسی پارٹی کے حامی ہیں ۔ دیپا نے جب پہلی بار یہ واقعہ بیان کیا تھا تو مجھے لگا تھا کہ بھگوان کا لا کھ لا کھ شکر ہے کہ میں بنگلہ دیش کا ہندو نہیں ہوں ۔ ایک عورت کے منہ میں کپڑا ٹھونس کر دس بارہ مردوں کی ہوس کی سہنا اور منہ سے درد احتجاج اور سسکی تک نہ نکال پانا کتنی بڑی اذیت ہے ۔ اس کا سات مہینے کا حمل ضایع ہو گیا ۔ کچھ لوگ حیرت کا اظہار کرتے ہیں کہ ، سات مہینے کی غبارہ جیسے پیٹ والی عورت کے ساتھ ریپ کرنے میں کیا لذت ملتی ہوگی؟ کمال ہے سیکس ہمیشہ لذت حاصل کرنے کے لیے تھوڑے ہی کیا جاتا ہے ۔ انتقام سے زیادہ لذت کس جذبے میں ہوگی؟ جب عورت اور انتقام ساتھ ساتھ ہو تو سیکس کا مزہ دو بالا ہو جاتا ہے ۔ اس اندوہ کے بارے میں وہی شخص بتا سکتا ہے جس نے نرودا پاٹیا (گجرات) میں ایک نو مہینے کی حاملہ کا پیٹ چیر کر اس کے بچے کو آگ میں جھونک دینے کے بعد سر شاری سے '' جے سری رام '' کے نعرے لگائے تھے ۔ ذرا غور کیجیے

لذت کے بغیر تو کسی کا قتل بھی نہیں کیا جا سکتا! دیپا کے بچے کو جو اس کے پیٹ میں مر گیا تھا زانیوں نے آگ میں نہیں پھینکا تھا البتہ اس کے گھر میں آگ ضرور لگا دی تھی۔ دیپا تو بے ہوش تھی۔ اس کے شوہر نے اسے بڑی مشکل سے کندھے پر لاد کر بچایا تھا، لیکن گھر کے پانچ لوگ مر گئے تھے۔ ذلت اور ناانصافی سے لٹ جانے والے دیپا کے شوہر نے اس ملک کا رخ کرنے میں بہتری سمجھی جہاں اس کے ہم مذہب اکثریت میں تھے۔

سرحد پار کر کے کلکتہ اور پھر وہاں سے مبئی اور مبئی سے لکھنو! دیپا کے مبئی سے لکھنو آنے کا بھی ایک الگ قصہ ہے۔ رنگوں اور روشنیوں کے شہر مبئی کی واڑی بندر کی گندگی سے اُچھنتی جھونپڑا بستی نے انہیں اپنے میں سمیٹ لیا تھا۔ میاں بیوی دونوں محنت مزدوری کر کے جینے لگے۔ مہاراشٹر میں شیوسینا جب اقتدار میں آئی تو اس نے بنگلہ دیشی مسلمانوں کے خلاف مہم شروع کی۔ ایک دن پولس نے بنگلہ دیشی دراندازوں کی دھر پکڑ کے لیے رات کے تیسرے پہر میں بستی پر چھاپا مارا اور تفتیش کے لیے دیپا کے شوہر کو پکڑ لے گئی اور دو پولس والوں نے دیپا سے تفتیش اس کے جھونپڑے کی چھٹنی لگا کر منہ میں اسی کی ساڑی کا پلّو ٹھونس کر شروع کی۔۔۔ دیپا کو ان دونوں کے نام آج تک یاد ہیں۔ رانے اور پاٹل! عورت کو زیر کرنے کے طریقے ہر ملک میں یکساں ہیں۔ جناب عالی، میں یہ سمجھنے سے قاصر ہوں کہ پولس تو دراندازِ بنگلہ دیشی مسلمانوں سے مبئی کو پاک کرنے کی مہم پر عمل کر رہی تھی۔ دیپا اور اس کا شوہر تو مسلمان نہیں تھے پھر انہیں پولیسیا ظلم کا شکار کیوں ہونا پڑا؟ ظالم ابتدا میں اپنا ایک نشانہ رکھتا ہے لیکن رفتہ رفتہ ظلم جبلت بن جاتا ہے۔ اس رات کے بعد دیپا کا شوہر تو نہیں آیا لیکن اس کی لاش ریلوے لائن پر ضرور ملی۔ اس کا قتل ہوا تھا یا اس نے ذلتوں سے تنگ آ کر خودکشی کر لی تھی۔ یہ آج بھی معمہ ہے جج صاحب، اگر دیپا کا شوہر بنگلہ دیشی مسلمان ہوتا تو کیا یہی پولس اُسے جہادی قرار دے کر انکاونٹر میں نہیں مار دیتی؟ ۔۔۔ معاف کیجیے جناب میں ایک ایسا سوال پوچھ رہا ہوں جو مجھے آپ سے نہیں پوچھنا چاہیے، کیونکہ عدالت ثبوت کے بغیر کوئی فیصلہ نہیں سناتی ہے اور پولس انکاونٹر میں مارے جانے والے کا ثبوت تو پولس ہی مہیا کرتی ہے۔ مقتول کے لواحقین کو ان ثبوتوں کے خلاف متوفی کا دفاع کرنا ہوتا ہے۔ لیجیے میں پھر اپنے موضوع سے بھٹک گیا۔۔۔

ہاں تو میں عرض کر رہا تھا کہ ان مصیبتوں کے باوجود دیپا کو اپنے دیش سے آج بھی بڑی محبت ہے ۔ ہر سال وہ درگا پوجا کے دنوں میں اپنے دیش کو یاد کر کے بہت دُکھی ہو جایا کرتی ہے ۔ وہ اکثر کہتی ہے کہ مرنے سے پہلے ایک بار اُس کھلنا جانا چاہتی ہے ۔ میری اس بنگلہ دیشی ملازمہ کا دس سال کا ایک بیٹا ہے جسے وہ ایک انگریزی اسکول میں تعلیم دلا رہی ہے ۔ ٹھیک سے ہندی تک نہ بول سکنے والی اس ان پڑھ بنگالن کو بھی انگریزی کی اہمیت کا خوب پتہ ہے ۔ جج صاحب آپ کو شاید یہ بتانا غیر ضروری نہیں ہوگا کہ دیپا سیاہ رنگت اور صحت مند جسم والی ایسی عورت ہے جس میں نوجوان مردوں کو متوجہ کرنے والی جنسی کشش آج بھی موجود ہے ۔ دن بھر سخت محنت کرنا ، بچا کھچا کھانا اور ایک جھگی میں سخت فرش پر ایک چٹائی پر سونے والی اِس عورت کے جسم کے خد و خال کسی بھی ہیلتھ کانشیس لیڈی سے کم دلکش نہیں ہیں ۔ جج صاحب آپ سے کیا چھپانا جب وہ فرش پر جھاڑو لگاتی ہے تو بلاوز کے گریبان سے جھانکتے اس کے بڑے بڑے پستان کسی کانچ کے پیالے میں رکھی جیلی کی طرح لرزتے دکھائی دیتے ہیں ۔ اگرچہ اب میرے خون میں برف کے وہ ذرات شامل ہو چکے ہیں جنہوں نے اس کی آتش گیری کو ختم کر دیا ہے ، لیکن میں اکثر اس کی سرمئی چھاتیوں کو کنکھیوں سے دیکھ لیتا ہوں ۔ شاید کسی روز اس نے مجھے ایسا کرتے ہوئے دیکھ لیا تھا ۔ ایک روز اس نے مجھ سے کہا تھا کہ وہ اب اپنے بیٹے کے مستقبل کے تحفظ کے لیے شادی کر لینا چاہتی ہے لہذا اگر کوئی ایسا شخص جو تنہا ہو اور اس کے بیٹے کو قبول کر نے پر رضامند ہو تو اس سے شادی کر لے گی اور اس شخص کی خوب خدمت کرے گی ۔ میں نے اس سے پوچھا تھا کہ مرد کی عمر کتنی ہونی چاہیے؟ اس نے بڑی سادگی سے کہا تھا کہ ''آپ کا عمر والا بھی چولے گا ۔'' کافی دیر بعد میں نے اس کا یہ اشارہ سمجھ لیا تھا ۔ اس رات میں ٹھیک سے نہیں سکا تھا ۔ جسمانی تھکن سے اگر آنکھ لگ بھی جاتی تو میں کبھی ایک نوجوان کو فٹ بال کھیلتا ہوا دیکھتا تو کبھی مجھے ایک کمسن بچہ غباروں میں لوٹتا ہوا نظر آتا ۔ میرے دماغ میں اس کا سراپا گھومتا رہتا تھا ۔ میں جب بھی دیپا کے بارے میں سوچتا تو پتہ نہیں کیوں مجھے ماں جی کا دھندلا دھندلا سا عکس یاد آنے لگتا ۔ ماں جی کی مکمل شبیہہ میری یاد داشت میں نہیں تھی ۔ میں بہت چھوٹا سا تھا تب ماں جی گذر گئی تھیں ۔ مجھے ایک منظر اکثر یاد آتا ہے کہ سبز چوڑیوں والے ملائم اور صحت مند

گورے گورے ہاتھ مجھے نرم گرم چھاتیوں سے بھینچ رہے ہیں ۔ دیپا مجھ جیسے بوڑھے آدمی سے شادی شاید اسی لیے کرنا چاہتی تھی کہ میں اس کے لیے کسی بھی طرح پریشان کن نہیں تھا اور زیادہ سالوں تک جینے والا بھی نہیں تھا ۔ کئی روز تک میں اُس کی پیشکش پر غور کرتا رہا ۔ میری تنہائی اور میری عمر کا بوجھ بڑھتا بوجھ میرے جسم اور ذہن پر گراں ہوتا جا رہا تھا ایک سہارا تو مجھے بھی چاہیے تھا ۔ ۔ میں نے سوچا تھا کہ دیپا سے بیاہ کے بعد میری ٹھہری ہوئی زندگی کچھ بدل جائے گی ۔ دیپا کا بیٹا شاید میری زندگی کا محور بن جائے گا ۔ میں اس کی تعلیم و تربیت اور اسے ایک کامیاب ہی نہیں اچھا انسان بنانے کے منصوبے باندھنے لگا تھا ۔ میرا قیاس تھا کہ میرے بچوں کو کوئی اعتراض بھی نہیں ہو گا ۔ کیونکہ سبھی اپنی اپنی آزاد اور مطمئن زندگی گذار رہے ہیں ۔ ایک روز جب میرا چھوٹا بیٹا مجھ سے ملاقات کے لیے آیا تو میں نے اس سے کہا کہ میرے ایک دوست بالکل تنہا ہیں اور ایک بیوہ عورت سے جو عمر میں ان سے کافی چھوٹی ہے شادی کرنے کا ارادہ رکھتے ہیں ۔ میرے بیٹے نے پہلے تو مجھے بہت غور سے دیکھا اور کہا ''بڑھا پاگل ہو گیا ہے کیا؟ مرنے کی عمر میں شادی کرنے چلا ہے ۔ آپ مت پڑیے گا اس کے اس چکر میں ۔'' جج صاحب، میرے بیٹے نے میرے اس خیالی دوست کے لیے جس حقارت کا اظہار کیا تھا، مجھے ایسا لگا کہ میرے خواب میں فٹ بال کھیلنے والے نوجوان کی ایک کک سے فٹ بال میرے ماتھے سے آ کر ٹکرایا ہو اور اس چھوٹے بچے کے سارے غبارے پھٹا پھٹ ، پھوٹ گئے ہوں ۔ میں نے اسی لمحے میں فیصلہ کیا کہ اب میں فٹ بال اور غباروں کے خواب کبھی نہیں دیکھوں گا ۔ دیپا اب بھی میرے گھر میں کام کرتی ہے ۔ اب وہ جب بھی اپنی شادی کا ارادہ ظاہر کرتی ہے تو میں کسی کتاب یا اخبار میں نظریں جما دیتا ہوں یا پھر کھڑکی کے باہر دیکھنے لگتا ہوں ۔ جناب، کیا شادی کی بھی کوئی خاص عمر ہوتی ہے؟ کیا شادی صرف جنسی قوت قائم رہنے تک ہی کی جا سکتی ہے؟ کیا شادی صرف جنسی تلذذ کے لیے کی جاتی ہے؟ کیا شادی افزائشِ نسل کے لیے کی جاتی ہے؟ کیا شادی ذہنی رفاقت کے لیے نہیں کی جا سکتی؟

جج صاحب دیپا سانیال کی وجہ سے مجھے اپنی منجمد زندگی میں تھوڑی سی جو معنویت نظر آئی تھی اب شادی کا ارادہ بدل دینے کے بعد میری زندگی میں ایسا کچھ بھی نہیں بچا ہے کہ جس کی تکمیل

کے لیے مجھے جینا چاہیے۔ تاریخ کا مطالعہ بھی مجھے اب بے معنی لگنے لگا ہے۔ کسی دانشور نے کہا تھا تاریخ کی موت ہو چکی ہے۔ شاید یہی صحیح ہے۔ اگر تاریخ زندہ ہوتی تو ہم قوموں کے عروج و زوال ہی سے نہیں تہذیب و تمدن کے مٹنے اور ترقی کرنے کے واقعات سے سبق حاصل کرتے ہم بدلتے ہماری فکر اور ہماری معاشرت بدلتی، لیکن ہم ابھی بھی غار کے اسی دہانے پر کھڑے ہیں جہاں پہلا انسان کھڑا تھا، فرق صرف اتنا ہے کہ اُس کے پاس بھاشا اور لباس نہیں تھا جبکہ ہمارے پاس یہ دونوں چیزیں تو ہیں مگر ایک انتہائی تباہ کن دماغ بھی ہے! جج صاحب میں یہی سب باتیں سوچتا ہوں اور رات رات بھر جاگتا رہتا ہوں۔ رات کسی گہرے سمندر کی طرح میرے اندر اتر جاتی ہے اور میں اپنے ہی وجود میں ڈوبتا ابھرتا رہتا ہوں۔ میری بے خوابی کا تعلق میری زندگی کے اس خالی پن سے ہے جو میری بے مقصد اور بے مصرف زندگی میں بھر آیا ہے۔ جب میں نا مساعد حالات اور مسائل میں گھرا ہوا تھا تب ان کے بارے میں سوچتے ہوئے اور اپنی الجھنوں کو سلجھاتے ہوئے کب سو جاتا تھا، پتہ ہی نہیں چلتا تھا۔ اب نہ کوئی مسئلہ ہے نا الجھن ہے۔ نہ کوئی ذمے داری ہے اور نہ کوئی بوجھ۔ اب میں بالکل خالی الذہن ہوں۔ جب میری ذات کا کوئی مصرف ہی نہیں رہ گیا ہے، تو پھر میں کیوں جی رہا ہوں؟ جج صاحب مرنے کے لیے میں اس وقت کا انتظار نہیں کرنا چاہتا جو دھیرے دھیرے میرے جسم کو بیماریوں کی دیمک بن کر کھوکھلا کر دے گا اور مجھے اپنے ان بچوں پر منحصر ہونا پڑے گا جنہیں محبت تو دور رہی انسیت تک نہیں ہے۔ میں ایسی زندگی کے تصور ہی سے کانپ اٹھتا ہوں جب میں ایک معذور اور بیکس بوڑھے کی طرح گڑ گڑا کر ایشور سے موت مانگنے پر مجبور ہو جاؤں گا۔ کیا ضروری ہے کہ آدمی مرنے کی تمنا اس وقت کرے جب زندگی اس پر بوجھ بن جائے اور جسے اٹھانا ناممکن ہو جائے۔ جناب عالی جس طرح آدمی اپنے کام کاج سے ریٹائر ہوتا ہے زندگی سے بھی ریٹائرمنٹ کیوں نہیں لے سکتا؟ میرا یقین ہے کہ جب ہم اپنی زندگی کو اُس کی دنیاوی، سماجی اور خانگی ذمے داریوں کے ساتھ جی چکے ہوں اور زندگی گھڑی گھڑی سے نظر آنے والی مردہ عمارتوں کے بیچ پھنسے ہوئے آسمان جیسی ویران لگنے لگے، تو ایسی زندگی سے ریٹائرمنٹ بھلی۔ آج زندگی پر میرا اتنا تو اختیار ہے کہ میں اسے ختم کر سکتا ہوں۔ اب آپ سوچ رہے ہوں گے

جب میں اپنی زندگی کا مالک خود کو سمجھتا ہوں تو پھر عدالت سے اجازت طلب کرنے کا کیا مطلب ہے! جج صاحب میں نہیں چاہتا کہ میری موت کے بعد مجھے قانون آتم ہتیا کا مجرم قرار دے ۔ میں نے ایک ٹیچر کی حیثیت سے ڈسپلن زندگی گذاری ہے اپنے طلباء کو اور اپنے بچوں کو بھی منضبط زندگی گذارنے کی تربیت دی ہے ۔ میں نے جس اور خود داری اور ڈسپلن کے ساتھ زندگی گذاری ہے، میں اسی خود داری اور ڈسپلن کے ساتھ موت کا بھی خواہش مند ہوں ۔ یہ حق ہر انسان کو اسی طرح ملنا چاہیے، جیسے زندہ رہنے کا آئینی حق حاصل ہے ۔

مجھے امید ہے کہ آپ میری اس درخواست پر ہمدردی سے غور فرمائیں گے اور بے مصرف اس زندگی کو ذلت بننے سے قبل انجام تک پہنچانے کی قانونی اجازت مرحمت فرمائیں گے ۔ شکریہ!

فقط

ڈُرگا پرساد ولد بدری پرساد چتُر ویدی

وہ بہت دیر سے دیسی شراب سے لبالب بھرے گلاس کو بیٹھے گھور رہے ہیں ۔ان کا جسم ایسے کانپ رہا ہے جیسے انہیں کندھوں سے پکڑ کر کوئی دھیرے دھیرے ہلا رہا ہو ۔انہوں نے آج دوپہر میں اپنی بیوی کی لاش کو مٹی دی ہے ۔کثرت سگریٹ نوشی سے ان کے سیاہ ہونٹوں میں دبی بیڑی کب کی بجھ چکی ہے ۔وہ لباس اور خوراک کے معاملے میں بہت نفاست پسند واقع ہوئے تھے ۔میں نے انہیں ایک مخصوص برانڈ کی سگریٹ پیتے دیکھا تھا ۔اگر ان کی پسندیدہ سگریٹ نہیں ملتی تھی تو کوئی دوسری سگریٹ پینا گوارا نہیں کرتے تھے ۔انہیں آج بیڑی پیتے دیکھ کر حیرت ہی نہیں ہوئی بڑا بھی لگا ۔ان کے گلے میں لپٹے مفلر کے کناروں کے پھوسڑ نکل آئے ہیں اور ان کے دبلے جسم پر سلیٹی رنگ کا پراناڈھیلا کوٹ اب میلا میلا لگ رہا ہے ۔ٹھرے اور بیڑی سگریٹ کے دھویں اور شور سے بھرے دیسی دارو کے اس ٹھیکے پر میں کسی گنہگار کی طرح بیٹھا ہوا ہوں ۔میں نے شراب تو کیا کبھی بیئر تک نہیں چکھی ہے ۔ظاہر ہے میں پہلی بار کسی شراب خانے میں آیا ہوں ۔۔۔۔ہتھیلیوں کے درمیان ان کا چہرہ ہفتے بھر کی بڑھی ہوئی کھچڑی داڑھی کی وجہ سے بے حد اداس لگ رہا ہے ۔وہ کافی دیر سے شراب کے گلاس پر نظریں جمائے کسی گہری سوچ میں گم ہیں ۔اس درمیان فربہ جسم اور ہونٹوں پر گرتی مونچھوں والے ان کے دیرینہ دوست کشور پانڈے اپنا پیگ اور میں اپنی کولڈ رنگ کا گلاس ،خالی کر چکے ہیں ۔میں چاہتا ہوں کہ وہ کچھ کہیں وہ ساری باتیں جن کا استفسار میں ہی نہیں ان کے جوان بچے بھی سننا

چاہتے ہوں گے۔

جب سے انہوں نے گھر چھوڑا ہے وہ ہمارے خاندان کا ایک فرد ہوتے ہوئے بھی اجنبی سے ہو گئے ہیں۔ ان کا اپنے گھر سے رشتہ اسی حد تک رہ گیا تھا کہ وہ سال میں دو تین بار بچوں سے ملنے کے لیے گھر آتے تھے اور پھر وہ اچانک ہی کسی کو بتائے بغیر غائب ہو جاتے تھے۔ وہ شہر میں ریلوے کے دفتر میں کلیم آفیسر تھے۔ اپنے قصبے ، گھر، کھیتوں اور آبائی مکان سے ان کی دلچسپی شاید ختم ہو چکی تھی۔ اس کا سبب انہوں نے خود کبھی نہیں بتایا لیکن لوگوں کا قیاس تھا کہ بیوی کی گستاخ مزاجی کی وجہ سے گھر بار سے ان کی انسیت ختم ہو گئی تھی۔ وہ اب ہمارے لیے گوشت پوست کا انسان نہ ہوتے ہوئے ایک خبر بن گئے تھے۔ ہمیں ان کے بارے میں مختلف لوگوں سے، بالخصوص ہمارے بدخواہوں کے ذریعے عجیب عجیب خبریں سننے کو ملتی ہیں۔ ظاہر ہے وہ ایسی اطلاعات ہوتی ہیں جنہیں سن کر ہمیں دکھ اور شرمندگی ہوتی ہے۔ ایک بلا نوش اور آوارہ گرد تصور کیے جانے والے شخص کے بارے میں کوئی اطمینان بخش خبر تو ملنے سے رہی۔ ان کے بارے میں سنا گیا تھا کہ انہوں نے کسی غیر قوم کی عورت کو گھر میں بٹھا لیا ہے۔ وہ شراب کی لت کا ایسا شکار ہوئے ہیں کہ شہر میں کوئی شناسا ایسا نہیں بچا ہے جس سے انہوں نے قرض لے کر شراب نہ پی ہو۔ وہ ایسے لوگوں سے بھی قرض لے چکے تھے جن سے ہمارے خاندان کے تعلقات کبھی اچھے نہیں رہے اور جو ہر وقت ہماری عیب جوئی میں لگے رہتے ہیں۔

جب کوئی ان کی مے نوشی اور مقروض ہونے کے بارے میں پھوپھی جان سے کچھ کہتا تو وہ اسی شخص سے لڑنے لگتیں کہ ان کا شوہر دو سو بیگھے زمین کا مالک ہے وہ خود دوسروں کو ہزاروں روپے قرض دے سکتا ہے ۔۔۔ یہ مکمل سچ نہیں تھا، ہمارے دادا نے اپنے پانچ بیٹوں کی سخت مخالفت کے باوجود اپنی مجموعی جائداد میں سے شرع کے موجب دو سو بیگھے زراعتی زمین اپنی اکلوتی اور سب سے چھوٹی بیٹی کو اس کے نکاح کے بعد حصے میں لکھ دی تھی۔ پھوپھا جان نے اس جائداد کو کبھی اپنا نہ سمجھا اور نہ ہی ترش مزاج پھوپھی جان نے انہیں گھر باہر کا مالک ہونے کا احساس ہونے دیا۔ اس کے باوجود شوہر کو وہ غیروں میں کبھی نیچا نہ ہونے دیتیں لیکن گھر میں ان کا رد عمل اپنی سوتن کے خلاف ہوتا تھا جسے انہوں نے اپنے شوہر کی کھیل ہی سمجھا تھا۔ وہ

اپنے شوہر کی بد حالی کے لیے اسی عورت کو ذمے دار مانتی تھیں ۔انکی دلیل تھی کہ اس بری عورت کے نازنخرے اٹھانے میں وہ مقروض ہو رہے ہیں اور قرض کے بوجھ سے گھبرا کر اب بے تحاشہ پینے لگے ہیں ۔

۔۔۔۔۔ وہ اب بھی ایک ٹک گلاس پر نظریں جمائے ہوئے ہیں ۔مجھے ان کی آنکھوں میں گہری ویرانی نظر آئی۔ایسی ہی ویرانی میں نے کل پھوپھی جان کی آنکھوں میں دیکھی تھی۔

☆

کمرے میں اسپرٹ اور دواوں کی تیز بوسی ہوئی تھی ۔ پلنگ سے لگی میز پر دوائیں اور لاٹین رکھی ہوئی تھی ۔دن کے آخری پہر کی بے جان سی پیلی دھوپ کھڑکی سے ہو کر پلنگ پر ان کے چہرے تک آ گئی تھی ۔زرد مردہ دھوپ میں ان کے چہرے کی بیمار پیلاہٹ خوفناک حد تک بڑھ گئی تھی ۔

"پھوپھی جان ۔" میں نے پلنگ پر قدرے جھک کر آواز دی۔کمبل کے نیچے ان کے جسم کے آثار تک دکھائی نہیں دے رہے تھے ۔ تکیے پر صرف ایک سوکھا سا زرد چہرہ رکھا ہوا تھا جس کی آنکھوں کے اطراف کے گڈھوں میں سیاہی پھیلی ہوئی تھی جو ان آنکھوں کو بہت ویران بنا رہی تھی۔ "اماں دیکھو کون آیا ہے ۔" ریاض نے مجھ سے بھی زیادہ ان کے چہرے کے قریب تک جھک کر اونچی آواز میں پکارا۔ ان کے ماتھے پر ہلکی سی سلوٹ ابھری جیسے وہ آواز کے ردعمل میں اپنی آنکھیں کھولنا چاہ رہی ہوں ۔ریاض نے مجھے پہلے ہی بتا دیا تھا کہ ڈاکٹر دن میں دو بار مارفین کے انجکشن کا بھاری ڈوز لگا جاتا ہے جس کے اثر میں وہ نیم بیہوش سی رہتی ہیں ۔ان کے علاج کی اب یہی شکل رہ گئی تھی ۔ڈاکٹر کے مطابق مرض نے ان کی آنتوں کو پوری طرح جکڑ لیا تھا اور علاج سے شفاء پانے کے تمام امکانات ختم ہو چکے تھے جب درد رفع کرنے والی دوائیں بھی بے اثر ہو گئیں تو شروعات مارفین کے ہلکے ڈوز سے ہوئی تھی جو بتدریج بڑھتا گیا تھا۔

پھوپھی جان کی دن بہ دن بگڑتی صحت کی خبر مجھے ریاض نے ہی دی تھی۔

"اماں اب نہیں بچیں گی بھیا،انہوں نے کھانا پانی سب چھوڑ دیا ہے ۔ چار دن سے اب

22

تب لگا ہوا ہے ۔اب تو بولنا بھی بند ہو گیا ہے ۔'' ... فون کے ریسیور میں اس کی ہچکیاں گونجنے لگی تھیں ۔ان ہچکیوں میں میرا دل ڈوبنے لگا تھا ۔میں نے فوراً ہی دفتر سے چھٹی لی اور بس میں سوار ہو گیا تھا۔

ریاض عمر میں مجھ سے تین چار سال چھوٹا ہے اور اپنے تین بھائیوں اور اکلوتی بہن میں سب سے بڑا۔ پھو پھا جان نے جب گھر چھوڑا تھا تب ریاض ہائی اسکول میں رہا ہو گا۔ پھو پھا جان کے گھر چھوڑ دینے کے بعد غیر متوقع طور پر کھیت کھلیان اور گھر کی ذمے داری ریاض پر آپڑی تھی ۔ریاض نے خود تو کبھی نہیں کہا لیکن وہ اپنی تعلیم مکمل نہ کر سکنے کے لیے اپنے والد کو ہی ذمے دار مانتا تھا۔گھر کے حالات نے اسے بہت کم عمری ہی میں بہت بڑا بننے پر مجبور کر دیا تھا ۔پھو پھی جان اور پھو پھا کے درمیان کی ناچاقی اور پھر پھو پھا کا روز روز کے جھگڑوں سے تنگ آ کر گھر چھوڑ کر قصبے میں اس عورت کے ساتھ مستقل گھر بسا لینا، پورے گھر کے لیے کسی صدمے سے کم نہیں تھا ۔اس کے باوجود اپنے بچوں کے علاوہ خاندان کے بچوں میں بھی ان کی مقبولیت میں کوئی کمی نہیں آئی تھی ۔وہ بچوں سے بے پناہ محبت کرتے تھے ۔درمیانہ قد اور گندمی رنگت والے پھو پھا جان جب ہفتے کی چھٹی میں گھر آتے تو ان کی جیبیں ٹافیوں سے بھری رہتیں ۔گھر اور پڑوسیوں کے بچوں میں بھی ان کی ٹافیاں اور محبتیں تقسیم ہوتی تھیں ۔پھو پھا روز شیو کرتے تھے اور اپنی مونچھوں کو اس صفائی سے تراشتے تھے کہ ایک بال بھی کم یا زیادہ نہیں لگتا تھا ۔ہماری پھو پھی جان بھی کم پرکشش نہ تھیں ۔میں جب چھوٹا تھا تب مجھے لگتا تھا کہ دنیا کی سب سے خوبصورت عورت اگر کوئی ہو سکتی ہے تو وہ میری پھو پھی ہی ہوں گی ۔وہ جب مجھے سینے سے بھینچ کر پیار کرتے ہوئے پوچھتیں ''ہمارا چاند کس سے بیاہ کرے گا''؟ تو میں بنا جھجک کہتا ''آپ سے!'' ''میری اس معصومیت پر وہ کھلکھلا کر ہنس دیتیں ۔ان کی اس ہنسی میں شاید فخر کا جذبہ بھی شامل ہوتا رہا ہو گا ۔پان کھانے والے لوگ مجھے کبھی اچھے نہیں لگتے تھے لیکن وہ جب پان کھاتیں تو ان کے گلابی ہوٹ انگارہ بن جاتے اور مجھے ان کا گورا چہرہ چمتا یا ہوا ۔الگتا تھا ۔گھر کی دوسری عورتوں کی طرح وہ پان کی عادی نہیں تھیں کبھی کبھی شوقیہ پان کھایا کرتی تھیں ۔میں جب بھی ان سے ملنے جاتا تو اصرار کر کے انہیں پان کھلاتا ۔وہ ہنستی جاتیں ۔اور بڑی نفاست سے گلوری کو چباتی

جاتیں۔میں بیٹھ کراِنہیں نہار تارہتااور وہ عورت کی اس فطری شرم سے سرخ ہوجاتیں جو اسے کسی بھی مرد کی ستائشی نظروں کے سامنے، پھر وہ چاہے اس کابیٹا ہی کیوں نہ ہو،حجاب مند بنادیتی ہیں ۔شروع کے دنوں میں یہ سمجھنے سے قاصر تھا کہ اتنی محبتوں والے پھوپھا ہماری خوبصورت پھوپھی جان پرکسی دوسری عورت کو کیسے ترجیح دے سکتے ہیں ۔

امی بتاتی ہیں کہ جب میں پیدا ہوا تھا تب اِنہیں خونی پیچش ہوگئی تھی۔امی کو دودھ اترتا نہ تھااور میں بھوک سے بلکتا رہتا بلکہ گائے کے دودھ سے میری سیرابی نہیں ہوتی تھی ۔ان دنوں پھوپھی جان کی شادی نہیں ہوئی تھی،وہ ہر وقت مجھے گود میں لیے رہتیں اور بوتل سے دودھ پلانے کی ذمے داری انہوں نے اپنے اوپر لے رکھی تھی۔بیشتر وقت ان کی گود میں رہنے کی وجہ سے میں زیادہ دیرتک ان سے الگ نہیں رہ پاتا تھااور ان کے لیے ہڑ کنے لگتا تھا۔شاید یہ بھی ایک وجہ تھی کہ اِنہیں مجھ سے اور مجھے ان سے بڑی محبت تھی۔امی بتاتی ہیں پھوپھی جان کی جب شادی ہوئی تھی تب میں دو ڈھائی سال کا تھا۔ان کی رخصتی کے بعد میں کئی دنوں تک اِنہیں یاد کرکر کے اتنا رویا تھا کہ بیمار ہوگیا تھا۔

''اماں۔۔۔اماں دیکھو بڑکے بھیا آئے ہیں۔''منی نے جو پہلے ہی سے پلنگ کی پٹی سے لگی بیٹھی تھی ،ان کے سر کو سہلاتے ہوئے کان کے قریب منہ لے جا کر کہا۔خاندان کے بچوں میں سب سے بڑا میں تھا اس لحاظ سے سارے بھائی بہن ''بڑکے بھیا'' کہتے تھے۔شاید منی کی آواز ان کے خوابیدہ حواس تک پہنچ گئی تھی۔انہوں نے بڑی مشکل سے کراہ کے ساتھ آنکھیں کھولیں ۔ان کی کراہ میں گہرا کرب تھا جیسے کوئی پھوڑا ٹیس دے اٹھا ہو ۔رخساروں کے حلقوں میں دھنسی آنکھیں کمرے کے نیم اندھیرے میں کچھ زیادہ ہی زرد نظر آرہی تھیں ۔میں ان کے چہرے کے قریب آگیا لیکن وہ اس جانب دیکھتی رہیں جہاں ان کی نظر پہلے ہی سے ٹکی ہوئی تھی ''پھوپھی جان میں۔۔۔''میں نے اپنا چہرہ ان کے نظروں کی سیدھ میں لاکر کہا۔ آنکھوں کو کھولنے کے لیے انہیں پورے وجود کی جو طاقت لگانی پڑی تھی اس کیفیت کو میں ان کے چہرے پر دیکھ سکتا تھا۔انہوں نے اپنی ویران اور ان آنکھوں سے خلا میں دیکھا جیسے وہ کسی کو تلاش کر

رہی ہوں ۔ ان کے ہونٹ پھر پھڑکائے گئے ۔ ۔ انہوں نے کچھ کہا تھا جسے میں تو نہیں سن اور سمجھ سکا تھا لیکن منی میری طرف مڑ کر سسک پڑی "وہ ابو کو یاد کر رہی ہیں بڑے بھیا" منی آنسوؤں کو ضبط کرتے ہوئے بولی ۔ "آپ کو پہچان نہیں پا رہی ہیں ۔ جب بھی کوئی انہیں دیکھنے آتا ہے یہ ابو کو پوچھنے لگتی ہیں ۔"

انہوں نے پھر ایک درد ناک کراہ کے ساتھ آنکھیں بند کر لیں ۔ کمرے میں مغرب کے پھیلتے اندھیرے میں ان کی آنکھ سے بہہ آنے والی آنسو کی لکیر کھڑکی سے آنے والے شام کے دھند ہلکے میں چمک رہی تھی ۔ اب میں نے غور سے ان کے چہرے کو دیکھا ۔ ان کا گلابی مائل گورا رنگ جھلس گیا تھا جیسے چہرے پر چولھے کی خاکستری راکھ مل دی گئی ہو ۔ ان کے قدرتی سرخ ہونٹوں پر زرد پپڑی جمی ہوئی تھی جیسے بہت دنوں سے پیاسی ہوں ۔ مجھے یکبارگی لگا کہ میرے سینے کے اندر بہت ساری ریت بھر گئی ہے ۔ میری آنکھوں میں سوزش سی ہونے لگی میرے اندر سے ایک ہوک اٹھی اس سے پہلے کہ وہ بے قابو رلائی میں بدلتی میں ایکدم سے اٹھا اور لمبے لمبے قدم اٹھاتا ہوا برآمدے میں چلا آیا ۔ گھر کا اندھیرا میرے وجود کے گرد کسی پر خار رسی کی طرح کستا ہوا محسوس ہو رہا تھا ۔ میں برآمدے میں رکھی آرام کرسی پر دھپ سے بیٹھ گیا ۔ میں نے سگریٹ سلگائی اور گہرے گہرے کش کھینچنے لگا ۔ پھوپھی جان کو اس حال میں دیکھنے کا میں نے کبھی تصور نہیں کیا تھا ۔ کوئی صحت مند خوبصورت جسم اس طرح سے پامال ہو سکتا ہے یہ میں نے کبھی نہ سوچا تھا ۔ میں نے سر اٹھایا ۔ کچھ دھند لے اور ہلتے سایوں کو میری ڈب ڈبائی آنکھوں نے دیکھا ۔ نومبر کے اوائل کی سردی کو اچانک ہونے والی بوندا باندی نے یکبارگی بڑھا دیا تھا ۔ ریاض دونوں ہاتھوں کو سینے پر باندھے کھڑا تھا ۔ میں نے اسے اپنے قریب چوکی پر بیٹھنے کا اشارہ کیا ۔

"ڈاکٹر کیا کہتے ہیں؟" میں نے پوچھا ۔

"جواب دے دیا ہے" ریاض کی آواز لرزنے لگی ۔ "پچھلے ہفتے ہی کہہ دیا تھا کہ بس چوبیس گھنٹے کی بات ہے ۔ اندر سب کچھ ختم ہو گیا ہے جان صرف آنکھوں میں بچی ہے ۔" "تم نے پھوپھا کو اطلاع دی؟"

"میرا دل تو نہیں چاہ رہا تھا اس کے باوجود میں کل دو بار انہیں سندیسہ بھجوا چکا ہوں"۔
ریاض نے قدرے ناگواری سے کہا۔ "اماں منہ سے تو کچھ نہیں کہہ رہی ہیں لیکن ایسا لگتا ہے جیسے انہیں ابو ہی کا انتظار ہے۔۔۔ پھر وہ کچھ توقف سے بولا" آپ کو یاد ہے نا، پچھلے سال منی کی شادی میں وہ مہمانوں کی طرح شریک ہوئے تھے اور منی کی وداعی کے دوسرے روز ہی قصبے چلے گئے تھے"۔ ریاض کے لہجے میں شکایت سے زیادہ تلخی تھی۔ اس کی یہ کڑواہٹ فطری تھی میں نے اسے سمجھانا چاہا تھا کہ پھوپھا کے نہ آنے کا سبب ان کی کوئی مجبوری ہوسکتی ہے وہ اتنے سخت دل نہیں ہیں کہ پھوپھی جان کی طرف سے اتنے لاتعلق ہو جائیں۔

"آپ بتائیے پھر وہ کیوں نہیں آئے؟" ریاض نے غصے سے کہا۔ میں نے سر جھکا کر انگلیوں میں بجھ جانے والی سگریٹ کو فرش پر پھینک کر جوتے سے مسل کر بجھا دیا یا مُنی بسکٹ اور چائے کی ٹرے لیے سامنے کھڑی تھی۔ میں بس کے چار گھنٹے کے سفر سے تھک گیا تھا اور اس وقت مجھے گرم چائے کی خواہش ہو رہی تھی۔

"میں بتاتا ہوں"۔ ریاض کی آواز غصے سے لرز رہی تھی۔ "شراب پی کر سب بھول گئے ہوں گے۔ان کی زندگی کی ساتھی تو شراب ہے یا پھر وہ عورت"۔

"بھیا"! منی نے تقریباً چیخ کر احتجاج کیا اور غصے سے مڑ کر اندر چلی گئی۔

میں نے چائے پیتے ہوئے سر اٹھا کر ریاض کی طرف گہری نظروں سے دیکھا۔اسے شاید اپنا آپا کھو دینے کا احساس فوراً ہی ہو گیا تھا اس نے مجھ سے نظریں نہیں ملائیں اور منہ گھما کر اپنی نم آنکھوں سے برآمدے کے اندھیرے گوشے میں گھورنے لگا تھا۔ ہم سب اس عورت کے بارے میں سنتے رہے تھے دیکھا کسی نے بھی نہیں تھا، مجھے اکثر لگتا کہ یہ بھی کوئی افواہ ہی ہے ۔گھر کے بچوں اور چھوٹوں کے سامنے پھوپھا کی اس کمزوری پر کبھی بات نہیں ہوتی تھی۔

پھوپھی جان جتنی تیز طبیعت تھیں پھوپھا اتنے ہی نرم مزاج تھے۔ ہمارے خاندان میں کسی نے شراب کو چکھنا تو دور رہا اس نے حرام کو سونگھا تک نہ تھا لیکن پھوپھا چوری چھپے اپنے اوپر اس حرام کو حلال کرتے رہتے تھے۔ پھوپھی کو ان کا یہ شوق قطعی برداشت نہ تھا وہ جب بھی ہفتے کے دن چھٹی میں گھر آتے شام میں اپنے اسکول کے زمانے کے دوست کشور پانڈے کے

ساتھ تھوڑی سی ضرور پی لیتے اور پھوپھی گھر کو سر پر اٹھا لیتیں۔ اس وقت ان کی خوبصورت شخصیت جوالا بن جاتی۔ پہلے تو انہوں نے پھو پھا جان کا برتن الگ کیا پھر ان کا بستر علاحدہ کیا اور پھر یہ علاحدگی اتنی بڑھی کہ خاندان میں سرگوشیاں ہونے لگیں کہ انہوں نے کسی عورت کو گھر میں بٹھا لیا ہے۔۔۔ اس افواہ کی تصدیق ہو جانے کے بعد پھوپھی نے گھر میں ان کا داخلہ بند کر دیا تھا۔

اس درمیان کسی نے بتایا کہ انہیں ڈیوٹی کے اوقات میں شراب پینے کے الزام میں معطل کر دیا گیا ہے۔ پھر یہ بھی سنا گیا کہ وہ بے تحاشا پینے لگے ہیں اور بیمار رہتے ہیں۔ شراب ان کے خون میں شامل ہو گئی تھی۔ اگر وہ نشہ اترنے کے بعد شراب نہ پیتے تو ان پر کپکپی طاری ہو جاتی، جیسے انہیں ملیریا کا بخار چڑھا ہو اور جب شراب پی لیتے تو بالکل نارمل ہو جاتے۔ کشور بابو نے ہی بتایا تھا کہ قرض میں گلے گلے ڈوب چکے ہیں، اس لیے اپنا سرکاری فلیٹ کرائے پر اٹھا دیا ہے اور خود چوتھے درجے کے سرکاری ملازموں کے کوارٹر میں کرائے پر اٹھ آئے ہیں ۔ ان کی دوسری بیوی سلائی کر کے گھر کا خرچ چلا رہی ہے۔ اس طرح کی باتیں میرے لیے بڑی اذیت ناک تھیں ۔ میں نے ایک روز کشور بابو سے ان کا پتہ معلوم کیا اور قصبے کے ریلوے اسٹیشن کے دوسری جانب آباد سرکاری ملازموں کی ایک گندی سی کالونی میں ان کے کوارٹر کو ڈھونڈ نکالا تھا ۔۔۔ وہ گرمیوں کی ایک حبس زدہ رات تھی ساری بستی پر شنٹنگ کرنے والے انجنوں کا دھواں کالی چادر کی طرح لہر رہی تھا۔ میں خستہ سیڑھیاں چڑھ کر پہلے منزلے پر واقعہ ان کے مکان پر پہنچا تھا۔ میری دستک پر سانولے رنگ کی ایک معمولی شکل و صورت کی عورت نے دروازہ کھولا تھا۔ میں نے کچھ تردد سے مختصراً اپنا تعارف کرایا تھا عورت نے مسکرا کر مجھے اندر آنے کا اشارہ کیا۔ یہ ایک چھوٹا سا کمرہ تھا جس میں لمبے عرصے سے رنگ و روغن نہیں کیا گیا تھا۔ دیوار پر پھو پھا جان کی ایک پرانی تصویر کی فریم ٹنگی ہوئی تھی اسی کے قریب بھگوان شری رام اور سیتا جی کی ایک رنگین فریم لگی تھی ۔ میں جسے افواہ سمجھتا رہا تھا وہ حقیقت بن کر میرے سامنے تھا۔

''بیٹھو'' عورت نے لوہے کی اس کرسی کی طرف اشارہ کر۔۔۔ تے ہوئے کہا جسے دیوار سے لگی چار پائی اور ایک سلائی مشین کے بعد اس کمرے کا واحد فرنیچر کہا جا سکتا تھا۔ ایک دس بارہ سال کی لڑکی پیتل کے گلاس میں پانی لے آئی تھی۔ ''سلام کرو یہ تمھارے بھائی ہیں۔''

لڑکی نے میری طرف دیکھے بغیر شرماتے ہوئے سلام کیا میں نے پانی پی کر گلاس اس کی طرف بڑھایا تو اس نے سر اٹھا کر میری طرف دیکھا اور ہنستے ہوئے تیزی سے اندر کے کمرے میں چلی گئی جہاں سے دبی دبی سرگوشیوں کی آواز آرہی تھی۔ میں نے کھڑکیوں سے اس کمرے کی طرف دیکھا۔ جس کے دروازے کی اوٹ سے کئی چھوٹی چھوٹی مشتاق آنکھیں مجھے گھور رہی تھیں

۔۔۔

میں نے عورت کی طرف استفہامیہ نظروں سے دیکھا اس نے میری نظروں کو پڑھ لیا اور بولی۔ ''وہ چہل قدمی کے لیے گئے ہیں''۔

''چہل قدمی اور اس وقت!'' میں نے اپنی کلائی کی گھڑی پر نظر ڈالتے ہوئے حیرت سے کہا۔ اس چھوٹے سے شہر میں جہاں لوگ باگ شام اترتے ہی کھانا کھا لیتے ہوں کسی کا چہل قدمی کے لیے جانا ناقابل یقین بات تھی۔

وہ اکثر تمہارا ذکر کرتے تھے بتاتے تھے کہ تم کو اپنی پھوپھی سے بہت پریم ہے۔'' اس نے مسکراتے ہوئے بڑے سبج ڈھنگ سے اس عورت کا ذکر کیا تھا جو اس کا نام سنتے ہی غصے سے اپنا توازن کھو دیتی تھی۔ میں اس بات کا کیا جواب دیتا میں خاموشی سے ان کا چہرہ تکتا رہا۔

''ہاں وہ آج کچھ دیر سے گئے ہیں اور شاید دیر سے لوٹیں۔ میں کھانا لگا دیتی ہوں تم کھا لو''۔
''نہیں میں کھا چکا ہوں''۔ کہہ کر میں ایکدم سے اٹھ کھڑا ہوا تھا۔ اس نے مجھے رکنے کے لیے نہیں کہا تھا۔ میں جب بس ڈپو کی طرف جا رہا تھا۔
تب میں سوچ رہا تھا کہ اس عورت نے چہل قدمی کا بہانہ بنا کر کتنی خوبصورتی سے پھوپھا جان کی شراب نوشی کو چھپانے کی کوشش کی تھی۔
اس واقعے کے پورے دو سال بعد آج میری ان سے ملاقات ہوئی تھی بھی تو پھوپھی جان کی موت پر!

☆

برآمدے میں انگیٹھی سلگا دی گئی تھی۔ اچانک شروع ہو جانے والی بارش اور ٹھنڈ میں پتھر کے کوئلے کی آنچ بہت راحت پہنچا رہی تھی۔ گھر میں سبھی کھانا کھا رہے تھے، ریاض نے مجھ سے

بہت اصرار کیا تھا کہ میں کھانا کھالوں لیکن ہونے پھوپھی جان کو جس حال میں دیکھا تھا، اس کے بعد تو طبیعت بالکل مکدر ہوگئی تھی۔ بارش اب بھی ہو رہی تھی۔ مکان کے باہر آم اور کٹہل کے پیڑوں کے پتوں پر ٹپ ٹپ پانی کی موٹی موٹی بوندوں کی آواز عجیب قسم کی اداسی کا احساس پیدا کر رہی تھی۔۔۔ آرام کرسی پر بیٹھے بیٹھے میری آنکھ کب لگ گئی مجھے پتہ ہی نہ چلا۔۔۔۔ ہلکی ہلکی آوازوں نے مجھے بیدار کر دیا تھا۔ میں نے لالٹین کی ناکافی روشنی میں دیکھا، منی کسی سے لپٹ کر رو رہی ہے اور ریاض کچھ لاتعلق سا اپنی عادت کے مطابق کچھ فاصلے پر ہاتھ باندھے کھڑا ہے۔۔۔ اوہ یہ تو پھوپھا جان ہیں! ۔۔ میں چونک کر اٹھ کھڑا ہوا۔ ان کے شانے جھکے ہوئے تھے اور ان کے گھنے کھچڑی بال بھیگ کر پیشانی سے چپک گئے تھے۔ بھیگا ہوا مفلر گلے میں لپٹا ہوا تھا اور ان کا میلا کوٹ بھیگ کر بورے کی طرح نظر آ رہا تھا۔ پتلون ٹخنوں سے اوپر تک کیچڑ سے لت پت ہو رہی تھی۔ جوتوں پر اتنی کیچڑ لگی ہوئی تھی جیسے وہ کیچڑ ہی کے جوتے ہوں۔

’’بس بیٹیا بس تمھاری اماں کہاں ہیں؟‘‘ انھوں نے منی سے پیار سے تھپک تھپایا۔ منی نے دوپٹے سے آنسو پونچھتے ہوئے اندر مشرق والے کمرے کی طرف اشارہ کیا۔ انھوں نے متوحش آنکھوں سے اس جانب دیکھا اور وہ ایک دم سے گھومے اور تیزی سے اندر کے کمرے کی طرف بڑھ گئے۔ میں نے محسوس کیا کہ ان کی چال میں تیزی تو تھی لیکن توازن نہیں تھا۔ ان کا پورا جسم ہلکے ہلکے کپکپا رہا تھا۔ ریاض نے انھیں اندر جاتے ہوئے دیکھا اور میرے قریب آ کر کہا ’’دیکھا آپ نے کس طرح کپکپا رہے ہیں‘‘!

’’بارش میں بھیگے ہیں نا‘‘ میں نے کہا۔

’’یہ جاڑے کی کپکپی نہیں ہے۔ شراب کا نتیجہ ہے۔ کپڑوں کی حالت دیکھی آپ نے، پی کر کہیں گرے ہوں گے‘‘۔ ریاض کے لہجے میں اپنے باپ کے تئیں چھپی حقارت کو میں محسوس کیے بغیر نہ رہ سکا۔

پتہ نہیں کیوں مجھے پھوپھا جان کے آ جانے سے اطمینان سا ہوگیا تھا۔ میں نے ریاض سے کہا کہ میں کافی تھک گیا ہوں اور اب سونا چاہتا ہوں۔ ریاض کو پتہ ہے کہ مجھے اپنے ہی بستر پر نیند آتی ہے اس لیے اس نے بھی رکنے کے لیے اصرار نہیں کیا تھا۔ میں گھر جانے سے قبل

پھوپھا سے رخصت لینے کی غرض سے پھوپھی جان کے کمرے میں چلا گیا۔ وہ پلنگ کی پٹی سے لگے بیٹھے تھے۔ پھوپھی جان کا چہرہ ان کی طرف تھا اور آنکھیں نیم وا تھیں، جیسے وہ انہی کے چہرے پر مرکوز ہوں۔ پھوپھا نے ان کا ہاتھ اپنے ہاتھوں میں لے رکھا تھا اور کسی ایسے ملزم کی طرح سر جھکائے بیٹھے تھے جو اپنے جرم کا اقبال کرنے عدالت کے کٹہرے میں کھڑا ہو۔ منی اور گھر کی دوسری عورتیں اور بچے ان کے پیچھے گم سم کھڑے تھے۔ میز پر رکھی لالٹین کی لو، رہ رہ کر ریت پر تڑپتی مچھلی کی طرح پھڑ پھڑا رہی تھی۔ شاید اس کا تیل ختم ہو رہا تھا۔ مجھے لگا پھوپھی جان ٹکٹکی باندھے انہیں کو تک رہی ہیں۔ میں دونوں کے اس انہماک میں خلل نہیں ڈالنا چاہتا تھا۔ میں کسی سے کچھ کہے بغیر گھر آ گیا تھا۔

اماں کے اصرار پر میں نے بمشکل دو چار لقمے کھائے تھے۔ بستر پر جانے سے قبل میں نے انہیں صرف اتنا کہا تھا کہ وہ کل سویرے ہی جا کر پھوپھی کو دیکھ آئیں۔ اماں نے میرے اس جملے پر کوئی استفسار نہیں کیا تھا۔ وہ شاید پھوپھی کی بتدریج بگڑتی صحت کے انجام سے واقف تھیں۔

شدید تھکن کے باوجود میں رات بھر کروٹیں بدلتا رہا۔ رہ رہ کر میری آنکھوں کے سامنے ان کی محبتوں کے لمحات تصویر بن کر روشن ہو جاتے اور ان تصویروں کی خوبصورت پھوپھی جان کے تقابل میں، آج میں نے اپنی جس پھوپھی جان کو دیکھا تھا، وہ محض ہڈی چمڑا رہ گئی تھیں۔ فجر کی اذان کے بعد ہی میں سو سکا تھا۔۔۔۔۔۔

اچانک کسی نے مجھے جھنجھوڑ کر جگا دیا۔ کھڑکی سے آنے والی صبح کی نرم دھوپ سے روشن کمرے میں، میرے سامنے اماں کھڑی تھیں ان کے چہرے پر بدحواسی تھی۔
"تھاری پھوپھی"۔۔۔۔۔ وہ بس اتنا ہی کہہ سکیں اور رو پڑی تھیں۔۔۔۔۔
میں بستر سے ایسے اٹھا تھا جیسے مجھے یہ خبر پہلے ہی کوئی نیند میں دے گیا ہو!

☆

بوندا باندی پھر شروع ہو گئی تھی جس نے ٹھنڈ کو دھار دار بنا دیا تھا اور ہوا سوئیوں کی طرح چبھنے لگی تھی۔ خراب موسم کو دیکھتے ہوئے چھوٹے چچا نے ظہر کے بعد تدفین کا وقت طے کیا تھا۔

ہمارے آبائی قبرستان میں خاندان کے بڑوں کی موجودگی میں دادا جی کی قبر کی بغل میں پھوپھی جان کے کفن میں لپٹے مردہ جسم کو مٹی دی جانی تھی ۔ یہ وصیت پھوپھی جان کی نہیں دادا جی کی تھی ۔ انہوں نے آخری وقتوں میں اس خواہش کا اظہار کچھ اس طرح کیا تھا "منّی موت سے قیامت تک تم میرے قریب ہی رہنا ۔" یہ ایسی خواہش تھی جس کا اظہار، عام طور پر اپنے کسی نوجوان عزیز کے تعلق سے کوئی نہیں کر سکتا ۔ دراصل دادا جی اپنی بیٹی سے بے انتہا محبت کرتے تھے ۔ تدفین کے سارے عمل کے دوران پھو پھا جان نیم کے ایک پیڑ کے نیچے خاموش کھڑے کپ کپاتے رہے ۔ میں اور کشور بابو ان کے ان کے ساتھ ساتھ رہے ۔ جنازے کی اس بھیڑ میں بھی وہ بالکل تنہا اور شانت تھے ، مجھے لگا جیسے وہ بھی اس ویران قبرستان کے قدیم پیڑوں کی طرح برسوں سے زمین میں دھنسے کھڑے موسموں کی مار سہہ رہے ہیں ۔۔۔ خاندان کے کسی بھی فرد نے ان سے کوئی بات کی اور نہ ہی انہوں نے ۔۔۔ سب کا رویہ یہ ایسا تھا جیسے پھوپھی جان کی موت کے ذمے دار وہی ہوں ۔ قبرستان میں بھی پھو پھا کے ساتھ لوگوں کی بے رخی اور ان کی تنہائی مجھے تکلیف پہنچا رہی تھی ۔

قبرستان سے گھر لوٹتے ہوئے میں، پھو پھا جان اور کشور بابو کے ساتھ ہو لیا تھا ۔ پھو پھا جان نے کشور بابو سے بیڑی مانگی تو انہوں نے دھیمے سے کہا تھا "دو گھونٹ پی لیتے تو اچھا رہتا " ۔۔۔ انہوں نے کوئی جواب نہیں دیا اور اپنے کیچڑ یلے جوتے سے دھپ دھپ چلتے رہے ۔ مجھے لگا وہ میری وجہ سے تردد کر رہے ہیں ۔ شام قبرستان کے باہر کی کچی سڑک پر کسی مہیب جانور کی پرچھائیں کی طرح اتر آئی تھی ۔ اس بڑھتے اندھیرے میں بھی میں انہیں کپکپاتے ہوئے دیکھ سکتا تھا ۔ مجھے لگا ان کی کپکپاہٹ بہت بہت بڑھ گئی ہے ۔ ان کے جسم کو شاید الکوحل کی شدید ضرورت تھی ۔

" کشور بابو ٹھیک کہتے ہیں ۔" میں نے پوری خود اعتمادی سے ان کی طرف دیکھ کر کہا ۔ انہوں نے چونک کر میری طرف دیکھا شاید انہیں لگا تھا کہ کہیں میں طنزاً تو نہیں کہہ رہا ہوں ۔ میں نے ان کی آنکھوں میں دیکھ کر قطعیت سے سر ہلا دیا ۔۔۔

☆

"بہو نا ، کب تک دیکھتے رہو گے ۔" کشور بابو نے اپنا دوسرا گلاس بھرنے کے بعد پھو پھا

جان کے بھرے ہوئے گلاس کی طرف اشارہ کرکے کہا۔ انہوں نے کوئی جواب نہیں دیا تھا، خالی خالی نظروں سے شراب کے ٹھیکے کی بھیڑ بھاڑ پر اچٹتی نگاہ ڈال کر وہ پھر کہیں کھو گئے تھے۔

’’بڑے عجیب آدمی ہو یار جب پینا چاہیے تب تو پیتے نہیں ہو۔‘‘ پھر وہ میری طرف مڑ کر بولے۔ ’’دیکھو لالا کل سانجھ میں جب یہ قصبے سے گھر آئے تھے نا تو پہلے ہمارے گھر آئے تھے راستے میں پڑتا ہے نا۔ یہ بارش میں بری طرح بھیگے ہوئے تھے اور خوب کپکپا رہے تھے ہم بولے بابو چل کر دو گھونٹ پی کر شریر کو گرم کرلو تو منع کر دیا کہے کہ، ریاض کی امی کا ساتھ اچھا نہیں ہے۔ گھر پہنچنا بہت ضروری ہے، ہم کو پنپن چڑھا ہے۔ ہم بہت بولے کہ تھوڑا مدِرا پان کرلو گے تو شریر قابو میں آ جائے گا لیکن بس ایک ہی ضد تھی کہ ہم کو اپنی موٹر سائیکل پر گھر چھوڑ دو۔‘‘

’’لیکن پھوپھا جان تو پیدل ہی گھر آئے تھے۔‘‘ میں نے حیرت سے کشور بابو کو ٹوکا۔

’’ایسا ہے نالالا، ہم ٹھہرے بابھن آدمی اپنے ڈسپلن کے بہت پابند ہیں۔ پوجا اور مدِرا دونوں میں ناغہ نہیں کرتے ہیں۔ وہ ہمارا پوجا کا اور پھر اس کے تُرنت بعد مدِرا پان کا سمئے تھا۔‘‘ کشور بابو نے صفائی دی۔ ’’ہم بابو سے بہت بولے کہ آدھا گھنٹہ رک جائیں۔ لیکن بڑی جلدی میں تھے نہیں مانے بارش اور ٹھنڈ میں کپکپاتے ہوئے پیدل ہی چل پڑے۔‘‘ کشور بابو کی یہ بات میرے لیے انکشاف تھی۔

گہری سوچ میں غرق پھوپھا جان نے دوسری بیڑی جلائی اور گہرا کش کھینچ کر کشور بابو کی طرف خالی خالی نظروں سے دیکھنے لگے۔

’’پھوپھا جان آپ نہ تو پی رہے ہیں اور نہ ہی کچھ بول رہے ہیں‘‘۔۔۔ میں نے ان کی ویران آنکھوں میں جھانک کر کہا۔

’’کیا بولیں‘‘۔ انہوں نے بہت گہرا سانس لیا۔ ’’جب تک وہ زندہ تھیں تو اس گھر کی کبھی فکر نہیں ہوئی۔ سب کی فکر وہی کرتی تھیں۔ اس لیے میں بالکل بے فکر تھا۔ بچوں کو پالا پڑھایا لکھایا۔ اب اچانک چلی گئیں۔ بھلا ایسے بھی کوئی جاتا ہے‘‘۔ ان کے لہجے میں درد بھری شکایت تھی۔ ’’مجھ سے ناراض رہتی تھیں ٹھیک کرتی تھیں ہم تھے ہی اس قابل‘‘۔۔۔

’’لیکن وہ آپ سے بہت پیار کرتی تھیں۔ دیکھے نارخصت کے لیے انہیں جیسے انہیں آپ ہی کا

انتظار تھا۔‘‘ میں نے کہا۔

’’سنو! وہ مجھ سے جتنا پیار کرتی تھیں ناتنی ہی نفرت بھی کرتی تھیں۔ صرف عورت ہی اپنے معشوق سے ایک ہی وقت میں پیار اور نفرت دونوں کر سکتی ہے۔ مرد یا تو پیار کرتا ہے یا نفرت باقی سب تو اس کا فریب ہے۔ سچ کہتے ہو وہ ہمارا ہی انتظار کر رہی تھیں۔ جب رات ہم ان کے سرہانے بیٹھے تھے تب سب لوگ سونے چلے گئے تھے۔ وہ بے ہوش تھیں۔ شاید مارفین کا اثر تھا۔ اچانک ان کی سانس تیز تیز چلنے لگی تھی۔ انہوں نے ایکدم سے آنکھیں کھول دی تھیں اور مجھے غور سے دیکھا تھا۔ ان کے چہرے پر تکلیف اتنی شدید دکھائی پڑ رہی تھی جیسے کھیت میں ہل چلانے پر دھرتی کو ہوتی ہوگی۔ وہ دانتوں کو بھینچ کر بس مجھے تک رہی تھیں۔ میں ان کے ماتھے اور گلے کی ایک ایک نس کو پھولتا ہوا دیکھ رہا تھا۔ اف میں بیان نہیں کر سکتا انہیں کس قدر تکلیف رہی ہوگی۔ میں بے بس تھا میرے سامنے وہ ناقابل برداشت درد سے تڑپ رہی تھیں اس لمحے اس اذیت کی کوئی دوا ہمارے پاس تو کیا دنیا میں کہیں نہیں ہوگی۔ میں صرف دعا کر سکتا تھا۔ میں نے گڑگڑا گڑگڑا کر دعا کی کہ اے خدا انہیں درد سے راحت دے۔ سکون دے۔‘‘

وہ ہماری طرف دیکھے بغیر سر جھکائے بولے چلے جا رہے تھے۔ پھر انہوں نے سر اٹھا کر میری طرف نم آنکھوں سے دیکھا اور بولے ’’میں دعائیں نہیں مانگتا کیونکہ زیادہ دعائیں مانگنے سے دعا اپنی قبولیت کی تاثیر کھو دیتی ہے۔ میں نے اپنے سسپینڈ کیے جانے کے بعد اپنی بحالی کے لیے بھی دعا نہیں مانگی تھی‘‘۔۔۔ وہ خلا میں گھورنے لگے جیسے کچھ دیکھ رہے ہوں پھر ان کا چہرہ تمتما اٹھا اور ان کے ماتھے کی ایک رگ ابھر کر پھڑکنے لگی۔ وہ گلوگیر آواز میں بولے ’’درد اتنا ظالم تھا کہ ان کے پورے وجود کو کسی بل ڈوزر کے رولر کی طرح روند رہا تھا۔ ان کی آنکھیں ابلی پڑ رہی تھیں اور وہ میری طرف ایسے دیکھ رہی تھیں جیسے مجھ سے کہہ رہی ہوں کہ مجھے اس درد سے بچا لو۔ میں نے اپنے آپ کو اتنا بے بس کبھی نہیں محسوس کیا تھا ان کا ہاتھ میرے ہاتھ میں تھا وہ درد کو برداشت کرنے کی کوشش میں ان کی پتلی پتلی انگلیاں میری ہتھیلیوں میں دھنسی جا رہی تھیں اور تکلیف سے ان کا چہرہ بگڑتا جا رہا تھا۔ میں نے ان کے سیاہ پڑتے چہرے پر موت کو اپنا تانڈ و ناچتے دیکھا۔۔۔ یہ‘‘ کہتے کہتے وہ شراب کے بھرے گلاس کو گھورنے

لگے ۔انہوں نے سر اٹھا کر اچانک سرخ ہو جانے والی اپنی چھلچھلاتی آنکھوں کو میری آنکھوں میں ڈال کر کہا''میری دعا بے کار گئی ۔۔۔اگر میں نے ملک الموت کی پرستش کی ہوتی تو شاید اسے بھی تمہاری پھوپھی پر رحم آجاتا لیکن''۔۔۔وہ دونوں ہتھیلیوں میں اپنا چہرہ چھپا کر بے اختیار ہچک ہچک کر رو پڑے ۔ان کا پورا جسم ہچکیوں سے بری طرح ہلنے لگا۔۔۔

کشور بابو کے سامنے رکھا اڈھا خالی ہو چکا ہے اور وہ میز پر دونوں بازوؤں پر سر رکھ کر سو رہے ہیں ۔پھوپھا جان نے آنسوؤں سے بھیگے اپنے چہرے کو مفلر کے کنارے سے پونچھا اور کانپتے ہوئے اٹھ کھڑے ہوئے اور مجھ سے کچھ کہے بغیر اپنے کیچڑ یلے جوتے سے دھپ دھپ چلتے ہوئے شراب کے ٹھیکے سے باہر نکل گئے ۔میں ان کے کانپتے ہوئے سائے کو گلی کے اندھیرے میں دور تک دھیرے دھیرے تحلیل ہوتے ہوئے دیکھتا رہا۔۔۔میز پر ان کا بھرا گلاس اب بھی رکھا ہوا ہے ۔

■■

ایک مردہ سر کی حکایت

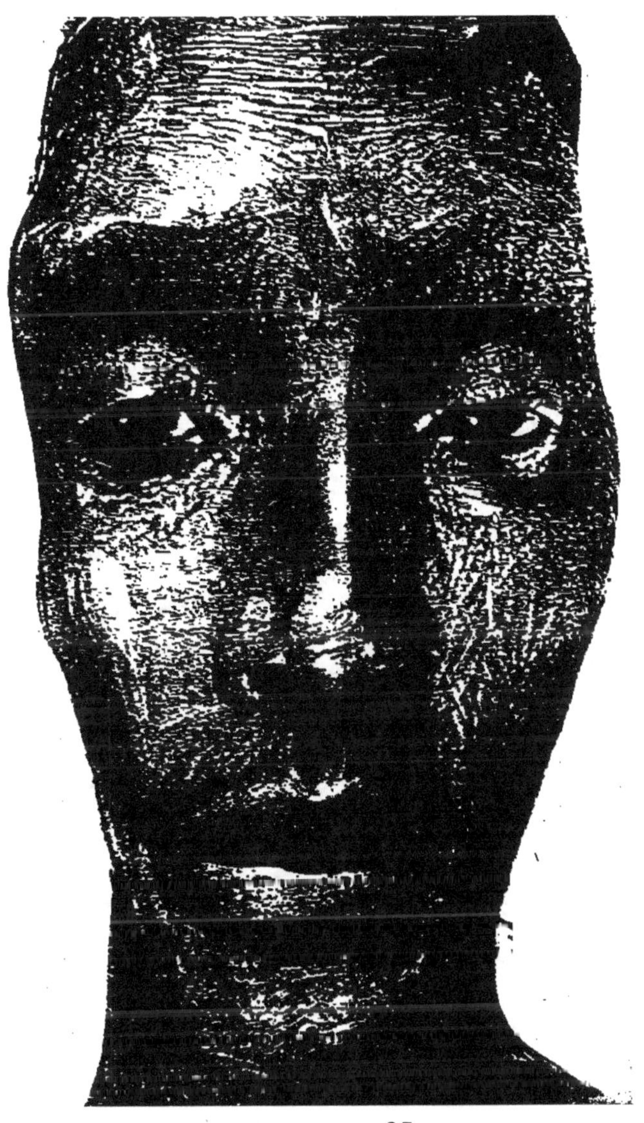

پانچ چالیس کی ویرار فاسٹ لوکل ٹرین

اس نے سر اٹھا کر چرچ گیٹ اسٹیشن کا انڈی کیٹر دیکھا اور بائیں کندھے پر لٹکے ریگزین کے بھاری سرخ بیگ کو دائیں کندھے پر منتقل کیا اور پھر تیز تیز قدم اٹھانے لگا۔ اس کا رخ پلیٹ فارم نمبر ۳ کی طرف تھا۔ شام ۵ بج کر ۴۰ منٹ کی فاسٹ لوکل ٹرین میں سوار ہونے کے لیے لوگ پلیٹ فارم کی طرف دوڑ رہے تھے ۔ دفتروں میں کام کرنے والی عورتیں اپنے کندھوں پر ٹنگے پرس اور بیگ کے بوجھ کو سنبھالے دھکے کھاتیں اور دھکے دیتیں لیڈیز کمپارٹمنٹ کی طرف بھاگ رہی تھیں گویا یہ آخری ٹرین ہو ۔ وہ صبح ہی سے مصروف تھا اور اس وقت کافی تھک گیا تھا بس اپنی مطلوبہ ٹرین کی کھڑکی والی سیٹ پر بیٹھ کر سارے دن کی ہی نہیں زندگی بھر کی تھکن اتارنا چاہتا تھا۔

فرسٹ کلاس کے ڈبے میں داخل ہوتے ہی اس کی نظر ایک خالی سیٹ پر پڑی وہ بیگ کو سنبھالتا ہوا اسی سیٹ کی طرف بڑھ ہی رہا تھا کہ کانوں میں ہیڈ فون لگائے ایم پی تھری سننے میں مگن نوجوان نے لپک کر اس پر قبضہ کر لیا۔ اس نے حقارت سے اس کی طرف دیکھا۔''آخر کتنی دیر بیٹھے گا اس سیٹ پر!'' اب تمام سیٹیں بھر چکی تھیں اس نے آگے بڑھ کر اپنے بیگ کو اچک کر سامان رکھنے والے ریک پر رکھ دیا اور راہداری میں آ کر سر پر جھولتے ہینڈل کو پکڑ کر کھڑا ہو گیا۔ ٹرین ہلکے سے جھٹکے کے ساتھ چل پڑی ۔۔۔ ٹرین کی رفتار کے ساتھ اس کے دل کی دھڑکن

نے بھی رفتار پکڑلی دھڑ دھڑ دھڑ دھڑ ۔۔۔ چرنی روڈ ۔۔۔ گرانٹ روڈ ۔۔۔ دھڑ دھڑ دھڑ
دھڑ ۔۔ ممبئی سینٹرل ۔۔ مہالکشمی ۔۔۔ دادر ۔۔ دھڑ دھڑ دھڑ دھڑ ۔۔۔ لوکل دوڑ رہی تھی لوگ اتر
رہے تھے چڑھ رہے تھے اور ڈبے میں بھری مرغیوں کی طرح بھرتے جا رہے تھے اس کے
باوجود ان کے درمیان تاش کی بازی یا گفتگو کا سلسلہ جاری تھا۔ یہ روزآنہ کے مسافر تھے جوعرصے
سے ایک مخصوص لوکل ٹرین میں ایک ہی ڈبے میں ڈیڑھ دو گھنٹے کی مسافت کی بوریت کو کم
کرنے کے لیے تاش کھیلتے یا ہنسی مذاق کرتے ۔ باندرہ اسٹیشن گذر چکا تھا۔ بھیڑ نے اسے دھکیل
کر دو سیٹوں کے درمیان کی جگہ میں لا کھڑا کیا تھا اب وہ اس ریک کے کافی قریب کھڑا تھا
جس پر دوسرے سامانوں کے ساتھ اس کا سرخ بیگ بھی رکھا ہوا تھا۔ دفعتاً سیل فون بج اٹھا
۔ اس نے فون کو کان سے لگایا اور ٹرین اور مسافروں کے شور میں چینخ چینخ کر کچھ کہا اور گھڑی میں
وقت دیکھ کر کال کو منقطع کر دیا۔ اس نے ڈبے کا جائزہ لیا، اس کی نظریں کھڑکی والی سیٹ پر بیٹھے
تھل تھل جسم والے آدمی پر ٹھہر گئیں جو، گٹکھا چباتے ہوئے وہ کھڑکی سے باہر دیکھ رہا تھا ۔۔۔
دھڑ دھڑ دھڑ دھڑ ۔۔ سانتا کروز گذر رہا تھا اگلا اسٹیشن اندھیری تھا۔ اس نے جلدی سے گھڑی
دیکھی اور سیل فون پر نمبر ملا ہی رہا تھا کہ اس کے دماغ میں بہت زور کا دھماکہ ہوا۔
۔۔ ڈبے میں بیٹھے اور کھڑے لوگ کسی فوٹو فریم کی طرح دو تین بار گھوم گئے ۔۔۔ اس کا جسم
پوری قوت سے اچھل کر فرش پر گرنے تک گوشت کے چھوٹے بڑے لوتھڑوں کی شکل میں بکھر گیا
تھا اور جسم سے جدا اسر کسی گیند کی طرح چھت سے ٹکرا کر لہو کے چھینٹے اڑاتا ہوا لوہے کے فرش پر
گر کر اچھلا تھا اور لڑھکتا ہوا ایک سیٹ کے ڈھانچے کے پائے سے ٹکرا کر ملکے سے اتعاش کے
بعد تھم گیا تھا ۔۔۔ پیٹ کسی غبارے کی طرح ایکدم سے پھول کر پھٹ پڑا تھا اور پھر ایک بہت
لمبی سیٹی بجی تھی جیسے پریشر کو کر سے بھاپ خارج ہو رہی ہو، شووووو۔۔۔و۔۔۔۔و!
۔۔ منٹ کے ہزاروں یں سکنڈ میں اس کی آنکھوں نے دماغ تک جس منظر کو منتقل کیا:
۔۔ لوہے کی مضبوط چادری چھت ایسے ادھڑ گئی تھی، جیسے اس پر کوئی عظیم الجثہ قولادی گھونسہ
پوری قوت سے پڑا ہو۔ چھت پر ٹنگے پنکھے ٹیڑھے ہو کر وائروں سے لٹک گئے تھے کھڑکی کی جگہ
بہت بڑا دروازہ بن گیا تھا۔ مابن قریب ہی ایک خون میں سنا ہوا جوتا پڑا تھا۔ ایک جیبی پرس

کھلا پڑا تھا، جس میں سے کچھ نوٹ اور پونی ٹیل والی ایک مسکراتی بچی جھانک رہی تھی، جس کی پیشانی اور ہونٹوں پر خون کے چھینٹے جم گئے تھے۔ کچھ فاصلے پر ایک مٹھی کھلی پڑی تھی جس میں کٹکھکا کا پھٹا ہوا پاوچ دبا ہوا تھا۔ ایم پی تھری سننے والے نوجوان کے کانوں سے خون بہہ کر جبڑوں تک آ گیا تھا اور وہ پھیلی ہوئی آنکھوں سے خلا میں گھور رہا تھا۔ پیٹ کے نیچے خون میں لت پت آنتوں کے علاوہ کچھ نہیں تھا۔ دہشت، صدمے اور وحشت بھری چیخیں دائرہ بناتی گونج کی طرح پھیلتی جا رہی تھیں۔ چپلوں سینڈلوں اور بھاری بوٹوں والے پیر، خون کے تھکوں کو روندتے ہوئے کٹے پھٹے جسموں کو لانگھتے جسموں کو لانگھتے ہوئے لوہے کے گندے فرش پر چل رہے تھے، بے شمار بازو بڑی پھرتی سے چیتھڑا چیتھڑا جسموں، کٹے پھٹے اعضا اور لاشوں کو اسٹریچر پر اور انسانی گوشت کے لوتھڑوں کو چادروں میں سمیٹ رہے تھے۔ پھٹی پھٹی منجمد آنکھوں نے یہ سارا منظر دیکھا اور سکینڈ کے ہزارویں لمحے میں اس کے مردہ ہونٹوں پر ایک ایسی اطمینان بخش سرد مسکراہٹ کھنچ گئی، جو کسی غیر یقینی کام کو انجام دینے کے بعد از خود چہرے پر آ جاتی ہے!۔۔۔

لاوارث سر کا معمہ!

سڑتے انسانی گوشت اور خون کی بدبو تھی جو اس بے حد بیزت تاریکی میں دم گھونٹ دینے والی گیس کی طرح بھری ہوئی تھی۔ خون تک کو منجمد کر دینے والے اس سرد اندھیرے کے بھیتر وقت بھی جیسے منجمد ہو گیا تھا۔ یہ اندھیرا اقبری تاریکی کی طرح خوفناک تھا۔۔۔ اس نے وقت کا میزان لگانا چاہا شاید وہ سینکڑوں ہزاروں برسوں سے قبر کی اس تاریکی میں یوم حساب کا انتظار کر رہا تھا۔۔۔

گھر گھراہٹ کے ساتھ گھپ اندھیرے میں مستطیل دو دھیا روشنی ہو گئی۔۔۔ اس نے محسوس کیا کہ احتساب کا وقت آ پہنچا ہے ۔۔۔ کچھ خاکی وردی پوش سامنے کھڑے دکھائی دیے، ان کے ہاتھوں پر سفید دستانے چڑھے ہوئے تھے اور منہ پر رومال بندھے تھے۔ وردی اور کیپ سے افسر معلوم ہونے والے پختہ عمر کے آدمی نے ریم لیس عینک پہن رکھی تھی۔

"ویری اسٹرینج، تین ہفتے سے زیادہ ہو گیا ہے انسپکٹر چوہان، کسی نے اب تک کلیم نہیں کیا!"

عینک والے افسر نے ہاتھ بڑھا کر اسے چھوتے ہوئے کہا۔اس کی انگلیوں کی گرفت لوہے کے شکنجے کی طرح مضبوط تھی ۔وہ غور سے اس مردہ سر کو دیکھ رہا تھا جو تین ہفتوں سے ۴ ڈگری سیلسیئس درجہ حرارت پر محفوظ رکھنے کے کیمیاوی عمل کی وجہ سے سوج کر عام سروں سے کچھ بڑا ہوگیا تھا۔اس کے جسم کے پرنچے اس طرح اڑے تھے کہ سر کے علاوہ بدن کا کوئی عضو سلامت نہیں بچا تھا۔جسم سے علاحدہ ہوتے ہی بھیجے میں سے سارا خون بہہ جانے کی وجہ سے اس کا رنگ ہلدی کی طرح زرد ہو رہا تھا۔اس کی دونوں ساکت آنکھیں کھلی ہوئی تھیں جو بالکل سپید تھیں ۔جبڑا ٹوٹ کر ٹیڑھا ہوگیا تھا، پھولی ہوئی خفیف سی ترچھی ناک ،موٹے ہونٹ اور کشادہ پیشانی والے اس مردہ چہرے کے اوپری ہونٹ کے گوشے میں کسی پرانے زخم کا ایک گہرا نشان تھا۔

''کتنی ڈیڈ باڈیز ہوں گی؟''عینک والے افسر نے پوچھا۔

''اب اس کٹے ہوئے سر کے علاوہ صرف ایک ان کلیم ڈیڈ باڈی رہ گئی ہے ۔ باقی سب کے وارث آ کر لے گئے ''انسپکٹر چوہان نے کہا جواب دیا۔

''ہوں ۔۔۔ مرنے والوں کے وارث کو گورنمنٹ نے پانچ لاکھ روپے معاوضہ دینے کا اعلان کیا ہے ۔''عینک والے افسر نے اس پر نظریں جمائے ہوئے کہا۔''اس کے بعد تو کسی نہ کسی کو کلیم کرنا ہی چاہیے تھا''

''سر ایک عورت اپنے لنگڑے پتی کو تلاش کر رہی ہے، وہ روز صبح اپنے بیٹے کو گود میں لے کر پہنچ جاتی ہے ۔''

''اس کھوپڑی کو دکھایا تھا اس کو؟''

''ہاں، وہ بتا رہی تھی کہ اس کا پتی کالا تھا یہ تو گورا ہی ہوگا۔میں نے اس کو وہ اکلوتی ان کلیم باڈی کو بھی دکھایا تھا لیکن اس کا پورا شریر اتنی بری طرح جل گیا ہے کہ شناخت پوسیبل نہیں ہے ''

''جب تک اس کی شناخت نہیں ہوتی ہمیں اس کو مردہ گھوشت رکھنا ہوگا''

''سر میں نے ایک عجیب بات نوٹ کی ہے ۔''انسپکٹر چوہان نے کچھ جھجکتے ہوئے کہا۔

''کہو۔''پولیس افسر نے عینک کے پیچھے سے اس کی طرف غور سے دیکھا۔

''سراسے غور سے دیکھیے''اس نے مردہ سر کے زرد چہرے کو غور سے دیکھتے ہوئے کہا۔
''ایسا لگتا ہے جیسے یہ... یہ آخری شیڑوں (لمحوں) میں مسکرا رہا تھا۔''

افسر نے پہلے تو اپنے نوجوان ماتحت انسپکٹر کو دیکھا، جسے وہ سراب بھی مسکراتا ہوا الگ رہا تھا۔ پولیس افسر نے غور سے مردہ سر کو دیکھا، اس کے ہونٹ نیم وا تھے دانت بھنچے ہوئے تھے جن پر خون جم کر سیاہ ہو رہا تھا۔ اس نے محسوس کیا کہ اس کے ہونٹ اپنی فطری ساخت سے کچھ زیادہ کھنچے ہوئے ہیں جسے انسپکٹر چوہان مسکراہٹ سمجھ رہا ہے۔

''وہاٹ ربش!''عینک والے افسر نے سر جھٹک کر کہا۔''مرنے والا آخری شیڑوں میں بھی مسکرا سکتا ہے! میں یہ پہلی بار سن رہا ہوں!''

ہر لمحہ زندگی ہر سانس میں موت

وہ کانپور دیہات کا باشندہ تھا۔ بچپن میں ہی والدین گذر گئے تھے۔ پانچ بھائی بہنوں میں وہ سب سے چھوٹا تھا بڑے بھائی صاحب عمر میں چودہ پندرہ سال بڑے تھے اور ایک شوگر مل میں اکاؤنٹنٹ کی حیثیت سے پچھلے سال ریٹائر ہوئے تھے۔ گھر کی کفالت انہوں نے ہی کی تھی۔ خاندان میں ان کا درجہ والد کی طرح اس لیے بھی تھا کہ انہوں نے اپنی ذمے داریوں کو دیکھتے ہوئے شادی کافی تاخیر سے کی تھی۔ ان کے کوئی اولاد نہیں تھی، وہ اپنے بھائی بہنوں ہی کو اپنی اولاد مانتے تھے اور بھابی کی محبت بھی کچھ کم نہ تھی۔ وہ بچپن ہی سے ذہین تھا لہذا اس کی ذہانت کو دیکھتے ہوئے بھائی صاحب نے اسے کانپور آئی آئی ٹی میں داخلہ دلا دیا تھا، جہاں سے اس نے کمپیوٹر سائنس اینڈ انجینئرنگ میں ٹاپ کیا تھا اور ممبئی کی ایک ملٹی نیشنل کمپنی میں جاب حاصل کرنے میں اسے کوئی خاص دشواری نہیں ہوئی تھی۔ اس کی اس ترقی سے بھائی صاحب بے حد خوش تھے اور جب بھی ان سے فون پر باتیں ہوتیں وہ اسے ایمانداری اور محنت سے کام کرنے کی نصیحت ضرور کرتے ہوئے وہ اپنی مثال دیتے کہ کس طرح انہوں نے ان تھک محنت اور ایمانداری سے فیکٹری میں مینجمنٹ کا اعتماد حاصل کیا ہے۔ بھابی سے جب بات ہوتی تو وہ اسے شہر کی فضولیات سے

دور رہنے کی تلقین کرتیں اور اس سے یہ پوچھنا نہیں بھولتی تھیں کہ اس نے اب تک کوئی لڑکی پسند کی یا نہیں؟

جاب پر کنفرم ہونے کے بعد اسے لگا تھا کہ بھائی صاحب نے اسے اپنی ضرورتوں کی قربانی دے کر جن امیدوں کے ساتھ اعلا تعلیم دلائی ہے وہ ان پر کھرا اترنے کی کوشش کرے گا۔ وہ بھائی صاحب کی نصیحت کے مطابق محنت اور ایمانداری سے کام کر رہا تھا کہ ایک دن اس کی زندگی میں ایک شخص کسی حادثے کی طرح داخل ہوا تھا اور زندگی کی معنویت ہی بدل گئی تھی۔ خوابناک آنکھوں اور گوری رنگت والے اس آدمی پر بھوری جھبری داڑھی خوب پھبتی تھی۔ اس کے دراز قد پر گھٹنوں سے لمبا قمیض نما کرتا اور ٹخنوں سے اونچی شلوار اس کی شخصیت کو کچھ ٹیڑھا بناتی تھی۔ اس نے مقصد حیات اور موت کی قدر و قیمت پر اتنے سارے سوالات کھڑے کر دیے تھے کہ اسے اپنے وجود میں وہی تبدیلی محسوس ہوئی تھی جو زلزلے کے جھٹکے کے بعد متاثرہ زمین ہی نہیں پوری آبادی میں آ جاتی ہے ۔۔۔۔ دوستوں کی ایک محفل میں اس سے ملاقات ہوئی تھی۔ پہلی ہی ملاقات میں اس نے محسوس کیا تھا کہ، اس کی بڑی بڑی آنکھوں میں دیر تک دیکھنا ممکن نہیں تھا۔ اس کی شخصیت کا سب سے بڑا وصف تھا کہ وہ بے حد درشت اور تلخ بات بھی پرسکون انداز میں کہتا تھا۔ بحث کے دوران اس کی آواز کبھی بلند نہیں ہوتی تھی اور نہ ہی غصہ ظاہر ہوتا۔

"کسی عظیم مقصد کے حصول سے عاری زندگی اور کسی عظیم مقصد کی تکمیل سے لاتعلق موت صرف جانوروں کا مقدر ہے۔ ایسے جانور، انسانوں کے جون میں بھی رہتے ہیں۔ انسان کے جون میں انسان بن کر رہنے کی سب سے پہلی شرط ہے کہ اپنی قوم کو ایک کنبہ سمجھو اور انہیں تحفظ اور انصاف دینے کے لیے جان دینے اور جان لینے سے بھی گریز مت کرو۔"

"کیا آپ پر کبھی ایسا وقت آیا ہے؟" کسی نے اُن سے پوچھا تھا۔

اس نے پہلے تو غور سے سوال کرنے والے کو دیکھا اور پھر اور اس نے اپنے دائیں پیر کو لمبا کر کے اپنے پاجامے کے پائنچے کو گھٹنوں تک کھینچ دیا اور سب حیرت سے اس کے پیر کو دیکھتے رہ گئے۔ گھٹنے سے نیچے سے اسٹیل اور فائبر کا بنا ہوا ایک بے جان پیر تھا۔ بھی کو

حیرت ہوئی تھی کہ اس کی چال سے کبھی پتہ نہیں چلتا تھا کہ اس کا نصف پیر کٹا ہوا ہے۔ اس نے ایک سگریٹ سلگائی اور روتھس مین کے امریکی دھویں کی مہک کمرے میں بھر گئی تھی

"میں ہر ایک لمحے کے بعد دوسرے لمحے کو نئی زندگی مانتا ہوں یعنی اپنی ہر سانس میں موت کو محسوس کرتا ہوں اس لیے موت کو گلے لگانے کے لیے ہر لمحہ تیار رہتا ہوں یاد رکھو موت سے صرف بزدل ڈرتے ہیں۔" وہ مبہوت سا اس خوبصورت چہرے اور بلند حوصلے والے آدمی کو دیکھتا رہ گیا تھا۔

"کیا شئے ہے جو تمھارے لیے زندگی کو بہت قیمتی بناتی ہے؟" اس نے بے حد میٹھی مسکراہٹ کے ساتھ سب کے چہروں کو باری باری دیکھتے ہوئے پوچھا تھا، پھر کچھ توقف سے خود ہی بولا تھا۔ "مالی آسودگی، جنسی تلذذ اور خونی رشتے۔ ہے نا!۔۔۔کیا یہ تمام چیزیں ایک ساتھ کسی بھی آدمی کو حاصل ہو جاتی ہیں؟ اور اگر ہو بھی جائیں تو ان کا وقفہ کتنا ہوتا ہے پانچ، پچیس یا پچاس سال! اس سے زیادہ تو نہیں؟ دنیاوی رشتے فریب ہیں۔ رشتے دار زندگی میں محبت کا دم بھرتے ہیں اور موت کے بعد فراموش کر دیتے ہیں، کوئی کسی کے لیے جیتا ہے نہ کسی کے لیے مرتا ہے۔ لیکن ذرا تصور کریں اس زندگی کا جو کبھی ختم نہ ہو جس میں وقت کا کوئی تصور ہی نہ ہو اور جس میں مال و جنس کی ایسی فراونی ہو کہ پرجوش جوانی جسم میں ٹھہر جائے اور تلذذ کا ایک لمحہ صدیوں پر محیط ہو جائے عمر کا ایک سکنڈ سینکڑوں سال پر پھیل جائے اور زندگی کبھی ختم ہی نہ ہو تو بتائیں یہ چند برسوں کی زندگی اہم ہے یا وہ زندگی جس کی عمر لا محدود ہے؟" وہ کہہ رہا تھا اور سبھوں کی آنکھوں میں وہ چمک تھی جو زندگی سے ماورا زندگی کے تصور نے پیدا کر دی تھی۔

"کیا ظلم کو برداشت کرنا ظالم کو قوت دینا نہیں ہے؟ کیا یہ بدترین بزدلی نہیں ہے؟ کیا ہمیں نہیں کہا گیا ہے کہ، جیو تو غازی کی طرح مرو تو شہید کی طرح!" اس نے ٹھہر کر ایک ایک کے چہرے کا جائزہ لینے کے بعد کہا تھا۔ "بروقت مظلوم کا دفاع ظالم کی فنا ہے۔ یہ انتقام نہیں حصول انصاف ہے۔" وہ دھیمے لہجے میں روانی کے ساتھ بول رہا تھا لیکن اس کا چہرہ گرم تانبے کی طرح تمتما اٹھا تھا۔

اس کے ہر لفظ میں بے شمار نیزے تھے جو اس کے دماغ کے ایک ایک خلیے میں پیوست ہو گئے تھے۔ اس نے پہلی بار محسوس کیا تھا کہ وہ بے شمار انسانوں کی طرح ایک بے مقصد زندگی کے کھونٹے سے بندھا ہوا ہے جس کے مرکز میں صرف اس کا اپنا خاندان ہے جبکہ دنیا کے گوشے گوشے میں موجود اس کی قوم کا ہر فرد اس کے وسیع ترین کنبے کا حصہ ہے۔ اب وہ اخبار یا نیوز چینل کھولتا تو روتے سسکتے بچے، ماتم کناں عورتیں اور زخموں سے چور خوفزدہ مرد اس کے سامنے آ کھڑے ہو جاتے۔ رات میں جب وہ کمپیوٹر پر نیٹ سرفنگ کرتا تو دنیا کے پتہ نہیں کن کن گوشوں سے دریدہ جسموں اور مجروح روحوں والے ہیولے کمپیوٹر کے اسکرین سے نکل کر اس کے اطراف میں دائرہ بنا کر کھڑے ہو جاتے۔ بس خاموش اور سوالی نظروں سے اس کی طرف بے چارگی سے تکتے رہتے۔۔۔ان کی آنکھوں میں اتنی بے بسی ہوتی کہ وہ گھبرا کر آنکھیں بند کر لیتا، تو وہ رونے لگتے دبی دبی ہچکیوں کی دردناک آوازوں سے اس طرح روتے کہ اس کا روم روم تھرا اٹھتا۔۔۔

اس نے اپنے فیملی ڈاکٹر سے رجوع کیا، جس نے سارا ماجرا سننے کے بعد اسے سمجھایا کہ وہ جن ہیولوں کو دیکھتا ہے ان کا کوئی وجود نہیں ہے وہ اس کے تخیل کا عکس ہیں جسے ہیلوسی نیشن کہتے ہیں۔ ڈاکٹر نے مشورہ دیا کہ وہ کسی بھی غمناک واقعے یا سانحے پر زیادہ غور و فکر نہ کرے اور دماغ کو پرسکون رکھنے کے لیے چند ٹرینکولائزر تجویز کیں۔۔۔وہ جب تک ٹرینکولائزر لیتا رہتا اسے کسی بھی قسم کا ہیلوسی نیشن نہیں ہوتا لیکن جس روز دوا لینے میں غفلت ہو جاتی، وہی لہو لہان ہیولے پھر اس کے کمپیوٹر سے نکل کر اس کے سامنے آ کر سوالی نظروں سے اسے گھورتے رہتے جیسے پوچھ رہے ہوں کہ "تم نے ہمارے لیے کیا کیا؟" پھر وہ دبی دبی آواز میں رونے لگتے۔ رفتہ رفتہ ان کی آہ و بکا سے کمرے کے در و دیوار، احساس جرم کے مارے کسی شخص کی طرح لرزنے لگتے۔

بچے کی مٹھی میں روپیہ

سو سال پرانی پولیس کمشنریٹ کی کالے پتھروں سے بنی عمارت کی پہلی منزل پر واقع،

اے ٹی ایس (اینٹی ٹیریزم اسکواڈ) کے دفتر میں ایک دُبلی سانولی عورت اپنی گود میں ایک سُر میں رِیانے والے بچے کو چپ کراتی کھڑی تھی۔ عورت کے بشرے سے لگتا تھا جیسے اس نے کئی دنوں سے بالوں میں تیل کنگھا نہیں کیا ہے، البتہ اس کے ماتھے کی گول بندی اور مانگ کا سیندور ضرور تازہ دکھائی دیتا تھا۔ دفتر کے سپاہی نے تین گھنٹے کے درمیان شاید بیسیوں بار اس سے کہا تھا کہ وہ چلی جائے صاب باہر جانچ میں گئے ہیں آنے میں بہت دیر ہو جائے گی۔ عورت چپ چاپ سن لیتی نہ کوئی جواب دیتی اور نہ ہی اپنی جگہ سے ہلتی۔ کچھ ہی دیر بعد انسپکٹر چوہان کالا چشمہ پہنے تیز قدموں سے راہداری عبور کر کے اپنے دفتر کے سامنے پہنچا تو اس عورت کو دیکھ کر ٹھٹک گیا اور پھر وہ اپنے کیبن میں چلا گیا۔ انسپکٹر کے پیچھے پیچھے ایک کالا کلوٹا ادھیڑ عمر کا آدمی بھی اسی کیبن میں داخل ہو گیا، اس کا جبڑا پان اور سپاری کو چبانے کی مشقت میں متواتر ہل رہا تھا۔

عورت پُر امید نظروں سے ان کے پیچھے ہلتے خود کار دروازے کو دیکھتی رہی۔

''باہر کی ہوا کیا بولتی ہے کالا بابو؟'' انسپکٹر چوہان نے سگریٹ سلگا کر پیکٹ اس آدمی کی طرف بڑھاتے ہوئے پوچھا۔

''ایکدم سناٹا ہے ساب۔'' کالا بابو نے بھی سگریٹ سلگا لی۔

''آنکھ اور کان کھلے رکھو، تین ہفتے ہو رہے ہیں ۔اوپر سے بہت پریشر آ رہا ہے ۔'' کہہ کر انسپکٹر نے گھنٹی بجا کر سپاہی کو طلب کر کے باہر کھڑی عورت کو اندر بھیجنے کے لیے کہا۔

بچے کو کمر پر لیے عورت کیبن میں داخل ہوئی ۔ بچہ اب بھی ری ری کیے جا رہا تھا۔

''کچھ پتہ چلا تمھارے پتی کا؟'' انسپکٹر نے پوچھا۔

''ای تو آپ ہی بتائیں گے حجور۔'' عورت نے لجاجت سے کہا۔

''دیکھو ایک ہی جلا ہوا مُردہ رہ گیا ہے جو تم کو دکھایا تھا۔ تم بولتی ہو کہ تھارا پتی لنگڑا تھا اور کالا بھی تھا ۔ وہ لاوارث سر بھی تھارے پتی کا نہیں ہے؟'' انسپکٹر نے ایک ایک لفظ پر زور دے کر کہا ''مجھے لگتا ہے تھارا پتی بلاسٹ میں اُڑ۔۔۔''

''نہیں نہیں ایسا مت بولو ساب ۔'' وہ نفی میں سر ہلا کر رو پڑی۔

”ناشتہ کیا؟“ انسپکٹر نے عورت سے پوچھا۔ وہ چپ انسپکٹر کے چہرے کو تکتی رہی۔ ”چائے بسکٹ لوگی؟“

”نہیں ساب، کچھ نہیں میرا پیٹی‘‘۔۔۔ وہ پھر پھوٹ پھوٹ کر رو پڑی۔ انسپکٹر نے چشمہ نکال کر میز پر رکھا اور ایک فائل کھول کر پڑھنے لگا۔ کالا بابو غور سے اس عورت کو دیکھ رہا تھا۔ ”چپ ہو جا چپ ہو جا“ کہہ کر اس نے عورت سے اپنی تفتیش شروع کر دی۔ اس کا شوہر اندھیری اسٹیشن پر چین کی بنی ہوئی سستی اشیا فروخت کرتا تھا۔ دھماکے کے بعد سے وہ گھر نہیں لوٹا تھا۔ اس کی بوڑھی بہری ماں روز اپنے بیٹے کو یاد کر کے روتی رہتی ہے۔ اسے سمجھانا اور چپ کرانا محال ہو جاتا ہے کہ وہ بالکل بھی سن نہیں سکتی۔

”راشن کارڈ ہے تمھارے پاس؟“ کالا بابو نے اس کی رو رو کر سرخ ہو جانے والی آنکھوں میں دیکھتے ہوئے پوچھا۔

”ہے نا بھیا‘‘ اس نے جلدی سے کہا۔

”سرکار نے کل ملا کر پانچ لاکھ روپیہ معاوضے میں دینے کا اعلان کیا ہے، ہے نا۔ اگر تمھارے آدمی کا کچھ پتہ نہیں چلتا ہے تو تم کو بھی یہ پیسہ مل‘‘۔۔۔

”نہیں بھیا نہیں، ہم کو ہمارا آدمی چاہیے‘‘ اس کی ہچکیاں بندھ گئیں۔ ماں کو روتا دیکھ کر بچہ بھی زور زور سے رونے لگا۔

انسپکٹر نے فائل پر سے نظریں ہٹا کر سر اٹھا کر اس کی طرف دیکھا اور پھر فائل میں جھانکنے لگا۔ بابو بہت بہت دیر تک عورت کو حقیقت سے سامنا کرنے کے لیے تیار کرتا رہا۔ وہ ہچک ہچک کر بس روتی رہی۔

”دو روز کے بعد میں آنا‘‘ انسپکٹر نے فائل پر سے نظریں ہٹائے بغیر کہا۔ عورت آنکھوں میں آنسو لیے کچھ دیر کھڑی رہی پھر نمستے کہہ کر تقریباً گھسٹتی ہوئی باہر چلی گئی۔ کالا بابو نے انسپکٹر کی طرف جھک کر دھیرے سے کہا ”میں ابھی آیا ساب‘‘۔ اور عورت کے پیچھے وہ بھی باہر آ گیا۔ عورت چھوٹے چھوٹے قدم اٹھاتی ہوئی لمبی سی راہداری میں چلی جا رہی تھی۔ اس کی گود میں اس کا بچہ اب بھی روئے جا رہا تھا، شاید وہ بھوکا تھا۔۔۔۔

کالا بابو تیز قدموں سے عورت کے قریب جا پہنچا اس کی طرف ہمدردی برساتی نظروں سے دیکھتے ہوئے اس نے جیب میں سے سو روپے کا ایک نوٹ نکال کر اس کی طرف بڑھا دیا۔ عورت نے لینے سے انکار کیا تو اسے نرمی سے سمجھایا کہ بچے کے لیے دودھ لے لینا اور نوٹ کو اس نے بچے کی مٹھی میں تھما دیا۔ وہ ایکدم سے پھوٹ پھوٹ کر رو پڑی۔

’’دیکھو بائی ایک مہینہ ہونے کو آگیا ہے، ہے نا۔ تمہارے آدمی کا کچھ بھی پتہ نہیں ہے، ہے نا۔ مطلب وہ بلاسٹ میں ختم ہو گیا ہوگا، ہے نا۔ تمہارا بچہ چھوٹا ہے اس کی پرورش کرنے کے لیے پیسہ لگے گا، ہے نا۔ ماتم کرنے سے کام تو چلنے والا نہیں ہے، ہے نا‘‘۔ وہ کسی نرسری ٹیچر کی طرح ایک ایک لفظ پر زور دے کر بول رہا تھا۔ ’’معاملہ گرما گرم ہے سرکار ابھی دیالو بن گئی ہے، ہے نا۔ ابھی جو ملتا ہے لے لو ٹائم نکل جانے کے بعد سرکار بھی بھول جائے گی کہ اس نے کوئی وعدہ کیا تھا، ہے نا۔ پھر چپل گھس جائے گی تمہاری، پھر کچھ نہیں ملے گا، سمجھی نا! دو دن کے بعد اپنا ارادہ بتانا، ہے نا۔ میں ساب کو بول کے تمہارا سب کام آسان کرا دوں گا، ہے نا‘‘۔ کالا بابو کی، ہے نا، کی تکرار عورت کے دماغ اور دل کے درمیان رفو کا کام کر رہی تھی۔ وہ خالی خالی نظروں سے اس کالے لکلوٹے آدمی کا چہرہ تکتی رہی جو اس لمحے میں اسے کوئی فرشتہ نظر آرہا تھا۔ بچے نے سو روپے کا نوٹ اپنی مٹھی میں بہت مضبوطی سے پکڑ رکھا تھا۔

’’خدا قسم میرے کو کچھ نہیں چاہیے‘‘۔ کالا بابو نے اس کی نظروں کی تاب نہ لا کر جلدی سے کہا۔ ’’کام کرانے کے لیے تھوڑا بہت تو خرچ کرنا پڑے گانا، وہ میں دے دوں گا، تم کو جب معاوضہ ملے گا تو بس میرا خیال رکھنا۔ ہے نا‘‘۔ اس نے بچے کے گال کو تھپ تھپایا جس نے اپنی مٹھی میں سو روپے کا نوٹ بہت مضبوطی سے پکڑ رکھا تھا، پھر وہ گم سم کھڑی عورت کو دیکھ کر مسکرایا، اس کے گندے کتھئی دانت نمایاں ہو گئے۔ عورت مستقبل کے اندیشوں میں گھری وہیں کھڑی رہی جیسے اس کے پیروں میں کیلیں ٹھنک گئی ہوں۔ کالا بابو اسے سوالوں اور وسوسوں کے بھنور میں دھکیل کر لمبے ڈگ بھرتا انسپکٹر کے کیبن کی جانب بڑھ گیا۔۔۔۔

عبیر گُلال اور زعفرانی پرچم

وہ ایک بے قابو جمِ غفیر تھا، جو چیلینج پہ چیلینج کر کے نعرے لگا رہا تھا۔ ان کے ہاتھوں میں سینکڑوں سال پرانے زعفرانی پرچم اور ماتھے پر ہزاروں سال پرانا عبیر گلال پُتا ہوا تھا۔ وہ ایک مٹ میلی کائی زدہ بلند و بالا گنبدوں والی عمارت کے اطراف میں ایسے حلقہ بنا رہے تھے، جیسے سرکش پانی کا ریلا کسی چٹان کے گرد پھیلتا ہے اور اسے دھیرے دھیرے اپنے اندر سمو لیتا ہے۔۔۔جنون کی قوت نے خاکی وردیوں کا گھیر اکسی مزاحمت کا مقابلہ کیے بغیر توڑ دیا تھا۔۔۔اور یکبارگی چاروں طرف سے کف اڑاتی زعفرانی موجیں اٹھی تھیں اور چٹان کی طرح قدیم عمارت ریت کے بھرے بھرے ٹیلے کی طرح بیٹھ گئی تھی ۔۔۔اب وہاں نہ کوئی تاریخ باقی بچی تھی نہ جغرافیائی حد بندی تھی نہ ہی قانون کی بالا دستی تھی ، صرف ایک بے قابو وحشی بھیڑ تھی جو قانون اور قدرت کی تمام پابندیوں کو توڑ چکی تھی ۔۔۔اب صرف گرد و غبار تھا جو نعروں کی طرح پھیل رہا تھا۔۔۔

۔۔۔سورج کی لالی خون آلود گیلے کپڑے کی طرح گہرے زعفرانی اندھیرے میں گھل رہی تھی ۔۔۔اندھیرے میں ترشول، تلواریں، برچھے اور چھرے چمکتے اور خون کے چھینٹے اڑاتے انسانی جسم گھٹی گھٹی چیخوں کے ساتھ گرتے ۔۔۔عورتیں بچے پناہ کی تلاش میں بھاگتے ،کوئی تلواروں اور برچھیوں پر رکھ لیا جاتا تو کسی کے کپڑے تار تار کیے جاتے ۔۔۔ بھوکے کتے گلیوں اور سڑکوں پر لاشوں کو اور وحشی مرد ،عورتوں کے ننگے بدنوں کو بھنبھوڑ رہے تھے ۔۔۔دور دور تک کوئی جائے پناہ تھی اور نہ ہی کوئی محافظ تھا۔۔۔

ٹی وی سیٹ پر دکھائی گئی، سی ڈی ختم ہو گئی تھی لیکن اس کا ایک ایک منظر ان کی آنکھوں میں کسی ڈولنا ک خواب کی طرح مسلسل چل رہا تھا۔ کمرے پر ایک ماتمی سکوت طاری تھا۔ یہ ناموشی کسی وجہ سے تھی ۔ فلم کے بعد ذہن میں اٹھنے والے سوالات کی وجہ سے، وہ سمجھ نہیں پا رہا تھا۔ اس روز کسی نے کوئی بحث نہیں کی تھی ۔ جبری داڑھی والے کے ہونٹوں میں سگریٹ، دبے ہوئے غصے کی طرح سلگ رہی تھی ۔ اس نے ان

کے تمتمائے چہروں کو اپنی نوکیلی نظروں سے کھرچتے ہوئے ان کے دماغ تک اپنا پیغام منتقل کر دیا تھا:

"انسان کے جون میں انسان بن کر رہنے کی سب سے پہلی شرط ہے کہ اپنی قوم کو ایک کنبہ سمجھو اور انہیں تحفظ اور انصاف دلانے کے لیے جان دینے اور لینے سے بھی گریز مت کرو۔"

اس رات وہ کافی دیر تک جاگتا رہا تھا۔ بہت دیر تک کروٹیں بدلتے رہنے کے بعد ہی اسے نیند آئی تھی۔ نیند میں اس نے محسوس کیا تھا کہ بستر میں اس کا جسم کسی سے مس ہو رہا ہے۔ اس نے اندھیرے میں ٹٹولا، اس کا ہاتھ کسی گیلی اور لجلجی اشے سے ٹکرایا۔ وہ گھبرا اٹھ بیٹھا اور لپک کر سرہانے رکھے سائڈ لیمپ کو روشن کر دیا۔۔۔اسے یہ دیکھ کر سخت تعجب ہوا کہ اس نے جو چادر اوڑھ رکھی تھی وہ کسی ہیولے کی شکل میں ابھری ہوئی ہے۔ اس نے ڈرتے ڈرتے ہاتھ بڑھایا اور چادر کو ایک جھٹکے سے الٹ دیا۔ بے ساختہ اس کے منہ سے چیخ نکل گئی، خون میں لت پت کوئی شخص اپنی دونوں ہتھیلیوں کو گھٹنوں میں دبائے کروٹ پر اسک رہا تھا۔ اس نے کانپتے ہوئے اس اجنبی کے کندھے کو پکڑ کر سیدھا کیا اور اس کا دل دھک سے رہ گیا، اسے اپنی آنکھوں پر یقین نہیں ہوا، شدید زخمی حالت میں اس نے خود کو سامنے بستر پر پڑا ہوا دیکھا۔ ہو بہو اسی کی شکل وصورت اس جیسا قد وقامت! اس کے جسم پر زخموں کے گہرے نشان تھے جیسے کسی تیز دھار والے ہتھیار سے اس پر وار کیے گئے ہوں۔ وہ سکتے ہوئے پھس پھسا رہا تھا:

"بچالو مجھے بچالو۔۔۔وہ مجھے مار ڈالیں گے۔۔۔"

وہ خود کو اس حال میں دیکھ کر خوف سے کانپنے لگا، اس نے دیکھا کہ سیلنگ فین رک رہا ہے، چھت گر رہی ہے۔ دیواریں ڈھے رہی ہیں اور زمین کپکپا رہی ہے۔۔۔

صبح اس نے خود کو فرش پر پڑا پایا۔ سر میں درد ہو رہا تھا اور آنکھیں جل رہی تھیں، دفعتاً اسے رات کا واقعہ یاد آ گیا اور وہ ایک دم سے اٹھ کر کھڑا ہو گیا۔ اس کی نظریں بیڈ پر گڑ گئیں اور آنکھیں حیرت اور انجانے خوف سے ابل پڑیں۔ بستر پر چادر بے ترتیب تھی لیکن اس کا

کوئی پتہ نہیں تھا جو رات میں زخمی حالت میں بستر پر پڑا سسک رہا تھا اور۔۔۔۔ بستر کی سفید چادر ایکدم بے داغ تھی!

۔۔۔۔ جھبری داڑھی والے نے اس کی کیفیت کو بہت توجہ سے سنا تھا اور پرسکون مسکراہٹ کے ساتھ کہا تھا:

''یہ نہ تو کوئی دماغی خلجان ہے اور نہ ہی آسیب، یہ تمھاری آگہی ہے اور جو ماتم گذار تمھیں دکھائی دیتے ہیں وہ تمھارا ضمیر ہے۔ تمھارے بستر پر جو زخمی پڑا تھا وہ تمھاری روح ہے۔''

''وہ مجھ سے کیا چاہتے ہیں؟ آخر میں کیا کر سکتا ہوں؟'' اس نے لرزتی آواز میں پوچھا۔

''تم بہت کچھ کر سکتے ہو تم ایک عظیم مقصد کے لیے اپنی زندگی قربان کر کے ایک ناتمام زندگی کی آفاقی مسرت حاصل کر سکتے ہو۔ جس کی ابتدا قبر ہی سے ہو جاتی ہے، جو شہیدوں کے لیے گلزار ہو جاتی ہے۔'' جھبری داڑھی والے نے شفیق مسکراہٹ سے کہا تھا۔

وہ جب عقیدت اور احترام سے جھبری داڑھی والے سے مصافحہ کر کے سڑک پر آیا تھا تو اس نے خود کو بہت ہلکا پھلکا محسوس کیا تھا۔ وہ اپنے اندر زبردست قسم کی خود اعتمادی محسوس کر رہا تھا۔ اسے لگا تھا کہ پیر زمین سے کچھ اوپر پڑ رہے ہیں۔ سڑک پر دوڑتی بسیں موٹریں کسی نمائش گاہ میں رکھے خود کار کھلونوں کی طرح معلوم ہو رہی تھیں۔ فٹ پاتھ پر چلنے والے لوگ کمپیوٹر گرافکس کے بے جان کردار جیسے لگ رہے تھے۔ اونچے اسکائی اسکریپرز سگریٹ کی خالی ڈبیوں کے ڈھیر معلوم ہو رہے تھے ۔۔۔۔ اس نے خود کو زندگی کے اس عظیم مقصد کے لیے خود کو تیار کر لیا تھا جو موت کے بعد ایک آفاقی مسرت اور ناتمام زندگی عطا کرتا ہے ۔۔۔۔

<u>**بھائی صاحب اور تکارام کی ماں**</u>

اے ٹی ایس کے دفتر میں، پرانی وضع کی پتلون قمیض میں ملبوس خشی داڑھی والے

معمر آدمی کو انسپکٹر اور اس کی بغل میں بیٹھے دوسب انسپکٹر گہری نظروں سے گھور رہے تھے جو بار بار مردہ سری کی تصویر سے اس تصویر کا موازنہ کر رہا تھا جو وہ اپنے ساتھ لایا تھا۔ اس کے ہاتھوں میں انجانے خوف اور خدشے کی وجہ سے رعشہ اور آنکھوں میں بخس تھا۔ یہ شخص کل بھی اے ٹی ایس کے دفتر آیا تھا۔۔۔

وہ کل جب زینوں کی طرف جا رہا تھا تب اس نے دیکھا کہ سامنے کی دیوار پر ایک نوٹس بورڈ کے سامنے کچھ لوگ کھڑے کسی نوٹس کو بہت غور سے دیکھ رہے ہیں ۔ بورڈ کے قریب کولھاپوری ساڑی میں ایک لاغری بوڑھی عورت، چھ سات سال کی ایک بچی کے کندھے پر ہاتھ رکھے کھڑی تھا اور رہ رہ کر نوٹس بورڈ پڑھ رہے کسی نہ کسی شخص سے مراٹھی میں کسی بات کے لیے عاجزی کرتی لیکن اس کی بات پر کوئی توجہ نہیں دے رہا تھا۔ اس بڑھیا کی بے چارگی کو دیکھ کر خستشی داڑھی والا معمر آدمی ٹھٹک گیا تھا۔ اچانک بڑھیا کی نظر اس پر پڑی اور وہ لنگڑاتی ہوئی اس کے قریب آئی اور اس نے مراٹھی آمیز ہندی میں جو کچھ کہا اس کا مطلب تھا کہ وہ اپنے بیٹے گنپت تکا رام گائیکوار کا نام اس فہرست میں تلاش کر رہی ہے ۔ خستشی داڑھی والا اس کا سر ہلاتا ہوا اس کے ساتھ بورڈ تک گیا۔ اسے یہ دیکھ کر عجیب طرح کے خوف کا احساس ہوا کہ وہ بم دھماکوں کے مہلوکین اور زخمیوں کی لمبی فہرست تھی۔ اس نے اپنی قمیض کی جیب میں سے عینک نکال کر پہنی اور فہرست کو پڑھنے لگا:

(١) شیو رام شانتا رام مورے، ٤٠ سال (٢) رام بچن یادو، ٥٣ سال (٣) خاتون بی انصاری، ٦٧ سال (٤) دلیپ الہاس جوشی، ٤٥ سال (٥) ریٹا ڈی سوزا، ١٨ سال (٦) محمد علی حیدر علی پٹھان، ٣٦ سال (٧) وسنت جادھو پوار ٢٨ سال (٨) تبسم ایوب شیخ، ٢٧ سال (٩) بے بی شبانہ محمد عثمان ٨ سال ۔۔۔

وہ دھندلاتی آنکھوں سے پڑھتا گیا مہلوکین کی فہرست میں ١١٢ نمبر پر تھا گنپت تکا رام گائیکوار، ٤٢ سال، کا نام ۔۔۔ اس نے جیسے ہی بوڑھی عورت کو نام پڑھ کر سنایا، وہ زور زور سے بین کرتی ہوئی فرش پر بیٹھ گئی ۔ وہ اپنا منہ پیٹ رہی تھی اور اس کے ساتھ والی بچی روتی ہوئی اسے چپ کرانے کی کوشش کر رہی تھی ۔ بڑھیا کو ولاپ کرتا ہوا دیکھ کر اس کا

دل بھاری ہوگیا تھا، اسے ایک انجانے وہم نے جکڑ لیا تھا وہ وہاں سے واپس مسافر خانے میں لوٹ آیا تھا۔ آج اس نے انسپکٹر چوہان سے کل نہ آنے کی وجہ صاف بتائی تو اس نے کہا تھا:

’’ہم روز ایسا ماتم دیکھتے ہیں، کیا کریں آپ کی طرح واپس تو نہیں جاسکتے۔ دل کو کڑا کرکے اپنی ڈیوٹی دیتے ہیں۔‘‘

اے ٹی ایس کی ٹیم پہلے ہی دونوں تصویروں کو اپنی تفتیشی نظروں سے دیکھ چکی تھی۔ ان کے سامنے ایک زندہ نوجوان کی مسکراتی تصویر تھی جو شاید کسی شناختی کارڈ کے لیے کھنچوائی گئی تھی اور دوسری جانب تن سے جدا ایک ورم زدہ سری کی تصویر تھی جس کے خدوخال بری طرح سے مجروح تھے۔

’’ہاں داروغہ صاحب تصویر بالکل میرے بھائی جیسی تو نہیں ہے، لیکن ناک نقشہ کچھ کچھ ملتا جلتا ضرور ہے، چہرہ اتنا بگڑ گیا ہے کہ پہچانا مشکل ہے۔ میری تو دعا ہے کہ وہ میرا بھائی نہ ہو‘‘ کہتے ہوئے اس کی آواز لڑکھڑا گئی۔

’’ہماری بھی دعا ہے کہ وہ آپ کا بھائی نہ ہو تو اچھا ہے، کیونکہ ہماری جانچ ٹیم کو شک ہے کہ یہی وہ ٹیریرسٹ تھا جس نے ٹرین میں بم رکھا تھا، لیکن یہ صرف شک ہے اس کی اچھی طرح سے چھان بین ہوگی۔‘‘

انسپکٹر کی یہ بات سن کر اس کے جسم میں ایک ٹھنڈی لہر دوڑ گئی تھی اور پیشانی پر پسینے کے ننھے قطرے ابھر آئے ۔۔۔۔ چھوٹو دہشت پسند! ممکن ہی نہیں ہے۔ اس کی تربیت جس ماحول میں ہوئی ہے اس میں تو کسی کے بگڑنے اور بہکنے کا سوال ہی نہیں اٹھتا ہے۔ ویسے بھی چھوٹو جھگڑالو اور غصیلا نہیں تھا کہ کسی کے بہکانے میں آجائے۔ جس بچے نے کبھی غلیل سے کسی چڑیا تک کو نہ مارا ہو وہ دہشت پسند کیسے بن سکتا ہے! یہ پولس ہے ان کا کام ہی شک کرنا ہے ان کے بارے میں مشہور ہے ناکہ وقت پڑنے پر یہ اپنے باپ تک پر شک کرتے ہیں ۔۔۔۔

’’آپ کی اپنے بھائی سے آخری ملاقات کب ہوئی تھی؟‘‘ ایک سب انسپکٹر کے سوال

نے اسے چونکا دیا۔

"چھوٹو سے ملاقات تو ایک سال سے نہیں ہوئی تھی لیکن فون پر بات ضرور ہوتی تھی۔ جس روز حادثہ ہوا تھا، شاید دس پندرہ منٹ پہلے اس سے میری فون پر بات ہوئی تھی۔ اسکے لیے ہم نے ایک بہت خوبصورت لڑکی دیکھی ہے اسی کے بارے میں میں نے اسے فون کیا تھا۔"

"اس نے کیا کہا تھا فون پر؟"

"اس نے کہا تھا کہ ابھی اسے کچھ بہت ضروری کام کرنے ہیں، فی الحال شادی کے بارے میں نہیں سوچ سکتا۔" کہتے ہوئے بڑے بھائی کی آنکھوں میں نمی آ گئی۔"داروفہ صاحب کیا میں اس سر کو دیکھ سکتا ہوں؟" وہ خود کو یہ اطمینان دلانے کے لیے لاوارث سر کو دیکھنا چاہتا تھا کہ اپنے چھوٹے بھائی پر اس کا اعتماد غلط نہیں ہے۔

"وہائی ناٹ!" انسپکٹر نے کہا اور ایک سب انسپکٹر سے حراست میں لیے گئے کسی مشتبہ آدمی کو دوسری جیپ میں پولس گارڈز کے ساتھ جے جے اسپتال کے مردہ گھر لانے کی ہدایت دے کر اٹھ کھڑا ہوا۔ معمر آدمی انسپکٹر کے پیچھے کیبن سے باہر نکل آیا تھا اور وہ آنسو جو اس نے انسپکٹر سے چھپا لیے تھے رومال سے پوچھتے ہوئے لکڑی کے زینوں کی طرف بڑھ گیا۔ جب وہ اپنے کانپتے پیروں کو جماتا ہوا سیڑھیاں اتر رہا تھا تو اسے اپنی آنکھوں پر یقین ہی نہیں ہوا۔۔۔ زینے کے قریب کی دیوار پر لگے نوٹس بورڈ کے سامنے کچھ لوگ کھڑے کسی نوٹس کو بہت غور سے دیکھ رہے ہیں۔ وہ، ہی کل والی، کولہا پوری بڑھیا، چھ سات سال کی ایک بچی کے کندھے پر ہاتھ رکھے کھڑی ہے اور وہ رہ رہ کر نوٹس بورڈ پڑھ رہے ہے کسی نہ کسی شخص سے مراٹھی میں کسی بات کے لیے عاجزی کر رہی ہے، لیکن آج بھی اس کی بات پر کوئی توجہ نہیں دے رہا ہے۔ اسے لگا کہ وہ بڑھیا ابھی اسے دیکھ لے گی اور اس سے کہے گی کہ اس کے بیٹے گنپت تکا رام گائیکوار کا نام اس فہرست میں تلاش کر دے۔۔۔ اس نے گھبرا کر اپنا چہرہ پھیر لیا اور تیزی سے عمارت کے باہر نکل آیا۔۔۔ وہ جلد از جلد وہاں سے نکل جانا چاہتا تھا۔ اسے لگ رہا تھا جیسے وہ بڑھیا اپنی پوتی کے سہارے لنگڑاتی ہوئی اس

کے پیچھے پیچھے دوڑ رہی ہے۔

اس کے سیل فون کی گھنٹی بجی تھی اور دیر تک بجتی رہی تھی، لیکن وہ ٹی ایس کی ٹیم کے ساتھ جیپ کی پچھلی سیٹ پر بیٹھا چھوٹو کے بارے میں سوچ رہا تھا اس کا معصوم چہرہ کسی تصویر کی طرح نظروں میں ٹنگا ہوا تھا۔ بچپن میں ماں باپ کی محبتوں سے محرومی نے ویسے تو تمام بھائی بہنوں کو متاثر کیا تھا لیکن سب سے چھوٹا ہونے کی وجہ سے یہ محرومی چھوٹو کے حصے میں کچھ زیادہ ہی آئی تھی شاید اسی لیے اس نے کبھی بچپن والی شرارتیں نہیں کیں۔ اسے پہلی بار شدید احساس ہو رہا تھا کہ اس کی آمدنی اتنی کم تھی کہ وہ اپنے بھائی بہنوں کو اچھے لباس اور کھلونے نہیں دلا سکا تھا۔ خاص طور پر چھوٹو کو جوان میں سب سے چھوٹا تھا۔ یہ احساس اسے اب اس لیے بھی ہو رہا تھا کہ اب چھوٹو بہت اچھی تنخواہ پا رہا تھا اور پورے گھر کی ضرورتوں کے لیے فکر مند رہتا تھا۔ وہ اپنی دو ہیا بہتا بہنوں اور ان کے بچوں کے لیے تہوار کے موقعوں پر کپڑے، کھلونے اور جوتے برابر بھجواتا تھا۔ ۔ ۔ وہ جیسے ہی پولس جیپ میں بیٹھا سیل فون پھر بج اٹھا، اس نے چونک کر پتلون کی جیب میں سے سیل فون نکال کر کان سے لگا یا۔ دوسری جانب بیوی تھی:

''ٹی وی والے بول رہے ہیں کہ وہ لا وارث سر، آتنگ وادی کا ہو سکتا ہے''۔

بیوی کی آواز میں بے صبری اور خوف کی کپکپاہٹ تھی۔ اس نے خود پر قابو رکھتے ہوئے کہا:

''تصویر میں تو بہت فرق ہے، لاش کا سر دیکھنے پر پکّا ہو جائے گا کہ وہ ہمارا چھوٹو نہیں ہے۔ اچھا اب رکھتا ہوں''۔

اس نے دانستاً بلند آواز میں کہا تھا اور فون منقطع کر دیا تھا۔ اسے خود پر حیرت ہوئی کہ وہ اتنے اعتماد کے ساتھ جھوٹ کیسے بول گیا! وہ نہیں چاہتا تھا کہ بیوی کو یہ بتا کر صدمہ پہنچائے کہ اس لا وارث سر کی تصویر اس کے بھائی سے بالکل مشابہ بہت تو نہیں ہے، لیکن اس کی خفیف سی ٹیڑھی ناک اور اوپری ہونٹ والا زخم کا وہ نشان بالکل ویسا ہی ہے جیسا کہ چھوٹو کو ہے۔

"دُنیاوی رشتے فریب ہیں۔"

جے بے اسپتال کا مردہ گھر اتنا ہی پرانا تھا جتنا کہ یہ اسپتال۔ خشخشی داڑھی والے کو ساتھ لے کرائے ٹی ایس کی ٹیم کالے چشمے والے انسپکٹر کے ساتھ مردہ گھر کی وحشت میں مبتلا کرنے والی عمارت میں داخل ہوئے ان کے پیچھے اسپتال کے دو مہتر بھی تھے جو ایک ٹرالی اسٹریچر کو دھکیل رہے تھے۔ تعفن اس قدر تھا کہ سب نے ناک اور منہ پر رومال رکھ لیا تھا۔ ایک کشادہ ہال میں، جہاں تین چار لاشیں پتھر کی میزوں پر الف برہنہ پڑی ہوئی تھیں، سے گذر کر وہ مجبوس ہوا سے بوجھل برف خانے میں پہنچے۔ سیلن زدہ دیواروں والے اس بڑے سے سرد کمرے میں ڈیپ فریز کے کیبنیٹ بنے ہوئے تھے، جن کی مختلف درازوں میں نقطہ انجماد پر مردوں کو محفوظ رکھا جاتا تھا۔ مہتر نے انسپکٹر کے اشارے پر ایک کیبنیٹ کی دراز کو گھررر کی آواز کے ساتھ کھینچ لیا...۔ خشخشی داڑھی والے کے سامنے وہی تصویر والا پیرہ تھا، جس کی منجمد آنکھیں اسی پر مرکوز تھیں...۔ اس کا دل سینے میں بہت زور سے دھڑکا۔ خشخشی داڑھی والا لاکھوں میں اپنے بھائی کو سات پردوں میں بھی پہچان سکتا تھا۔ اس کے سامنے، نیک طینت اور سعادت مند چھوٹے بھائی کا سر تھا، جسے دیکھتے ہی وہ صدمے سے کانپ اٹھا، اس کے سامنے ایسے شخص کا سر تھا جس نے معصوم لوگوں کی جانیں لینے کے لیے اپنی جان ضائع کر دی تھی۔

"او وہ میں ابھی تک آلائشوں سے بھری اسی فانی دنیا میں پڑا ہوا ہوں!" دماغ نے سوچا۔ "لوگ کہتے ہیں کہ موت ایک ابدی نیند ہے۔ حیرت ہے، کسی نے اس تجربے سے گذرے بغیر ہی کہہ دیا! جبکہ حقیقت تو یہ ہے کہ موت کے بعد نیند ہی ختم ہو جاتی ہے بس ایک انتظار رہتا ہے...۔ طویل انتظار...۔ اپنی نجات کا!"

اس کی منجمد آنکھوں میں منظر پگھل کر کچھ واضح ہو گیا۔ اگر اس کے سر میں دل ہوتا تو شاید بہت زور سے دھڑکتا۔ اس کے سامنے بھائی صاحب کھڑے تھے۔ ان کا چہرہ کسی بجھے ہوئے کوئلے کی طرح نظر آ رہا تھا، وہ بہت غور سے اسے دیکھ رہے تھے۔ ان کا لرزتا ہوا

ہاتھ آگے بڑھا تھا پھر انہوں نے اسے پیچھے کھینچ لیا تھا۔ وہ سر ہلا رہے تھے ۔۔۔ صدمے میں، غصے میں! پشیمانی میں یا انکار میں! ۔۔۔

''غور سے دیکھو''۔ یہ وہی آواز تھی جو وہ کئی بار سن چکا تھا۔

''نہیں داروغہ صاحب یہ میرا بھائی نہیں ہے''۔ ان کی آواز جیسے حلق میں پھنس کر نکلی تھی۔

''آر یو شیور؟'' انسپکٹر کی آواز تھی۔

''جی ی!'' بہت قطعیت کے ساتھ بھائی صاحب نے کہا تھا اور ایک دم سے گھوم کر دروازے کی طرف چل پڑے تھے۔ ان کی گردن اور کندھے جھکے ہوئے تھے جیسے ہل کا جوار کھنے پر بیل کی گردن بوجھ سے جھک جاتی ہے۔

وہ پھر بدبو بھرے اندھیرے میں تھا۔ اس نے زندگی کے کسی لمحے میں یہ تصور نہیں کیا تھا کہ باپ کی طرح محبت کرنے والے بھائی صاحب اسے اس طرح پہچاننے سے انکار کر دیں گے۔ اس اندھیرے میں ایک جملہ گونج اٹھا تھا:

''دنیاوی رشتے فریب ہیں۔ عزیز و اقارب زندگی میں محبت کا دم بھرتے ہیں اور موت کے بعد فراموش کر دیتے ہیں۔ کوئی کسی کے لیے جیتا ہے، نہ کسی کے لیے مرتا ہے۔''

اسے لگا تھا کہ اب تک وہ سچ مچ رشتوں کے فریب میں مبتلا تھا۔ شکر ہے کہ اب وہ اس فریب سے نہ صرف نکل آیا ہے بلکہ اسے ختم ہوتا ہوا بھی دیکھ رہا ہے۔ اس نے سوچا کہ کاش بہت پہلے وہ اس فریب سے نکل آتا اور اپنے عظیم مقصد کے لیے زندگی کو وقف کر دیتا، کاش! ۔۔۔

زندگی کا عارفانہ عطا کرنے والا

پتہ نہیں چند منٹوں، چند گھنٹوں یا چند سالوں بعد اندھیرے میں پھر بابا لے کی کھڑکی کھل گئی تھی۔ اس بار گندی دیواروں میں سے ابھر کر کئی لوگ سامنے آ کر کھڑے ہو گئے تھے ۔ اس کی نظر پہلے وردی پوشوں پر پڑی، ان میں وہی کالے چشمے والا پولیس افسر آگے کھڑا

تھا۔ دوسرے تمام وردی پوش ادب سے پیچھے کھڑے تھے۔۔۔ پھر ان کے درمیان سے سر تا پا سفید لباس میں ملبوس ایک ہیولا سامنے آیا۔ اس کے دونوں ہاتھوں میں ہتھکڑیاں تھیں ۔ روشنی سے مانوس ہو جانے پر آنکھوں نے جو دیکھا وہ بے حد چونکا نے والا تھا ۔ سامنے اس کا مثالی مرد کامل کھڑا تھا۔ جبری داڑھی الجھی ہوئی سی تھی اور ان کے چہرے پر خوف اور ہراسانی تھی مسلسل جاگتے رہنے کی گہری تھکن خوابناک آنکھوں سے مترشح ہو رہی تھی۔

”دیکھو اور پہچانو اس کو“ عینک والے افسر نے سخت تحکمانہ لہجے میں اس سے کہا۔
کیوں نہیں پہچانیں گے وہ مجھے! وہ دنیاداروں کی طرح موت سے نہیں ڈرتے، وہ تو غازی ہیں جو اپنی قوم کے لیے جان دینے اور جان لینے کے لیے ہر وقت تیار رہتا ہے ۔ میرا ان کا، خون کا وہ رشتہ نہیں ہے، جو کسی مادی ضرورت اور لالچ میں توڑ دیا جائے، جیسا کہ بھائی صاحب نے کیا۔ ہمارا رشتہ تو پختہ عقیدے، بے لچک نظریے اور عظیم مقصد کے ساتھ منسلک ہے ۔

وہ اس کے بہت قریب آ کر کمر سے جھک گئے، ان کی جبری داڑھی اسے اپنی آنکھوں میں گھستی محسوس ہوئی ۔ اسے لگا کہ وہ اس کی پیشانی کو چومنے کو جا رہے ہیں ۔ اس نے سوچا کہ کاش، میں زندگی کا عرفان عطا کرنے والے اس شخص سے کہہ سکتا کہ آپ کی عنایت سے میں نے اپنی زندگی کا عظیم مقصد حاصل کر لیا ہے ۔
انہوں نے سیدھے ہوتے ہوئے اپنے بازو کو اٹھا کر پیشانی کا پسینہ پونچھا اور مسکرا کر نفی میں سر ہلا دیا۔ ”نہیں میں نہیں جانتا اس کو “
ان کی آواز میں ہلکا سا لرزہ تھا۔

شاید انہوں نے مجھے نہیں پہچانا۔ ہاں میرا چہرہ جو بگڑ گیا ہے ۔۔۔ وہ مجھے پہچانتے تو ضرور فخر سے کہتے کہ ہاں یہی ہے وہ نوجوان جس نے ذلت کی زندگی پر شہادت کو ترجیح دی ۔ یہ وہ ہے جس نے اپنی پوری قوم کو اپنا کنبہ تصور کیا اور عظیم مقصد کے لیے قربان ہو گیا ۔۔۔۔
ان کا جملہ اب بھی اس کے دماغ میں گونج رہا تھا:

''جیو تو غازی کی طرح اور مرو تو شہید کی طرح ۔''

''جھوٹ مت بولو تم جانتے ہو نا اس کو؟'' انسپکٹر چوہان کا لہجہ کافی درشت تھا۔ ''یہ سوسائیڈ بومبر تمھاری آرگنائزیشن کا ممبر نہیں تھا؟''

''نہیں یہ ہم میں سے نہیں ہے ۔ ہمارے یہاں معصوموں کا قتل گناہِ عظیم ہے اور خودکشی حرام ہے!'' انہوں نے اس کی مردہ آنکھوں کی طرف حقارت سے دیکھتے ہوئے کہا ۔۔۔۔

۔۔۔۔ اس کے دماغ میں بہت زور کا دھماکہ ہوا اور اس کے بھیجے کے چیتھڑے اڑ گئے اور کانوں میں گونجنے والی سیٹیاں بجنے لگیں اور آنکھوں میں اندھیرا کسی سیاہ پردے کی طرح گر پڑا اور سب کچھ نظروں سے اوجھل ہو گیا ۔۔۔۔

آخری دیدار کے بعد

نیم اندھیرے برف خانے میں ، وہ سبھی ڈیپ فریزر کی دراز کے سامنے اپنے منہ پر رومال رکھے کھڑے تھے ۔۔۔ انسپکٹر چوہان نے ہمیشہ کی طرح کالا چشمہ پہن رکھا تھا۔ کالے کلوٹے بابو کا چہرہ آج کچھ بے چینی کے ساتھ پان اور سپاری کو کچل رہا تھا۔ مردہ گھر کا اٹینڈنٹ اور کلرک ہاتھوں میں فائل اور کچھ فارم لیے کھڑے تھے۔ ان کے پیچھے میلی ساڑی میں ڈری سہمی ہوئی عورت منہ پر پلو رکھے کھڑی تھی، انجانے خوف سے اس کا جسم ٹھنڈا ہو رہا تھا۔ اس نے شاید کئی دنوں سے بالوں میں تیل کنگھا نہیں کیا تھا لیکن اس کے ماتھے کی گول بندی بالکل تازہ لگ رہا تھا البتہ آج اس کی مانگ سونی تھی ۔۔۔ باہر سے کسی بچے کے رونے کی آواز متواتر آرہی تھی ۔۔۔ مہتر نے پوری قوت سے فریزر کی دراز کو کھینچ لیا، سامنے وہی لاوارث سر بے نور آنکھوں سے انہیں گھور رہا تھا۔ کالا بابو نے اپنی جیب میں سے پلاسٹک کی ایک بڑی ٹھیلی پڑیا نکال کر مورت کی طرف بڑھا کر آنکھوں سے اشارہ کیا۔ عورت نے پڑیا میں سے عبیر گلال کو کانپتی مٹھی میں لے کر مردہ سر کے ماتھے پر پوت دیا اور اپنے دونوں ہاتھوں کو جوڑ کر اسے پر نام کیا پھر وہ پتہ نہیں کس احساس کے تحت پھوٹ پھوٹ کر رو پڑی ۔

کالا بابو نے اپنی بغل میں دبا ہوا ایک کورا سفید کپڑا اسپتال کے مہتری کی طرف بڑھا دیا، اس نے اپنے دستانے والے ہاتھ کو بڑھا کر سر کو اٹھایا اور ایک پولی تھن میں رکھ کر اسے سفید کپڑے میں خوب اچھی طرح سے لپیٹ دیا تھا۔ مہتر نے سفید کپڑے کے اس گولے کو اتنے ہی احترام سے رکھا، جیسے کہ کسی لاش کو اس کے متعلقین کے سامنے رکھا جاتا ہے اور وہ اسٹریچر کو دھکیلتا ہوا دروازے کی طرف چل پڑا۔ سفید کپڑے میں لپٹا سر کسی گیند کی طرح ہل رہا تھا۔ مردہ گھر کے برف خانے سے باہر آتے ہی عورت نے جلدی سے اپنے روتے ہوئے بچے کو کانسٹبل کی گود میں سے لے کر سینے سے لگا لیا۔ کالا بابو نے اپنی جیب میں سے سو اور پچاس کے نوٹ نکال نکال کر وہاں موجود اسپتال اور مردہ گھر کے ملازمین کو بخشش دی۔ مردہ گھر کی عمارت سے باہر نکل کر وہ سب اس ٹیکسی کی طرف بڑھے جسے کالا بابو نے پہلے ہی سے ویٹنگ میں ارینج کر رکھا تھا۔ عورت اور کالا بابو ٹیکسی کی پچھلی سیٹ پر بیٹھ گئے۔ سفید کپڑے میں لپٹا سر عورت نے اپنی گود میں ایسے لے رکھا تھا جیسے وہ ایک بے جان سر نہ ہو کوئی زندہ بم ہو۔

”کریا کرم میں بالکل بھی دیر مت کرنا۔“ سفید موٹے کپڑے اور پولی تھن میں ہونے کے باوجود اس نے سنا کہ انسپکٹر کسی کو تنبیہہ کر رہا تھا۔ ”کالا بابو دھیان رہے، یہ اب تیزی سے سڑنے لگے گا۔“

”خدا قسم صاحب اتنی بدبو ہے کہ برداشت سے باہر ہے، ہم ادھر سے سیدھے دادر کے الیکٹرک شمسان جائیں گے۔“

”شمسان!“ وہ احتجاج میں پوری قوت سے چینخا لیکن دھماکے کے بعد وہ خود بھی تو قوت گویائی سے قطعی محروم ہو چکا تھا۔ وہ اپنی بے آواز چینخ میں ایسا احتجاج کر رہا تھا جو فضا میں تیرتی حساس لاسلکی لہروں پر ہلکا سا ارتعاش بھی پیدا کرنے سے قاصر تھا۔

ٹیکسی چلنے سے پہلے، عورت نے انسپکٹر چوہان کی طرف دیکھ کر ممنونیت سے ہاتھ جوڑ دیے۔ اس کی بغل میں بیٹھے کالا بابو کی باچھیں کھلی ہوئی تھیں اور اس کے گندے کتھئی دانتوں میں دبی سگریٹ سلگ رہی تھی۔ انسپکٹر کو اچانک کچھ یاد آ گیا، اس نے جلدی سے

ڈرائیور کو رکنے کا حکم دیا اور عورت سے کہا:

”ذرا کپڑا ہٹا کر اس کا چہرہ تو دکھاو۔“

عورت نے منہ اور ناک پر پلو رکھ کر سفید کپڑا ہٹا کر پولی تھن میں رکھے سر کو دونوں ہاتھوں میں اٹھا کر، انسپکٹر چوہان کی طرف بڑھا دیا۔ اس نے اپنا کالا چشمہ اتارا اور منہ پر رومال رکھ کر ٹیکسی کی کھڑکی میں سر ڈال کر اس بدبو پھیلاتے بدہئیت مردہ سر کو غور سے دیکھا اور بری طرح سے چونک پڑا۔۔۔۔ اسے اپنی آنکھوں پر یقین نہیں ہوا، کیوں کہ۔۔۔ گرم موم کی طرح پگھلتے مردہ سر کی آنکھیں مچی ہوئی تھیں اور دونوں ہونٹ آپس میں سختی سے ایسے بھنچے ہوئے تھے ، جیسے وہ کسی ناقابل برداشت کرب کو اپنے جبڑوں میں دبانے کی کوشش کر رہا ہو!

■■

شاندار زندگی کے لیے

نصف شب میں سڈنی کی میٹرو ٹرین میں ایک ہندستانی طالبہ کے ساتھ مقامی نوجوانوں کی دست درازی کی خبر کا ایک ایک لفظ پرتاپ اگروال کے جسم پر بچھو کی طرح رینگنے لگا۔اس نے لاشعور میں پوشیدہ کسی دہشت کے زیر اثر اخبار کو ناشتے کی میز پر پھینکا اور سیل فون اٹھانے کی کوشش میں بلیک کوفی کا مگ چھلک اٹھا۔اس نے بڑی بے صبری سے نمبر ڈائیل کیا، ایک بار،دو بار،تین بار اور پھر بار بار۔

’’وہائی ڈڈ ناٹ یو پک اپ دی فون؟‘‘وہ تقریباً چیخ پڑا۔

’’آئی واز ان ڈیپ سلیپ پاپا۔‘‘دوسری جانب سے کسی لڑکی کی نند سی آواز آئی۔

’’آر یو آل رائٹ بے بی؟‘‘

’’اوہ پاپا،لگتا ہے آپ نے پھر کوئی برا سپنا دیکھا ہے۔‘‘لڑکی کی آواز میں بیزاری تھی۔

’’نہیں بے بی میں نے ابھی ایک بیڈ نیوز ....‘‘

’’کسی انڈین کے ساتھ وائلنس کی کوئی نیوز،ہے نا۔‘‘

’’ہاں ۔لیکن سنو آئی وارن یو تم آسٹریلین لڑکوں سے چاہے وہ تمہارے کتنے ہی اچھے فرینڈز ہی کیوں نہ ہوں دور رہو گی۔‘‘

’’پاپا پلیز آپ کتنی بار مجھے یہ لیسن پڑھاتے رہیں گے؟ آئی ایم اینف ٹو ٹیک کیئر مائی

سیلف۔''لڑکی نے جھنجھلائی ہوئی آواز میں کہا اور فون منقطع ہوگیا۔

پرتاپ کچھ دیر تک خالی خالی سیل فون ہاتھ میں لیے بیٹھا رہا۔ وہ خود اپنی اس کیفیت پر محجوب سا تھا۔ وہ جب بھی کسی مجرمانہ عمل کے بارے میں پڑھتا یا سنتا تو اس پر ایک ایسا نامعلوم خوف اور اضطراب طاری ہو جاتا، جس سے باوجود ہزار کوششوں کے وہ پیچھا نہیں چھڑا سکا تھا۔

اسے نیلو پر پورا اعتماد تھا کہ وہ کوئی غلط قدم نہیں اٹھائے گی لیکن دوسرے ٹین ایجرز کا کیا بھروسہ وہ بہکا دیں اور پھر یورپین کنٹریز میں ایشینز کے خلاف کبھی بھی نسلی تشدد چھوٹ پڑتا ہے۔ ایسا وقت جنون کا ہوتا ہے اس میں کسی پر بھی اعتماد نہیں کیا جا سکتا۔ نیلو کی شبیہہ اپنے مکمل وجود کے ساتھ اس کی نظروں کے سامنے آگئی۔ اپنی ماں جینٹ کی طرح شکل وصورت قد کاٹھی، لیکن سلم ہونے کے بھوت نے اسے کافی ڈبلا کر دیا تھا۔ ماں کی طرح وہ بھی خوش اخلاق اور پُرکشش تھی۔ ''گاڈ سیو ہر۔'' وہ بڑبڑایا۔ پھر اس نے سیل فون کو میز پر رکھ کر ملازمہ کو پکارا ''سمن ۔''

ملازمہ جب تک میز کو صاف کرتی رہی پرتاپ اپنی اکلوتی بیٹی نیلو کے بارے میں سوچتا رہا جو سڈنی میں بزنس مینجمنٹ کے آخری سال میں ہے۔ نیلو جب دس سال کی تھی تب اس کی ماں کا اچانک انتقال ہوگیا تھا۔ اس نے اپنے وسیع کاروبار کے باوجود نیلو کی پرورش بہت توجہ اور بے حد لاڈ پیار سے کی تھی۔ وہ جب اپنے باپ کے ہندستانی مصالحوں اور کچھ نایاب قسم کی جڑی بوٹیوں کے کاروبار کو سڈنی میں پھیلانے کی جستجو میں تھا انہیں دنوں اس کی ملاقات ایک ہوٹل میں خوبصورت ریسپشنسٹ جینیٹ سے ہوئی تھی۔ جینیٹ سے کورٹ شپ کے دو سال بعد ہی نیلم پیدا ہوئی تھی۔ نیلم کی پیدائش کو پرتاپ نے اپنے کاروبار کے لیے اس وقت سچ مچ میں شبھ مان لیا تھا جب اس کی کمپنی سے آسٹریلیا کی ایک ڈرگس کمپنی نے ہلدی اور نیم کے بیجوں کو انڈیا سے امپورٹ کرنے کا پانچ سال کا اگریمنٹ کیا تھا۔ جینیٹ نیلم کی پیدائش کے کچھ سالوں کے بعد بیمار رہنے لگی تھی۔ وہ کسی ایسی بیماری کا شکار ہوئی تھی جس کی تشخیص ہونے سے قبل ہی وہ گذر گئی تھی۔ جینیٹ کی موت کے بعد دل پھینک پرتاپ کی زندگی میں ٹھہراو سا آگیا تھا، اس نے شادی تو نہیں کی تھی لیکن ایک مطلقہ فرینچ بیوٹیشین کے ساتھ اس کی لیو ان ریلیشن شپ قائم ہوگئی

تھی، جو پانچ چھ سال پرتاپ کے اپارٹمنٹ میں رہی پھر اس نے کسی اور سے نیا ریلیشن شپ کر لی تب تک نیلو سترہ سال کی ہو چکی تھی۔ اب پرتاپ کی پوری توجہ کاروبار اور بیٹی پر تھی جس کے نام پر اس نے انڈین پرفیومز کا بزنس شروع کیا تھا اس کی خواہش تھی کہ نیلم ایم بی اے کرنے کے بعد کاروبار میں دلچسپی لے۔

جب تک پرتاپ کے پتا راج ناتھ اگروال حیات تھے، پرتاپ دو تین سال میں انڈیا آ جایا کرتا تھا لیکن تین سال قبل پتا کے گذر جانے کے بعد سے وہ سال میں ایک بار انڈیا، خاص طور پر ممبئی ضرور آنے لگا تھا۔ اس نے تقریباً تائیس سال قبل کناڈا سے اپنی عملی زندگی کا آغاز کیا تھا۔ پہلے تو اس نے ٹورنٹو میں پوسٹ گریجویٹ داخلہ لیا تھا اور پھر پتا جی کے حکم کے مطابق کاروبار میں ان کی مدد کرنے کے لیے وہیں مقیم ہو گیا تھا۔ کچھ برسوں کے بعد اس نے آسٹریلیا میں ہیڈ آفس قائم کر لیا تھا پچھلے کئی برسوں سے اس کا مستقل قیام سڈنی میں ہی تھا۔ اس بار وہ دو سال بعد ساوتھ انڈیا کی فلٹر کوفی کے کنسائنمنٹ کے لیے انڈیا آیا تھا۔ قلابہ کے وسیع و عریض ڈوپلیکس فلیٹ میں اس کے ماتا پتا کی یادوں اور ان کے ایک بڑے پورٹریٹ کے علاوہ کوئی ایسی شے نہیں تھی جس سے اسے کوئی گہری جذباتی وابستگی ہوتی۔

پرتاپ نے میز پر سے دوبارہ اخبار اٹھایا اور خبروں پر نظریں دوڑانے لگا۔ ملازمہ نے تازہ کوفی کا مگ لا کر میز پر رکھ دیا۔ پرتاپ نے اخبار پر نظریں جمائے ہوئے مگ کی طرف ہاتھ بڑھایا لیکن اس کا ہاتھ فضا میں اٹھ ارہا گیا اور اس کی پیشانی پر بل پڑ گئے اور چشمے کے پیچھے اس کی آنکھیں سکڑ گئیں۔

اخبار کی اینکر اسٹوری نے اس پر سکتہ طاری کر دیا تھا۔ وہ خبر کنگ ایڈورڈ میموریل اسپتال میں گذشتہ تیس برسوں سے کوما میں پڑی اس نرس سے متعلق تھی جس کی مرسی کلنگ (ہمدردانہ موت) کے لیے ایک این جی او نے ہائی کورٹ میں اپیل دائر کی تھی۔ اس کی نظریں خبر پر جمی ہوئی تھیں اور اسے اپنا دل کسی انجن کی طرح چلتا ہوا محسوس ہو رہا تھا۔ کاغذ پر چھپا ایک ایک لفظ اس کے لاشعور میں سے ماضی کے کچھ مناظر کو شعور کے پردے پر منتقل کر رہا تھا۔

☆

رومن طرز تعمیر کی قدیم عمارت پر اسپتال سے زیادہ کسی وسیع و عریض چرچ کا گمان گذرتا تھا۔ اسپتال کے درمیان سے گذرنے والی پتلی سڑکوں پر درختوں کے جھنڈ میں ایستادہ لیمپ پوسٹوں کی روشنی خنک رات میں پراسرار قسم کا دھندلا پھیلا رہی تھی ۔ اسپتال کے عقبی حصے میں واقع نرسیس کوارٹر کے داخلی دروازہ پر لگا بلب اپنی زرد روشنی سے اطراف کے اندھیرے کو کم کرنے کی ناکام کوشش کر رہا تھا ۔ ناکافی روشنی والی اس عمارت کی لکڑی کی سیڑھیوں کو طے کر کے وہ پہلے منزلے پر پہنچا تھا اس نے لمبی سنسان راہداری کو اعتماد کے ساتھ طے کیا جیسے وہ یہاں کئی بار آچکا ہو ۔ اس نے گودام کے طور پر استعمال ہونے والے کمرے کے بعد کی راہداری کے موڑ پر واقع کمرے کے قریب رک کر محتاط نظروں سے دروازے کی طرف دیکھا، پھر اس نے اپنی رسٹ واچ پر نظر ڈالی ، گیارہ بجنے کو تھے ۔ وہ راہداری کے موڑ پر بن جانے والے اس اندھیرے گوشے میں دبک گیا جہاں کسی کی نظر پڑ بھی جاتی تو وہاں گہرے اندھیرے کے علاوہ وہ کچھ بھی دکھائی نہ دیتا ۔ اس اندھیرے کو قوت بخشنے میں عمارت میں لگے ان بلبوں کا بڑا ہاتھ تھا جو یا تو فیوز ہو چکے تھے یا جل بھی رہے تھے تو اندھیرے کے سامنے وہ بے حد نحیف تھے ۔ اس نے اپنی کمر کو چھو کر کسی بات کا اطمینان کیا اور اندھیرے گوشے کی دیوار سے کسی چھپکلی کی طرح چپک گیا۔

کچھ دیر بعد قدموں کی آہٹ ہوئی جو رفتہ رفتہ قریب آتی جا رہی تھی اس کے سارے حواس پوری طرح بیدار ہو چکے تھے اور وہ کسی بھی صورت حال کا مقابلہ کرنے کیلیے خود کو تیار کر چکا تھا ۔ دروازے کے قفل میں چابی گھومنے اور کنڈی کے کھسکنے کی آواز ہوئی ۔ اس نے سانسیں روک لی تھیں ۔ اس کا دل زور زور سے دھڑک رہا تھا ، جس کی آواز اسے اپنے سینے کے باہر کو نکلتی سنائی دے رہی تھی ۔ دروازہ کھولنے کی آواز ہوتے ہی وہ اندھیرے میں سے نکل کر دروازے پر آیا اس نے کوارٹر میں ساڑی کے آنچل کو غائب ہوتے دیکھا اور وہ بے آواز چھلانگ لگا کر دروازے کے قریب پہنچ گیا، اس سے پہلے کہ ساڑی والی عورت مڑ کر دروازہ بند کرتی وہ دہلیز

65

کے بل پر جھک کر سانپ کی طرح بل کھا کر اتنی سے سرعت سے اندھیرے میں سرک گیا کہ دروازہ کھولنے والی عورت کو پتہ ہی نہیں چل سکا کہ کمرے میں کوئی داخل ہو چکا ہے۔

کھڑکی کے شیشوں سے آنے والی روشنی کمرے میں زرد دھند کی طرح پھیلی ہوئی تھی۔ وہ دروازے کے قریب رکھی لوہے کی الماری کے پیچھے دبک گیا۔ اس کی نظریں پچیس چھبیس سال کے نسوانی جسم پر مرکوز تھیں۔ عورت نے کھڑکی کے قریب لگے سوئچ کو دبا کر کمرے کا بلب روشن کر دیا جس کی روشنی راہداری میں لگے بلب سے بھی کم تھی۔ عورت نے کمرے سے ساڑی اور پھر تنگ بلاوز کو نکال کر انہیں میز پر ڈال دیا۔ برا میں پھنسے اس کے صحت مند پستان کو دیکھ کر اسے اپنا لہو پھنٹی میں اچھلتا محسوس ہوا۔ وہ جب اپنی برا اتارنے کے لیے دیوار کی طرف مڑی تو اس نے الماری کے پیچھے سے نکل کر ایک جست بھر کر اس کے منہ پر اپنا ہاتھ رکھ کر اسے اپنی گرفت میں بے بس کر دیا۔ وہ پوری طاقت سے کسمسا رہی تھی لیکن اس کی جوان بازو کی مچھلیوں کی قوت کے مقابل اس کی مزاحمت بے وقعت تھی۔ اس نے عورت کو فرش پر پچھاڑ دیا، اس کا سر گرتے وقت میز کے کونے سے ٹکرایا تھا اور اس کی مزاحمت کمزور پڑ گئی تھی۔ اس نے کمرے کو ٹٹول کر کچھ نکالا ، یہ کتے کو باندھنے والی زنجیر تھی۔ اس نے زنجیر اس کی گردن کے اطراف جکڑ دی اور اس کے نیم بے ہوش چہرے کے قریب اپنا منہ لے جا کر پھنکارا:

"یو بلاڈی ڈاگ ہاں، دیکھ میں تیرا کیا حشر کرتا ہوں بچ۔"

اس کی آنکھیں پھٹی پھٹی تھیں جیسے وہ گہرے پانی میں ڈوبی جا رہی ہو۔ اب وہ پوری وحشیانہ ہوسناکی کے ساتھ اس کے جسم پر غالب آ چکا تھا۔۔۔

وہ جب کمرے سے باہر نکلا تھا تو اندھیرا پہلے کے مقابلے کہیں زیادہ سیاہ ہو چکا تھا۔ اس نے ہانپتے ہوئے کمرے کا دروازہ بند کر دیا تھا لیکن کنڈی نہیں لگائی تھی اور چاروں سمت دیکھتے ہوئے بے آواز قدموں سے سیڑھیاں اتر کر اسپتال کی سڑک سے گذر کر صدر دروازے سے باہر نکل آیا تھا، جہاں فرش پر بیٹھی چند عورتیں کسی مریض کی موت پر گریہ کر رہی تھیں۔ وہ تیز قدموں سے سڑک کی دوسری جانب جا رہا تھا جہاں اس کی چیری ریڈ فئیٹ کار کھڑی تھی۔ وہ جب کار

اسٹارٹ کر رہا تھا تو انجن کی گھر گھر گھراہٹ کے باوجود ان عورتوں کے سسک سسک کر رونے کی آواز اس کے کانوں تک پہنچ رہی تھی ۔ اس نے کار کو رفتار سے مین روڈ پر ڈال دیا۔ اسے اچانک یاد آیا کہ کتے کی زنجیر وہ اسی کمرے میں بھول آیا ہے۔ اس نے سر کو جھٹک کر زنجیر کا خیال دل سے نکال دیا اور ایک پرسکون لمبی سانس لی، جیسے کوئی خلش دل سے نکل گئی ہو۔ اس کی کار اب گرگام چوپاٹی کی جانب اڑی جا رہی تھی ۔ کار کی رفتار کے ساتھ اس کی یادیں بھی چل رہی تھیں ۔۔۔۔۔

اس رات ونود پاریکھ کے پینٹ ہاوس پر پارٹی تھی ۔ اگر باپ کے پاس بے افراط دولت ہو تو عیش کرنے کے بہانے آپ ہی بن جاتے ہیں ۔ ونود نے دوستوں کے ساتھ پینے پلانے کا بہانہ اپنے باپ کی کنسٹرکشن کمپنی کو حاصل ہونے والے کنسٹرکشن کے ایک بڑے ٹینڈر کو بنایا تھا، جس میں پاریکھ کا کوئی رول نہیں تھا، لیکن کسی کسی کی کامیابی کی خوشی منانے کے لیے کسی کی اجازت ضروری نہیں ہوتی ۔ پاریکھ کی پارٹی میں شراب ہی نہیں ڈرگس بھی چل رہی تھی ۔ لڑکی نے پانچ پیگ چڑھانے کے بعد اسمیک بھی کھینچا تھا۔ پارٹی اس وقت ختم ہوئی تھی جب سبھی مزید پینے کے قابل نہیں رہے تھے ۔ رات تقریباً دو بجے لڑکی گھر کے لیے اپنی چیری ریڈ فلیٹ میں نکلا تھا۔ اسے بس اتنا پتہ تھا کہ اس نے سڑک کا کوئی موڑ کاٹا تھا اور ایک دھماکہ ہوا تھا۔ اس نے کار کی ڈرائیونگ سیٹ پر خود کو تین چار بار گھومتا ہوا محسوس کیا تھا اور پھر اس کے سر اس کے سر میں سیٹیاں بجی تھیں اور اندھیرا چھا گیا تھا ۔۔۔۔۔

اسپتال کے بستر پر جب اسے ہوش آیا تھا تو پٹیوں میں جکڑا اس کا سر درد سے پھٹا جا رہا تھا۔ ایک سانولا ملیح سا ساوتھ انڈین نسوانی چہرہ اس کے اوپر جھک آیا تھا۔ اس کی بڑی بڑی سیاہ آنکھیں اس کی آنکھوں میں غور سے تک رہی تھیں ۔ ''ہاو فیلنگ یو ناو، سٹرائلی راج ناتھ؟'' اس کے مو ۔ ٹے مو ۔ ٹے قد ۔ ٹی سرمنی ہونٹ ہلے تھے ۔ وہ اسی نام سے جانا جاتا تھا کیوں کہ اسے باپ کا دیا ہوا نام بڑا ہی قدیانوسی لگتا تھا۔ اس نے اثبات میں سر ہلا دیا تھا۔ لیکن اس رات کی باتوں کو یاد کر رہا تھا جو اس کی یادداشت میں ٹکڑوں کی شکل میں باقی تھیں ۔ لڑکی کی کار ایک الیکٹرک پول سے ٹکرائی

تھی اور اسے سر میں گہری چوٹ ضرور لگی تھی لیکن تشویش ناک نہیں تھی البتہ کھوپڑی میں ہیئر لائن فریکچر ضرور ہوا تھا جس کے لیے اسے کم از کم دو ہفتے اسپتال میں رکنا تھا۔

جس نرس نے اسے سب سے پہلے اٹینڈ کیا تھا وہ شوبھا چندرن تھی۔ کیرالا کے سمندروں کے کنارے اُگے ناریل کے درختوں کی گری کے تیلوں سے ملائم چمکتی جلد والی اس تئیس چوبیس سال کی معمولی شکل و صورت کی گداز بدن نرس میں اسے بے پناہ کشش محسوس ہوتی تھی۔ وہ میک اپ کے نام پر شاید ہلکا سا پاؤڈر کرتی تھی، البتہ اس نے اپنی موٹی کمان جیسی بھنووں کو شیپ دے رکھا تھا۔ وہ اپنے گھنے اور بے حد سیاہ بالوں کا جوڑا باندھتی تھی۔ اس نے شوبھا کے ہونٹوں پر کبھی بھی لپ اسٹک نہیں دیکھی تھی، شاید وہ جانتی تھی کہ اس کے ہونٹ لپ اسٹک کے بغیر بھی قدرتی سرمئی رنگت لیے ہوئے ہیں۔ وہ جب مسکراتی تو اس کے گالوں میں ہلکے سے گڈھے سے پڑ جاتے تھے۔ وہ جب کمرے میں داخل ہوتی تو لکی کی نظریں شوبھا کی چھاتیوں پر جم جاتیں جو اپنی اٹھان کی وجہ سے کافی سرکش نظر آتی تھیں۔ وہ جب کمرے سے باہر جاتی تو وہ اس کے مضبوط ہلتے ہوئے کولھوں کو بڑی حسرت سے دیکھتا۔ ٹینا، رینو، روبی اور ششی میں اسے یہ کشش کبھی نظر نہیں آئی تھی حالانکہ یہ وہ لڑکیاں تھیں جن کے ہونٹوں اور جانگھوں کے رس کو اس نے ضرور چکھا تھا۔ انہیں جب بھی برہنہ دیکھتا تو لگتا وہ ابھی ابھی ریمپ پر کیٹ واک کر کے آ رہی ہیں۔ ان کے گورے بلیچ اور فیشیل کیے ہوئے چہروں اور پنڈلیوں میں اسے وہ ملاحت کبھی محسوس نہیں ہوئی تھی جو شوبھا کے آستین سے جھانکتے بھورے روؤں والے سانولے ہاتھوں کو دیکھ کر ہوتی تھی۔

ہوش میں آنے کے دو روز بعد لکی نے شوبھا سے قربت بڑھانے کے لیے اس کے بارے میں جاننا چاہا تھا تو اس نے اپنے ساؤتھ انڈین لہجے میں انگریزی میں صرف اتنا کہا تھا ’آپ پیشنٹ ہیں اور میں ایک نرس بس میرا اتنا ہی تعارف کافی ہے۔‘‘

شوبھا کی اس سرد مہری نے اسے مایوس نہیں کیا تھا اور اس نے مڈل کلاس کی لڑکیوں کو قیمتی تحفے پیش کر کے مرعوب کرنے کا حربہ اختیار کیا تھا۔ لکی نے اپنے کلاس میٹ ذیشان سے

ایک امپورٹیڈ سلیپنگ گاؤن منگوا کر شوبھا کو تحفے میں دینا چاہا تھا جسے اس نے "تھینکس" کہہ کر
لینے سے انکار کر دیا تھا۔ اکلوتے بچوں کو اکثر والدین ان کی ،غیر ضروری اور ناجائز خواہشوں کو بھی
پورا کر کے ضدی بنا دیتے ہیں ۔ یہی ضد لِکی میں بھی تھی ۔شوبھا کے انکار کو اس نے اپنی توہین سمجھا
تھا۔ "آخر خود کو کیا سمجھتی ہے یہ چار سو روپلّی کی نرس؟" اس نے بھی طے کر لیا تھا کہ اس مغرور نرس کو
موم بنا کر رہے گا ۔ ایک روز جب وہ بستر پر آنکھیں بند کئے تکیوں کے سہارے نیم دراز تھا،شوبھا
کے جسم کی مہک نے اس کی آمد کا پتہ دے دیا تھا ۔وہ جب اس کا بخار دیکھنے کے لیے تھرما
میٹر لے کر لِکی کے قریب آئی تو اس کے کنوارے جوان جسم کے پسینے کی بونے اسے بے قابو کر
دیا اس نے لپک کر اس کی کمر کو اپنے بازوؤں کے حلقے میں جکڑ لیا ۔شوبھا نے پوری قوت سے
تڑپ کر خود کو اس سے علاحدہ کرتے ہوئے اپنے موٹے موٹے ہونٹوں کو سکور نفرت سے کہا
۔ "یو بلاڈی ڈاگ" اور تیز قدموں سے کمرے سے نکل گئی ۔

لِکی کے منہ پر "یو بلاڈی ڈاگ" کا تمانچہ سوزش پیدا کر رہا تھا ۔اس کے بعد شوبھا اس کے
کمرے میں نہیں آئی تھی ۔ شاید اس نے اپنی ڈیوٹی چینج کرا لی تھی ۔اس کی جگہ ایک ادھیڑ عمر کی
مراٹھی نرس اس کی نگہداشت کے لیے آنے لگی تھی ۔

اس واقعے کے بعد لِکی سو نہیں سکا تھا ۔ وہ جب بھی آنکھیں بند کرتا اس کی آنکھوں میں دو
موٹے موٹے سرمئی ہونٹ نفرت سے پھیلتے چلے جاتے اور ان کے درمیان سے لفظوں کے
بجائے بے شمار کتے کے پلّے اچھل اچھل کر باہر کو آتے اور پھر وہ اس کے سینے پر کھڑے ہو
کر منہ اٹھا کر بھونک کر کہتے "یو بلاڈی ڈاگ"!

میری ایسی انسلٹ آج تک کسی نے بھی نہیں کی ۔ایک معمولی نرس ۔ایسی لڑکیاں تو پانچ پانچ
سو روپے میں بستر پر آ جاتی ہیں ۔لگتا ہے اِس کو اپنے جسم پر بڑا غرور ہے ۔لِکی سوچتا اور اسے
بخار سا ہو جاتا ۔اس نے دو روز بعد اپنے ملینیر باپ سے ضد کر کے اسپتال سے ڈسچارج کرا لیا
تھا۔اس کے بعد اس کے سر کا زخم تو اچھا ہو گیا تھا لیکن اس کی انا پر لگی چوٹ کسی پھوڑے کی
طرح پکتی چلی گئی تھی ۔

پرتاپ نے اخبار میز پر رکھ کر سگریٹ سلگا لیا۔ اسے حیرت ہو رہی تھی کہ کیا کوئی نوجوان اپنی ضد اور انا میں اس قدر پاگل ہو سکتا ہے کہ وہ ایک گالی کے انتقام میں ایک عورت کی عصمت دری ہی نہیں کرتا بلکہ کتے کی زنجیر سے اس کے گلے کو جکڑ کر اس کی جان لینے کی بھی کوشش کرتا ہے۔ نفرت اور انتقام کا یہ جذبہ اب اس کی سمجھ سے بالاتر تھا۔ کیا اسے لکی کی عمر میں جا کر اس کے جذبہ انتقام کا جائزہ لینا ہوگا؟ لکی کے انتقام کی شکار ہونے والی اس نرس کے بارے میں سوچ کر پرتاپ کانپ اٹھا۔ پورے تیس سال سے شوبھا نام کی نرس بستر پر مفلوج پڑی ہے۔ وہ اپنی ساری حسوں کو کھو چکی ہے وہ اوہ مائی گاڈ! اخبار کے حروف کیڑے مکوڑوں کی طرح رینگ رینگ کر اس کے جسم پر چڑھنے لگے ۔۔۔۔

تیس برسوں تک ایک کمرے کے ایک بستر پر پڑے رہنا کیا کیا عمر قید کی سزا سے کم ہے؟ اخبار کو میز پر پھینک کر سر کو کرسی کی پشت سے لگا کر اس نے سوچا نہیں عمر قید کا سزا یافتہ شخص بھی اتنی اذیت نہیں اٹھاتا ہوگا۔ اسے ایک چہار دیواری کے اندر ہی سہی گھومنے پھرنے کی آزادی تو میسر ہوتی ہے ۔ اسے پیرول پر جیل سے باہر کی دنیا میں جانے کا موقع بھی ملتا ہے، لیکن اسپتال کے بستر پر برسوں گذار دینا شاید پھانسی کی سزا سے بھی بدتر ہے۔ کس حال میں ہوگی وہ عورت؟ جسم کے نام پر یقیناً ہڈیوں کا ڈھانچہ رہ گیا ہوگا۔ وہ سوچ کر لرز گیا۔

اسپتال کے ڈین کے سامنے کریم کلر کے سوٹ میں ملبوس ایک نیم گنجا خوش لباس اور خوش شکل معمر شخص بیٹھا تھا جس کی آنکھوں کا ریم لیس چشمہ دیکھنے ہی میں کافی قیمتی لگتا تھا۔ اس نے دوبارہ اسپتال کے ڈین سے ملاقات کر کے اسپتال کے ایک کمرے میں مفلوج پڑی نرس شوبھا چندرن کو دیکھنے کی درخواست کی تھی ۔ پہلے تو ڈین نے مریضہ کی پرائیویسی کے مدنظر اس درخواست کو یہ کہہ کر مسترد کر دیا تھا کہ اسپتال نے پچھلے دس برسوں میں میڈیا تک کو مریضہ سے ملنے نہیں دیا ہے ۔ جب پرتاپ لکشمن اگروال اس این آر آئی نامی نے یہ پیشکش رکھی تھی کہ وہ اپنا

نام صیغہ راز میں رکھ کر اس مظلوم مریضہ کے لیے کچھ عطیات بھی دینا چاہتا ہے تو ڈین کے پاس اس کے خلوص پر اعتبار نہ کرنے کی کوئی وجہ اس لیے بھی نہیں تھی کہ اس کے بزنس کارڈ پر تین ملکوں کے دفاتر کے پتے اور رہائش کے دو پتے درج تھے ایک ممبئی اور دوسرا آسٹریلیا کا تھا۔ڈین کے دفتر کے دروازے پر دستک دے کر تقریباً پچاس پچپن سال کی ایک نرس کمرے میں داخل ہوئی جس کے یونی فارم کی وضع قطع سے لگتا تھا کہ وہ اپنے رتبے میں سینئر ہوگی۔

''مسٹر پرتاپ اگروال میں نے آپ کو آج اس لیے بلایا تھا کہ میں آپ کو میٹرن ڈیسا کے ساتھ شوبھا کے پاس بھیجنا چاہتی تھی ۔''ڈین نے کہا ''سسٹر ڈیسا اسی سال ریٹائر ہو رہی ہیں ۔ یہ اس اسپتال میں پینتیس برسوں سے ہیں ۔شوبھا ان سے سینئر تھی ۔سسٹر ڈیسا روٹیشن میں اصرار کر کے شوبھا کے وارڈ کی ڈیوٹی لیتی ہیں ۔ڈیسا ان کا بہت خیال رکھتی ہیں ۔''اتنا کہہ کر ڈین نے میز کے قریب کھڑی میٹرن ڈیسا کو شوبھا کے وارڈ میں لے جانے کے لیے کہا ۔وہ شاید پہلے ہی ڈیسا کو پرتاپ اگروال کے بارے میں بتا چکی تھی ۔

شوبھا کے وارڈ کی طرف جانے کے لیے انہیں ایک وسیع بدبو دار راہداری میں سے گذرنا پڑا تھا ۔ڈیسا نے راستے میں پرتاپ کو بتایا تھا کہ جس رات یہ واقعہ پیش آیا تھا ،اتفاق سے اس کا ویکلی آف تھا ۔شوبھا کو اوور ٹائم کرنا پڑا تھا ۔اسے دوسرے روز اس واقعے کی خبر اسپتال آنے پر ہی لگی تھی ۔اسپتال کی نرسوں پر کئی دنوں تک ایک عجیب طرح کا خوف چھایا رہا تھا ۔نرسیس کوارٹر میں کوئی بھی نرس دن میں بھی اکیلی جانے سے گریز کرنے لگی تھی ۔شوبھا کے کمرے میں اس کے بعد کوئی بھی نرس رہنے کے لیے رضامند نہیں ہوئی ۔اب اسے اسٹور روم کی طرح استعمال کیا جا رہا ہے ۔

''آپ کب ۔۔سے شوبھا کو جانتی ہیں؟''اس نے گفتگو کو بڑھا لینے کی غرض سے پوچھا یا ۔

''اس ٹائم سے جب میں ادھر نیا نیا سروس پے لگا تھا ۔''ڈیسا نے مسکرا کر کہا ''شوبھا میرے سے سینئر تھی ۔سر بہت ہنس مکھ تھی ۔وہ پیشنٹ لوگ کا بہت دھیان رکھتی تھی ۔وہ بہت کا ڈفنسیو رنگ

تھی، سدھی و نائیک مندر جاتی تھی۔ ماہم درگاہ اور ماونٹ میری چرچ بھی برابر جاتی تھی۔ ماونٹ میری تو وہ میرے ساتھ جاتی تھی۔ یہ بھی ایک ریزن ہو ئیں گا اس کے پیشنٹ کے سیوا کرنے کا''

''شوبھا کی فیملی کے لوگ''۔۔۔

پرتاپ کے اس سوال پر میٹرن ڈیسا کچھ دیر خاموش چلتی رہی۔ پھر اس نے بتایا تھا کہ شوبھا کی منگنی ہو چکی تھی اس کا منگیتر صرف ایک بار اسے دیکھنے مبئی آیا تھا۔ شوبھا کے غریب بھائی بہنوں نے بھی کچھ مہینوں بعد، کبھی پلٹ کر اس کی خبر نہیں لی تھی۔

وہ ایک نیم تاریک کمرہ تھا جس میں لوہے کے ایک ریلنگ والے پلنگ پر کوئی گٹھری سی پڑی ہوئی تھی۔ پرتاپ کو اس گٹھری میں انسانی جسم نظر نہیں آیا البتہ سفید چادروں کے اس مڑے تڑے ڈھیر میں سے ایک استخوانی ہاتھ باہر نکلا ہوا تھا، جس سے سلائن لگی ہوئی تھی۔ یہ دیکھ کر پرتاپ کا دل یکبارگی زور سے دھڑکا تھا۔ ڈیسا نے اسے اپنے پیچھے آنے کا اشارہ کیا اور وہ بیڈ کی ریلنگ کو پکڑ کر کھڑی ہوگئی۔ پرتاپ سہمے ہوئے قدموں سے بیڈ کے قریب جا کر کھڑا ہوگیا۔ اس کی ناک سے پیشاب اور فنائل کی بُو کا بھپکا ٹکرایا تھا۔ سامنے خشک کھر درے کھچڑی بالوں والا ایک بے حد نحیف جسم پڑا تھا، جسے پہلی نظر میں دیکھ کر یہ کہنا مشکل ہوتا ہے کہ وہ کوئی عورت ہے۔ اس کے سوکھے چہرے پر گولف کی گیند کی طرح بڑی سفید آنکھیں ہی نمایاں تھیں۔ ناک میں آکسیجن کی نلی لگی ہوئی تھی اور وہ بے ہنگم طریقے سے سانسیں کھینچ رہی تھی جس کی سوں سوں کی آواز اس خاموش کمرے میں عجیب سا ارتعاش پیدا کر رہی تھی۔ اس کا منہ نیم وا تھا جس میں سے زرد دانت باہری کی طرف جھانک رہے تھے۔ گندے دانتوں کے درمیان کے شگاف کافی کھل گئے تھے، اور ہونٹوں کے کنارے سے رال بہہ رہی تھی۔ اس کے ہاتھوں کی پتلی پتلی انگلیوں کے ناخن کافی بڑھے ہوئے تھے۔ ایسے ہاتھ اس نے انگریزی فلموں میں چڑیلوں کے دیکھے تھے۔ پرتاپ کو یقین نہیں ہو رہا تھا کہ ایک جوان پرکشش جسم اس حال کو پہنچ سکتا ہے۔

''ہیلو، ہیلو، سسٹر شوبھا دیکھو کوئی تم سے ملنے آیا ہے''۔ ڈیسا نے بلند آواز میں شوبھا کو

مخاطب کیا۔

پرتاپ نے دیکھا استخوانی چہرے پر بڑی بڑی سفید آنکھیں حلقوں میں گھوم گئی تھیں جیسے اس نے مخاطب کو پہچان لیا ہو۔

ڈیسا جھک کر اس کے سیاہی مائل چہرے کو اپنی ہتھیلیوں میں لے کر ایسے پچکارنے لگی جیسے کوئی ننھے بچوں کو طرح طرح کی آوازیں نکال کر پچکارتا ہے۔ پرتاپ غور سے شوبھا کی کیفیت کو دیکھ رہا تھا۔ وہ ڈیسا کے پکارنے پر اپنے سوکھے مفلوج ہاتھوں کو ایسے حرکت دینے لگی جیسے معصوم بچے گود میں لینے کے اصرار میں بانہیں پھیلا کر ہمکتے ہیں شوبھا کا صرف ایک ہاتھ ہی ذرا سا اٹھ سکا تھا۔ دوسرا مفلوج ہاتھ کہنی سے مڑ کر کاٹھ کی طرح اکڑ گیا تھا، اس میں کوئی جنبش نہیں تھی۔

ڈیسا شاید بھول گئی تھی کہ اس کے ساتھ ایک اجنبی بھی ہے، وہ شوبھا سے عجیب و غریب آوازوں میں باتیں کرنے لگی۔ شوبھا کے حلق سے خر خراہٹ اور الٹی سسکاریوں کی آوازیں نکل رہی تھیں۔ وہ آوازیں ڈیسا کو دیکھ کر خوشی کا اظہار تھیں یا کوئی شکوہ تھا، یہ شاید ڈیسا ہی سمجھ سکتی تھی۔ شوبھا کا جسم ایسے کپکپا رہا تھا جیسے پورا جسم اسپرنگ سے ہل رہا ہو۔ اس اثنا میں شوبھا کے جسم کی چادر کمر تک کھسک گئی تھی اس کی سبز قمیض کا گریبان کھلا ہوا تھا جس کے نیچے پستان کے نام پر گوشت کا ایک سوکھا سا نتھا لوتھڑا نظر آ رہا تھا۔ گردن اور سینے کے درمیان کی ہڈیاں بید کی طرح ابھری ہوئی تھیں۔ پرتاپ کو لگا جیسے کسی نے شوبھا کے خوبصورت جسم کو کھو میں ڈال کر نچوڑ لیا ہو۔

پرتاپ کے لیے اب وہاں مزید رکنا دشوار ہو رہا تھا "چلیں۔" اس نے کمزور آواز میں میٹرن ڈیسا سے کہا، جو جھک کر چادر کے گوشے سے شوبھا کے منہ سے بہہ آنے والی رال پونچھ رہی تھی۔ ڈیسا نے شوبھا کی چادر درست کی اور اس کے سر پر ہتھیلی رکھ کر شفقت سے کہا "اچھا شوبھا گڈ بائی۔"

پرتاپ کو لگا اسے بخار چڑھ رہا ہے، اسے کپکپی سی محسوس ہو رہی تھی۔ وہ ڈیسا کا انتظار کیے بغیر وارڈ سے باہر نکل آیا۔ اسے اپنا ایک ایک قدم اتنا وزنی لگ رہا تھا گویا اس نے لوہے کے

جوتے پہن رکھے ہوں ۔ڈیسا تیز قدموں سے چل کر راہداری میں اس سے آملی ۔

''سر لگتا ہے آپ بھی شوبھا کی کنڈیشن سے سیڈ ہو گیا ہے ۔''ڈیسا نے اس کے چہرے کی طرف دیکھتے ہوئے کہا۔اس نے کوئی جواب نہیں دیا۔اس کی آنکھیں جل رہی تھیں جیسے ان میں دھواں بھر گیا ہو اور اُبکائی محسوس ہو رہی تھی ۔اس نے کوئی جواب نہیں دیا۔

''ڈین نے بولا ہے کہ آپ شوبھا کا کچھ ہیلپ کرنا چاہتا ہے ۔جرور کروسر، گاڈ وِل ہیلپ یو لاٹ ۔''شوبھا نے اس کی جانب ممنونیت کے احساس سے دیکھتے ہوئے کہا''سر کوئی این جی او نے سپریم کورٹ میں پیٹیشن کیا ہے کہ شوبھا کو ما میں ہے اور اس کو تیس سال سے لائف سپورٹ پر رکھ کے زندہ رکھنا ظلم ہے ۔''ڈیسا نے پرتاپ کی طرف دیکھ کر کہا جو دن کے وقت بھی نیم تاریک رہنے والی راہداری میں سر جھکائے چل رہا تھا ۔''سر آپ بتاو کوئی اگر دیکھ نہیں سکتا سن نہیں سکتا بول نہیں سکتا اپنے ہاتھ سے کھا نہیں سکتا کیا اس کو مار دینا مانگتا ؟ شوبھا نے یہ ہاسپٹل کے اندر کتنے پیشنٹ کا سیوا کیا ہوئے گا ۔آج اس کو ہماری سیوا کی ضرورت ہے تو کیا ہم اس کو اس لیے مر جانے کو دیں کے وہ ہمارے جیسی نارمل نہیں ہے ۔سر مینٹلی ریٹائرڈ بچہ لوگ تو بھی ماں باپ سنبھالتے ہیں نا،ان سے پیار کرتے ہیں ۔کیا کسی نے کبھی اپنے ابنارمل چائلڈ کو مار دیا ہے؟ ان کو تو گاڈ نے ادھورا بنایا ہوتا ہے ۔شوبھا کو گاڈ نے نہیں ایک جانور نے ڈِسیبل بنایا ہے ۔''

''میٹرن ڈیسا بولے چلی جا رہی تھی ۔اس کا ایک ایک لفظ اس کے سینے پر گھونسے کی طرح پڑ رہا تھا۔

پرتاپ حیرت اور ندامت سے ڈیسا کو دیکھ رہا تھا جس کے چہرے پر شوبھا کی تیس برسوں کی اذیت رقم نظر آ رہی تھی ۔اس نے ذرا سارک کر ڈیسا سے پوچھا''ڈین بتا رہے تھے کہ آپ اس کا ابھی بھی بہت خیال رکھتی ہیں ! کیا اس لیے کہ وہ آپ کی کلیگ تھی ۔''

میٹرن ڈیسا شاید اس سوال کے لیے تیار نہیں تھی ۔وہ چند ثانیوں تک خاموش رہی پھر گویا ہوئی''میں نے اس پے اس پے کبھی نہیں سوچا سر، شوبھا میرا کلیگ نہیں بھی ہوتا تو بھی میں اس کا اتنا چ خیال کرتی ۔جیسس نے بولا ہے نا

"سر" میں بھوک کی بھوک میں ہوں مجھے کھانا دو، میں پیاسے کی پیاس میں ہوں مجھے پانی دو، میں ننگے کے ننگے شریر میں ہوں مجھے کپڑا دو" "سرسیوا ہماری پوجا ہے۔ میں شوبھا کی سیوا نہیں کرتی ہے یہ میں اپنی پوجا کرتی ہے"۔ باتوں باتوں میں وہ دونوں ڈین کے دفتر کے قریب آ پہنچے تھے۔ ڈیسا ایکدم سے رک گئی، جیسے وہ کچھ کہنا چاہتی ہو، وہ بھی کھڑا ہو گیا۔

"ایک بات بولوں سر" ڈیسا کی آواز جذبات سے لرز رہی تھی۔ "جس نے شوبھا کا یہ حالت کیا وہ کبھی سکھی نہیں رہ سکتا۔ گاڈ اس کو ضرور سزا دے گا"۔

پرتاپ نے ڈیسا کی آنکھوں میں بد دعا کو نفرت کی طرح چمکتا ہوا محسوس کیا۔

پرتاپ نے ڈین سے ملاقات کے بعد شوبھا کے علاج معالجے کے لیے ایک بلینک چیک دینا چاہا تو ڈین نے خوش خلقی سے چیک کو لوٹاتے ہوئے انگریزی میں کہا تھا "شکریہ مسٹر پرتاپ اگروال، بستر پر موت سے بدتر زندگی گذارنے والی ایک پیشنٹ کو جس علاج کی ضرورت ہے، اس کے لیے ہمیں کسی مدد کی ضرورت نہیں ہے، لیکن ایسے مریض کو جس ہمدردی اور محبت بھرے لمس کی ضرورت ہوتی ہے وہ باہر کا کوئی شخص نہیں دے سکتا وہ سسٹر ڈیسا جیسی کوئی نرس ہی دے سکتی ہے"۔ کہتے ہوئے ڈین نے میٹرن کی طرف دیکھا جس نے سر جھکا لیا تھا۔ "ہم نے آپ کو شوبھا سے ملنے کی اجازت اس لیے مجھے شوبھا کے اندر آپ کے لیے گہری ہمدردی نظر آئی تھی"۔

اسپتال سے نکل کر پرتاپ کا ہاتھ غیر ارادی طور پر کوٹ کی جیب میں چلا گیا۔ اس نے سیل فون نکال کر پھر تی سے نیلم کا نمبر ڈائل کیا۔ دوسری جانب رنگ جاتی رہی اور اس کا اضطراب بڑھتا رہا۔ مسلسل بجتی رنگ اس کی بے چینی کو ایک انجانے خوف میں بدل رہی تھی۔ لائن منقطع ہو گئی اور وہ تھکے تھکے قدموں سے اپنے فورٹ رنگ کی بے بری ریڈ ہونڈا سٹی کار میں جا بیٹھا تھا۔ اس کی یادداشت میں اس تیز و طرار وکیل کا چہرہ گھوم گیا جس نے لگئی، ارج ناتھ کے دفاع میں شوبھا چندرن کی عصمت دری کا کیس لڑا تھا۔ کھچڑی بال درمیانہ قد چوڑا دہانہ جو عدالت میں جرح اور دلائل کے لفظوں کو کسی اے ٹی ایم مشین سے نکلنے والے نوٹوں کی طرح اگلتا تھا۔ اسے پہلی مرتبہ

وکالت کے پیشے سے نفرت محسوس ہوئی۔

ایڈوکیٹ گوپال ملہوترا نے نوجوان ملزم لکی راج ناتھ کو گورنمنٹ اسپتال کی نرس شوبھا چندرن کی عصمت دری اور اقدام قتل کے جرم میں سیشن کورٹ سے دی گئی، عمر قید کی سزا کو ہائی کورٹ میں اپنے غیر معمولی استدلال اور منطق سے سات سال میں تبدیل کرا دیا تھا۔ ایڈوکیٹ ملہوترا نے کسی بھی عینی گواہ اور شہادت کی عدم موجودگی کا فائدہ اٹھاتے ہوئے عدالت کو یہ باور کرانے میں کامیابی حاصل کر لی تھی کہ واقعاتی شہادتوں کی بنیاد پر اتنی سخت سزا ایک نوجوان کی زندگی کو تباہ کر دے گی۔ اس کی دلیل تھی کہ اگر عدالت ملزم کو مجرم ہی مانتی ہے تب بھی اسے اصلاح کا موقع دیا جانا چاہئے۔ عمر قید کی سزا کے سات سال میں بدل دیئے جانے کے بعد ملہوترا نے لکی کے تاجر باپ راج ناتھ کو سمجھا دیا تھا کہ اب سپریم کورٹ میں جانا جوکھم بھرا ثابت ہوگا کیوں کہ عصمت دری کا شکار ہونے والی نرس اب تک کو ماں میں ہے۔ لکی نے سات سال جیل میں جیسے تیسے گذار لیے تھے۔ اس کے باپ نے اپنے بیٹے کو کسی قسم کی تکلیف نہ ہونے دینے کے لیے روپیے کو پانی کی طرح بہایا تھا۔ سات سال بعد جب لکی جیل سے رہا ہو کر آیا تھا تو اسے باپ نے کناڈا بھیج دیا تھا، تاکہ وہ شوبھا کے واقعے کو اور اخباروالے اسے بھول جائیں۔ لکی نے کناڈا میں اپنے باپ کے بزنس میں ہاتھ بٹانا شروع کر دیا تھا اور وہ سچ میں کچھ ہی برسوں میں اپنے ذہن کی میموری ڈِسک سے ماضی کو پوری طرح سے ڈیلِٹ کر چکا تھا۔

تیس برسوں میں ایڈوکیٹ ملہوترا کی شخصیت میں بس اتنا ہی فرق آیا تھا کہ وہ اب اٹھتر کے پیٹے میں تھا اور پہلے سے کچھ زیادہ فربہ ہو گیا تھا۔ سر پر گنج آ گیا تھا۔ گدی کے بال پوری طری سفید ہو چکے تھے۔ آنکھوں پر موٹے شیشوں کی عینک رکھی ہوئی تھی اور وہ تھوڑا سا ہکلانے لگا تھا، شاید یہ بڑھتی عمر کا اثر تھا جس نے اس کی یاد داشت کو متاثر کیا تھا۔ ایڈوکیٹ ملہوترا سے اس کی تیسری ملاقات تھی پچھلی دو ملاقاتیں ملہوترا کے دفتر میں ہوئی تھیں۔ پرتاپ نے خود کو اس کا زبردست فین بتایا تھا۔ خود پسند ملہوترا نے پرتاپ کی جانب سے ایک فائیو اسٹار ہوٹل

میں دعوت قبول کر لی تھی۔

اس وقت ملہوترا کا تیسرا پیگ ختم پر تھا۔ اس درمیان پرتاپ موجودہ سیاست اور سیاستدانوں پر ملہوترا کے تجربے اور تجزیے سنتا رہا، جسے وہ کسی گپی کی طرح مزے لے لے کر سنا رہا تھا۔ پرتاپ نے شوبھا چندرن کے مقدمے کی بابت کیا تو ملہوترا کو شوبھا چندرن کو یاد کرنے میں دشواری ہوئی تھی۔ پرتاپ نے اسے یاد دلایا تھا کہ وہ نرس جو ریپ ہونے کے بعد سے اب تک اسپتال میں کوما میں پڑی ہے اور جس کی موت کے لیے ایک این جی او نے عدالت میں اپیل داخل کر رکھی ہے۔

''اوہ دیٹ پُور ساوتھ انڈین نرس۔'' ملہوترا نے ہاتھ جھٹک کر کہا تھا ''ارے وہ تو بہت معمولی کیس تھا۔ میں نے اسے اس طرح اڑا دیا تھا۔'' کہہ کر اس نے چٹکی بجائی تھی۔

''مسٹر ملہوترا! ملزم لکی راج ناتھ کو بچانا مشکل تھا کیوں کہ سیشن کورٹ نے اس کے جرم کو ایک غیرِ انسانی عمل قرار دیتے ہوئے عمرقید سنائی تھی اور وِکٹم کو کوما میں تھا۔ آپ نے عدالت کو کس طرح قائل کیا تھا؟'' پرتاپ نے حیرت سے پوچھا۔

''لُک مسٹر پرتاپ اگروال، کیس ثبوتوں سے زیادہ دلیلوں سے لڑا جاتا ہے۔ جس کے لیے بہترین دماغ کی ضرورت ہوتی ہے اور وہ میرے پاس ہے۔ میں نے اس لڑکے کو عمرقید سے بچانے کے لیے اپنی بہترین آرگیومنٹ کی تھی۔ میں نے ان دنوں اس کیس کی شاید سب سے زیادہ فیس لی تھی۔'' کہہ کر اس نے جام خالی کر دیا اور جیب سے نیا کیوبن سگار نکال کر سلگا لیا تھا۔

''شوبھا کے ساتھ کیا کیا تھا لکی نے؟ آپ کو یہ بتایا ہوگا نا اس کے باپ نے؟'' پرتاپ نے پوچھا۔

''ہاں، اس کے ساتھ لکی نے ریپ کیا تھا۔ اس نے بدلے کی بھاونا سے اسے ٹارچر کر کے ریپ کرنے کی کوشش میں اس کے گلے کو کتے کی زنجیر سے جکڑ دیا تھا، جس سے اس کے برین کو آکسیجن نہیں پہنچا تھا اور وہ کوما میں چلی گئی تھی۔'' ملہوترا نے اسکاچ کا لمبا گھونٹ بھر کر سپاٹ لہجے میں کہا اور سگار کا گہرا کش لے کر تیکھے دھویں کا ایک مرغولا ہوا میں چھوڑ دیا تھا۔

"اور وہ کومامیں چلی گئی۔"غصے کو دبانے کی کوشش میں پرتاپ کی آواز کپکپا اٹھی۔"آپ کو
پتہ تھا مسٹر ملہوترا کہ وہ کومامیں سے واپس نہیں آئے گی؟"

"کوئی بھی معمولی عقل رکھنے والا آدمی یہ جانتا ہے کہ ایک پیشنٹ اگر تین چار سال سے کوما
میں ہے تو اس کا واپس آنا امپوسیبل ہے اور اگر آ جائے تو وہ اپاہج ہوگا۔ یہی اس نرس کے
ساتھ بھی ہوا۔"

"آپ نے اس کیس کو لڑنے کے لیے کتنے روپے لیے تھے؟"پرتاپ نے میز پر قدرے
جھک کر ملہوترا کی آنکھوں میں دیکھتے ہوئے پوچھا۔

"یاد نہیں، لیکن میں نے کہا ناا اس وقت کی سب سے زیادہ فیس میں نے لی تھی، جس کی
اخباروں میں بھی چرچا ہوئی تھی۔"ملہوترا نے خفیف سا مسکرا کر کہا۔اس کی آواز میں تفاخر تھا۔

"دوسرے لائرز کے مقابلے میں اتنی زیادہ فیس، جو عام آدمی دے ہی نہیں سکتا!"پرتاپ
بڑبڑایا۔

پرتاپ کے جملے پر ملہوترا نے اسے مسکرا کر تمسخرانہ انداز میں دیکھ کر کہا۔"میں عام آدمی کا
وکیل نہیں ہوں مسٹر پرتاپ اگروال، میں آئی ایم اے بگ لائر، میں شاندار زندگی جینا چاہتا
ہوں، بہترین شراب، بہترین سگار، بہترین مکان، بہترین کاریں اور بہترین لڑکیاں۔"اس
نے شرارت سے سفید بھنوؤں کے نیچے اپنی بائیں آنکھ کو دبا کر کہا اور چوتھا پیگ بھی خالی کر دیا۔

"پھر اس کے لیے چاہے کسی کی زندگی کا سودا ہی کیوں نہ کرنا پڑے!"پرتاپ نے سرد لہجے
میں پوچھا۔

ملہوترا نے خمار آلود آنکھوں کو سکوڑ کر پرتاپ کو غور سے دیکھتے ہوئے پوچھا"وہاٹ ڈِڈ یو
مین؟"

"مسٹر ملہوترا، آپ نے شوبھا کے ریپسٹ کو بچانے کی اپنی بھاری فیس میں سے کتنی بوتلیں
اسکاچ پی ہوں گی؟ کتنی سگار پی ہوگی؟ کتنی لڑکیوں کے ساتھ سوئے ہوں گے؟"۔۔

"تم کہنا کیا چاہتے ہو؟"ملہوترا کا گورا چہرہ سرخ ہو اٹھا، اس نے غصے سے پھنکارتے

ہوئے پوچھا۔

”وہ لیڈی جس کے مجرم کو بچانے کے لیے آپ نے کورٹ میں اپنی بہترین آرگیومنٹ کی تھی، وہ تیس برسوں سے اسپتال میں ایڑیاں رگڑ رہی ہے ۔جس نوجوان کو بچانے کے لیے آپ نے اپنی سب سے زیادہ فیس لی تھی وہ مجرم اپنے باپ کی مہربانی سے جیل میں سات سال بڑے آرام کے ساتھ گذارنے کے بعد، آج ایک کامیاب بزنس مین بن چکا ہے ۔اس نے شادی کی بیٹی ہوئی اور اب وہ ایک باعزت این آر آئی بن کر آپ ہی کی طرح شاندار زندگی گذار رہا ہے،لیکن شوبھانام کی وہ نرس آج نہ زندہ ہے نہ مردہ ہے وہ بستر پر پڑی اچمڑا اور ہڈیوں کا ایک بدبو دار ڈھیر ہے ۔یہ آپ کے بہترین دماغ کا کمال ہے مسٹر ملہوترا۔“

ملہوترا نے اپنے نشے پر قابو پانے کے لیے عادت کے مطابق آنکھوں کو مچ کر سامنے بیٹھے شخص کو دیکھا اور نشے سے لڑکھڑاتی آواز میں پوچھا”بلاڈی ہیل ہُو آر یو؟“

پرتاپ نے کوئی جواب نہیں دیا اور ویٹر کو اپنا کریڈٹ کارڈ ڈبل کی ادائیگی کے لیے دے کر خاموش بیٹھا ملہوترا کی آنکھوں میں دیکھتا رہا ۔ملہوترا نے ایک ہی جرعہ میں اسکاچ کا اچا پیگ حلق میں انڈیل لیا اور شراب کی ترشی کو دبانے کے لیے منہ بسورتے ہوئے پرتاپ سے اپنی لکنت بھری زبان میں پوچھا:

”تمھارا شوبھا چندرن سے کیا رشتہ ہے؟ کون ہو تم ؟“

پرتاپ خاموش بیٹھا ملہوترا کی آنکھوں میں دیکھتا رہا جو نشے سے دھندلاتی آنکھوں سے اسے مشتبہ نظروں سے گھور رہا تھا۔۔۔ پرتاپ نے اٹھ کر اس کی طرف مصافحہ کرنے کے لیے ہاتھ بڑھایا،لیکن ملہوترا اسے گھورتا رہا، اس نے دیکھا کہ پرتاپ کے سامنے رکھا پہلا پیگ اب بھی جوں کا توں رکھا ہوا تھا۔ پرتاپ نے اپنا بڑھا ہوا ہاتھ پتلون کی جیب میں ڈال لیا اور کوٹ کے کالر کو درست کرتا ہوا وہ ملہوترا کو حیرت زدہ چھوڑ کر بار سے باہر نکل آیا۔

ہوٹل کی جگمگاتی لابی میں زندگی ،اپنی تمام جلوہ سامانیوں کے ساتھ رواں دواں تھی لیکن پرتاپ کو یوں محسوس ہو رہا تھا کہ وہ ایڈورڈ کنگ ایڈورڈ میموریل اسپتال کی نیم تاریکی میں ڈوبی ویران

اور ایک ناختم ہونے والی طویل بد بو دار راہداری میں سے گذر رہا ہے جس کے صدر دروازے پر عورتیں گریہ کر رہی ہیں اور شوبھا کی سانسیں لینے کی بے ہنگم آواز اس کا تعاقب کر رہی ہے اور میٹرن ڈیسا اس کے کانوں میں تیز سرگوشیوں میں ایک ہی جملہ بار بار دوہرا رہی ہے ۔ "جس نے شوبھا کا یہ حال کیا ہے وہ کبھی سکھی نہیں رہ سکتا" ۔ ۔ ۔

■■

بادشاہ، بیگم اور غلام

شام کے باریک باریک خاکستری ذرے عمارتوں، لیمپ پوسٹوں اور درختوں کو ڈھک رہے تھے۔ وہ دونوں دبے پاؤں لمبے لمبے ڈگ بھرتے لیمپ پوسٹوں کے روشن ہونے سے قبل اپنا کام ختم کر لینا چاہتے تھے۔ آڑی ترچھی گنجان گلیوں سے گذر کر وہ ایک قدرے کشادہ گلی میں آگئے اور ایک ٹرانسفارمر کی آڑ میں کھڑے ہوگئے۔ گلی کی دوسری طرف ایک جوئے خانے کے باہر لکڑی کی ایک آرام کرسی پر بیٹھے ادھیڑ عمر کے پستہ قد آدمی پر نظریں مرکوز کر دیں جس کی کرسی کے ایک پائے سے ایک بھورے رنگ کا قد آور جرمن شیفرڈ کتا بندھا ہوا تھا۔ پستہ قد کے اس آدمی کا رنگ اتنا کالا تھا کہ اس کی بڑی بڑی گول آنکھیں چہرے پر بہت زیادہ نمایاں نظر آتی تھیں بالکل جرمن شیفرڈ کی طرح۔ اس نے سفید رنگ کی پوری آستین کی قمیض اور سفید رنگ کا پاجامہ پہن رکھا تھا۔ وہ بار بار ایک سفید تولیے سے اپنی گردن کا پسینہ پونچھ رہا تھا۔ دونوں ٹرانسفارمر کے پیچھے سانسیں روکے کھڑے تھے۔ اچانک جوئے خانے کا دروازہ کھلا ایک تومند نوجوان اپنے دونوں ہاتھوں میں شراب کی ٹرے لیے لے کر باہر آیا۔ اس نے پستہ قد آدمی کے سامنے رکھی تپائی پر ٹرے رکھ کر جیب میں سے سگریٹ کا پیکٹ اور ماچس نکال کر سعادت مندی سے اس کی طرف بڑھا دیا، کتا یکبارگی مضطرب ہو کر اٹھ کھڑا ہوا اس نے اپنے جبڑوں کو چیر کر غراتے ہوئے تومند نوجوان کو دیکھا اور پھر وہ اپنے پچھلے پیروں پر بیٹھ گیا۔ شام کے ملگجے میں دونوں کی نظریں آپس میں ٹکرائیں اور آنکھوں کے ذریعے دونوں کے دماغ تک پیغام کی

کوئی برقی رو دوڑ گئی، دونوں نے بڑی مستعدی سے گردن کے پیچھے قمیض کے اندر ہاتھ ڈال کر کمر میں اڑسے چھرے کو نکالا اور بیس پچیس میٹر کے فاصلے پر بیٹھے پستہ قد آدمی کی طرف دوڑ پڑے۔ دوڑتے قدموں کی آواز سے چونک کر اس نے سر اٹھایا تو نظروں کے سامنے بجلی کے کئی لشکارے کوندے اور اس کی گردن سینے اور چہرے کے گوشت اور ہڈیوں میں تیز سوزش پیدا کرتے ہوئے اتر گئے۔ کرسی سے گرتے ہوئے اس کے منہ سے گھٹی گھٹی کراہ کے ساتھ یہ نکلا تھا "غلام!"۔۔۔۔۔ تنومند نوجوان جلدی سے اپنی پیٹھ موڑ کر پھیلتے اندھیرے میں غائب ہوگیا۔ کتے نے تڑپ کر دونوں پر حملہ کرنے کے لیے جست لگائی لیکن زنجیر نے اس کی گردن کو جھٹک کر روک لیا وہ آگے کے دونوں پیروں کو اٹھا کر پچھلے پیروں پر زور لگا کر اچھلتے ہوئے بھونکنے لگا۔ پستہ قد آدمی کرسی سے زمین پر گر پڑا بے داغ سفید قمیض پر سرخ سرخ خون بہت تیزی سے پھیلتا چلا گیا۔ اندھیرا اگلی میں پوری طرح اتر آیا تھا۔ وہ اپنے ہی خون میں اوندھے منہ پڑا ہوا تھا ۔ گوشت اور ہڈیوں میں اترتے چھرے کے حملوں کے دوران تنومند نوجوان کا پیٹھ دکھا کر اندھیرے میں غائب ہو جانا، اور کتے کی حملہ آوروں کے خلاف زبردست زور آزمائی اسکی پتھرائی آنکھوں میں نقش ہوگئی تھی۔۔۔۔۔

☆

کتے کے بھونکنے کی گونجدار آواز سے وٹھل کی آنکھ کھل گئی تھی۔ اس کی شرٹ پسینے سے بھیگ گئی تھی۔ اس نے آنکھیں پھاڑ پھاڑ کر اندھیرے میں چاروں طرف دیکھا۔ اب کتے کے بھونکنے کی آواز اسکے لاشعور میں گونج پیدا کر رہی تھی۔ آنکھیں جب اندھیرے سے مانوس ہوئیں تو اس نے ٹٹول کر دری کے نیچے رکھے بیڑی کے بنڈل اور ماچس کو اٹھایا اور ایک بیڑی کو جلا کر ماچس کھینچ کر اس خواب کے بارے میں سوچنے لگا جو اسے جیل میں گذشتہ سات آٹھ مہینوں سے اکثر نظر آتا تھا۔ کبھی کبھی اسے لگتا ہے وہ خواب نہیں دیکھتا ہے بلکہ ایک واردات اس کے ذہن کے پردے پر اس وقت کسی متحرک تصویر کی طرح روشن ہو جاتی ہے جب وہ نیند اور بیداری کے درمیان کی کیفیت میں ہوتا ہے۔ اس نے سوچا، اگر یہ خواب ہے تو واقعات میں ذرا سی بھی تبدیلی کیوں نہیں ہوتی؟ ایک منظر لاشعور سے نکل کر شعور کے پردے پر کسی ری وائنڈ کی گئی فلم کی

طرح کیوں متحرک ہو جاتا ہے؟

"کیوں، پھر وہی خواب دیکھ لیا کیا؟" اندھیرے میں نیند سے بوجھل آواز اُبھری۔

"ہاں جبّار، یہ سالا غلام۔۔۔" وٹھل نے فرش پر قریب میں لیٹے جبّا کو مخاطب کیا۔

"چھوڑ یار تو بیکار میں ٹینشن لے رہا ہے۔ اُس کی کیا اوقات ہے۔" جبّار نے جھنجھلا کر کہا۔

"نہیں جبّا میرے کو وہ بہت کھٹک رہا ہے۔ کچھ بھی ہو سر کاری وکیل نے اگر بادشاہ کے کُتّے اور غلام کو کورٹ میں ثبوت کے طور پر کھڑا کر دیا کر دیا تو۔۔۔۔۔" وٹھل نے بیڑی کاش لے کر دھواں چھوڑتے ہوئے کہا۔ بیڑی کا دھواں اُس کی تشویش کی طرح گاڑھا تھا۔

"شناختی پریڈ میں پولس کُتّے کو نہیں لائی تو اب کورٹ میں سر کاری وکیل کیا لائے گا اور جہاں تک غلام کا سوال ہے تو وہ پولس کو بیان دے چکا ہے کہ جب بادشاہ کا مرڈ رہو اُس ٹائم پے وہ کلب کے اندر تھا اور بادشاہ کی چیخ سن کر جب وہ باہر نکل کے آیا تو قاتل بھاگ چکے تھے۔"

"پھر بھی، وہ بادشاہ کا بہت پُرانا پنٹر (مصاحب) ہے۔ جب وہ دس برس کا بھی سے اُس کے پاس تھا اُس نے آج جھوٹ بولا ہے لیکن کل جب اُس کا ضمیر اُس کو چمٹی لے گا تب۔۔۔۔۔" بیرک کے گھپ اندھیرے میں بھی وٹھل کی آنکھوں میں جبّا رنے چمکتے خوف کو دیکھ لیا تھا۔

"وٹھل یہ جس کو اپن لوگ ضمیر بولتے ہیں نا، یہ ایماندار لوگوں کی کھجلی ہے۔ غلام جیسے لوگوں کا ضمیر اُن کے پیٹ میں رہتا ہے۔ تیرے کو یاد نہیں ہے اپن نے جیسے ہی بادشاہ پے وار کیا تھا غلام دوسری طرف گھوم گیا تھا۔" جبّا رنے وٹھل کی انگلیوں میں سے بیڑی لے کر دانتوں میں دبا تے ہوئے کہا۔

"ہاں یار لیکن وہ چود بہن وہ بادشاہ کے گھوڑے جیسے کتّے نے میرے او پر کتنی زور سے جمپ کیا تھا! اگر وہ لوکھنڈ کی زنجیر سے بندھا نہیں ہوتا تو اپن دونوں کو تو چیر پھاڑ ڈالتا۔" وٹھل نے کتّے کے خونخوار جبڑوں کا تصور کر کے جھر جھری لی۔

اُن کے دفاعی وکیل ناتھانی نے واردات کی تفصیل سننے کے بعد اُن سے کتّے کی جسامت وغیرہ کے بارے میں کئی سوالات پوچھے تھے۔ کچھ سوچتے ہوئے اُس نے کہا تھا "وہ

جرمن شیفرڈ ڈاگ ہے ۔ تم دونوں بہت لکّی ہو ۔ اگر وہ چین میں بند ھا نہیں ہوتا تو پولِس کو تم دونوں کی چیلتھیڑا چلتھرالاش بھی اُٹھانا پڑتی ۔ ''ایڈوکیٹ ناتھانی کو کتوں کا شوق تھا ۔ اُس نے اُن دونوں کو بتایا تھا کہ ''جرمن شیفرڈ دنیا کا تیسرا سب سے خطرناک لیکن ذہین کتّا ہے ۔ مالک سے جس کی وفاداری پوری دنیا میں مشہور ہے ۔ وہ اپنے مالک کی حفاظت کے لیے جان لینے یا دینے میں دریغ نہیں کرتا ہے ۔''

''سالا بڑا حرامی نسل کا کتا ہے ۔ بادشاہ نے اُس کو بھی اس ٹائم سے پالا ہے جب وہ دودھ پیتا تھا ۔''وٹھل نے بادشاہ کے کتّے کو یاد کر کے جھرجھری لی ۔

''اس میں نسل کی کیا بات ہے! ارے اپن کوئی بھی جانور کو بچپن سے پالیں گے تو وہ اپنے لیے وفادار رہے گا نا پھر یہ تو کتا ہے ۔''جبّار نے دلیل دی ۔

''اسی لیے تو بولتا ہوں غلام بھی اپنے لیے خطرہ بن سکتا ہے بادشاہ نے اس کو بھی تو بچپن اُس سے پالا تھا ۔''

''دیکھ وٹھل غلام اپنے دھندے کا بھڑوا ہے جدھر وزن دیکھے گا اُدھر پے اُس کی وفاداری جھکے گی ۔ اپنا اصلی ٹینشن تو وہ بیگم ہے بادشاہ نے جس کو کچرے میں سے اُٹھا کر رانی بنا دیا ۔''

دونوں صبح کا دھندلا اُجالا پھیلنے تک کیس کے بارے میں اپنے اپنے خیالات اور خدشات پر گفتگو کرتے رہے تھے ۔

☆

بادشاہ کا حقیقی نام تو پارس پانڈے تھا لیکن جنوبی وسطی ممبئی کے تمام غیر قانونی دھندوں پر اُس کی بلا شرکت غیرے زبردست بالادستی قائم تھی ۔ اسی مناسبت سے اُسے بادشاہ کہا جانے لگا تھا ۔ بادشاہ کی اُس شہرت میں پارس پانڈے بالکل ہی کھو گیا تھا ۔

بادشاہ کے بس دو ہی شوق تھے ۔ چھریرے جسم والی نوجوان لڑکیوں کا جنسی قرب اور اچھی نسل کے کتّے پالنا ۔ ان دنوں وہ ایک کتا اور ایک عورت پر رقاعت کر رہا تھا ۔ جرمن شیفرڈ کے جوان ہونے کے بعد اُس نے کوئی دوسرا کتا نہیں پالا تھا اور بیگم کو گھر میں بٹھا لینے کے بعد اُس

86

نے کسی دوسری عورت کے ساتھ جسمانی رشتہ قائم نہیں کیا تھا۔

سترہ اٹھارہ سال کی بھرپور جوان بیگم غربت سے تنگ آ کر زندگی کی محرومیوں سے نجات حاصل کرنے کے لیے حیدرآباد سے بھاگ کر ممبئی آئی تھی۔ وہ کسی عرب ملک میں گھریلو ملازمہ کی نوکری کے لیے کوشاں تھی اس درمیان اُس نے گذر بسر کے لیے مختلف گھروں میں صاف صفائی کا کام شروع کر دیا تھا۔ بادشاہ کے گھر کا کام کرتے کرتے وہ چالیس سال کے بادشاہ کے دل کی بیگم بن بیٹھی تھی۔۔۔۔۔ بیگم کا رنگ کندن تھا تو جسم تلوار کی طرح آب دار۔ بادشاہ نے پچھلے تین برسوں میں اُس کے جسم کے ہر نشیب و فراز اور قوسین کو تسخیر کرنے کی کوشش کی تھی لیکن اُسے ہر بار لگتا کہ ابھی کچھ منزلیں اور بھی ہیں۔ کچھ عورتیں بستر کی زینت بن جاتی ہیں اور کچھ عورتوں کا جسم ہی بستر بن جاتا ہے۔ بادشاہ کو بیگم کا جسم ایک آسودگی بخش بستر ہی محسوس ہوتا تھا۔

اُس نے بیگم کے وزن سے دوگنا سونا اُس کے جسم پر سجا دیا تھا۔ اب وہ دن بھر ٹی وی پر متمول خاندانوں کی سجی سنوری سازشی عورتوں کے سوپ آپیرا دیکھتی اور اُن کے زیورات اور ملبوسات کی نقلوں کی تلاش میں شاپنگ مالز میں بھٹکتی پھرتی۔ اُس کے اسی شوق کے مدنظر بادشاہ نے اُسے روپیوں کی کبھی کمی ہونے نہیں دی تھی۔ ایک کارمع ڈرائیور اُس کی تحویل میں رہتی۔ اُس نے زندگی کے کسی لمحے میں اتنے سکھ کا تصور نہیں کیا تھا۔ تصور بھی کیسے کرتی۔ خواہشات ہی تصورات کو پیدا کرتے ہیں۔ گھروں کا کام کرنے والی ایک ملازمہ کی خواہشیں پیٹ بھر کھانے اور تن ڈھکنے سے زیادہ کیا ہو سکتی ہیں۔ بادشاہ نے اُسے اس سے کہیں زیادہ دیا تھا۔ بیگم کے لیے یہ جنم کسی حسین خواب کی طرح تھا اور اس خواب کے ٹوٹ جانے کا اندیشہ اُس کے دل میں اکثر کسی پھانس کی طرح چبھتا رہتا تھا۔ شاید معاشی عدم تحفظ کا احساس ہی اُسے بادشاہ کی دلجوئی کے لیے کسی بھی امتحان سے گذرنے کے لیے آمادہ رکھتا تھا۔ وہ بستر پر بادشاہ کو زندگی کا ایسا امرت پلاتی کہ بادشاہ کو بار بار اسی پیاس کی خواہش محسوس ہوتی۔ یہ بڑی عجیب سی پیاس تھی جس میں تشنگی ہی اپنے آپ میں بے پناہ لذت رکھتی تھی۔ نا آسودگیوں نے اُسے سکھا دیا تھا کہ مرد کو اتنا سیراب کرو کہ وہ خود ہی تشنگی کا آرزومند رہے۔

☆

86

دونوں ٹیکسی کی کھڑکیوں سے باہر ہائی وے کے دونوں جانب کے گوڑے اور جوہڑوں سے بھرے میدانی علاقے کو دیکھ رہے تھے جن پر مشینوں کے لمبے لمبے ہاتھ عمارتوں کے ڈھانچے کھڑے کر رہے تھے۔ صبح کی دھوپ پوری طرح پھیل چکی تھی اور ممبئی کی سمت جانے والی ہائی وے پر موٹر گاڑیوں کی تعداد میں اضافہ ہونے لگا تھا۔ وٹھل اور جبّار نے ضمانت حاصل کرنے کے بعد تھانہ جیل کے بلند دروازے سے باہر نکل کر عام قیدیوں کی طرح اطمینان کا سانس نہیں لیا تھا کیونکہ وہ اپنے مستقبل کے منصوبوں کو کوئی حتمی شکل نہیں دے سکے تھے۔ ٹیکسی میں بیٹھتے ہوئے ڈرائیور سے جبّار نے کہا تھا۔"ممبئی"۔۔۔۔۔لیکن ممبئی میں انہیں کہاں جانا ہے؟ یہ دونوں کے ذہنوں میں واضح نہیں تھا۔

"کہاں چلنے کا ارادہ ہے؟"جبّار نے وٹھل کی طرف دیکھے بغیر کھڑکی سے باہر کی ویرانی کو دیکھتے ہوئے پوچھا۔

کچھ توقف کے ساتھ وٹھل نے کھڑکی کے باہر دیکھتے ہوئے کہا۔"کراس گلی"۔

"کراس گلی!"جبّار نے حیرت سے وٹھل کی طرف دیکھا۔ کراس گلی کی نچلی بستی میں بادشاہ کا چار کمروں کا گھر تھا جس کی آرائش کسی نو دولتیے کے فلیٹ سے کم نہیں تھی۔

"کراس گلی میں کیا ہے؟"جبّار نے پوچھا

"چل کے ذرا دیکھتے ہیں بیگم کا کیا موڈ ہے؟"وٹھل نے جبّار کی طرف گھوم کر کہا۔"اصلی خطرہ تو یہی عورت ہے۔ بادشاہ کی بیوی نہیں رکھیل سہی تھی بھی ایک رشتہ تو تھا نا۔ چل کے ذرا اُس کو بھی بتاتے ہیں کہ وہ ہم لوگ کے پنجے سے بہت دور نہیں ہے۔"

"اور غلام؟"

"وہ گاندو لو در پریل میں رہتا ہے نا اُس کو بعد میں دیکھ لیں گے۔ بادشاہ کے دھندے پر اب اُس کا قبضہ ہو گا۔ اُس سے تو لمبا حساب کرنے کا ہے۔"

کراس گلی کی داخلی سڑک پر دونوں ٹیکسی سے اُتر کر اُس تنگ گلی میں داخل ہو گئے تھے جس میں بادشاہ کا مکان تھا۔ دروازے پر پہنچ کر وٹھل نے کال بیل پر انگلی رکھی ہی تھی کہ مکان کے اندر سے کتے کے بھونکنے کی آوازیں آنے لگیں۔ کتے کے بھونکنے کا شور بتدریج بڑھنے لگا

تھا۔ دروازہ بارہ تیرہ برس کی ایک لڑکی نے کھولا جو شاید گھر کی ملازمہ تھی وہ دونوں کو استفہامیہ
نظروں سے دیکھنے لگی۔ وٹھل نے لڑکی کو بازو سے پکڑ کر دروازے سے ہٹا دیا اور دونوں کمرے
میں داخل ہو گئے۔ مکان کے کسی کمرے سے ایک بھاری بھرکم کتے نے نکل کر ان پر چھلانگ لگا
ئی ۔ دونوں بری طرح بوکھلا کر پیچھے ہٹے ۔ وٹھل گرتے گرتے بچا اُس کے منہ سے بے اختیار
ایک گندی گالی نکل گئی۔ اسی اثنا میں پیٹی کوٹ اور بلاوز میں ایک عورت اپنے بالوں کا جوڑا
باندھتے ہوئے تقریباً دوڑتی ہوئی بغل کے کمرے سے باہر آئی اور لپک کر کتے کے پٹے کو
پکڑ لیا۔ قد آور بھورے رنگ کے اُس کتے کو پہچاننے میں اُنہیں دیر نہیں لگی یہ بادشاہ کا وہی
خونخوار جرمن شیفرڈ تھا! عورت پوری قوت سے کتے کے پٹے کو اپنی طرف کھینچ رہی تھی اور مشتعل کتا
اپنے اگلے پیروں کے دونوں پنجوں کو فرش پر جما کر جست بھرنے کے لیے جدوجہد کر رہا تھا۔
اُس کی بڑی بڑی خونخوار آنکھیں دونوں پر مرکوز تھیں اور اُس کے جبڑوں کے کناروں سے
جھاگ اُڑ رہی تھی۔ عورت کتے کو قابو میں کرنے کی کوشش میں ایسے ہچکولے لے رہی تھی جیسے
کسی پیڑ کو آندھی کے تیز جھکڑ جھنجھوڑ رہے ہوں ۔ اس کشمکش میں اُس کی بڑی بڑی چھاتیاں بلاوز
کے حلقوں سے اُبلی پڑ رہی تھیں ۔ دفعتاً ہال سے متصل کمرے کا دروازہ کھلا اور ایک تنومند شخص
تیزی سے کمرے میں داخل ہوا جس کے جسم پر صرف ایک شارٹ پینٹ تھی اور چہرے پر نیند
میں خلل پڑنے والی ناگواری تھی۔ اُس کی نظریں جیسے ہی وٹھل اور جبار پر پڑی اُس کا منہ کھلا کا
کھلا رہ گیا اور اُسے دیکھ کر وہ دونوں بھی کسی مجسمے کی طرح ساکت کھڑے رہ گئے ۔

''غلام۔'' وٹھل کے منہ سے حیرت سے نکلا اور اُس نے جبار کی آنکھوں میں معنی خیز انداز
میں دیکھا۔

''ہاں ہاں، وٹھل بھائی'' کہتے ہوئے غلام نے لپک کر کتے کے پٹے کو اُس عورت کے
ہاتھ سے لے لیا۔ کتے کی زور آزمائی میں کوئی کمی نہیں آئی تھی۔ اب عورت آنکھیں پھاڑ کر
دونوں کو گھورنے لگی تھی اور دونوں کی ممتحن نظروں نے اُس عورت کو اپنے حصار میں لے لیا تھا۔
عورت کو شاید اچانک ہی اپنے ناکافی کپڑوں کا خیال آ گیا تھا اور اُس نے اپنے دونوں ہاتھوں
کو دائیں بائیں کراس کی طرح اس کے سینے پر رکھ لیا تھا۔

''بھائی یہ بیگم ہے ۔''غلام نے جلدی سے کہا۔عورت تیزی سے اُسی کمرے میں چلی گئی
جہاں سے وہ آئی تھی ۔ کتے کو قابو میں کرنے کی کوشش میں ہانپتے غلام کو دونوں گہری نظروں
سے گھورتے رہے۔

''بھائی آپ لوگ بیٹھنا۔ یہ سالا اتنا لڑاکو نہیں ہے آپ لوگ کو پہچانتا نہیں ہے نا اس
لیے ۔۔۔۔''غلام نے ماتھے کا پسینہ انگوٹھے سے ٹپکاتے ہوئے کتّے کی جانب اشارہ کرتے
ہوئے کہا۔ وٹھل سوچ رہا تھا' وہ ہمیں خوب پہچان رہا ہے اسی لیے اتنا بے قابو ہو رہا ہے ۔۔۔۔'
اور کتّا اُن کی طرف منہ اُٹھا کر پوری قوت سے بھونکے جا رہا تھا ۔۔۔۔ وٹھل کو لگا کتا بھونک نہیں
رہا بلکہ اُن سے اپنی نفرت کا اظہار کر رہا ہے ۔ وہ دونوں سرد آنکھوں سے غلام کو گھورتے رہے۔
وہ اُن کی دھاردار نظروں کی تاب نہ لا سکا اور اُس نے خود ہی بتانا شروع کر دیا کہ پولیس نے
بادشاہ کا دھندہ اُسی کے سپرد کیا ہوا ہے لیکن وہ دھندے کا محض نگراں ہے ۔''بھائی اصل میں تو
دھندہ آپ دونوں کا ہے ۔ آپ حکم کرو گے تو دھندہ سنبھالوں گا''اچانک غلام کو کچھ خیال آ گیا اور
عاجزی سے بولا''میں ناشتہ تیار کرنے کو بولتا ہوں ۔''اور وہ دونوں کا جواب سنے بغیر مشتعل کتّے کو
گھسیٹتے ہوئے اندر کھینچ لے گیا۔

دونوں نے بہت غور سے دیوان خانہ نما کمرے کا جائزہ لیا۔ شنکر بھگوان کی ایک بڑی سی
تصویر چاندی کے فریم میں آویزاں تھی ۔ پلاسٹر آف پیرس کی منقش چھت پر کمرے کے رقبے کی
مناسبت سے کہیں بڑا فانوس ٹنگا ہوا تھا۔ وال کیبنٹ میں شیشے کے نمائشی ظروف کے درمیان
بادشاہ کی ایک رنگین تصویر تانبے کے فریم میں جڑی ہوئی تھی ۔ جس پر چندن کا ایک ہار پڑا ہوا
تھا۔ وٹھل کی نظریں تصویر پر جم گئیں ۔ گھنے گھنگھریالے بالوں کے ٹھیک نیچے بادشاہ کی چمکدار
آنکھیں وٹھل کو گھورنے لگیں ۔ وٹھل کو لگا وہ آنکھیں بادشاہ کے چہرے پر پھیلتی چلی جا رہی ہیں ۔
''جبّار اُدھر دیکھ''وٹھل نے بادشاہ کی تصویر کی طرف اشارہ کیا۔
جبّار نے بادشاہ کی تصویر کو دیکھا۔''کیا ہے؟''اُس نے وٹھل سے پوچھا۔
''وہ کیسے اپنے کو دیکھ رہا ہے ۔''
''کون؟''

”وہی بادشاہ۔“

”جبار نے غور سے بادشاہ کی تصویر کو دیکھا۔ بادشاہ کالا چشمہ لگائے فلم انداز کے رابیش کھنہ کی طرح گردن کو خم کر کے مسکرا رہا تھا۔

”ناشتہ۔۔۔“ ایک نسوانی آواز نے اُنہیں چونکا دیا۔ دونوں نے سر اُٹھا کر سامنے دیکھا۔ چھریرے بدن والی بیگم ناشتے کی ٹرے ہاتھوں میں لیے کھڑی تھی۔ سفید ساڑی میں اُس کا سانولا رنگ خوب کھِل اُٹھا تھا اور سینے اور کولہے کی گولائیاں کچھ زیادہ ہی نمایاں ہوگئی تھیں۔ بیگم نے جھک کر ٹرے کو تپائی پر رکھتے ہوئے وٹھل کی نظروں کو اپنے بلاؤز کے کشادہ گلے میں اُتر کر چھاتیوں میں گُدگُدی کرتا ہوا محسوس کیا۔ وہ ساڑی کا آنچل دُرست کرتی ہوئی لوٹ گئی لیکن اُس کی کمان جیسی کمر کا لوچ جبار کی آنکھوں میں دیر تک متحرک رہا۔

غلام نے ایک بار پھر دونوں کو بادشاہ کے تمام کاروبار کی تفصیل بتا دی تھی۔ اُس نے خوشامدانہ لہجے میں کہا تھا ”اب بھائی کھلہ سے دادر تک کے بادشاہ آپ دونوں ہی ہیں۔“

”بھوں بھوں بھوں“ کتا پھر بھونکنے لگا تھا۔ وہ شاید بند کمرے سے باہر نکلنے کے لیے جدوجہد کر رہا تھا۔

”بھائی آفس پے کب سے بیٹھو گے؟“ غلام نے عاجزی سے پوچھا۔

”شام کو“ جبار نے کہا اور دونوں ناشتہ کیے بغیر ہی اُٹھ گئے۔ کتے کے بھونکنے کی طاقتور آواز دور تک اُن کا پیچھا کرتی رہی۔

ممبئی میں منظم غنڈہ گردی کرنے والوں نے اپنے گروہ کو کمپنی کا نام دے دیا تھا اور اُن کے اڈے کو آفس کہا جانے لگا تھا۔ جو اپنی آرائش سے سچ مچ کوئی دفتر نظر آتے تھے۔ شام میں وٹھل اور جبار جیکب سرکل پر واقع بادشاہ کے آفس پر پہنچے تھے تو بادشاہ کے آدمیوں نے اُن کے پیروں کے ٹھیک سامنے ناریل پھوڑ کر اور ماتھے پر تلک لگا کر دونوں سے اپنی وفاداری کا اظہار کیا تھا۔ رات میں جب دونوں بادشاہ ہی کے شراب کے اڈے میں آدھی بوتل سے زیادہ شراب حلق میں انڈیل چکے تو جبار نے وٹھل کے قریب جھک کر سرگوشی میں کہا۔

”کیوں میں نے تیرے کو کیا بولا تھا؟ اگر اپنے کو بھی بادشاہ بننے کا ہے تو اِس بادشاہ کو ختم

کرنا ہوگا پھر سب کچھ اپن لوگ کے ہاتھ میں آجائے گا صحیح بات تھی کہ نہیں میری؟ دیکھ لے کل تک جو بادشاہ کے ولیے جان دیتے تھے وہ آج اپنے قدموں میں آگئے ہیں‘‘

’’تُو سچ بولتا ہے ۔ اپنے دھندے میں اور پولیٹکس میں کوئی فرق نہیں ہے ۔ پولیٹکس میں بھی اپنے دھندے کی طرح کون کب وفاداری بدل دے کہہ نہیں سکتے ۔‘‘

’’غلام کا وفاداری بدلنا تو سمجھ میں آتا ہے لیکن یہ بیگم ۔۔۔۔‘‘ کہہ کر جبّار نے نفرت سے ہونٹوں کو سکوڑ لیا ۔‘‘ اور غلام بھی بڑی حرامی چیز نکلا بادشاہ کے کتّے اور عورت دونوں کو رکھ لیا ۔‘‘

’’بیگم جیسی عیش کی زندگی چاہنے والی چھنال کے لیے بادشاہ اور غلام میں کوئی فرق نہیں ہوتا ہے ۔ وہ دونوں کو الگ الگ نام والے ایک ہی مرد مانتی ہیں ۔‘‘ شراب کے سرور میں وٹھل اکثر فلسفیانہ ڈبکیاں لینے لگتا تھا ۔ اس وقت بھی وہ ایسی ہی کیفیت میں تھا ۔’’بیگم جیسی عورت کے لیے ایک ہی مرد سے وفاداری غلامی کی طرح ہے ۔ بیگم کو جو سُکھ بادشاہ سے مل رہا تھا وہی سُکھ غلام کی رکھیل بن جانے میں بھی ہے ۔‘‘ وٹھل کے اس تجزیے پر جبّار اُسے داد دینے والی نظروں سے دیکھنے لگا ۔

☆

وٹھل اور جبّار بچپن کے یار تھے ۔ دونوں نے ساتھ میں کالج میں داخلہ لیا تھا اور انٹر میں فیل ہونے کے بعد دونوں نے کالج چھوڑ دیا تھا، کم وقت میں دولت کمانے کی کوشش میں دونوں نے ایک چھوٹے موٹے جوہری کو لوٹ لیا تھا ۔ پولیس نے انہیں چوبیس گھنٹوں میں گرفتار کرکے خوب پیٹا تھا اور لوٹ کا مال بھی برآمد کرلیا تھا ۔ دونوں چھے مہینوں تک ضمانت نہ کراسکنے کی وجہ سے جیل میں پڑے رہے تھے ۔ انہوں نے جیل میں اکثر بادشاہ کو آتے جاتے دیکھا تھا وہ اپنے غیر قانونی دھندوں میں کام آنے والوں کی ضمانت کے سلسلے میں یا پھر اُن سے ملاقات کے لیے جیل آیا کرتا تھا ۔ بادشاہ کی جیل میں بڑی آؤ بھگت ہوتی تھی ۔ عادی مجرم سے لے کر جیلر تک اُس کے ساتھ عزّت سے پیش آتے تھے ۔ ایک روز جبّار نے وٹھل سے کہا تھا ۔

’’اپنے کو اگر دولت کے ساتھ عزّت کمانا ہے تو پھر بادشاہ بننا پڑے گا ۔‘‘

91

"اپنے ایریا میں تو پہلے سے ایک بادشاہ موجود ہے۔" جبّار کے اس خیال پر وٹھل ہنس دیا تھا۔

"اگر اپنے کو بادشاہ بننا ہے تو پھر اِس بادشاہ کو ختم کرنا ہوگا۔" جبّار آنکھ مار کر مسکرایا تھا۔

.....اور پھر سب کچھ اُن کی توقعات کے عین مطابق ہوا تھا۔

وٹھل اور جبّار اب دو نام اور دو شخصیتیں نہیں رہ گئے تھے سارے شہر میں دونوں کی شناخت ایک ہی شخصیت کے طور پر کی جانے لگی تھی۔ بادشاہ کے سارے غیر قانونی اور بے پناہ منافع بخش کاروبار پر وہ اُسی طرح قابض ہو چکے تھے جس طرح کسی کارپوریٹ سیکٹر کی کمپنی کے سارے شیئرز کو خرید کر دوسری کارپوریٹ کمپنی راتوں رات ٹیک اوور کر لیتی ہے۔ دونوں کی زندگی میں اب اتنی آسودگی آ گئی تھی کہ اُن کے قریبی رشتے دار اور پڑوسی بھی آسودگی کے اِس شجر سایہ داری کی راحتیں اُٹھا رہے تھے۔ ایک روز وٹھل نے جبّار سے کہا "میں نے سپنے میں بھی نہیں سوچا تھا میرے کو اتنی دولت اور اتنی عزّت مل جائے گی۔ لیکن ایک کانٹا دل میں چبھتا رہتا ہے۔ بس ایک کانٹا!"

"کیسا کانٹا؟"

"بادشاہ.....۔"

"وہ تو جل کے راکھ ہوگیا، اُس کے بارے میں کیوں سوچتا ہے؟" جبّار نے اُس کی بات بیچ ہی میں کاٹ دی۔

"میں بادشاہ کے بارے میں نہیں اُسکے مرڈر کیس کے بارے میں سوچتا ہوں۔ اس کیس میں اپنے کو کہیں سزا ہو گئی تو.....تو سب کچھ ختم ہو جائے گا۔ میرے کو ناتھانی ایڈوکیٹ نے بولا ہے سات سال سے لے کر عمر قید اور عمر قید سے لے کے پھانسی بھی ہو سکتی ہے۔"

"چپ گا انڈو" جبّار چیخا۔ "سُکھ کے سہانے دنوں پے کیوں آنے والے کل کے منحوس ڈر کا سایہ ڈال رہا ہے؟ ابھی تو سکھ شروع ہوا ہے اس کا مزہ اُٹھانے دے۔"

"بات کو سمجھنے کی کوشش کر جبّار، ناتھانی بول رہا تھا وٹنیس نے اگر خلاف میں گواہی دے دیا تو سمجھو گئے کام سے۔"

”گواہی!“ جبّار تمسخر آمیز انداز میں ہنسا۔ ”وٹھل تیرا دماغ پھر گیا ہے کیا۔ وہ غلام اور ایک بے زبان کتّا! یہ گواہی دیں گے؟“ اُس نے دونوں ہتھیلیوں کو بجا کر قہقہہ لگایا۔

وٹھل نے ناگواری سے جبّار کو دیکھا جو بدستور ہنس رہا تھا۔ ”ہنسنے کی نہیں سوچنے کی بات ہے۔“ اُس کا لہجہ بے حد سنجیدہ ہوگیا۔ ”بادشاہ کی رکھیل، بادشاہ کا چمچہ اور بادشاہ کا کتا، ان تینوں میں سے ایک نے بھی اپنی وفاداری دکھائی تو اپنی پھانسی پکّی سمجھو۔“

جبّار کی ہنسی یکبارگی رک گئی۔ وہ بہت غور سے وٹھل کو دیکھنے لگا اور سر جھٹک کر بولا۔ ”وفاداری کی بھی قیمت لگ سکتی ہے۔ رکھیل کو زیور، چمچے کو روپے اور کتے کو ٹکڑے دیتے رہو۔۔۔۔۔۔ بیگم تو رنڈی ہے اُس کا کیا ہے کل تک بادشاہ اُس کا یار تھا آج غلام اور پھر کل وٹھل بھی ہوسکتا ہے، ہے نا؟“ جبّار نے وٹھل کو تائید چاہنے والی نظروں سے دیکھ کر قہقہہ لگایا۔

”نہیں، نہیں!“ وٹھل نے میز پر مکّا مارا۔ ”تُو جتنی آسانی سے بول رہا ہے۔ سب کچھ اتنا آسان نہیں ہے۔“ وہ اچانک اُٹھ کھڑا ہوا اور بوتل میں بچی شراب کو ایک گھونٹ میں خالی کر کے جبّار کی آنکھوں میں اپنے ارادے کی پختگی کے ساتھ گھورنے لگا۔ اس بار بھی دونوں کی نظروں کی برقی رو نے کوئی پیغام دونوں کے دماغوں تک منتقل کیا اور جبّار بھی کرسی سے اُٹھ کھڑا ہوا جیسے وہ بھی کسی نتیجے پر پہنچ گیا ہو۔

☆

”سو گیا کیا؟“ بیگم نے غلام کے کان میں پھس پھسا کر پوچھا۔ ٹھنڈے فرش پر ننگے پڑے غلام نے کسی سانپ کی طرح سر اُٹھا کر بیگم کی طرف دیکھا جو کہنیوں کے بل اوندھی لیٹی ہوئی تھی، کمر کے گرد لپٹا تو لیہ وٹھل تو کھل چکا تھا اور اُس کے کولہوں کی گولائیاں سرکش پہاڑیوں کی طرح نظر آ رہی تھیں۔ غلام آدھی بوتل سے بھی زیادہ رم پی چکا تھا نشے سے اُس کی زبان موٹی ہو رہی تھی۔ بیگم کو ٹھنڈی بیئر مرغوب تھی۔ اس وقت بھی اُس نے تین بوتل بیئر پی رکھی تھی۔

”اے غلام۔“ بیگم نے اُس کے کان کی لو کو ہلکے سے کاٹتے ہوئے پھس پھسا کر پکارا۔

”ہوں۔“ غلام کی آواز میں گہری غنودگی تھی۔

”میرے کو اب ڈر لگ رہا ہے۔“ بیگم نے اپنا سر غلام کے بالوں سے عاری چکنے سینے پر

93

رکھتے ہوئے کہا۔

"کس سے؟" غلام نے لکنت بھری آواز میں پوچھا۔ "میرے ہوتے ہوئے تیرے کو کس سے ڈر لگتا ہے بتا۔" اُس کی آواز قدرے بلند ہوگئی۔

"وٹھل جبار سے!" بیگم اُٹھ کر بیٹھ گئی۔

"وٹھل۔۔۔وٹھل!" غلام کی آواز حلق میں پھنس گئی۔۔۔ اُس نے دیکھا۔۔۔ بادشاہ خون میں لت پت دھیرے دھیرے فرش پر گر رہا ہے اور پھٹی پھٹی آنکھوں سے مدد کے لیے اُس کی طرف دیکھ رہا ہے۔۔۔۔

"یہ دونوں بہت خطرناک ہیں۔ان لوگوں نے دھندے پر قبضہ کرنے کے لیے بادشاہ کو مار ڈالا۔ بادشاہ سے ان کی تو کوئی دشمنی بھی نہیں تھی۔" بیگم کی آواز میں گہرا تفکر تھا جو اُس کی کپکپاہٹ سے ظاہر ہو رہا تھا "یہ کل ہم کو بھی مار سکتے ہیں۔"

"ہم کو کیوں؟" غلام نے اپنے چہرے پر جھکی ہوئی بیگم کو سرخ دہکتی آنکھوں سے گھورتے ہوئے پوچھا۔

"کیوں کہ تُو مرڈ کا گواہ ہے اور میں مرنے والے کی عورت ہوں۔"

"نہیں نہیں ہم کو وہ نہیں مار سکتے۔ میں نے تو قاتلوں کو پہچاننے سے انکار کر دیا ہے پھر وہ میرے کو کیوں ماریں گے۔ اور تو تو اب میرے ساتھ ہے تو تیرے کو بھی مارنے کا سوال نہیں ہے۔"

بادشاہ نے بھی ایسا ہی سوچا تھا کہ میری تو کسی سے بھی دشمنی نہیں ہے۔ اُس نے اِن دونوں کو محلّے کا ٹپوری سمجھا تھا!" بیگم نے اپنی دلیل میں وزن پیدا کرنے کے لیے ایک ایک لفظ کو چبا چبا کر کہا "کیا ہوا بادشاہ کا؟ چو ہے کے جیسا مار دیا نا اُس کو۔ کیا گارنٹی ہے کہ وہ تیرے کو چھوڑ دیں گے۔" بیگم جھٹکے سے اپنے دونوں ہاتھوں کو گردن کے پیچھے لے جا کر بالوں کا جوڑا باندھنے لگی۔ غلام اُس کی کمان جیسی کمر اور تیر جیسی چھاتیوں کو دیکھنے لگا "کتنا رس ہے اِن میں" اُس نے سوچا۔ بیگم نے اسکی ہوس ناک نظروں کو اپنی شاطر نظروں سے پکڑ لیا۔ "کیا سوچتا ہے، نہ اپنا دھندہ بچے گا نہ اپنی جان۔"

بیگم بہت دیر تک بولتی رہی اور غلام بوتل ہی سے گھونٹ گھونٹ پیتا رہا۔۔۔ بیگم کے خدشات کے بارے میں وہ جیسے جیسے سوچ رہا تھا اُس کی نیند اُڑتی جا رہی تھی۔ بیگم کا ڈر غلط تو نہیں ہے۔ وٹھل اور جبّار اپنی ترقی کے راستے میں آنے والی کسی بھی رکاوٹ کو اب برداشت نہیں کر سکتے ہیں مجھے بھی نہیں۔۔۔۔

’’کچھ کرنا پڑے گا غلام‘‘ بیگم ایکدم سے اُس کے چہرے پر جھک گئی۔ اُسکے برہنہ جوان جسم کی خوشبو نے غلام کو مدہوش سا کر دیا۔ ’’ہاں کچھ کرنا پڑے گا۔‘‘ غلام نے کہا فیصلہ کن انداز میں کہا لیکن بیگم نے محسوس کیا کہ وہ جب اُسے اپنی مضبوط بانہوں میں بھر کر بھینچ رہا تھا تو وہ کانپ رہا تھا۔ بیگم کے شہوت بھرے جسم سے وہ بہت دیر تک اپنے اندر ہیجان پیدا کرنے کی کوشش کرتا رہا لیکن جسم کی ساری رگوں میں خون کا بہاؤ تھم سا گیا تھا اُسے اپنی ساری نس ناڑیاں ڈھیلی اور تھکی تھکی سی لگیں۔ ایسا پہلے کبھی نہیں ہوا تھا۔ بیگم کا جوان ہیجان انگیز ننگا بدن اُس کے لیے کسی شعلے سے کم نہیں تھا کہ جس کے چھوتے ہی اُس کا اپنا وجود کسی آتش گیر مادے کی طرح جل اُٹھتا تھا لیکن آج بیگم کے اندیشوں کا ایک ایک لفظ اُس کی رگوں میں برف کے ذرات کی طرح منجمد ہو رہا تھا اُسے یہ سوچ کر خود سے ابھیّت محسوس ہوئی کہ خود سپردگی کے لیے آمادہ بیگم کے ننگے بدن پر وہ عمل سے عاری کسی لجلجے کیڑے کی طرح لپٹا ہوا ہے۔۔۔۔

☆

اُس رات وٹھل نے پھر وہی خواب دیکھا۔

نیم اندھیرے نیم اجالے میں لہراتے بجلی کے لشکارے۔۔۔ زنجیر کی گرفت سے آزاد ہونے کے لیے تڑپتا کتا۔۔۔ تیز نوکیلے دانتوں والے ڈھیلے ڈھالے ہلتے جبڑوں سے اُڑتی لیس دار رال۔۔۔ زمین پر دھیرے دھیرے گرتا ہوا بادشاہ اور ٹھیک اُس کے پیچھے کھڑے غلام کا ایکدم سے مڑ کر دھیرے دھیرے اندھیرے میں غائب ہو جانا اور ہڈیوں کے گودوں میں اُتر جانے والی گونج دار بھونکار۔۔۔۔

وٹھل بستر پر اُٹھ بیٹھا۔ اُس نے خون کی ایک بوند کو اپنی کنپٹی پر رینگتا ہوا محسوس کیا۔ گاڑھا سیال خون جس میں بادشاہ اوندھے منہ گرا تھا۔ اُس نے گھبرا کر ہتھیلی سے کنپٹی کو پونچھا اور

95

اندھیرے میں اپنی ہتھیلی کو آنکھوں کے سامنے لا کر گھورنے لگا۔ اندھیرے میں خون بھی تو کالا
نظر آتا ہے یہ سوچ کر اس نے ہتھیلی کو ناک سے لگا کر گہری سانس کھینچ کر سونگھا۔ کوئی بو نہیں تھی۔
اچانک کتے کی بھونک نے اسے ڈرا دیا۔ اس نے اٹھ کر فریج میں سے پانی کی ٹھنڈی بوتل نکالی
اور غٹ غٹ پوری بوتل پی گیا۔ کتے کی خوفناک بھونک کو وہ اپنی کھوپڑی میں گونجتا محسوس کر رہا
تھا۔ اس نے تکیے کے نیچے ہاتھ ڈال کر پستول نکالی اور اس کے چیمبر کو کھول کر اس میں بھری
گولیوں کو دیکھنے لگا اور پھر جیسے کسی بات کا فیصلہ کر کے پستول کو دوبارہ تکیے کے نیچے رکھ کر بستر پر
لیٹ گیا۔ اس کا سر تکیے پر تھا اور تکیے کے نیچے رکھا پستول اب اسکے لیے اطمینان کا باعث تھا۔

☆

وین جبّار چلا رہا تھا۔ وٹھل اسکی بغل میں بیٹھا ظاہر بظاہر سامنے ونڈ اسکرین سے باہر دیکھ رہا
تھا لیکن اسکا دماغ بیگم اور غلام کے بارے میں پتنگ کی چرخی میں گتھم گتھا مانجھے کی طرح الجھا
ہوا تھا اور کتے کی بھونک اسے وین کے پہیوں سے لپٹی تعاقب کرتی محسوس ہو رہی تھی۔
کراس گلی میں بادشاہ کے گھر کے سامنے وین سے دونوں اترے ہی تھے کہ گھر کے اندر
سے کتے کے بھونکنے کا شور اٹھنے لگا۔ وٹھل نے خود پر قابو پاتے ہوئے دروازے پر دستک دی
کچھ توقف کے بعد دروازہ کھلا اور کتے کے بھونکنے کی آواز نے یکبارگی کانوں کو سن کر دیا۔
دروازہ بیگم نے کھولا تھا۔ وہ شاید ابھی ابھی نہائی تھی اسکے گیلے بالوں میں تولیہ بندھا ہوا تھا جسم
پر جسب معمول پیٹی کوٹ اور تنگ بلاؤز تھا۔
وٹھل اور جبّار کو اچانک سامنے دیکھ کر اس کی آنکھیں حیرت اور خوف سے پھیل گئیں اور
اسکے پیر جیسے زمین پر منجمد ہو گئے۔ اچانک سامنے والے کمرے میں سے کتّا جھپٹ کر بھونکتا ہوا
باہر آیا لیکن اسکے پیچھے غلام اسکے پٹے کو مضبوطی سے تھامے ہوئے تھا۔ کتّا بار بار وٹھل اور جبّار کی
طرف جست بھرنے کے لیے پچھلی ٹانگوں پر کھڑا ہونے کی کوشش کر رہا تھا لیکن غلام پٹے
کی بہت مضبوط گرفت اسکے ارادے کو ناکام بنا رہی تھی۔ اچانک وٹھل اور جبّار کے ہاتھ پستول کی
پیٹی تک گئے اور بڑی پھرتی سے دونوں نے اپنے اپنے پستول باہر نکال لیے ۔۔۔۔
غلام اور بیگم کی آنکھیں دو پستولوں کو اپنے اوپر تنا ہوا دیکھ کر موت کے خوف سے ابل

96

پڑیں۔ جبّار اور وٹھل پر حملہ آور ہونے کیلیے کتّا آپے سے باہر ہوا جا رہا تھا غلام کے لیے اُسے قابو میں کرنا مشکل ہو رہا تھا کہ وٹھل کے پستول سے یکے بعد دیگرے دو گولیاں زور دار جھٹکے سے غلام کے ہاتھ سے کتّے کا پٹہ چھوٹ گیا اور وہ فرش پر اپنے دونوں گھٹنوں پر جھکتا چلا گیا اور اس نے اپنے کھلے گھٹنے پر گاڑھے گرم خون کی چپچپاہٹ محسوس کی۔ اس نے پھٹی پھٹی آنکھوں سے دیکھا، کتّا فرش پر خون میں لت پت بے حس و حرکت پڑا تھا اور اُس کے سینے اور گردن پر دو سوختہ سوراخوں میں سے خون بہہ رہا تھا اُسے خود کو یقین دلانے میں کچھ لمحے ضرور لگ گئے تھے کہ گولی اُسے نہیں لگی ہے اور وہ اپنے کتّے کے خون میں گھٹنوں کے بل بیٹھا ہوا ہے اور اُسکی دونوں ہتھیلیاں غیر ارادی طور پر سینے سے لگ کر رحم طلب کرنے والے انداز میں ایک دوسرے سے جڑی ہوئی ہیں۔ فرش پر مردہ کتّے کی آنکھیں کھلی ہوئی تھیں اور زبان جبڑے سے باہر نکل آئی تھی۔ وٹھل کو لگا کتّا اُسے اب بھی گھور رہا ہے اُسنے غور سے کتّے کی طرف دیکھا اُسے کتّے کا پیٹ دھیرے دھیرے ہلتا محسوس ہوا۔ اُس نے پستول کی ایک اور گولی کتّے کے ماتھے میں داغ دی۔ کتّے کے مردہ جسم میں کوئی حرکت نہ ہوئی۔ وٹھل نے وحشت ناک نظروں سے چاروں طرف دیکھا۔ کتّے کی موت کا یقین ہو جانے پر وٹھل کے بھنچے ہوئے ہونٹ دھیرے دھیرے ڈھیلے ہوئے اور اُن پر ایک پرسکون فاتحانہ مسکراہٹ پھیل گئی جیسے اُسے سارے خوفناک اندیشوں سے نجات مل گئی ہو۔۔۔ گولی کھا کر جب کتّا اچھلا تھا تب اُسکے خون کے چھینٹے کمرے میں جا بجا پھیل گئے تھے۔ وال کیبنٹ پر رکھی بادشاہ کی تصویر کو وٹھل نے کنکھیوں سے دیکھا کتّے کے خون کے چھینٹوں نے تصویر کو اب ناقابل شناخت بنا دیا تھا۔۔۔

گلی میں سراسمیہ اور ہراساں کھڑے لوگوں کے درمیان سے نکل کر دونوں اپنی وین تک آئے۔ جبّار نے وین کا دروازہ کھولا اور ڈرائیونگ سیٹ پر جا بیٹھا۔ وٹھل نے اُسکے بغل والی سیٹ پر بیٹھ کر بڑے سکون سے سیٹ کی پشت سے اپنا سر لگا دیا۔ دفعتاً پچھلی سیٹ کا دروازہ کھلنے اور بند ہونے کی آواز ہوئی دونوں نے بیک وقت چونک کر پیچھے دیکھا۔ بیگم پچھلی سیٹ پر بیٹھی کنکھیوں سے وٹھل کو دیکھتے ہوئے ساڑی کو اپنے سینے کی گولیوں پر درست کر رہی تھی۔ جبّار نے مسکرا کر وٹھل کو دیکھا اور وین اسٹارٹ کر دی لیکن وین کے پیچھے ہاتھ جوڑے کھڑے غلام کو

کسی نے بھی پلٹ کر دیکھنے کی ضرورت محسوس نہیں کی!

■■

نیچ کا دروازہ

رضوانہ اس اجنبی نووارد کو چھوڑنے دروازے تک آئی تھی جس کی دائیں ٹانگ پر پولیو کا اثر تھا اس کے ہاتھوں میں اسٹیل کی بیساکھیاں تھیں جن پر اس نے اپنے جسم کے بائیں حصے کا بوجھ ڈال کر گردن کو خم دے کر رضوانہ کو 'گڈ بائی' کہا اور اسٹیل کی بیساکھیوں کی کھٹ کھٹ کی آواز کے ساتھ وہ سیڑھیاں اترنے لگا۔ سیڑھی کے نشیب میں اس کا وجود دھیرے دھیرے غائب ہو رہا تھا اور ادھر رضوانہ کی آنکھوں میں نہیں دل میں آنسوؤں کا بوند رسا مڈر ہا تھا جیسے کسی تند و تیز ندی پر بندھ باندھ دیا گیا ہو اور پانی تمام روکاٹوں کو توڑنے کے لیے بیتاب ہو۔ نووارد غائب ہو چکا تھا لیکن اس کی بیساکھیوں کی کھٹ کھٹ، رضوانہ کے سینے پر ہتھوڑے کی طرح ضرب لگا رہی تھی۔ اس نے دروازہ بند کیا اور تقریباً دوڑتے ہوئے اپنے کمرے میں آ کر پلنگ پر اوندھے منہ گر پڑی۔ آنسوؤں کا ریلا دل کی تمام دیواروں کو توڑ کر آنکھوں کے کنارے سے بہہ نکلا۔

توصیف کی سوچ اس کی انگلی میں دبی سگریٹ کی طرح سلگ رہی تھی اس کی سمجھ میں نہیں آ رہا تھا کہ وہ رضوانہ کے اس بدلے ہوئے مزاج کو کیسے دریافت کرے۔ صبح دونوں نے ساتھ میں ناشتہ کیا تھا۔ ساتھ ہی میں گھر سے نکلے تھے توصیف نے اسے اپنی

اسکوٹر پر اسکول چھوڑا تھا۔ رضوانہ نے اسکول کے صدر دروازے کی طرف بڑھتے ہوئے مڑ کر اسے ایک نظر دیکھا تھا۔ ہمیشہ کی طرح مسکرا کر دائیں ہاتھ سے بائیں بازو پر لٹکے پرس کو سنبھال کر دایاں ہاتھ ہلا کر وش کیا تھا۔ آج صبح بھی رضوانہ کی مسکراہٹ اتنی ہی شگفتہ تھی جتنی کی روز ہوا کرتی تھی۔ مسکرانے پر اس کے رخساروں میں جو ہلکے سے گڈھے پڑتے تھے صبح بھی وہ مسکرائی تھی تو پڑ گئے تھے۔ توصیف نے اسکوٹر کو نصف دائرے میں گھما کر مین روڈ کی طرف موڑ دیا تھا گو کہ اس کی پشت رضوانہ کی طرف تھی لیکن اس نے اس بار بھی ہمیشہ کی طرح محسوس کیا تھا کہ رضوانہ اسکول کے صدر دروازے پر رک کر اسے جاتا ہوا دیکھ رہی ہے۔ گزشتہ آٹھ برسوں سے اس کا یہ معمول تھا کہ وہ توصیف کو اسی طرح جاتا ہوا اس وقت تک دیکھتی رہتی جب تک کہ وہ گلی سے نکل کر مین روڈ کی بھیڑ بھاڑ میں نہ کھو جاتا۔

سگریٹ کا کش لے کر توصیف نے خود سے سوال کیا کہ "صبح تو وہ بالکل ٹھیک ٹھاک تھی پھر اچانک ہی وہ کیوں اکھڑ گئی؟" ان کی شادی کو بارہ سال گزر چکے تھے دونوں کے خیالات اور مزاج میں اتنا اچھا تال میل تھا کہ دونوں میں کبھی جھگڑا نہیں ہوا البتہ سات آٹھ سال قبل دونوں میں اس وقت تناؤ پیدا ہوا تھا جب ایک روز اچانک رضوانہ کے ہاتھ وہ خط لگ گیا تھا جو اس نے نیر جا کو لکھا تھا۔ وہ رات توصیف کو آج بھی کل کی بات کی طرح یاد تھی ۔۔۔۔۔ سگریٹ کو ایش ٹرے میں بجھا کر توصیف نے بغل میں لیٹی رضوانہ کی طرف دیکھا جس نے دوسری طرف کروٹ بدل رکھی تھی۔ اس نے جھک کر پوچھا۔

"کیا بات ہے تم خاموش کیوں ہو؟"

رضوانہ کی خاموشی اتنی گہری تھی کہ دونوں کے درمیان اچانک پیدا ہو جانے والے تناؤ نے ماحول میں جیسے برقی رو دوڑا دی تھی جو کسی وقت بھی شارٹ سرکٹ کا باعث ہو سکتی تھی۔ توصیف کو اپنے سوال کی گونج اپنے دانتوں ببڑوں اور بھیچڑوں کے اندر تک ارتعاش پیدا کرتی ہوئی معلوم ہوئی تھی۔ اس نے جب ا پنے سوال کو بار بار لفظوں کو بدل کر رضوانہ سے کیا تو اس نے کروٹ بدل کر توصیف کی آنکھوں میں دیکھا جہاں آنسو بس چھلک پڑنے کو تھے۔

"یہ نیر جا کون ہے؟" رضوانہ کے اس سوال نے کسی پتھر کی طرح ماضی کے بہت پرانے

کنویں کے پُرسکون پانی میں گر کر تلاطم پیدا کر دیا تھا۔ چند ثانیوں کے لیے توصیف پس و پیش میں پڑ گیا۔ اس لیے نہیں کہ وہ اس نام سے کوئی مجرمانہ وابستگی رکھتا تھا بلکہ اس کی سمجھ میں نہیں آرہا تھا کہ شادی کے سات برسوں بعد وہ اس نام کا تعارف اپنی بیوی سے کس حیثیت سے کرائے جس سے کبھی اس کا جذباتی تعلق ہوا کرتا تھا۔ اگر وہ پرانے تعلقات کو عیاں کرتا ہے جواب بے معنی بے مصرف سے ہو گئے ہیں تو رضوانہ کا نونینٹ اسکول کی ایک روشن دماغ ٹیچر ہونے کے باوجود، ہے تو ایک عورت ہی نا! کیا وہ کسی ایسی عورت کا ذکر اپنے شوہر کے ساتھ برداشت کر سکے گی جو ماں یا بہن نہیں ہے! پس و پیش کا شاید یہی وقفہ جو اس کے ماتھے پر ایک لکیر کی طرح کھنچ گیا تھا اس نے رضوانہ کے ذہن میں پل رہے مبہم یقین کو ایک مکمل شبہہ دے دی تھی مرد کو اپنی طرف ملتفت کرنے والی پوری عورت کی شکل میں!

''نیرجا میری ایک دوست کا نام ہے۔'' یہ جملہ ادا کرنے میں زبان کو اپنا ہی وجود اتنا گراں نہ معلوم ہوتا اگر رضوانہ نے اپنا سوال صرف زبان سے ادا کیا ہوتا اور اس کی شک میں متبلا تیکھی نظریں خاموش، ہی رہتیں۔۔۔۔

''یقین مانو نیرجا میری دوست۔۔۔''اس نے کہنا چاہا۔

''کیا دوستوں کو محبت نامے اور عشقیہ نظمیں بھی لکھی جاتی ہیں؟''رضوانہ کی آنکھوں کا آنسو شاید غصّے یا جلن کی حدت سے خشک ہو گیا تھا اب ان میں نفرت کے شرارے تھے۔

توصیف کے لیے اب جھوٹ بولنا مشکل ہی نہیں ناممکن ہو گیا تھا اس نے دوسرا سگریٹ سلگا کر ایک گہرا کش کھینچ کر ان پھیپھڑوں تک پہنچایا جن کی شریانیں اس دل تک جاتی تھیں جہاں نیرجا ملکانی نام کی عینک والی چھریرے جسم والی لڑکی کسی گوشے میں چھپی بیٹھی تھی۔

نیرجا کے بارے میں توصیف نے چار سگریٹوں کے تمباکو، چنگاری، دھویں اور راکھ میں رضوانہ کو سب کچھ بتا دیا تھا کہ نیرجا ملکانی انگریزی کی ایک فری لانس جرنلسٹ ہے دونوں کی ملاقات ایک مشترکہ دوست کی گیٹ ٹو گیدر پارٹی میں ہوئی تھی اور دونوں ایک دوسرے کو پسند کرتے تھے لیکن۔۔۔۔

''لیکن کیا؟''رضوانہ جو پہلے سے حسد سے جل اٹھی تھی اب بجھنے پر کچھ نارمل ہوئی تو اشتیاق سے

ایسے پوچھ بیٹھی جیسے کہانی سن رہی ہو۔

''وہ شادی شدہ تھی۔''

''ہائیں۔۔۔'' رضوانہ کے منہ سے ایک دم سے نکلا اور پھر وہ خواہ مخواہ ہی ہنس دی ایسی ہنسی جیسے کوئی اپنے ہی سائے سے تنہا مقام پر ڈر جائے اور حقیقت جان کر پرسکون ہونے کے بعد اپنے آپ پر اور خوف پر دیر تک رہ رہ کر ہنستا رہے۔

''تم نے اسے لو لیٹر اور نظمیں لکھ کر دی تھیں۔'' رضوانہ کے لہجے میں پھر جلنے کی گندھ تھی۔

''اگر دیتا تو آج وارڈ روب صاف کرتے ہوئے تمہیں وہ سب کیسے مل جاتا۔'' توصیف ہنسا۔ پھر دونوں ہی ہنس دئیے۔ توصیف نے خود کو اتنا ہلکا محسوس کیا جیسے اس کی قید با مشقت کی کوئی لمبی سزا معاف ہوگئی ہو۔ اس نے رضوانہ کو بانہوں میں لے کر اس کے رخسار کے ننھے گڑھے پر اپنے ہونٹ رکھ دئیے تھے۔

رضوانہ نے نیر جاملکانی کو نہیں دیکھا تھا لیکن وہ اب اس کے لیے حسد کا باعث نہیں رہی تھی کیونکہ اسے جان کر ایک گونہ اطمینان ہوگیا تھا کہ وہ شادی شدہ ہے اور پچھلے آٹھ برسوں سے دہلی میں مقیم ہے رضوانہ اور توصیف سے ہزار میل دور رہتے ہوئے بھی نیر جا تقریباً روز ہی یادوں اور باتوں میں ان کے ساتھ ہوا کرتی تھی۔ رضوانہ نے ایک بار کرید نے یا خود کو مطمئن کرنے کے لیے توصیف سے پوچھا تھا۔

''تم نے اسے کبھی کس کیا تھا؟''

ایسے سوالات پر توصیف ہنستا اور بات کو ٹالنے کی غرض سے کہتا۔ ''کیا کرو گی اب معلوم کر کے؟''

''پھر بھی۔۔۔'' رضوانہ کی آنکھوں میں اشتیاق اور حسد کی چمک پیدا ہو جاتی۔

''اگر کیا بھی ہوگا تو تم سے شادی ہو نے سے پہلے، جس کا ذکر اب بے معنی ہے۔''

توصیف نے رضوانہ کو اس کی فرمائش پر قیمتی بنارس کی زرکار ساڑھی خرید کر دی تھی تو رضوانہ

نے پہن کر توصیف کو دکھاتے ہوئے پوچھ لیا تھا۔

''کیا نیر جا بھی ساڑھی پہنتی ہے؟''

''اب کا تو پتہ نہیں میں نے اسے ہمیشہ شلوار قمیص یا ٹراوزر اور ٹی شرٹ میں ہی دیکھا ہے،'' توصیف نے ذہن پر زور دیتے ہوئے کہا۔

''تم نے اس سے کبھی ساڑھی پہننے کی فرمائش نہیں کی؟''

''نہیں۔۔۔وہ پینٹ یا شلوار قمیص ہی میں مجھے دلکش لگتی تھی۔اس کے باب کٹ بالوں پر وہی ڈریس سوٹ کرتا تھا۔''

''کیا کہا؟ دلکش لگتی تھی؟'' رضوانہ نے آنکھیں نکال کر مصنوعی خفگی دکھاتے ہوئے کہا۔

''لگتی تھی کہاں ہے اب بھی لگتی ہے تھوڑے ہی کہہ رہا ہوں،'' توصیف نے رضوانہ کی چھوٹی سی ناک کو اپنی ٹوٹا ناما بڑی سی ناک سے رگڑ کر مسکرا کر کہا۔''اگر وہ دلکش نہ ہوتی تو اس کے لیے نظم کیوں لکھتا!'' اس نے پھر چھیڑا۔

''تو اس کا مطلب یہ ہوا کہ میں تمہیں دلکش نہیں لگتی ہوں۔'' رضوانہ کے دل میں حسد کی چنگاری کو ہوا لگ گئی۔

''ایسا میں نے کب کہا،'' توصیف پھر ہنسا۔''تم تو خوبصورت ہو اور پھر تم ہر وقت میرے سامنے رہتی ہو اس لیے میں تم پر نظمیں نہیں لکھتا ورنہ تم پر تو پورا دیوان لکھا جا سکتا ہے۔''

''تعریف کے دو بول پر دن بھر مسرور رہنا اور اپنوں کے دکھ کو اپنا درد بنا لینا رضوانہ کی جذباتی کمزوری تھی۔ توصیف جس کا فائدہ اٹھانا خوب جانتا تھا۔ انگریزی ذریعہ تعلیم اور انگریزی ماحول رضوانہ کے مزاج پر کوئی اثر نہیں ڈال سکا تھا۔

میرج کی اینی ورسری پر توصیف، رضوانہ کو جب ہارس شوُ ہوٹل میں ڈنر کے لیے لے گیا تو رضوانہ کے سوال کرنے سے پہلے خود اس نے کہہ دیا۔

''نیر جا کو ہارس شوُ کی امریکن لالی پاپ بہت پسند تھی۔ ہم یہاں اکثر آتے تھے۔''

''تو ٹھیک ہے میں آج جناب کی نیر جا صاحبہ کی پسندیدہ ڈش ہی کھاؤں گی۔ رضوانہ نے

چمکتی آنکھوں اور جھلملاتے سفید دانتوں والی مسکراہٹ سے کہا۔

کھانے کے دوران رضوانہ نے توصیف سے پوچھ لیا تھا کہ نیر جان شادی شدہ ہوتے ہوئے بھی اس کی طرف کیوں راغب ہوئی تھی؟ تب توصیف نے اس پر یہ انکشاف کیا تھا کہ نیر جان نے شادی اپنی پسند سے اور ایک ایسے آدمی سے کی تھی جو پیروں سے تقریباً معذور تھا۔

’’سچ!‘‘ رضوانہ کو جیسے یقین ہی نہ آیا تھا۔

’’وہ ایک جذباتی لڑکی ہے۔‘‘ توصیف نے ٹھہری ہوئی آواز میں کہا۔’’ سدھیر دیسائی کالج میں نیر جان کے ساتھ ہی تھا۔ وہ بے حد ذہین تھا اور ہمیشہ ٹاپ کرتا تھا۔ دوسرے اسٹوڈنٹس اس کی معذوری کا مذاق اڑایا کرتے تھے۔ نیر جان کو پہلے سدھیر سے ہمدردی ہوئی تھی اور پھر یہ ہمدردی اپنائیت میں بدل کر شادی کے رشتے میں کیسے بندھ گئی اس کا اسے بھی پتہ نہیں۔۔۔‘‘

’’اس کے باوجود وہ دو تم سے۔۔۔‘‘ رضوانہ نے حیرت سے کہا۔

’’ہاں کسی شادی شدہ عورت کا کسی غیر مرد سے جذباتی وابستگی رکھنا معیوب تو لگتا ہے لیکن نیر جان کا مجھ سے جو تعلق تھا وہ اس کی کچھ ایسی وجہیں بتاتی تھی کہ خود مجھے بھی بڑا عجیب لگتا تھا۔‘‘ توصیف نے یادوں کو سگریٹ کے دھویں کے چھلوں کی طرح پکڑتے ہوئے کہا،’’وہ کسی مسلمان سے دوستی کرنا چاہتی تھی تاکہ وہ اس سے بعد میں نفرت کر سکے۔‘‘ رضوانہ توصیف کی بات سمجھ نہ پائی تو کندھے اچکا کر رہ گئی لیکن جب توصیف سے پہلی بار نیر جان نے یہ وجہ بتائی تھی تو وہ بھی کچھ نہ سمجھ سکا تھا تو نیر جان نے اپنی مسکراتی آنکھوں سے توصیف کے چہرے کو سہلاتے ہوئے کہا تھا۔

’’تم شاید سمجھ بھی نہیں سکو گے توصیف۔۔۔ اس خاندان کی نفسیات کو جس کے گھر کا ایک نوجوان ان کے سامنے قتل کر دیا گیا ہو۔۔۔‘‘ کہہ کر نیر جان نے لمبی سانس لی تھی جیسے کسی پرانے درد کی ٹیس اٹھی ہو۔

’’میں اب بھی نہیں سمجھا نیر جان۔۔۔‘‘

’’بٹوارے کے بعد ہمارا خاندان پاکستان کے حیدرآباد سندھ سے مانی گریٹ کرکے بمبئی آرہا تھا تب میرے ایک نوجوان انکل کو مسلمان بلوائیوں نے مار ڈالا تھا۔ ذرا سوچو توصیف بس کا جوان بیٹا مار دیا جائے اسے اس قوم سے نفرت نہیں ہو جائے گی جس کے لوگوں نے قتل

کیا ہو؟''

نیرجا کا ایک انکشاف توصیف کے خون میں برف کی کرچیوں کی طرح پھیل گیا اور وہ اسے
ایک ٹک دیکھتا رہ گیا ''میرے گھر کا ایک ایک فرد مسلمانوں سے سخت نفرت کرتا تھا۔ یہی
نفرت مجھے بھی ورثے میں دینے کی کوشش کی گئی جب کالج میں جانے لگی تھی تب میں نے
سوچا تھا کسی مسلمان سے دوستی کروں تاکہ اس کے بعد جب میں اس سے نفرت کروں تو میری
نفرت اسے اسی طرح سلگائے جس طرح میرا خاندان اپنے جوان بیٹے کے تیا کے غم میں جلتا رہا
ہے۔''

''اب یہ بتا دو جیوتی کہ تم مجھ سے نفرت کب تک کرنے لگو گی۔''

''نفرت! وہ توصیف کے سوال پر ہنس دی تھی۔'' میں جب بھی تم سے ملتی تھی تمہارے اندر
کے وحشی اور بے رحم ظالم مسلمان کو ڈھونڈتی رہتی تھی لیکن بڑی کوششوں کے بعد بھی مجھے وہ
نہیں مل سکا۔ مجھے لگا تھا کہ تم ویسے ہی تو ہو جیسے میرے ڈیڈی ہیں میرے بڑے بھائی ہیں! میں
اس کے بعد تمہیں پسند کرنے لگی تھی اور شاید میری نفرت کی تلاش ہی ہار کر تمہاری چاہت بن گئی
تھی۔''

بنٹی کی سالگرہ پر رضوانہ نے بڑا اہتمام کیا تھا اسے بنٹی کے تمام دوستوں اور اپنے کچھ
شناساؤں اور رشتہ داروں کو بھی مدعو کیا تھا۔ توصیف کے ورکشاپ میں لیبر آفیسر نے اچانک
وزٹ کر دی تھی اس لیے وہ سالگرہ پارٹی میں کافی تاخیر سے پہنچا تھا۔ آج بھی توصیف کی اس
تاخیر سے رضوانہ جلی بھنی بیٹھی تھی اس نے توصیف کو نظر انداز کر کے اپنے غصے کا اظہار کر دیا تھا
توصیف نے بنٹی کی پیشانی کو چوم کر اسے مبارکباد دی اور ایک پیکٹ اُس کی طرف بڑھا کر زور
سے بولا۔

''یہ تمہاری نیرجا آنٹی نے دہلی سے بھجوایا ہے۔''

نیرجا کے نام پر رضوانہ چونک کر مڑی تھی اور اس کی نظروں میں آپ ہی سوالیہ نشان بن گیا
تھا۔

"سچ کہہ رہا ہوں۔"توصیف نے رضوانہ کے قریب جا کر اس کے کندھوں پر ہاتھ رکھ کر کہا۔ شام میں کولابہ سے کسی مسٹر کھنہ نے فون کیا کہ دہلی سے نیرجا ملکانی نے گفٹ دیا ہے اور وہ گھنٹے دو گھنٹے بعد ورکشاپ پہنچے۔"اتنا سنتے ہی بنٹی سے پہلے رضوانہ ہی نے اشتیاق کی عجلت سے پیکٹ کو کھول ڈالا۔ اندر سرخ رنگ کا ایک خوبصورت ساوا اک مین رکھا ہوا تھا جس کے ساتھ لگی نیلی پرچی پر لکھا تھا۔

"پیارے بنٹی کے لیے
دعاؤں کے ساتھ۔۔۔'' نیرجا (دہلی)

بنٹی اتنے قیمتی تحفے کو دیکھ کر اچھل پڑا تھا اور رضوانہ کا غصہ دھوپ میں رکھی برف کی طرح پگھل کر پانی ہو گیا تھا۔ اس نے ہونٹوں کو چبا کر اپنے گالوں کے گڈھوں کو دباتے ہوئے پشیمانی سے کہا تھا "ساری"اس کے چہرے پر خجالت کی سرخی آ گئی تھی۔

رات میں رضوانہ جب توصیف کے پہلو میں آ کر لیٹی تو اس نے توصیف کے بالوں میں اپنی انگلیوں سے کنگھی کرتے ہوئے کہا۔

"نیرجا کو پہلے بھی تم سے محبت رہی لیکن مجھے تو اب ایسا لگنے لگا ہے کہ اسے ہم سب سے تمہارے وسیلے سے اپنائیت ہو گئی ہے۔ ہے نا؟"پھر اس نے اپنے اس سوال کا جواب خود ہی دے دیا۔"ایسا نہ ہوتا تو وہ اتنی دور رہ کر بھی بنٹی کی سالگرہ کو کیسے یاد رکھتی۔ ہاوسویٹ شی از۔''

نیرجا کے لیے رضوانہ کے جذبات کو محسوس کر کے توصیف نے ایسے"ہوں"کہہ کر حامی بھری تھی جیسے وہ خود اپنی ہی کسی بات پر شرمندہ یا دکھی ہو۔

اس رات توصیف دیر تک جاگتا رہا تھا۔ رہ رہ کر یہ خیال اس کے دل کو بھینچتار ہا تھا کہ ماضی میں نیرجا سے اس کا جذباتی تعلق جرم نہیں تھا لیکن وہ آج ضرور کوئی اخلاقی جرم کر رہا ہے یہ خیال اس کے سینے میں گاڑھے دھوئیں کی طرح بھر گیا تھا اور وہ دم گھٹنے جیسی بے کیفی کا شکار ہو گیا تھا اس نے سگریٹ سلگا کر ایک گہرا کش لیا تھا جس کے گاڑھے دھویں کے مرغولے کے اس پار جوہو کا ساحل تھا جہاں جینز کی پتلون کے پائینچوں کو گھٹنوں تک چڑھائے نیرجا کنارے پر آئی کرٹوٹ جانے والی لہروں کو پیروں سے پکڑنے کی کوشش کر رہی تھی۔ لہروں کے ساتھ و ہ

دوڑتی ہوئی سمندر میں کافی دور تک چلی گئی تھی۔ توصیف نے دوڑ کر اس کی بانہہ پکڑ لی۔ ''ڈوبنا ہے کیا؟'' نیر جانے چشمے کے پیچھے سے اس کی آنکھوں میں دیکھا اور کہا۔

''اگر آج کا دن میری زندگی کا آخری دن ہو اور مجھے ابھی اس کی خبر ہو جائے تب بھی اس زندگی کو اچانک کھو دینے کا مجھے کوئی دکھ نہ ہوگا جانتے ہو کیوں؟''

توصیف نے بڑی سادگی سے نفی میں سر ہلا دیا تھا، اور نیر جا کے چشمے کے شیشے پر سورج کو ڈوبتے اور پرندوں کو بسیروں کی طرف لوٹتے ہوئے دیکھنے لگا تھا۔

''جب ساری خواہشیں پوری ہو جائیں۔'' وہ جیسے خواب میں بول رہی تھی۔ ''جب اپنا وجود مکمل محسوس ہونے لگے اور مستقبل کے لیے کوئی آرزو نہ رہ جائے تب زندگی اپنی کشش کھو دیتی ہے۔ جب محرومیاں ہوتی ہیں تو ان کی تکمیل کی خواہش ہی زندگی کے لیے کشش پیدا کرتی ہے تمہیں پتہ ہے اب میرے ساتھ کوئی محرومی نہیں ہے۔'' کہہ کر وہ کسی کھلنڈری بچی کی طرح ہنس دی تھی۔

''نہیں نیر جا ایک محرومی ہے تمہارے ساتھ۔۔۔''

توصیف کا جملہ پورا ہونے سے پہلے ہی نیر جا کی آنکھوں میں سورج ڈوب گیا تھا اور وہ سمندر کے آخری کنارے پر سورج کے ڈوب جانے کے بعد شفق کو خون ہوتا ہوا دیکھ رہی تھی۔ توصیف کو لگا تھا کہ اس نے نیر جا کی خوشی کی اس جھینی چادر کا ایک دھاگہ پکڑ کر کھینچ لیا ہے جو اس کے انبساط کے سارے تانے بانے کو کھول کر رکھ دیتا ہے۔

نیر جا کی شادی کو کئی سال گزر چکے تھے لیکن وہ ماں بننے کے بے پایاں سکون سے محروم تھی میاں بیوی نے دو تین بار میڈیکل ٹسٹ کروایا تھا لیکن ہر بار یہی رپورٹ ملتی تھی کہ ''دونوں نارمل ہیں''۔ تو پھر دو زندگیاں مل کر ایک زندگی کو گیلے آٹے کی طرح گوندھ کر کوئی شکل کیوں نہیں دے پا رہی تھیں؟ اپنی ماں کو پوچھا جا کرتے ہوئے دیکھ کر اس کا مذاق اڑانے والی ادھری لڑکی محرومی اور مایوسی کے ایسے نازک لمحوں میں ایشور کے وجود کی تذلیل کرنے کے لیے اسے تسلیم کر لیا کرتی تھی۔ اس کا کمپیوٹر ٹرینر شوہر جو ایک بار باریک وائروں اور مہین چپسوں کی خامیوں کو ڈھونڈ کر دور کر دیتا تھا لیکن قدرت نے ان کی زندگی میں جو خامی ڈال دی تھی وہ اسے آج تک

تلاش نہ کر سکا تھا۔

توصیف کی یاد داشت نے کسی ویڈیو ریکارڈر کی طرح سولہ سترہ سال پر پھیلی زندگی کی مختلف تصویروں کو ری وائنڈ کر کے دکھا دیا تھا۔ رضوانہ بغل میں کروٹ بدل کر لیٹی ہوئی تھی توصیف نے جھک کر رضوانہ کے کندھوں پر ہاتھ رکھ کر مخاطب کیا۔

"رضوانہ۔۔۔ تمہاری طبیعت تو ٹھیک ہے نا۔۔۔ شام میں جب سے میں آیا ہوں تمہیں پریشان دیکھ رہا ہوں۔" رضوانہ نے توصیف کا ہاتھ ہٹایا اور اٹھ کر بیڈ کی پشت سے ٹیک لگا کر بیٹھ گئی۔

"آج شام دہلی سے سدھیر دیسائی آیا تھا۔۔۔" رضوانہ نے سامنے دیوار کو گھورتے ہوئے کہا۔

"سدھیر دیسائی!!" نیر جا کے شوہر کا نام سنتے ہی توصیف کا دل دھک سے رہ گیا۔ اس کی آنکھوں کے سامنے بیساکھی والے پولیو کے شکار آدمی کا کمہلا یا ہوا چہرہ گھوم گیا۔ اس کی حالت اس چوری کی طرح تھی جسے تمام ثبوتوں کے ساتھ جج کے سامنے کھڑا کر دیا گیا ہو۔ اضطراری کیفیت میں اس کی انگلیاں سگریٹ کے پیکٹ سے کھیلنے لگیں۔ ایک تناؤ بھری خاموشی دونوں کے درمیان حائل تھی۔ توصیف نے پیکٹ سے سگریٹ نکال کر سلگایا اور بجھی ہوئی آواز میں بولا۔

"تو تمہیں اب سب کچھ معلوم ہو چکا ہے۔"

رضوانہ کی آنکھیں بھر آئیں اور اس کے ہونٹ جذبات کو چھپانے کی کوشش میں کانپنے لگے وہ توصیف کے چہرے پر ایسے دیکھ رہی تھی جیسے اس کے چہرے کی ہر شکن میں چھپے ہوئے جھوٹ اور سچ کو علاحدہ علاحدہ کر رہی ہو۔

"ہاں، رضوانہ میں تم سے جھوٹ بولتا رہا ہوں۔ نیر جا پچھلے سال کے ایک شدید دورے میں مر چکی ہے اور میں ۔۔۔۔" توصیف آگے کہہ نہ سکا اور سر جھکا لیا۔ اس لیے نہیں کہ اسے اپنی حرکت پر پشیمانی تھی بلکہ وہ نہیں چاہتا تھا کہ رضوانہ اس کی آنکھوں میں نیر جا کی محبت کو بھیگتا ہوا دیکھ سکے۔ توصیف نے آنکھیں بند کر لیں اور رضوانہ کے کسی بھری ہوئی بلی کی طرح خود پر لوٹ

پڑنے کا انتظار کرنے لگا۔

اپنے دونوں کندھوں پر توصیف نے رضوانے کے ہاتھوں کے لمس کو محسوس کیا لیکن ان میں سختی نہیں نرمی اور کپکپاہٹ تھی۔ اس نے مڑ کر رضوانہ کی طرف دیکھا۔ رضوانہ نے اس کی آنکھوں میں دیکھا اور دھیرے سے توصیف کے شانے پر اپنا سر رکھ کر سسکیاں لے کر ایسے رو پڑی جیسے اس کے کسی عزیز کی حادثاتی موت کی خبر اسے ابھی ابھی ملی ہو۔ توصیف کا سر جھکا ہوا تھا۔ اسے ایسا محسوس ہو رہا تھا جیسے رضوانہ اور اس کے درمیان کھلنے والا کوئی دروازہ اچانک بند ہو گیا ہو۔

■■

کٹے ہوئے تار

مرد کسی سانڈ کی طرح سر نیوڑھا کر پھنکارتے ہوئے اس پر ٹوٹ پڑا۔

ہوا کو چیرتی ایک بوتل آئی اور سڑک پر گر کر چھناکے سے بکھر گئی۔

خود کو بچانے کی کوشش میں اس کا وینٹی بیگ گر پڑا۔ اس کی آنکھیں خوف، حیرت اور غصے سے پھیل گئیں۔ وہ زمین پر بیٹھ کر بری طرح ہانپنے لگی۔ اس نے دیواروں پر دیکھا فریم میں بھگوان اور دیویاں کھڑے مسکرا رہے ہیں۔ ایک جگہ دروپدی جی کی ساری کا پلّو دوشاسن کے ہاتھ میں تھا!

سانڈ جیسے آدمی نے اسے زمین پر ایسے گرایا جیسے ذبح کیے جانے والے جانور کو گرایا جاتا ہے۔

باہر سڑک پر پھر دو چار بوتلیں گر کر ٹوٹیں، شور اٹھا اور پھر دو فائر ہوئے۔۔۔۔۔

مرد نے ایک جھٹکے سے اس کی ساری کھینچ پھینکی پھر پیٹی کوٹ اور بلاؤز کو ایسے اتارا جیسے قصائی مردہ جانور کی کھال کھینچتا ہے۔ اس نے خوف اور ذلت کے احساس سے اپنے دونوں ہاتھوں سے ستر کو چھپانے کی ناکام کوشش میں غشی جیسی کیفیت میں حقارت سے دھندلے فریم کو دیکھا۔ دروپدی جی آنکھیں بند کیے ہاتھ جوڑے کھڑی ہیں اور کرشن جی کے آشیرواد سے ساری ختم نہیں ہو رہی ہے اور زمین پر ساری کا ڈھیر لگا ہوا ہے۔

خود کو کپڑوں سے آزاد کرکے مرد بڑے بڑے ڈہنوں والے کسی بھاری بھرکم گدھے کی طرح

اس پر چھا گیا۔۔۔

کانچ کے ٹکڑوں اور راہینٹ پتھروں سے اٹی سڑک پر کسی کے بھاگتے ہوئے پیروں میں کرچی چبھی، خون ابل پڑا۔۔۔ درد کی شدت سے لڑکی نے اپنے نچلے ہونٹ کو دانتوں میں دبالیا اور دور تک سڑک خون کے دھبّے سے داغدار ہوگئی۔

اس نے ادھ کھلی آنکھوں سے آس پاس نظریں دوڑائیں۔ شیشے کی بھاری الماریوں میں ٹالکم پاؤڈر کے ڈبّے، کافی کے ٹن، چائے کے پیکٹ، جام کی بوتلیں، مچھر کھٹمل کش دوائیں، سینیٹری ٹاویل کے پیکٹ اور آرائش حسن کی اشیاء رکھی ہوئی تھیں۔ الماری کے اوپر دروپدی جی کی ساری اب تک ختم نہیں ہوئی تھی اور بھگوان کرشن کے چمتکار سے وہ اب تک محفوظ تھیں۔ اس نے لیٹے لیٹے خود پر نظر ڈالی جسم پر برا کے علاوہ اور کچھ نہیں تھا۔ زیرِ ناف چنگاریاں چھوٹ رہی تھیں۔ اس نے آنکھیں موند لیں مگر چھت سے ٹنگا پنکھا اس کے سر میں گھوم رہا تھا۔

☆

باس کے لیے وہ آخری کال تھی۔ ''ساری سر لائن از انگیج''۔ اس نے وہی گھسا پٹا جملہ دہرایا تھا۔ جسے وہ گذشتہ بارہ باسالوں سے اس آفس میں اسی آپریٹنگ ٹیبل پر بیٹھ کر دہراتی رہی ہے۔ وہ اکثر سوچتی پینتیس سال لمبی اس زندگی میں وہ اپنی فیملی کے لیے ایک سعادت مند اور خدمت گزار کماؤ پوت رہی ہے۔ باپ کی ناگہانی موت کے بعد تعلیم ادھوری چھوڑ کر اس نے ٹیلی فون آپریٹنگ کورس کیا تھا۔ نوکری حاصل کی تھی اور فالج زدہ دادی، کمزور ماں اور ایک آوارہ جوان بھائی کو اپنے ناتواں کندھوں پر لاد کر ڈھوتی رہی ہے۔ سولہ اور بیس سال کے نازک دور میں اٹھنے والا لاؤبالی اس کے اندر جیسے کبھی جاگا ہی نہیں۔ اس نے اپنے جوان جسم، جوان خواہشوں اور جوان احساسات پر ماں، دادی اور بھائی کی ضروریات کو ترجیح دی۔ اس نے آئینے میں بالوں میں چمکتے چاندی کے تاروں کو دیکھا اور انہیں بڑی صفائی سے کالے بالوں کے نیچے برش سے دبا دیا بالیکن کبھی یہ خیال تک نہ آیا کہ اب کی بار جب وہ دادی کے لیے دوائیں اور ماں کے لیے ٹانک اور بھائی کے لیے مکھن لینے کیمسٹ کی دکان پر جائے گی تو اپنے لیے ایک ہیئر ڈائی کی شیشی ضرور خریدے گی۔ وہ اپنے وجود کے بارے میں کبھی نہ سوچ سکی کیوں کہ

اسے ہر لمحہ یہ خدشہ لگا رہتا کہ کسی کی کال مِس نہ ہو جائے۔ کسی کو لائن دینے میں کسی غفلت نہ ہو جائے کہ
فرم کو صرف اس کی وجہ سے لاکھوں کروڑوں کے بزنس سے محروم ہونا پڑے۔ اس کا دماغ دل
کی طرف سے ملنے والے اشاروں کو کبھی نہیں پکڑ سکتا مگر سکور بورڈ پر جلنے والی ننھی سی سرخ، ہری روشنی
کے اشارے کو فوراً پکڑ لیتا اور اس کا ہاتھ مشینی انداز میں حرکت کرنے لگتا۔ دوسری جانب کی آواز
پر اس کا منہ کسی کمپیوٹر کی طرح جملے اگلنے لگتا:
"گڈ مارننگ مِتلس اینڈ کمپنی ۔۔۔۔۔یس ۔۔۔۔۔ہولڈ آن پلیز!"
"مِتلس اینڈ کمپنی ۔۔گڈ نون ۔۔۔۔۔سوری سر لائن از اینگیج!"
اس نے شاید خود کو محسوس ہی نہیں ہونے دیا تھا کہ اس کے اپنے جسم کے اندر چلنے والی
برقی لہریں بھی کوئی لائن مانگ رہی ہیں۔ اکثریوں بھی ہوتا کہ ماں اسے پکارتی اور اس کے
منہ سے بے ساختہ نکل جاتا۔"یس سر۔" تب ماں اسے عجیب نظروں سے دیکھ کر خاموش رہ
جاتی۔ شاید خاموشی ہی ان کے درمیان کا سمجھوتہ تھی۔ ہاں کبھی کبھار رات کے گہرے اندھیرے
میں خود میں سمٹی گھر کی دیواریں دھیرے دھیرے اس پر جھک آتیں اور اس کے ماتھے کی
شکنیں پونچھ کر بوسہ لے کر پوچھتیں:
"سنڈریلا تم کہاں ہو؟ ۔۔۔۔سنڈریلا تم کہاں ہو؟ ۔۔۔۔"
"۔۔کبھی چل کر باہر کی دنیا بھی تو دیکھ و میری سینڈریلا۔"
۔۔۔۔اور وہ گھبرا کر کروٹ بدل لیتی۔ کھڑکی پر پڑتی پہلی بارش کی پھواریں اس کی روح
میں آگ بھر دیتیں اور وہ تڑپ کر تکیے میں منہ چھپا لیتی۔ اندھیرے کو چیر کر چاند جب کھڑکی سے
جھانک کر اپنی سنڈریلا کو دیکھتا تو اس کے بالوں میں چمکتے چاندی کے تاروں کو دیکھ کر
دھیرے سے بادلوں میں چھپ جاتا اور سارے ماحول میں دم گھونٹ دینے والا
اندھیرا ابھر جاتا۔ چاندی کی اس بے رخی سے اس کا سینہ جل اٹھتا اور وہ اٹھ کر فرج سے پانی کی بوتل
نکال کر منہ سے لگاتی اور یخ بستہ پانی غٹ غٹ حلق سے نیچے اتار کر اس پیاس کو بجھانے کی
کوشش کرتی جس کا تعلق پانی سے نہیں جسم اور جذبات سے ہوتا ہے۔ ادھر ماں دیواروں کی
دراڑوں میں اپنے ہی عکس کو گھورتے گھورتے پتہ نہیں کب کی سو چکی ہوتی۔ دادی پو پلا منہ

کھولے خراٹے لیتی رہتی اور کمرے کا بے رحم سناٹا دھیرے دھیرے اس کے من میں
اتر جاتا۔۔۔۔

☆

ریسیور کریڈل پر ڈال کر وینٹی بیگ کو کندھے پر لٹکا کر وہ آفس سے چل دی تھی۔لوکل ٹرین
سے اندھیری اسٹیشن پر اتر کر اس نے سبزی کے ٹھیلے والے سے پیاز اور آلو خرید کر اپنے ریگزین
کے وینٹی بیگ میں ٹھونس لیا تھا۔اس کا یہ بیگ آرائش حسن کا سامان رکھنے کی بجائے گھر کی
ضرورت کی اشیاء رکھ کر لانے کے کام آتا تھا۔آلو پیاز کا حساب لگاتے ہوئے وہ بس اسٹاپ کی
طرف بڑھ ہی رہی تھی کہ بھگدڑ مچ گئی شور اٹھا اور جیسے آسمان پھٹ پڑا اور سوڈا واٹر کی بوتلیں
برسنے لگیں۔سڑک پر کانچ کے ٹکڑے اور پتھروں کے روڑے بکھر گئے۔سڑک پر راہ گیر اندھا
دھند دوڑنے لگے جیسے ان کے پیچھے کوئی پاگل سانڈ دوڑ اچلا آ رہا ہو۔دوکانیں بند ہونے لگیں اور
دیکھتے ہی دیکھتے ایسا سناٹا چھا گیا جیسے اس سڑک پر کبھی کسی آدم زاد نے قدم ہی نہ رکھا ہو۔اب
بوتلوں کے ساتھ پتھر اور اینٹیں بھی برسنے لگی تھیں۔ایک لمحے کے لیے تو وہ بے جان سی ہو کر رہ
گئی۔اس نے دنگوں کے بارے میں پڑھا اور سنا تو تھا لیکن کسی دنگے میں گھر میں کا یہ اس کا
پہلا اتفاق تھا۔اس کے پیر بری طرح کانپ رہے تھے اور دل اتنی زور سے دھڑک رہا تھا کہ
اسے صرف دل کی دھڑکن ہی سنائی دے رہی تھی۔دفعتاً اس کی نگاہ ایک دوکان پر پڑی جس
کا شٹر ایک ادھیڑ عمر کا آدمی، جس نے کرتا پاجامہ پہن رکھا تھا، بند کرنے جا رہا تھا۔وہ کانپتے ہوئے
پیروں سے لپک کر دوکان میں گھس گئی اور ایک الماری سے سر کی پشت ٹیک کر لمبی لمبی سانسیں
لینے لگی۔حواس جب درست ہوئے تو اس نے دیکھا کہ سامنے دیوار پر درو پدی جی اور بھگوان
کرشن فریم میں مسکرا رہے ہیں۔اسے لگا جیسے بھگوان کرشن اسے تحفظ کا یقین دلا رہے ہیں۔شردھا
سے اس کا من بھر آیا۔اس نے ممنونیت بھری نظروں سے دوکاندار کو دیکھا، جسے اس کے لباس کی
وجہ سے مسلمان سمجھ کر وہ خوفزدہ تھی۔۔۔دوکاندار بہت غور سے اسے دیکھ رہا تھا۔

☆

ننگے جسم کو ڈھیلا چھوڑ کر اس نے درد سے نجات پانا چاہا مگر بوتلیں اب بھی سڑک پر گر گر کر

115

اس کے دماغ میں چھنا کے پیدا کرکے پورے جسم میں کرچیاں چھبو رہی تھیں۔ مرد بڑے اطمینان سے شیشے کے اونچے کاؤنٹر پر دونوں بازوں پر سر رکھ کر خراٹے بھر رہا تھا۔ اس نے اپنے اندر اُمنڈ آنے والے درد کو آنکھوں ہی میں سمیٹ لیا اور گھر کے خیال سے لرز اُٹھی تھی۔ دادی ماں اور بھائی کے چہرے اس کی آنکھوں میں گھومنے لگے۔ اسے اپنے لٹنے سے زیادہ گھر والوں کی پریشانی کا احساس تکلیف دینے لگا۔۔۔میرے گھر نہ پہنچنے پر وہ کتنا پریشان ہوں گے۔ کیا کیا ہوگا ان لوگوں نے؟ رات کھانے پر جب چھوٹا بھائی آیا ہوگا اور اسے جب اس کی غیر حاضری کا پتہ چلا ہوگا تو وہ جو کھیلنے نہیں گیا ہوگا۔ کھانا کسی نے بھی نہیں کھایا ہوگا۔ وہ سب پولیس اسٹیشن اس کی گمشدگی کی رپورٹ درج کرانے گئے ہوں گے۔ دادی نے تو رو رو کر بُرا حال کر لیا ہوگا اور ماں۔۔۔۔۔ ماں کی تو آدھی جان ہی نکل گئی ہوگی۔ شاید پھر اسے بے ہوشی کا دورہ پڑ گیا ہو۔ ماں کو ویسے بھی تو بلڈ پریشر ہے کہیں اسے کچھ۔۔۔۔۔۔۔ ٹن ٹن ٹن! دیوار گیر گھڑی نے اس کے دماغ پر ضرب لگا کر تین بجنے کی اطلاع دی۔

وہ جب اٹھ کر کپڑے پہننے لگی تب اسے لگا جیسے اس کا جوڑ جوڑ کھل گیا ہو۔ اس نے مرد کی طرف دیکھا جو بڑے سکون سے سو رہا تھا۔ باہر کے سناٹے میں کبھی کبھار جوتوں کی دھمک اور ڈنڈے بجانے کی آواز گونج جاتی۔ شاید پولیس گشت کر رہی تھی۔ وینٹی بیگ کندھے پر ڈال کر وہ کشمکش میں پڑ گئی کہ اسے اس وقت باہر نکلنا چاہیے کہ نہیں؟ باہر یقیناً پولیس ہوگی اور اسے بھی سوالات کے نرغے میں لے لے گی۔ اسے پولس تھانے بھی لے جا سکتی ہے۔۔۔تو کیا وہ خود پر بیتا سب کچھ سچ سچ بتا کر اس حرام زادے کو پکڑوا دے۔ دل نے چیخ کر کہا۔۔۔''ہاں تمہیں اس سؤر کے بچے کو ضرور گرفتار کروانا چاہیے''۔ اس نے سوچا کہ یہی ٹھیک رہے گا، یہ آدمی نہیں درندہ ہے۔۔۔۔لیکن دماغ نے سمجھایا کہ یہ سراسر حماقت ہوگی۔ اگر پولس نے اسے گرفتار کر بھی لیا تو اس بات کی کیا گیارنٹی کہ اسے سزا ہو ہی جائے؟ پھر مقدمہ نہ جانے کتنے سال چلے گا اور تم ہی سولی پر ٹنگی رہو گی۔ بدنامی تو عصمت کھونے والی عورت ہی کی ہوتی ہے۔ بلاتکاری مرد تو سماج میں سینہ تان کر اپنی مردانگی کی نمائش کرتا گھومتا ہے اور بلاتکار کا شکار عورت تو اپنے گھر پریوار میں بھی اچھوت بن کر رہ جاتی ہے۔۔۔ وہ اپنے

دل و دماغ کی کشمکش سے گھبرا کر ایک اسٹول پر بیٹھ کر سوچنے لگی کہ سماج میں تو عورت ویسے بھی حقیر سمجھی جاتی ہے اور اس سماج میں بلاتکار کی شکار عورت تو قابل نفرت ہوتی ہے، تو کیا میرے گھر کے لوگ بھی میرے ساتھ کچھ ایسا ہی سلوک کریں گے؟ نہیں، نہیں، میرا پریوار میرے ساتھ ایسا نہیں کر سکتا۔۔۔ کیوں نہیں کر سکتا؟ اندر سے آواز آئی۔ تمہارا پریوار کیا اس سماج سے الگ کوئی وجود رکھتا ہے؟ ۔۔۔ نہیں یہ سراسر حماقت ہوگی۔ اگر اسے سزا ہو بھی گئی تو تمہارے حصّے میں صرف بدنامی، نفرت اور ذلّت آئے گی۔ زندگی کے ہر موڑ پر تم شرمسار کی جاوگی۔ کیا ایسی ذلت اٹھانے کا حوصلہ ہے تم میں؟ دل کی چیخ پر دماغ کی سرگوشی کو اس نے قبول کیا مگر وہ یہ قبول نہیں کر سکی کہ اس اس سے کنارہ کش ہو جائیں گے۔ یہ کیسے ممکن ہے؟ کیا حقیقت جان لینے پر میری شخصیت ان کے لیے بدل جائے گی؟ کبھی نہیں، تب تو انھیں مجھ سے ہمدردی ہوگی۔ وہ میرے درد کو شاید مجھ سے زیادہ محسوس کریں گے۔

بالآخر اس نے فیصلہ کر لیا کہ وہ گھر پر کسی کو کچھ نہیں بتائے گی۔ مگر وہ اس کے غائب رہنے پر پریشانی کا اظہار تو کریں گے ہی۔ یہ بھی پوچھیں گے کہ وہ اب تک کہاں تھی؟ اس نے دنگا ہونے پر کہاں پناہ لی تھی؟ ۔۔۔ کیا جواب دوں گی میں انھیں؟ اس کے سامنے اپنے جوان بھائی کا چہرہ گھوم گیا جس کی آنکھوں میں شک تھا نفرت تھی غصّہ تھا! ''اف میں کیا کروں؟'' وہ بڑبڑائی اور ہار کر شیشے کے اوپچے کاونٹر پر جھک گئی۔ الماری کے شیشے کو چیر کر اس کی نظر ٹیک ٹوینٹی اور ڈائزون کی زہر بھری شیشیوں میں اتر گئیں۔ مگر وہ یہاں بھی اپنے فیصلے پر اٹل نہ رہ سکی۔ چھ پُر امید آنکھیں اسے گھورنے اور ملامت کرنے لگیں۔ اس نے گھبرا کر آنکھیں موند لیں۔ وہ اس وقت اپنے ذہن کو بالکل خالی چھوڑ دینا چاہ رہی تھی۔ مگر ماں اور بھائی، گھر پہنچنے پر اس سے جو سوالات کریں گے ان کا خیال ہی اسے پنڈولم کی طرح جھلا رہا تھا۔

خود سے لڑتے، خیالات سے ٹکراتے اور سوالات سے ڈرتے جب اسے کافی دیر ہو گئی تو گھڑی نے چیخ کر کہا ''چھے بجے ہیں، گھر جاو'' وہ گھڑی کے حکم سے بندھی شرٹ تک پہنچی، ایک بار پلٹ کر خزانے بھرتے مرد کو دیکھا جس کا چہرہ نیند سے بھاری ہونے کی وجہ سے کچھ ڈراونا سا لگ رہا تھا۔ اس کے کھلے منہ سے بال بہہ بہہ کر کاونٹر پر گر رہی تھی۔ اسے لگا کہ وہ اب

بھی اس سے چمٹا ہوا ہے اور اس کے سارے جسم کو چوم چوم کر تھوک سے لتھڑ رہا ہے۔ وہ کراہیت سے مڑی اچانک اس کی نظریں درو پدی جی سے ٹکرائیں۔ مرد کو دیکھ کر کراہیت کے جس جذبے سے اس کے منہ میں تھوک اکٹھا ہوگیا تھا وہ اس نے بھگوان کرشن کو دیکھ کر نفرت سے فرش پر تھوک دیا اور رشٹرا اٹھا اسٹرک پر نکل آئی۔

صبح کی ہلکی روشنی پھیل رہی تھی۔ اکا دکا لوگ فٹ پاتھ پر نظر آ رہے تھے جو شاید ناشتے کا سامان لینے آئے تھے۔ وہ سوچ رہی تھی کہ گھر پر صرف دادی ہی ہوگی۔ ماں اور بھائی تو پولیس اسٹیشن یا سرکاری اسپتالوں میں اس کی ڈیڈ باڈی تلاش کر رہے ہوں گے۔ وہ خیالات سے الجھتی گھر پہنچ گئی دستک پر دروازہ ماں نے آنکھیں ملتے ہوئے کھولا۔ اس کی آنکھوں کے کونوں میں کچ بھری ہوئی تھی۔ ماں نیند کی سی سرخ آنکھوں سے اسے گھورنے لگی۔ چارپائی پر دادی ہمیشہ کی طرح پوپلا منہ کھولے چت سو رہی تھی۔ بھائی کمرے میں نہیں تھا۔۔۔ ضرور پولیس اسٹیشن اور اسپتالوں میں دوڑ رہا ہوگا۔۔۔ اس کے پیر دروازے ہی میں گڑ گئے۔ ماں کی نظریں اس کے جسم کو چھید کر ہڈیوں میں اتر رہی تھیں۔ خوف سے اس کی آنکھیں دھندلا گئیں اور حلق سوکھ گیا۔ مگر اسے اب بھی ایسا محسوس ہو رہا تھا جیسے ماں کی نظریں اس کے بھیتر کی سچائی کو پڑھ رہی ہیں۔ اس نے گھبرا کر سر جھکا لیا۔ اور اپنے پیروں کو گھورنے لگی۔ ماں سب کچھ سمجھ گئی ہے تبھی تو ایسے گھور رہی ہے بس ابھی وہ پوچھ بیٹھے گی ''رات بھر کہاں تھی؟ اف میں کیا جواب دوں گی؟۔۔۔

اس کا دل بیٹھنے لگا اور نظریں کھڑکی کی سلاخوں میں الجھ گئیں۔ اس کو ایسا محسوس ہونے لگا جیسے وہ سلاخیں اس کے اپنے جسم میں ٹھونک دی گئی ہیں اور وہ خود ایک فریم میں قید ہے۔

ماں نے اس کے کندھے سے ونیٹی بیگ لے لیا اور فرش پر بیٹھ کر بیگ میں سے آلو اور پیاز نکال کر ٹٹول ٹٹول کر دیکھنے لگی۔ رات بھر ریگ زین کے بیگ میں بند رہنے سے پیاز پنیا گئے تھے اور ان میں سے بو آنے لگی تھی۔ وہ ڈوبتے دل اور تھکے قدموں سے جا کر دادی کی چارپائی پر بیٹھ گئی، دادی کا منہ اسی طرح کھلا ہوا تھا حلق کا اندھیرا اغار نظر آ رہا تھا۔ جس میں ایک مکھی بھنبھناتی ہوئی چکر لگا رہی تھی۔ مکھی کی بھنبھناہٹ کمرے کے گہرے تناؤ بھرے سناٹے میں کچھ زیادہ ہی محسوس ہو رہی تھی۔ ماں پنیائے پیاز کے چھلکے اتار رہی تھی اور کمرے کا سناٹا بھنور کی

طرح امنڈ رہا تھا۔ اس کا جی عذاب کی طرح مسلط اس سناٹے سے بری طرح اوبنے لگا تھا۔ اس نے خود کو ہلکا کرنے کے لیے کمرے میں نظر دوڑائی کہیں کوئی تبدیلی نہیں تھی کمرے میں، ماں میں دادی میں! سب کچھ ویسا ہی تھا جیسا وہ گذشتہ بارہ برسوں سے دیکھ رہی تھی۔ وہی نیم تاریک چھت جس پر جالے لٹک رہے تھے۔ سپیدی کو ترستی بدرنگ دیواریں جن پر پڑی دراڑیں ماں کو بابو جی کی شبیہہ کی طرح نظر آنے لگی تھیں۔ وہی زنگ خوردہ لوہے کی چھڑوں والی کھڑکی جس کے باہر آسمانوں پر پرندے تیرتے پھرتے تھے اور یہاں اس کمرے میں ماں، دادی اور چھوٹا بھائی جو گوشت پوست کی بجائے ایسے خیالی ہیولے تھے جنہیں وہ سوچ کر محسوس کرتی تھی۔

اچانک کھلے دروازے میں چھوٹے بھائی کا سایہ نمودار ہوا۔ وہ دھیرے دھیرے چل کر جب روشنی میں آیا تو وہ سہم گئی۔ اس کی آنکھیں لال ہو رہی تھیں۔ بال ماتھے پر بکھرے ہوئے تھے۔ اس کا دل سینے کے پنجرے میں زور زور سے پھر پھڑانے لگا۔ اس کے ہاتھ پیر سرد پڑ گئے۔ جیسے وہ اس کا گلا دبانے آگے بڑھ رہا ہو۔ مکھی کی بھنبھناہٹ یکبارگی تیز ہوگئی۔ وہ ہمت بٹور کر اٹھی اور لپک کر باتھ روم میں گھس کر دروازہ اندر سے بند کر لیا۔ اس کا دل اب بھی بری طرح دھڑک رہا تھا۔ اور ماتھے پر پسینے کی بوندیں ابھر آئی تھیں ۔۔۔ یہ سوچ کر اس کی سانس بے ترتیب چلنے لگی کہ وہ رات بھر اسے تلاش کرتا پھرتا ہوگا اور اب اس سے اس طرح کے سوال پوچھے گا ۔۔۔ وہ آج سے پہلے اپنے چھوٹے بھائی سے کبھی اس طرح نہیں ڈری تھی۔ یہ آج ایسا کیوں ہو رہا ہے یہ وہ خود بھی نہیں جانتی تھی وہ تو بس اس کے سوالوں اور نیزے کی انی جیسی نظروں کی چبھن سے بچنا چاہتی تھی۔ پتہ نہیں کس جذبے کے تحت اس نے ڈرتے ڈرتے باتھ روم کے دروازے کی جھری سے آنکھ لگا دی۔ ایسا کرتے ہوئے وہ یوں ڈر رہی تھی جیسے اسے یہاں بھی کوئی دیکھ رہا ہو، اس نے دیکھا اس کا چھوٹا بھائی لڑکھڑاتے ہوئے بڑھا اور دھم سے ننگے فرش پر لیٹ کر آنکھیں بند کر لیں۔ ماں نے پیاز اترتے ہوئے غصے سے گھوم کر اسے دیکھا اور اس کی انگلی پر چھری کی خراش آئی۔ خون ابل کر باہر نکلا۔ ماں نے انگلی کو منہ میں دبا کر چوس لیا اور کوسنے دینے کے انداز میں چیخی:

"رات بھر جوا کھیل کر اب صبح سویرے پی کے چلا آیا ہے حرام خور۔"

اس کے دل پر ایک گھونسہ پڑا وہ دھک سے رہ گئی اسے لگا چھری سے ماں کی انگلی نہیں اس کی روح زخمی ہوگئی ہے ۔ اس کی آنکھوں کے سامنے سارا منظر ٹھہر گیا۔ اس نے دروازے پر سر دے مارا۔ دماغ کے کمپیوٹر سے کھٹ کھٹ جملے نکلے :

’’ساری سرلائن از انیچ ‘‘

صبر کی ساری حدیں ٹوٹ گئیں ۔ وہ آنسو جو اب تک نہ جانے کہاں رُکا پڑا تھا ضبط کے مضبوط باندھ سے ٹکرایا۔ باندھ کی دیواریں روئی کے گالے کی طرح فضا میں بکھر گئیں اور وہ بلک بلک کر رونے لگی ۔

■■

جلتے پروں سے اُڑان

ریشم جیسے ملائم اور دھنک جیسے رنگین پروں سے سر نکال کر پرندے نے جب اپنے
بازوؤں کو پھٹ پھٹایا تو ان پر ٹھہرے اوس کے ننھے قطرے مشرق کی بھوری پہاڑیوں سے
جھانکتے سورج کی کرنوں سے ایسے دمک اٹھے جیسے پگھلے سونے کا فوارہ پھوٹ پڑا ہو۔ اس نے
سرخ چونچ کو کول کر فرحت بخش ہوا کو اپنے سینے میں بھر کر بڑی تازگی محسوس کی اور سر جھٹک کر
اس پاس دیکھا۔ سب کچھ وہی تھا مگر کتنا دلکش!

سورج کی نارنجی کرنوں سے تمتماتی بھوری پہاڑیاں۔ پہاڑی کے پیروں کو دھوتی
گہرے نیلے پانیوں والی ندی۔ دوسری جانب ندی میں گرتا دودھ جیسا جھرنا۔ کنارے پر بکھرا
مخمل سا سبزہ اور ان پر جھلملاتی اوس کی بوندیں۔ خود رو پودوں پر منڈلاتی خوش رنگ تتلیاں۔
چھوٹے چھوٹے پتنگے۔ دائیں طرف تازہ سبز پتوں سے ڈھکا، گھنا جنگل۔ پیڑوں کی لچکدار مضبوط
شاخوں پر پھدکتی چڑیاں اور ان کی چہکار۔ سرمئی نم مٹی پر سبک رفتاری سے رینگتی چونٹیاں۔ جا بجا
بکھرے سوکھے پتے ہوا سے کھڑکتے پتوں پر کانوں کو کھڑا کر لینے والے معصوم آنکھوں والے
ہرنوں کا جھنڈ........ سب کچھ وہی تھا مگر کتنا دلکش!

چڑیوں کی چہکار، جھرنے کی جھر جھر، ہوا کے بہاؤ پر بہتی ندی کی کلکلاہٹ، سوکھے پتوں کی
کھڑکھڑاہٹ، ندی کے کنارے صبح کی پہلی دھوپ سینکتے مینڈکوں کی ٹرٹراہٹ، پیڑوں کے تنوں
پر چڑھتی اترتی گلہریوں کی چک چکاہٹ، سفید جھینگروں کی بیٹیاں اور ہم آغوش ہوتی لچکیلی

شاخوں کی سرسراہٹ۔ ان آوازوں کی سمّی سے سارا عالم گونج رہا تھا۔۔۔۔۔ سب کچھ وہی تھا مگر کتنا دلکش!

پرندے نے سینہ پھلا کر آسمان دیکھا، بے داغ آسمان آج بھی اتنا ہی نیلا اور اتنا ہی چمکدار تھا جتنا کہ کل تھا۔ پرندے نے تنکوں سے بنے خوبصورت گھونسلے پر الوداعی نظر ڈالی اور دانے دنکے کی تلاش میں پر پھر پھرا کر اڑ گیا۔ اڑا اور اڑتا گیا۔ او پر۔۔۔۔ او پر۔۔۔۔ بہت او پر۔۔۔۔

ٹھیک پرندے کے سر پر آ کر سورج نے اسے معمول کے مطابق سبزہ زار میں اترنے پر مجبور کر دیا۔ دور تک سبزہ تھا اور دانے اس قدر بکھرے پڑے تھے کہ پرندے کو ہمیشہ کی طرح آج بھی سوچنا پڑا۔۔۔ ’’کہاں سے شروع کیا جائے۔

دانا چگتے چگتے وہ سیر ہو گیا تب اس نے دیکھا کہ سورج کا سایہ اس کے قدموں تلے نہیں ہے۔ بلکہ کچھ لمبا ہو گیا ہے۔ پرندے نے مٹی میں چونچ رگڑ کر قریب کی ندی سے شیتل جل پیا اور پھر ایک بار ہوا کو پیر تا فضا میں اڑتا چلا گیا۔ دانے سے پیٹ کے بھاری پن کو ہلکا کرنے کے لیے یہ اس کا معمول تھا۔ اسے ہر اڑان پر یوں محسوس ہوتا جیسے وہ بس ابھی چمکتے نیلے آسمان کو چوم لے گا۔ آسمان کو چومنے کی یہ خواہش اسے بس اوپر ہی اوپر لیے چلی جاتی۔ آسمان ابھی بہت اوپر تھا اور پروں میں تھکن رینگنے لگی تھی۔ اس نے آسمان کو چھونے کا فیصلہ ہمیشہ کی طرح کل پر ڈالا اور نیچے اترنے لگا۔

پرندے نے جب سر کو خم کر کے نیچے دنیا کو دیکھنا چاہا تو اچانک ہی اس کی پرواز تھم گئی۔ اس کا ننھا سا دل دھک سے رہ گیا۔ یہ انہونی سی بات تھی کہیں میں اندھا تو نہیں ہو گیا؟ اس نے آنکھوں میں لہراتے دھند لکے کو دیکھتے ہوئے سوچا۔ نیچے سارے میں سیاہی مائل دھند پھیلی ہوئی تھی۔ دھند ایسی کہ پیڑ، پودے، ندی، نالے، پہاڑ، جھرنے اور میدان جانے کہاں کھوئے گئے تھے۔ کیا یہ سویرے کی دھند ہے؟ لیکن سویرا ابھی کیسے چلا آیا؟ اور پھر سویرے کی دھند تو بڑی خوشگوار ہوتی ہے وہ ایسی کثیف اور مٹ میلی تو نہیں ہوتی اور پھر اس میں خنکی بھی تو ہوتی ہے۔۔۔۔۔ تو پھر یہ کیا ہے؟ دھواں اس کی آنکھوں میں گھس کر چن چناہٹ پیدا کرنے لگا

تھا۔ پروں پر اپنے چھوٹے سے جسم کا توازن برقرار رکھتے ہوئے جب وہ دھوئیں کے کثیف بادل میں اترا تو اس کے سینے میں چنگاریاں اگرتیں۔ پھپھڑوں میں دھواں بھر ہو گیا اور حلق میں چونٹیاں کاٹنے لگیں۔ سینے میں امنڈتے دھوئیں کی اذیت اور اکھڑتی سانس سے گھبرا کر اس نے بے اختیار چونچ کھول دی۔ مگر تکلیف سے نجات تو کیا ملتی سینے کی جلن بڑھتی ہی چلی گئی۔ تب خود کو بچانے کی کوشش میں وہ بے اختیار پر چلانے لگا۔ بالآخر وہ دھوئیں کی کثیف چادر کو چیر کر نیچے کھلے میں چلا آیا یہاں گھٹن کچھ کم تھی۔

زخمی سورج آسمان کے بھیگے مشرقی کنارے سے ٹکرا کر اپنا گاڑھا لہو چھوڑ گیا تھا۔ جو دھیرے دھیرے پھیل کر سیاہ ہو رہا تھا۔ مغرب میں گرتے سورج کا چہرہ خون زیادہ بہہ جانے کی وجہ سے زرد پڑ گیا تھا۔ فضا میں حبس اور ہوا میں حدّت تھی۔ پرندہ تھک کر چور ہو چکا تھا۔ سینے میں درد ریت کے ذرّے کی طرح رڑک رہا تھا۔ باز و ایسے شل ہو رہے تھے جیسے انھیں جاڑا مار گیا ہو۔ وہ اب کسی پیڑ کی مضبوط شاخ پر بیٹھ کر سستانا چاہ رہا تھا۔ اس نے تھکن سے بوجھ آنکھوں سے نیچے دیکھا اور اس کی آنکھیں حیرت سے پھیلتی چلی گئیں۔ اس کے مختصر وجود میں ننھا سا دل جیسے اپنی دھڑکن بھول گیا۔ اسے ایک لمحے کے لیے اپنی آنکھوں پر یقین ہی نہیں آیا، اسے لگا کہ تھکن نے اس کی آنکھوں کو گمراہ کیا ہے۔ اس نے بازوؤں کو جلدی جلدی حرکت دی کچھ اور نیچے آیا۔ مگر منظر بدلا نہیں کچھ اور واضح ہو گیا۔ اس نے دیکھا اور دیکھ کر پریشان ہو گیا۔ یہ سب کیا ہے؟ وہ سب کہاں ہے؟ اس نے سوچا اور سوچ کر تڑپ اٹھا۔ آنکھوں نے جو کچھ بھی دیکھا وہ پرندے کے لیے حیرت انگیز تھا۔ سورج کے ڈھیر ہونے تک سارا عالم کیسے بدل گیا۔ کہاں ہیں وہ پیڑ، وہ پودے، وہ میدان۔ وہ سبزہ زار؟ کہاں ہیں ندیاں، وہ نالے وہ جھرنے؟ کہاں ہیں وہ غار، وہ ٹیلے، وہ پہاڑ؟ کہاں ہیں وہ ہرن وہ چونٹیاں، وہ مینڈک؟ یہ کیسا تغیر ہے؟ اُف یہ کیسا تغیر ہے؟؟

جنگل پہاڑوں اور ندیوں کی جگہ اب آسمان سے سر ٹکراتی سیسہ پلائی عمارتیں تھیں سیکڑوں ایکڑ میں پھیلی اسلحہ ساز فیکٹریاں تھیں۔ بڑے بڑے راڈر تھے۔ دیو پیکر ایٹمی تجربہ گاہیں تھیں۔ سینہ تانے ٹی وی ٹاور کھڑے تھے۔ بڑی بڑی دوربینیں تھیں جن میں ماہرین فلکیات

کی آنکھیں گڑی رہتی تھیں۔ برقی تاروں کا ایک جال تھا اور ایک کنارے پر ترتیب سے بنی ایٹمی بھٹیاں تھیں جن کی کشاد چمنیاں آج دھواں اور زہر اگل رہی تھیں۔ دھواں اس قدر تھا جیسے کسی بہت بڑے سوکھے جنگل کو آگ لگ گئی ہو، اسلحہ ساز فیکٹریاں اور ایٹمی بھٹیوں کی چمنیوں سے گاڑھا کالا دھواں ہاتھیوں کی طرح جھومتے ہوئے نکلتا اور فضا میں چادر کی طرح تن جاتا۔ کل کا نیلا شفاف آسمان اب یوں دکھائی دے رہا تھا جیسے اس پر بے پناہ گرد جم گئی ہو۔ آسمان پر کسی مجرم کی طرح رینگتی سیاہی سے خوفزدہ ہو کر پرندہ اپنے گھونسلے میں اترنے کے لیے بے چین ہو گیا تھا۔ ایسا کبھی نہیں ہوا تھا کہ وہ سورج بجھنے کے بعد اپنے گھونسلے کو لوٹا ہو۔ یہ پہلا موقع تھا کہ وہ اندھیرے میں گھرتا جا رہا تھا۔

تھکن سے ٹوٹتے پنکھوں سے پندرہ کچھ اور نیچے آیا تو فضا میں دوڑتے مواصلاتی پیغامات اس کے پروں سے الجھ الجھ کر پرواز میں رکاوٹیں پیدا کرنے لگے۔ تھکن بازوؤں میں سوئیوں کی طرح چبھ رہی تھی اور اس کو اپنا وجود ناقابل برداشت بوجھ محسوس ہونے لگا تھا۔ اس نے پھولتی سانسوں سے سر کو خم کر کے اندھیرے میں ڈوبتے لوہے، سیمنٹ اور کنکریٹ کے پہاڑوں کو دیکھا۔ کہیں کوئی پیڑ، کوئی شاخ، کوئی سبز پتہ؟ مگر کہیں کچھ بھی نہیں! اُف یہ میں کس جہاں میں آ پھنسا ہوں۔ کیا میری پرواز اتنی اونچی تھی کہ میں اپنے حدود سے باہر نکل آیا؟ مجھے لوٹنا ہوگا۔ مگر بازوؤں سے اُٹھتی ٹیس ارادے پر بجلی بن کر گری۔

اب تو بس چند ہی لمحوں کی پرواز کی سکت ہے مجھ میں، اس کے بعد تو مجھے کہیں تو اترنا ہوگا۔ مگر کہاں؟

اس نے نیچے دیکھا۔ سب کچھ وہی بدلا ہوا منظر تھا۔

ٹی وی ٹاور تھا جو غیر مرئی مناظر کو منتشر کر رہا تھا.......... یہاں بھی نہیں!

بڑے بڑے نیون سائن بورڈ ٹنگے ہوئے تھے.......... یہاں بھی نہیں!

سیمنٹ کنکریٹ کے اسکائی اسکریپر منہ چڑھائے ہوئے تھے.......... یہاں بھی نہیں!

اسلحہ ساز فیکٹریوں کی دھواں اگلتی چمنیاں تھیں.......... یہاں بھی نہیں!

دیو پیکر دوربینیں تھیں جو کائنات کے سارے اسرار سے واقف تھیں.......... یہاں بھی

نہیں!

بڑی بڑی ایٹمی بھٹیاں تھیں جو آگ اور زہر الگ الگ رہی تھیں ۔۔۔۔۔۔نہیں یہاں بھی نہیں!

تب کہاں؟ سوچ کر خود ہی لرز گیا۔

کیا میں واپس لوٹ سکوں گا۔ان ندیوں، پہاڑوں اور جنگلوں کو جہاں سے میں اڑتا تھا؟

کیا اب میں اپنے نرم نرم گھونسلے میں اتر سکوں گا؟

کیا اب کبھی نیلے آسمان کی وسعت میں تیرتے ہوئے میں نظروں کی آخری سر حد تک پھیلے گھاس کے میدان کا نظارہ کر سکوں گا؟

میری پیاس کو کیا وہ شیتل جل مل سکے گا؟

گھنے جنگلوں کی گہری چھایا میں سُستاتے کسی ہرن کی پیٹھ پر بیٹھ کر اس کی گردن کو گدگدا سکوں گا؟

کیا نم مٹی میں میں اپنے پنجوں کے نشان دیکھ سکوں گا؟

سوالات نے خوف میں ڈھل کر پرندے کو بدحواس کر دیا۔کسی پیڑ کی زندہ شاخ کو پانے کے لیے اس نے زناٹے سے ایک غوطہ لگایا اور ایک دیو پیکر عمارت کی کھڑکی کے مضبوط شیشے سے جا ٹکرایا۔ اور پھر تو وہ ڈوبتے کسی جہاز کی طرح ڈولتے ہوئے یکے بعد دیگرے اندھے دھوئیں میں ڈوبتی عمارتوں کی نہ جانے کتنی کھڑکیوں کے شیشوں سے سر ٹکراتا پھرا مگر واپسی کا راستہ جیسے وہ ُکھل جاسم سمُئی کی طرح بھول چکا تھا۔اب اس کے حواس جواب دے چکے تھے۔ وہ تھکن اور خوف سے لرزتے جسم کو پھر نہ سنبھال سکا اور ایک ایٹمی بھٹی کے عین منہ پر اپنا توازن کھو بیٹھا۔ زہر نے پھیلتے پھپھڑوں میں کانٹے بوئے اور شعلوں نے پروں کو چاٹ اور گرد آلود تاریک آسمان پر دور تک ایک روشن لکیر پھیلتی چلی گئی۔ جب آگ پروں کو جلاتی دل تک پہونچتی تھی تب پرندے نے تڑپ کر نیچے اُگے لو ہے، آگ اور دھویں کے جنگل پر آخری نگاہ ڈال کر سوچا تھا کیا یہ میری آخری پرواز ہے؟ اس سفاک ٹھوس زمین میں سے کوئی بیج اپنی ننھی سبز بانہوں سے سیمنٹ کنکریٹ کے ان پہاڑوں کو چیر کر ایک تناور درخت بننے کے لیے ایک سر نہیں نکالے

گا۔۔۔۔۔۔!

☆

وہ سارے ماہرین فلکیات جن کی آنکھیں بڑی بڑی دوربینوں میں گڑی رہتی ہیں اور جو کائنات میں نمودار ہونے والے ایک ایک ستارے کی خبر رکھتے ہیں وہ اپنے سر پر ایک پرندے کے وجود کے خاک ہو کر فضا میں بکھرنے کے حادثے سے لاعلم رہے!!

■■

جسم بدر

اس ناول "جسم بدر" کو لکھنے کا ساجد رشید نے جب ارادہ کیا تو اس کا موضوع بابری مسجد کی شہادت اور اس کے ساتھ ملک بھر میں بھڑک اٹھنے والے فسادات کے پس منظر میں انسانی رشتوں کا درد تھا۔ وہ یہ ناول آدھے سے زیادہ لکھ چکے تھے کہ سافٹ ویئر میں کچھ تکنیکی خرابی کے سبب ان کے Lap top سے کمپوز کیا ہوا یہ پورا حصہ اڑ گیا۔ ساجد اس سے بڑے دل گرفتہ ہوئے تھے لیکن کچھ دنوں بعد انھوں نے اسے دوبارہ لکھنا شروع کیا۔ پچھلی چیزوں کو یاد کر کے لکھنے کی کوفت کا وہ اکثر ذکر کرتے۔ ابھی تقریباً چالیس صفحے ہی لکھ پائے تھے کہ ان کی طبیعت خراب رہنے لگی۔ اسی دوران صحافتی اور گھریلو مصروفیات نے انھیں ایسے گھیرے رکھا کہ ناول التوا میں پڑ گیا۔

چوں کہ اب اس ناول کے مکمل ہونے کی کوئی صورت باقی نہیں رہی اس لیے احباب کی رائے ہوئی کہ اسے بھی ان کے آخری افسانوی مجموعہ "ایک مردہ سری کی حکایت" میں شامل کر کے شائع کر دیا جائے۔ ساجد اپنا یہ مجموعہ خود ترتیب دے چکے تھے اور پریس میں جانے والا ہی تھا کہ ان کا آپریشن طے ہو گیا۔ ان کا ارادہ تھا کہ ہاسپٹل سے لوٹتے ہی کتاب شائع کر دیں گے۔ افسوس قدرت کو کچھ اور ہی منظور تھا۔

باب ۱

جہاں تک نگاہ جاتی تھی، ٹوپیوں اور رومالوں سے ڈھکے سر ہی سر نظر آتے تھے ۔ ایک لاکھ سے زیادہ کی آ چیختا بادی والے اس شہر کی سب سے قدیم عیدگاہ میں تقریباً پچاس ہزار نمازی رہے ہوں گے، جن میں ایک چوتھائی بچے تھے ۔ نماز عید کے لیے شہر کے علاوہ اطراف ہی نہیں دور دراز کے گانؤں سے بھی لوگ عیدگاہ کا رخ کرتے تھے ۔ عیدگاہ میں داخل ہونے یا باہر نکلنے کا ایک ہی راستہ تھا جو چھ یا سات فٹ چوڑا تھا ۔ عیدگاہ کے ایک سرے پر ایک چھوٹی سی قدیم مسجد تھی، جسے ایک رات والی مسجد کہا جاتا تھا، اس مسجد کے بارے میں مشہور تھا کہ وہ ایک رات میں تعمیر کی گئی تھی ۔ نماز اور خطبے تک تو لوگ بڑے سکون سے بیٹھے رہتے تھے لیکن دعا کے بعد انہیں گھر جانے کی اتنی عجلت ہوتی تھی کہ صفوں کو پھلانگتے ہوئے صدر دروازے کی طرف لپکتے تھے ۔ انہیں دیکھ کر لگتا ہی نہیں تھا کہ یہ وہی لوگ ہیں جو ابھی کچھ دیر پہلے کسی رضا کار کی مدد کے بغیر ایک قطار میں نماز پڑھنے کے زبردست نظم و ضبط کا مظاہرہ کر چکے ہیں ۔ اگرچہ مطلع ابر آلود تھا لیکن موسم صبح آٹھ بجے سے ہی گرم ہو چلا تھا اور اگست کے مہینے کا حبس، حدت میں اضافہ کرنے لگا تھا ۔ رات میں ہلکی بوندا باندی بھی ہوئی تھی لیکن اب بارش کے آثار نہیں تھے ۔ عیدگاہ کی کچی زمین اتنی گیلی ہو چکی تھی کہ اس پر بچھی چادریں اور دریاں نم ہو گئی تھیں ۔ فضا میں

131

مختلف قسم کے عطریات کی ہلکی خوشبو پھیلی ہوئی تھی ۔ بظاہر اس کی نظریں دوراس جانب اٹھی ہوئی تھیں جہاں پکے منبر پر امام صاحب کھڑے خطبہ دے رہے تھے لیکن اس کا دھیان باہران ریڑھی اور خوانچے والوں میں اٹکا ہوا تھا جو خاص عید کے بازار کے لیے مٹھائیاں اور خوش رنگ کھلونے لے کر صبح سویرے ہی عیدگاہ کے دروازے پر آ کھڑے ہوئے تھے ۔ان میں بیشتر ہندو تھے ،لیکن آج وہ بھی صاف ستھرے کپڑوں میں ملبوس تھے اور ان کے چہرے بھی تہوار کی خوشی سے دمک رہے تھے ۔اُس نے اپنے ہاتھ کو کرتے کی جیب میں ڈال کر پانچ روپے کے اس نوٹ کو چھو کر اطمینان کر لیا کہ وہ محفوظ ہے ، جسے نماز عید کے لیے گھر سے نکلتے وقت امی جان نے اس کے کرتے کی جیب میں رکھتے ہوئے کہا تھا:

”بو بیٹا کچھ الم غلم مت کھائیو اور ہاں عادل بھیا کا ہاتھ مت چھوڑیو“

اس نے سوچا آج وہ چابی سے چلنے والی دومنزلہ سرخ رنگ کی بس خریدے گا جسے دوکاندار بمبئی کی بس کہہ کر آواز لگا رہا تھا۔سچ مچ اس نے دومنزلہ بس آج تک نہیں دیکھی تھی۔

”بے شک ہم اللہ تبارک وتعالیٰ کی منتخب مخلوق ہیں لیکن ہم تمام غلامان رسول اکرم صلی اللہ علیہ وآلہ وسلم کی نجات آخرت میں اسی صورت میں ہو گی جب ہم آپؐ کے بتائے ہوئے راستے پر چل کر ایک مثالی مومن ہونے کا ثبوت پیش کریں گے ۔ہمیں خدائے بزرگ و برتر نے اس کرہ ارض پر امن و آشتی کا نمائندہ بنا کر بھیجا ہے “۔۔۔

امام صاحب کی آواز لاؤڈ سپیکر پر گونج رہی تھی۔ بونے نے اپنی توجہ خطبے پر مرکوز کرنے کے لیے آنکھیں بند کر لیں ۔امی جان کہتی ہیں نماز میں من کو اور خطبے میں دماغ کو نہیں بھٹکنا چاہیے ورنہ گناہ پڑتا ہے ۔ بند آنکھوں میں چند لمحوں کے لیے اندھیرا ابھر گیا پھر اس اندھیرے میں سے وہ سرخ رنگ والی بس چلتی ہوئی بالکل سامنے آ گئی اتنی سامنے کہ اس کی کھڑکیوں سے اندر کی چھوٹی چھوٹی سبز رنگ کی سیٹیں بھی نظر آنے لگیں ۔وہ بے چین ہو اٹھا۔امام صاحب کتنا بولتے ہیں کب ختم ہو گا خطبہ ،ایسا نہ ہو کہ اتنی دیر ہو جائے کہ نماز کے لیے آنے والے جناتوں کے بچے نماز ختم ہوتے ہی مٹھائیاں اور کھلونے خرید لے جائیں ۔اس نے بے چینی سے پہلو بدلا ۔

امام صاحب کی آواز گونج رہی تھی:

''طائف کی وہ شام ساری کائنات پر بھاری تھی جب اللہ کے سب سے محبوب رسولؐ کو شریر لڑکوں نے پتھر مار مار کر شہر سے باہر لے جا رہے ہیں ۔ آپؐ مکہ سے پچاس میل کا سفر پیدل طے کے طائف تشریف لے گئے تھے کہ وہاں کے رئیسوں کو دین اسلام کی دعوت دیں ۔ رئیسوں نے دعوتِ حق سننے کے بجائے آپؐ کے پیچھے نادان لڑکوں کو لگا دیا جو آپؐ پر بھپتیاں کستے اور پتھر برساتے ہوئے آپؐ کو لہولہان کر رہے تھے ۔ آپؐ کا جسم زخموں سے چور تھا اور آپؐ خون میں نہائے ہوئے تھے ۔ مگر آپؐ کے منہ سے طائف کے لوگوں کے لیے کوئی بد دعا نہ نکلی اور آپؐ نے فرمایا ۔ خدا ان کو صحیح راستہ دکھا، کیوں کہ وہ نہیں جانتے کہ وہ کیا کر رہے ہیں ۔ اللہ کے رسولؐ کا یہی اخلاق'' ۔۔۔۔۔

''بند کرو نماز! ناپاک ہو گئی ہے!'' کوئی بہت دور سے چینخا تھا ۔

''سؤر گھس آئے ہیں نماز میں'' ۔۔۔۔ یہ دوسری آواز تھی جو پہلی کے مقابلے میں زیادہ بلند اور کرخت تھی ۔

''مالکِ دو جہاں رسول اکرمؐ ساری دنیا کے لیے رحمت بن کر تشریف لائے اور ہجرت سے فتح مکہ تک صبر و شکر اور نظم و ضبط کی جو بے مثال زندگی پیش کی اس نے دشمنوں کو بھی آپ کے حضورِ اقدس میں احترام سے سر جھکانے پر مجبور'' ۔۔۔۔ امام صاحب کی آواز ایک بے ہنگم شور میں ڈوب گئی ۔

پچھلی صفوں کے نمازی اٹھ اٹھ کر کھڑے ہونے لگے ۔ ''بیٹھو بیٹھو ۔۔۔ معاملہ کیا ہے؟ ۔۔۔ کہاں سے آگئے سؤر؟ ۔۔۔ ارے بھاگ کیوں رہے ہو'' مختلف گوشوں سے آوازیں ابھرنے لگیں ۔ لوگ گردن گھما کر پیچھے دیکھنے لگے جہاں سے کسی نے چیخ کر سؤروں کے گھسنے کی اطلاع دی تھی، البتہ صفوں میں انتشار پیدا ہو گیا تھا ۔ اور لوگ اٹھ اٹھ کر پنجوں پر اچک اچک کر پیچھے دیکھنے لگے تھے ۔ امام صاحب خطبہ بیچ ہی میں چھوڑ کر مضطرب نمازیوں سے چیخ چیخ کر اپیل کرنے لگے :

''بیٹھ جائیے ۔ بیٹھ جائیے ۔ افواہوں پر دھیان مت دیجیے تکبیر پڑھیے ۔'' اور پھر خود ہی بلند آواز سے تکبیر پڑھنے لگے ۔ ''اللہ اکبر اللہ اکبر لا الہ الا اللہ، اللہ اکبر و للہ الحمد'' ۔

امام صاحب کی آواز اور اللہ کی حمد و ثنا اُس شور میں ڈوب گئی جو اچانک سے پیچھے سے اٹھا تھا۔ اچانک ہی صفیں ٹوٹ گئیں اور لوگ بدحواس گرتے پڑتے صدر دروازے کی طرف بھاگنے لگے۔ ان کے پیچھے سر نیہوڑھائے نتھنوں سے سُوں سُواتے ہوئے مٹ میلے رنگ کے چار پانچ کریہہ جثہ سؤر دوڑ رہے تھے!۔۔۔ ایک شور اٹھا اور لاوڈ سپیکر سے اچانک ہی امام صاحب کی آواز آنی بند ہوگئی۔ شاید بجلی کا کنکشن کٹ گیا تھا۔ صرف چند لمحوں میں تقریباً پون کیلومیٹر تک دراز صفیں دیکھتے ہی دیکھتے پہلے تو بے ترتیب ہوئیں اور اس کے بعد ایسی بھگدڑ مچی کہ جو لوگ بڑے صبر و سکون اور نظم و ضبط کے ساتھ بیٹھے خطبہ سن رہے تھے وہ آس پاس کے لوگوں کو کہنیوں سے ٹھیلتے اور پیروں کے پنجوں کی پوری قوت سے سینے کے زور سے سامنے والے کو ڈھکیلتے ہوئے آگے نکل جانے کی بے رحم کوشش کرنے لگے۔ عیدگاہ سے کچھ فاصلے پر واقع ایچ ایس بی کالج کے گیٹ کے قریب نظم و نسق قائم رکھنے کے لیے، y Provincial Armed Coonstabular (پی اے سی) کے شامیانے کے ساتھ بلدیہ اور مسلم لیگ کی مقامی شاخ کا شامیانہ لگا ہوا تھا۔ انہیں پنڈالوں کے قریب تعینات پی اے سی کے جوانوں سے عیدگاہ سے کچھ رضا کار اور مقامی مسلم لیگ کے لیڈر الجھ پڑے تھے۔ کوئی غیض و غضب سے چیخ رہا تھا:

”کیا آپ لوگوں کو پتہ نہیں ہے عید کی نماز ہو رہی ہے اور آپ لوگوں کے ہوتے، عیدگاہ میں سؤر گھس جاتے ہیں! کیا کر رہے ہیں آپ لوگ یہاں؟ کس کام کے لیے رکھا گیا ہے آپ کو؟“

”ڈاکٹر صاحب ہمیں کیا پتہ سؤر کہاں سے آ گئے؟“ ایک پولس والے نے لاتعلقی سے کہا۔

”پتہ ہونا چاہیے۔ اگر نہیں پتہ تو آپ کو سؤروں کو کھدیڑنا چاہیے تھا۔ تنخواہ کس بات کی لیتے ہیں آپ؟“ ”مسلم لیگ کے صدر ڈاکٹر شمیم احمد نے چیخ کر کہا۔

”ہم سؤر کھدیڑنے کی تنخواہ نہیں لیتے ہیں۔ یہ ہمارا کام نہیں ہے۔“ پی اے سی کے افسر نے کرختگی سے جواب دیا۔

”میں اس معاملے میں چپ نہیں بیٹھوں گا۔ کیا سمجھ رکھا ہے۔ اس روز بھنگیوں نے اپنی بارات میں مسجد کے سامنے گھوڑی چڑھ کر تاشہ نگاڑہ بجایا ہم چپ رہ گئے تو اس کا مطلب یہ نہیں ہے کہ اتنی بڑی گھٹنا پر بھی خاموش رہ جائیں گے۔“ ڈاکٹر شمیم احمد آپے سے باہر ہو گئے۔

''آپ سے جو بن پڑے کر لیجیے گا ''۔۔۔ پی اے سی کے افسر کے لہجے میں رعونت تھی۔

''نعرہ تکبیر۔۔اللہ اکبر!'' بہت بلند نعرہ تھا یہ۔اس کے بعد پرجوش نعرے لگنے لگے اور پولس اور پی اے سی کے جوانوں سے کہاسنی ہاتھا پائی میں بدل گئی۔

''مارلو بیٹی چو دوں کو '' کسی نے للکارا تھا۔ کس نے کس کے لیے کہا یہ پتہ نہیں چل سکا۔ سفید پوش نمازیوں کی بھیڑ میں خاکی وردیاں گڈ مڈ ہونے لگی تھیں۔ سفید ٹوپیوں کے ملکورے لیتے ہجوم میں خاکی ٹوپیاں بہت نمایاں تھیں۔ دفعتاً 'اٹھائیں اٹھائیں 'کی آوازیں گونجنے لگیں۔

بندوقیں چلنے کی آواز نے نمازیوں کو حواس باختہ کر دیا اور وہ ایک ایسے بے قابو ہجوم میں بدل گئے، جس نے اپنے سامنے آنے والی ہر شئے کو روندنا شروع کر دیا۔۔ فائرنگ جاری تھی، لوگ دوڑ رہے تھے، گر رہے تھے۔ گاڑھا گاڑھا انسانی خون نماز کے لیے بچھی چادروں پر پھیل رہا تھا اور پیروں سے روندا جا رہا تھا۔ چیخوں اور کراہوں کے درمیان نہتے لوگ اپنے ساتھ کے بچوں کو بچانے کی کوشش میں بَولائے جا رہے تھے۔ کچھ لوگ تو آٹھ دس سال کے بچوں کو بھی گود میں لٹکا کر دوڑنے کی کوشش کر رہے تھے۔

'' للن ''۔۔۔''عارف میاں ''۔۔۔''فیروز بیٹا ''۔۔۔''اے تسنیم!''۔۔۔ اپنے عزیزوں اور رشتے داروں کے نام لے لے کر وہ دہشت زدہ آوازوں میں اتنی قوت سے پکار رہے تھے کہ ان کی آواز پھٹ جاتی تھی یا پھر بے بس رلائی میں بدل جاتی تھی۔ فائرنگ کی آواز سے بدحواس لوگ پہلے ہی سے کچھا کچھ بھری عیدگاہ سے متصل ایک رات والی مسجد میں گھسے پڑ رہے تھے۔

عادل نے بو کا ہاتھ مضبوطی سے پکڑ لیا اور دھکا دیتے اور دھکا کھاتے ہوئے دوڑنے لگا۔ بو اپنے کرتے کی جیب میں رکھے نوٹ کو مٹھی سے بھینچے دوڑ رہا تھا۔ وہ پھٹی پھٹی آنکھوں سے کبھی بڑے بھائی کو دیکھتا تو کبھی اپنے پیروں کے نیچے آجانے والے جوتے چپلوں اور بچوں اور بوڑھوں کے اُن جسموں کو دیکھتا، جو گر کر پھر اٹھ نہ سکے تھے۔۔۔ اچانک پتھراؤ شروع ہو گیا۔ عید گاہ کی پرانی چاردیواری میں سے اینٹیں کھینچ کھینچ کر نکالی جانے لگیں اور گولیوں کا جواب اینٹوں اور پتھروں سے دیا جانے لگا۔ جو جوان اور صحت مند تھے وہ عیدگاہ کی دیواروں کو پھاند کر دوسری طرف کو د کر تنگ گلیوں میں بے تحاشہ دوڑ پڑتے۔ گلیوں کی دُکانیں اور گھروں کے دروازے

دھڑا دھڑ بند ہونے لگے۔ سنسان گلیوں میں پھولتی اکھڑتی سانسوں کی آوازیں گونج رہی تھیں۔
عادل نے عیدگاہ کی دیوار پر بوبو کو چڑھایا اور اسے دوسری طرف دھکیل دیا۔ بوبو دھپ سے پکی
سڑک پر گرا، کہنیوں اور گھٹنوں میں چوٹ لگی لیکن وہ سسکاری لے کر رہ گیا۔ عادل بھی پھرتی
سے دیوار پھاند گیا تھا۔ چیختے پکارتے اور روتے ہوئے لوگ دوڑ رہے تھے، جیسے کوئی جنونی
بھینسا انہیں پیچھے سے کھدیڑ رہا ہو۔ عادل اسکاؤٹ میں رہ چکا تھا اور کالج میں بھی وہ این سی سی
میں شامل تھا۔ اسے خود تو دوڑنے کی مشق تھی لیکن بوبو کو ساتھ لے کر دوڑنا دوبھر ہو رہا تھا۔ پکی
سڑک کے دائیں طرف دو شاخہ گلیوں میں سے اسے جو سنسان نظر آئی اسی تنگ گلی میں بوبو کو کھینچتے
ہوئے دوڑنے لگا۔ بوبو دہشت بھری نظروں سے پلٹ پلٹ کر پیچھے ایسے دیکھتا جیسے کسی کے
تعاقب میں آنے کا اندیشہ ہو۔ دو رویہ پرانے مکانوں والی تنگ گلی میں دکانوں اور مکانوں
کے دروازے بند تھے۔ گلی اتنی ویران تھی جیسے آس پاس کے مکانوں میں کسی انسان کا وجود ہی
نہ ہو۔ عادل بدحواسی میں سمتوں کو بھول بیٹھا تھا۔ اس کی سمجھ میں نہیں آ رہا تھا کہ وہ شہر کے کس
علاقے کی کس گلی میں کھڑا ہے اور راستہ آگے کہاں کہاں جاتا ہے۔ وہ بس دوڑ رہا تھا اور بوبو اس کے
پیچھے گھسٹ رہا تھا۔ وہ بوبو کی وجہ سے تیز دوڑ نہیں پا رہا تھا۔ ٹھائیں ٹھائیں۔ کئی فائر ہوئے۔ وہ
پوری قوت سے دوڑا اور بوبو کا ہاتھ اس کی گرفت سے چھوٹ گیا اور بوبو لال اینٹوں والی سڑک پر گر
کر اپنی بڑی بڑی خوفزدہ آنکھوں سے بھائی کو دیکھنے لگا۔
''اے لونڈے ادھر، ادھر آجاؤ'' سامنے کے کسی مکان میں سے زور سے لیکن سرگوشی والے
انداز میں کسی نے کہا تھا۔
عادل نے جھپٹ کر بوبو کو اٹھایا۔ ٹھائیں ٹھائیں۔ بندوق کے فائر گونج رہے تھے۔
''اندر آجاؤ'' نیم تاریک دروازے کے پیچھے کھڑے کسی شخص نے اسے پکارا۔
'کون ہے یہ شخص؟ کس کا مکان ہے؟ کوئی ہندو تو نہیں؟ ایسے موقعوں پر کسی پر اعتبار۔۔۔'
ٹھائیں ٹھائیں۔۔۔ اسے لگا بہت قریب میں کہیں گولیاں چل رہی ہیں۔ اس کی ریڑھ کے
منکوں میں سلسلہ ہلاہٹ سی ہونے لگی۔ اس نے گلی میں بکھرے جوتے، چپلوں اور سلیپروں پر
ایک نظر ڈالی اور بوبو کو کھینچتا ہوا اس دروازے میں داخل ہوگیا، جہاں سے انہیں پکارا گیا تھا۔ دو

مضبوط ہاتھوں نے اسے اندر کھینچ کر دروازہ بند کر دیا تھا۔ دروازے کے دونوں طرف شاید کمرے تھے جن کی وجہ سے سامنے دکھائی دینے والے آنگن تک پہنچنے کے لیے ایک گلی سی بن گئی تھی۔ آنگن میں پہنچ کر آگے چلنے والے شخص کو اس نے دیکھا اور چونک پڑا۔

''آپ!'' اس کے منہ سے بے ساختہ نکلا۔

درمیانہ قد دو ہرا بدن، گورا رنگ، گول بھرا بھرا چہرہ، چھوٹی چھوٹی آنکھیں جن پر موٹے فریم کی عینک تھی، نیم گنجا سر کنپٹی اور گدی کے بال سفید ہو چلے تھے۔ عادل اپنے سامنے ایک ایسے شخص کو کھڑا دیکھ رہا تھا جسے اس نے تقریباً تیرہ چودہ سال قبل اس وقت دیکھا تھا جب ان کے سر پر بال کم تھے لیکن بالکل سیاہ تھے، جسم اس وقت بھی دو ہرا تھا البتہ آنکھوں پر چشمہ نہیں تھا۔ انہوں نے ہاتھ کے اشارے سے تخت پر بیٹھ جانے کا اشارہ کیا اور عینک اتار کر اپنے کرتے کے دامن سے عینک کے شیشوں کو صاف کرنے لگے۔ عادل تخت پر بے دلی سے بیٹھ گیا۔ اس کی نظر ان کے کرتے کی آستین پر پڑی جس پر تازہ خون کا بڑا سا دھبہ تھا۔ ان کی سفید تہمد پر بھی کالے دھبے اور گھسٹنے کے داغ تھے۔ بو بھی غور سے انہیں اور خون کے اس دھبے کو دیکھ رہا تھا۔ 'شاید یہ ہم سے پہلے عیدگاہ سے بھاگ نکلے تھے۔ انہیں بھی چوٹ لگی ہے کہیں گرے ہوں گے۔' عادل نے ان کی طرف دیکھتے ہوئے سوچا۔

''بیٹھ جاؤ میاں'' انہوں نے عینک پہنتے ہوئے کہا۔

دور کہیں دو فائر ہوئے تھے۔ بو سہم کر تخت کے کنارے پر بیٹھ کر ہتھیلیاں ملنے لگا۔ عادل نے سوچا کہ، 'اگر پتہ ہوتا کہ یہ گھر ان کا ہے تو میں یہاں نہ آتا'۔۔۔ اس نے چاروں طرف نظر دوڑائی، آنگن کے اطراف بنے کمروں کے دروازوں کی اوٹ سے دوپٹے اور رنگین قمیضوں کے کنارے نظر آ رہے تھے۔ وہ بید کا ایک مونڈھا کھینچ کر تخت کے قریب بیٹھ گئے۔ اب ان کے درمیان گہری خاموشی تھی۔ ایک بارہ تیرہ سال کا لڑکا، بو اپنے پہناوے سے گھر کا ملازم نظر آتا تھا، پیتل کی کشتی میں چینی کی تین پیالیاں لے کر ان کے سامنے آ کر سوالیہ نظروں سے انہیں دیکھنے لگا۔

''تمیز نہیں ہے مہمان کو پہلے دیا جاتا ہے''، انہوں نے تیز لہجے میں ڈانٹا۔

”شکریہ، اب میں چلوں گا“ کہہ کر عادل اٹھ کر کھڑا ہوگیا۔ بو نے بھی اس کی تقلید کی۔ باہر ایک ساتھ کئی فائر ہوئے تھے آواز سے لگتا تھا کہ قریب ہی میں کہیں گولیاں چلی ہیں۔ کسی کمرے سے ایک چالیس بیالیس سال کی صحت مند عورت جھپاک سے باہر آئی اور اپنے ڈھلکتے آنچل کو سر پر سنبھالتے ہوئے احمد علی کے سامنے سر اٹھا کر غصے سے بولی:

”کہاں جاؤ گے؟ باہر گولیاں چل رہی ہیں، کیا یہ دشمنوں کا گھر ہے؟“

اس نے غور سے سامنے سے غصے میں تن کر کھڑی اس پستہ قد گوری چٹی خاتون کو دیکھا جو پورے جسم سے کانپ رہی تھی۔ اس نے سوچا ”ان کا بدن اب کچھ بھاری ہوگیا ہے لیکن آواز میں اب بھی وہی چپچناہٹ ہے۔“

”یہ کس کا لونڈا ہے؟“ انہوں نے بو کی طرف دیکھ کر پوچھا ”اِسے نہیں دیکھا تھا۔“

”احمد عمر ہے، میرا چھوٹا بھائی۔“ عادل نے دھیرے سے کہا۔ ملازم بچہ اب بھی پیالیوں کی کشتی ہاتھ میں لیے کھڑا تھا۔ پستہ قد خاتون نے بڑھ کر بو کے سر پر ہاتھ پھیرا اور نرم لہجے میں بولیں:

”لے لو سیویاں ہیں زہر نہیں“۔ عادل نے نخجل ہو کر پیالی اٹھا کر بو کی طرف بڑھائی اور دوسری خود لے لی۔ عینک والے آدمی نے بھی پیالی اٹھالی اور تینوں خاموشی سے سیویاں کھانے لگے۔ اس درمیان کسی نے عینک والے کا حقہ تازہ کر دیا تھا۔ انہوں نے پیالی خالی کر کے حقے کی نے کو اپنے رومال سے پونچھا اور کش کھینچتے ہوئے کسی سوچ میں گم ہو گئے تھے۔ حقے کے میٹھے تمباکو کی مہک آنگن میں دھویں کے ساتھ تیرنے لگی تھی۔ اب چھٹنے لگا تھا اور دھوپ نکل آئی تھی۔ پستہ قد خاتون تخت کے نیچے سے ایک کھٹولی کو کھینچ کر بیٹھ گئیں اور تخت پر رکھے بڑے سے چاندی کے پاندان کو کھول کر ان کا چھالیہ کترنے لگیں۔ عادل کو اس وقت عیدگاہ کے واقعے سے زیادہ یہ بات پریشان کر رہی تھی کہ وہ گھر پر کیا بتائے گا کہ اتنی دیر دونوں بھائی کہاں تھے؟ عیدگاہ سے بچ نکلنے کے بعد انہوں نے کہاں پناہ لی تھی؟ عورت کے ہاتھ جتنی تیزی سے سروتے سے چھالیہ کتر رہے تھے زبان بھی اتنی ہی تیزی سے چل رہی تھی۔

”اللہ کا قہر ٹوٹے ان سؤروں پر عید غارت کر دی“۔

"سؤروں کو کیوں کوس رہی ہو۔ جانوروں کا کیا قصور انہیں کیا پتہ نماز ہو رہی ہے یا کیرتن ہو رہا ہے''عینک والے نے ڈپٹ کر کہا۔

"میں اُن سؤروں کو نہیں اِن وردی والے سؤروں کی بات کر رہی ہوں۔ کیسی بیدردی سے گولیاں داغی ہیں۔ اللہ انہیں غارت کرے ہزار بارہ سو تو مرے ہی ہوں گے''وہ بولے جا رہی تھیں۔"وہ تو اچھا ہوا کہ یہ دروازے کے قریب کی صف میں تھے بچ کر بھاگ نکلے ورنہ اللہ جانے کیا ہو جاتا! تین چار سو لاشیں تو انہوں نے اپنی آنکھوں سے دیکھیں، کیوں جی؟''انہوں نے شوہر کی طرف دیکھ کر پوچھا جو خاموشی سے حقے کا کش لے رہے تھے۔"مجھے تو ساری شرارت ان بھنگیوں کی لگتی ہے پچھلے مہینے بد ذاتوں نے ٹھیک افطار کے وقت دولہے کو گھوڑی چڑھائی اور مسجد کے سامنے باجہ بجانے لگے منع کرنے پر تاؤ دکھانے لگے کہ دیکھتے ہیں کہ اس بار کیسے عید مناتے ہو؟ انہیں کا کام ہے یہ۔ سؤروں کو عیدگاہ میں انہوں نے ہی ہانکا ہو گا۔ بہت ہمت بڑھ گئی ہے ان بھنگیوں کی کانگریس کے راج میں''وہ بولے چلی جا رہی تھیں اور بار بار ہزار بارہ سو لاشوں کا ذکر بھی کرتی جاتی تھیں۔ وہ سوچنے لگا کہ پیچھے نکلنے والوں میں تو میں تھا میں نے اتنی لاشیں نہیں دیکھیں اور انہوں نے کہاں سے دیکھ لیں۔ باہر پولس کی کوئی گاڑی سائرن بجاتی ہوئی گزری۔ سائرن کی آواز سنتے ہی سب کے چہروں کا رنگ پھیکا پڑ گیا۔

'ہمیں جلد از جلد یہاں سے نکل جانا چاہیے ورنہ گھر میں تو قیامت گذر رہی ہو گی۔ ویسے بھی اس گھر میں رکنا ٹھیک نہیں تھا خیر انجانے میں چلا آیا تھا، کوئی بات نہیں لیکن اب تو پتہ چل گیا ہے۔ اس لیے یہاں کسی قیمت پر بھی نہیں رکا جا سکتا'' وہ سوچ رہا تھا اور باہر سکون قائم ہونے کے لیے دعائیں مانگ رہا تھا۔۔۔ اچانک اس نے محسوس کیا جیسے کوئی اسے گھور رہا ہے۔ اس نے کھڑکیوں سے سامنے والے کمرے کی طرف دیکھا، جس کے دروازے کے ایک پٹ کو مہندی کے شوخ رنگوں سے رنگے ایک گورے ہاتھ نے تھام رکھا تھا جس کی کلائیوں میں بنفشئی چوڑیاں تھیں، کوئی لڑکی تھی جو انہیں جھانک کر دیکھ رہی تھی لیکن اس کی شبیہہ نظر نہیں آ رہی تھی اس کا جسم دروازے کی اوٹ میں تھا البتہ گلابی دوپٹے کا ایک کونا لہراتا سا نظر آ رہا تھا۔ عادل نے سامنے بیٹھے عینک والے کی طرف دیکھا جو نئے ہاتھ میں پکڑے آنکھیں بند کیے اب بھی کسی

گہری سوچ میں غرق تھے۔عورت نے پان کی گلوریاں بنا کر انہیں کشتی میں رکھ کر پاندان کو بند کیا تو دھوپ کے رخ پر رکھے چاندی کے چمچماتے پاندان کے اوپر پڑنے والی دھوپ کے ایک ٹکڑے کا انعکاس برآمدے کے دوسری طرف کے دروازے تک پہنچ گیا اور دروازے کے پٹ کو تھامے کھڑی مبہم سی شبیہہ ایکدم سے روشن ہوگئی۔گول چہرہ بڑی بڑی سیاہ آنکھیں ۔۔۔ وہ بس اتنا ہی دیکھ سکا تھا اور جو دیکھا وہ ناقابل یقین ہی نہیں بلکہ بے حد خوشگوار بھی تھا۔اس نے اپنے سینے کے نیچے ہیجان انگیز ارتعاش محسوس کیا۔

''یا اللہ یہ اور یہاں!''بس وہ اس سے زیادہ کچھ سوچ ہی نہ سکا۔

گولیاں چلنے کی آواز تھم گئی تھی۔گھر کے اندر اور باہر گہری خاموشی پھیل گئی تھی۔

''میرے خیال میں اب تمہیں گھر کے لیے نکل جانا چاہیے۔''عینک والے نے حقے کا ایک لمبا کش لے کر اس کی طرف دیکھے بغیر کہا۔

''کرفیو کا لگنا پکا سمجھو۔''

اے پروردگار رحم کیجو۔''پستہ قد خاتون نے آنچل درست کرتے ہوئے سراسیمہ نظروں سے عادل اور بہو کی طرف دیکھا اور شوہر سے مخاطب ہوئیں:

''ایسے میں یہ کیسے جاویں گے گھر؟''ان کی آواز کپکپائی۔

''بیوقوفی کی باتیں نہ کیا کرو۔ پولس گرفتاریاں بھی کر سکتی ہے۔ ہمارا مکان عیدگاہ سے قریب ہے۔ایسے میں ان کا اپنے گھر میں ہونا ٹھیک رہے گا۔''

ابھی کچھ دیر پہلے تک عادل کے لیے اس گھر میں ایک ایک لمحہ گراں گزر رہا تھا اور اب وہ وہاں سے اتنی جلدی جانا نہیں چاہتا تھا۔اس نے کھڑکیوں سے اس کمرے کی طرف دیکھا جہاں اسے بنفشئی چوڑیوں والا گورا ہاتھ نظر آیا تھا۔وہ چونک پڑا دروازے میں ایک چھریرے بدن کی لڑکی کھڑی اسی کی طرف دیکھ رہی تھی۔

بہو اٹھ کھڑا ہوا''چلو بھائی جان۔''وہ مضطرب نظر آ رہا تھا۔

''ہاں ہاں چلتے ہیں۔''کہتے ہوئے عادل بھی اٹھ کھڑا ہوا۔دونوں میاں بیوی انہیں چھوڑنے دروازے تک آئے۔عینک والے نے دروازہ کھول کر کیواڑی کی ایک جھری سی بنا کر باہر

جھانکا۔گلی میں گہرا سناٹا تھا۔انہوں نے سر کے اشارے سے باہر نکل جانے کو کہا۔ پستہ قد عورت لپک کر عادل کے قریب آئیں اور اس کے چہرے کو اپنی دونوں ہتھیلیوں میں لے کر لرزتی آواز میں کہا:

"اللہ کی امان میں دیا! خدا حافظ"

اور جب وہ بو کے ماتھے کو چوم رہی تھیں تو ان کی آنکھ سے آنسو کا ایک گرم قطرہ اس کے گال پر آگرا تھا۔ بو نے محسوس کیا ان کا ہاتھ اس کے کرتے کی جیب میں رینگ رہا ہے۔ وہ ایکدم سے پلٹی تھیں اور تیز تیز قدموں سے آنگن میں چلی گئی تھیں۔ احمد علی نے پلٹ کر انہیں جاتے ہوئے دیکھا، ان کی پیٹھ اور کندھے بری طرح ہل رہے تھے۔

گلی میں ہولناک سناٹا تھا۔ وہ دونوں گلی کی دیوار سے لگ کر تیز تیز قدموں سے چل رہے تھے۔ بو اس کے برابر میں چلنے کے لیے تقریباً دوڑ رہا تھا۔ لگ ہی نہیں رہا تھا آج عید کا دن ہے۔ اس نے عید کے دن کا ایسا تصور کبھی نہیں کیا تھا۔ عادل کو ایسا محسوس ہو رہا تھا گویا وہ کسی سحر میں چل رہا ہو۔ وہ کس محلے میں سے گذر رہا ہے؟ اسے یاد نہیں آر ہا تھا۔۔۔

باب ۲

دروازے پر ہونے والی بے تحاشہ دستک نے مکان کی عورتوں بچوں اور واحد مرد کو بری طرح چونکا دیا۔ سب ایک دوسرے کا منہ ایسے دیکھنے لگے جیسے پوچھ رہے ہوں کہ یہ کون ہو سکتا ہے؟ سبھی کے دل میں طرح طرح کے وسوسے اٹھ رہے تھے۔ کھادی کی سفید ٹوپی سے جھانکتے مہندی سے رنگے بالوں اور سنہری داڑھی والے، ادھیڑ عمر کے آدمی نے اپنی چاندی کی موٹھ والی چھڑی پر جسم کا توازن قائم رکھتے ہوئے لکڑی کی کرسی سے اٹھنے کی کوشش کی تو ان کے منہ سے ہلکی سی کراہ نکل گئی اور سرخ و سپید چہرے پر پسینے چھلک آیا۔ ان کے سامنے پوٹی پر بیٹھی ایک خوش شکل دبلی پتلی عورت نے ہاتھ اٹھا کر کہا:

"رہنے دو میں دیکھ لیتی ہوں"۔

جب تک وہ عورت نے چٹخنی کو ہٹا کر دروازے کو نہیں کھولا باہر سے دروازہ پیٹا جاتا

رہا۔دروازہ کھلتے ہی عادل اور ببوکسی بگولے کی طرح اندر داخل ہوئے۔گھر کے سارے افراد دوڑ کر ان کے قریب آگئے۔دروازہ کھولنے والی عورت نے لپک کر ببوکو بانہوں میں بھر کر کھینچ لیا ان کی آنکھوں سے آنسو بہہ بہہ کے نکلے تھے۔دو بیٹوں،احمد عظیم اور احمد عادل کے بعد حکیم احمد علی اور ان کی بیگم نے بیٹی کے لیے اللہ کے حضور میں ساری بڑی دعائیں مانگی تھیں اور ساری دعائیں نامقبول ثابت ہوئیں۔منجھلے بیٹے احمد عادل کی پیدائش کے سات سال بعد جب پختہ عمر میں بیٹی کے بجائے بیٹا ہوا تھا تو گھر میں کسی کو کوئی خاص خوشی نہیں ہوئی تھی۔میاں بیوی نے سارے نام تو بیٹی کے لیے سوچ رکھے تھے اس لیے کئی دنوں تک تو یہی طے نہ ہوسکا تھا کہ نو وارد کا کیا نام ہو گا۔ایک روز اباجی شبلی نعمانی کی کتاب 'فاروق اعظم' کا مطالعہ کر رہے تھے کہ بچہ روئے چلا جا رہا تھا چپ ہونے کا نام ہی نہیں لے رہا تھا۔اباجی کے مطالعے میں خلل پڑ رہا تھا۔بے ساختہ ان کے منہ سے نکلا ''فاروق ۔۔۔عمر فاروق!۔۔۔'' پھر وہ بڑبڑائے ''احمد عظیم،احمد عادل اور احمد عمر!''
تھوڑے ہی دنوں بعد یہ بن بلایا مہمان احمد عمر ایسا گول گٹھنا ہوا کہ سب کا ڈلارا ببو بن گیا تھا۔۔۔امی اسی ببوکو چمٹائے سبک رہی تھیں۔

''کیا معاملہ ہے؟''،حکیم احمد علی نے سہمی ہوئی آواز میں پوچھا۔

''کیا ہندو مسلمان دنگا ہوگیا ہے؟''ببوکا سر سہلاتے ہوئے امی نے پوچھا۔

''کہاں چلی ہیں گولیاں بھیا؟''گھر کی ادھیڑ ملازمہ زیتون نے پوچھا۔

''تم کہاں پھنسے رہ گئے تھے۔''بھابی نے پوچھا۔

''اچھا ہوا جو اباجان نہیں آئے۔''عادل نے بھابی کے سوال کو درگذر کرنے کے لیے فوراً ہی، احمد علی کی طرف دیکھ کر کہا،جن کا چہرہ پسینے سے تر ہو چلا تھا۔وہ ایک مونڈھے پر بیٹھ کر لمبی لمبی سانسیں لینے لگا۔زیتون کے ہاتھوں سے پانی کا گلاس لے کر اس نے ایک ہی سانس میں گلاس خالی کر دیا۔

''عیدگاہ میں کسی نے سوروں کو نمازیوں پر چھوڑ دیا تھا۔بھگدڑ مچی اور پولس گولیاں چلانے لگی۔بڑی مشکل سے جان بچا کر آئے ہیں۔پتہ نہیں کتنے مارے گئے ہوں گے۔''
عادل کا جواب سنتے ہی سب کے چہروں کا رنگ بدل گیا۔اباجی اور امی کے گورے چہرے کا

پیلا پن صاف نظر آنے لگا تھا۔

''سیدھے نمازیوں پر گولیاں چلا دیں! ارے نہتے نمازیوں پر!'' اباجی کی آواز کپکپانے لگی۔ ''غضب کر دیا۔ نمازیوں کا مارا جانا معمولی بات نہ ہے۔ ارے سسروں نے یہ تک نہ دیکھا کہ عید کا موقع ہے۔ عیدگاہ میں بچے بھی ہوں گے۔ کوئی بات ہو ہی گئی تھی تو معاملے کو سنبھال لیتے۔ اب نہ سنبھلنے کا یہ معاملہ۔ پورے ملک میں آگ لگ جائے گی۔ سنبھل اور علی گڑھ میں جنتا پارٹی والوں نے مسلمانوں کے خلاف کیسی آگ لگائی تھی۔ حکومت میں آتے ہی جن سنگھ نے اپنا اصلی چہرہ دکھا دیا تھا۔ ایک کے بعد ایک فساد ہو رہے تھے۔ شاہ کمیشن کے شکنجے میں پھنسی اندرا گاندھی نے ہار نہیں مانی تھی کیسی خبر لی تھی ان جن سنگھیوں کی جو جنتا پارٹی کا نقاب پہن کر دہلی کے تخت پر جا بیٹھے تھے۔ ننگا کر دیا اندرا نے ان پاکھنڈیوں کی مسلم دشمنی کو عوام کے سامنے۔ اب نہیں بچے گی وشو ناتھ پرتاپ کی یہ حکومت۔ اندرا گاندھی بہت سخت جواب طلب کریں گی ان سے۔ جنتا راج میں سلگتے رہنے والے اتر پردیش کا انہیں کچھ سوچ کر ہی مکھیہ منتری بنایا ہو گا اور ان کی حکومت میں کیا ہوا؟ نہتے نمازیوں پر پولس کی گولیاں چل گئیں! ارے یہ جناح کیپ پہننے والا مانڈا کا راجہ مجھے تو پورا فراڈ لگے ہے''۔۔۔۔

اباجی بولے چلے جا رہے تھے اور عادل حیرت سے انہیں تک رہا تھا۔ اسے یقین ہی نہیں ہو رہا تھا کہ یہ وہی اباجی ہیں جو کانگریس سے ایمرجنسی کے دنوں میں جبری نس بندی کی وجہ سے سخت بدظن ہو گئے تھے۔ یہ ان دنوں کی بات ہے جب بدعنوانی کے خلاف گاندھی وادی لیڈر جے پرکاش نرائن کے 'مکمل انقلاب' کے آندولن کی بڑھتی مقبولیت سے اندرا گاندھی بے حد پریشان تھیں۔ اسی درمیان الہ آباد ہائی کورٹ نے راج نارائن کی جانب سے داخل ایک مقدمے کے فیصلے میں ان کے الیکشن کو باطل قرار دے دیا تھا۔ عام کانگریسیوں کی طرح اباجی بھی ایمرجنسی کو ملک میں پھیلتی 'والائف الملوکی' کے سدِ باب کے لیے، درست اقدام قرار دیتے تھے لیکن جب سنجے گاندھی نے اپنے دس نکاتی تغلقی فرمان کے تحت سرکاری ملازموں کی نس بندی کو لازمی قرار دیا تو اس نے ان کے اپنے بڑے بیٹے احمد عظیم کے روز گار کو متاثر کیا تو اباجی سنجے گاندھی اور نس بندی ہی نہیں اس کانگریس کے بھی مخالف ہو گئے تھے جس کے وہ باقاعدہ رکن

۱۹۶۲ء کی ہند چین جنگ کے دوران اس وقت بنے تھے، جب ملک ایک غیر یقینی صورت حال سے دو چار تھا۔ان دنوں انہوں نے سیوادل کے ایک رضا کار کی حیثیت سے کھادی کی گاندھی ٹوپی پہن کر شہر میں دن رات کام کیا تھا۔ اس وقت انہوں نے کھادی کی جو ٹوپی پہنی تھی پھر وہ کبھی نہیں اتری۔

عادل کے بڑے بھائی عظیم نے چوک میں تانبے پیتل کی اپنی آبائی دکان کو سنبھالنے کے بجائے گریجویشن کے بعد سرکاری نوکری کو ترجیح دی تھی اور ضلع میں ویلیج ڈیولپمنٹ افسر (گرام سیوک) ہو گیا تھا۔ اسے اس ملازمت میں دو سال بھی نہیں گذرے تھے کہ سرکاری ملازموں پر نس بندی کا عذاب نازل ہو گیا تھا۔ تمام سرکاری ملازموں پر لازم تھا کہ وہ پانچ مردوں کی نس بندی کروائیں اور اگر یہ تعداد پوری نہیں ہوتی ہے تو وہ اپنی نس بندی کروائیں۔ عظیم کی شادی کو زیادہ عرصہ نہیں ہوا تھا لہٰذا اس نے نوکری سے استعفا دینے میں ہی عافیت جانی اور تلاش معاش میں بمبئی چلا گیا تھا جہاں اس نے مراد آبادی برتنوں کا چھوٹا موٹا کاروبار شروع کر دیا تھا۔ اس کے بچپن کے سکھ دوست بلراج سنگھ کوہلی نے کاروبار کو پٹری پر لانے میں ان کی کافی مدد کی تھی۔

''کافی گولیاں چلی ہیں۔ یہاں تک آواز آرہی تھی۔'' ابا جان کی آواز میں گہرا رنج تھا۔'' بہت لوگ مرے ہوں گے۔''

جواب میں عادل نے سر ہلا دیا اور رومال سے پسینہ پونچھنے لگا۔ پر ہول سناٹے میں دور کہیں پولس جیپ کے سائرن کی آواز کو اس نے اپنی ریڑھ کی ہڈی میں سیہرن پیدا کرتا ہوا محسوس کیا۔ ''رات میں مرنے والوں کی صحیح تعداد ریڈیو بی بی سی بتائے گا۔'' اباجی نے کہا۔''ان کے سرکاری آنکڑے تو جھوٹ کا پلندہ ہوتے ہیں۔ یہ دس بتائیں تو بیس مانو۔''

''ارے تم نے تو بتایا نہیں کہ تم دونوں عیدگاہ سے کیسے نکل پائے۔'' امی نے پوچھا۔

''میں بتاوں امی؟'' ببو نے ماں کی طرف دیکھ کر ہمک کر کہا۔''بہت گولیاں چل رہی تھیں۔ بھائی جان میرا ہاتھ پکڑ کر ایک گلی میں گھس گئے تھے۔ وہاں کسی نے ہمیں اپنے مکان میں بلا لیا تھا۔ انہوں نے ہمیں سیویاں پلائی اور منع کر رہے تھے کہ ابھی نہ جاو اور دیکھو مجھے عیدی بھی دی

144

ہے۔‘‘ کہتے ہوئے بھونے پانچ روپے کا نوٹ جیب سے نکال کر ماں کو دکھایا۔ عادل نے حیرت سے بھو کے ہاتھ میں دبے نوٹ کو دیکھا۔

’’کون تھا بیٹا؟‘‘ امی نے اشتیاق سے احمد علی کی طرف دیکھا۔

عادل کی سمجھ میں نہیں آ رہا تھا کہ کیا کہے۔ وہ اپنی اس مختصر سی پناہ کا ذکر نہیں کرنا چاہتا تھا لیکن بھو کی بیوقوفی نے اسے مجبور کر دیا تھا۔

’’وہ کیا ہے کہ ۔۔۔جب ہم عیدگاہ سے بچ نکلنے میں کامیاب ہو گئے تو پتہ نہیں کس گلی میں جا گھسے تھے ۔۔۔گلی میں ایکدم سناٹا تھا سارے مکانوں اور دوکانوں کے دروازے کھڑکیاں بند تھیں ۔۔۔ہم گولیوں کی آواز یں سن رہے تھے، بھو بہت ڈر گیا تھا ۔۔۔ایسا لگنے لگا تھا کہ ہم بھی کسی گولی کا شکار نہ ہو جائیں ۔۔۔بس موت سامنے دکھائی پڑ رہی تھی‘‘ عادل سوچ سوچ کر کہہ رہا تھا۔

’’اللہ نہ کرے!‘‘ بے ساختہ امی کے منہ سے نکلا اور انہوں نے بھو کو پھر سے لپٹا لیا۔

’’ایسے میں کسی نے ہمیں پکار کے اپنے مکان میں بلا لیا‘‘۔۔۔اتنا کہہ کر عادل خاموش ہو گیا اب اسے اپنی بات کہنے کے لیے مناسب لفظ نہیں مل رہے تھے۔

’’اللہ نے خیر کی‘‘ اباجی جو بہت توجہ سے سن رہے تھے بولے۔

’’کون اللہ کا نیک بندہ تھا بیٹا؟‘‘ امی نے نم ہوتی ہوئی آنکھوں سے پوچھا۔

’’گورے سے تھے آنکھوں پر موٹا سا چشمہ تھا ان کے اور جنہوں نے مجھے عیدی دی تھی، وہ بھی خوب گوری گوری تھیں بالکل اباجی کی طرح سرخ‘‘ بھونے بڑے بھائی کو خاموش دیکھ کر جلدی سے کہا۔

’’اچھا! ۔۔۔بھئی کوئی میرے جاننے والے رہے ہوں گے‘‘ اباجی مسکرائے پھر قیاس لگا کر بولے ’’مرزا صاحب والی گلی میں تو نہیں چلے گئے تھے؟ لیکن تم تو مرزا صاحب کو جانتے ہو‘‘

’’وہ جو تھیں نا جنہوں نے مجھے عیدی دی وہ پھلتے وقت مجھے پیار کرتے ہوئے رو پڑی تھیں۔‘‘ بھونے جلدی سے کہا۔

یہ سن کر اباجی کی پیشانی پر بل پڑ گئے ’’کون تھا عادل میاں؟‘‘ ان کی آواز گہری ہو گئی تھی۔

’’جی وہ پھپھی پھپھی جان ۔۔۔‘‘ عادل کے منہ سے یہ مشکل نکلا اور اباجی کی چھڑی ان کی

کپکپاتی مٹھی میں گھوم کر رہ گئی۔امی کا منہ کھلا کا کھلا رہ گیا۔بھابی کو لگا جیسے گھر کا سارا منظر ٹھہر گیا ہے۔ ٹھائیں ،ٹھائیں ،دو،تین ،پھر گولیاں چلی تھیں ۔سبھی سہم گئے تھے ۔بھابی حیرت سے باری باری سب کے چہروں کو دیکھ رہی تھیں ۔

”مجھے نہیں پتہ تھا کہ وہ ان کا مکان ہے ۔“عادل نے صفائی دینے والے انداز میں کہا ۔ ”دروازے پر اندھیرا سا تھا میں پھو جان کو پہچان نہیں سکا تھا ۔شاید دس بارہ برسوں بعد میں نے انہیں دیکھا تھا اور اگر مجھے پتہ ۔۔۔۔“

حکیم احمد علی نے بیٹے کی آنکھوں میں دیکھا اور چھڑی کی موٹھ پر رکھی ہتھیلی کو اٹھا کر خاموش ہو جانے کا اشارہ کیا۔امی سر جھکائے بو کے بالوں کو سہلاتی رہیں ۔ٹھیک ان کے مکان کے باہر کوئی پولیس کی جیپ سائرن بجاتی ہوئی گذر گئی ۔باہر کرفیو لگا دیا تھا یا نہیں اس کا ٹھیک ٹھیک پتہ نہیں تھا لیکن گھر میں اچانک چھا جانے والا سناٹا بتا رہا تھا کہ یہاں کرفیو ضرور لگ گیا ہے ۔

”لگتا ہے کرفیو لگا دیا ہے ۔“امی نے بات کا رخ بدلنے کے ارادے سے کہا ۔ابا کراہتے ہوئے اٹھے اور چھوٹے چھوٹے قدم اٹھاتے ہوئے دیوان خانے کی طرف چل دیے ۔بھابی نے سوچا، باہر کا ماحول جتنا ہولناک ہو گا گھر کے اندر کی فضا بھی اب اس سے کچھ کم نہیں ہے!

باب ۳

سارے شہر پر تمام دن ایسی اداسی چھائی رہی ،لگتا ہی نہیں تھا کہ آج عید سعید ہو ۔اس خوفناک اداسی کو عاشورے کی ماتمی اداسی سے بھی تعبیر نہیں کیا جا سکتا تھا ،کیونکہ عاشورے کے روز ماتمی نوحوں اور مجلسوں کے باوجود اس اداسی پر تہوار کی رونق ضرور قائم رہتی تھی جو غمناک ماحول کے باوجود اسے خوفناک نہیں بناتی تھی ۔عید کی نماز، مصافحے ،معانقے ،شیرینی اور رونقیں ،ان سب کو محلوں، گلیوں، مکانوں اور آنگنوں سے اٹھنے والی رونق بنا کر سکیوں، کراہوں اور رونے کی دبی دبی آوازوں نے کسی گاڑھی دھند کی طرح تمام اشیاء کو لپیٹ لیا تھا۔

۱۱۵ کیلومیٹر لمبے اور ۳۸ کیلومیٹر چوڑے ضلع مراد آباد کی آبادی میں ہند اور مسلمانوں کا تناسب بالترتیب ۴۰۔۵۰ فیصد ہے ۔پیتل کے برتنوں کے لیے مشہور اس شہر سے ان ظروف

کی برآمدات کافی منافع بخش کاروبار ہے ۔ مراد آباد پیتل کی جن اشیاء کی برآمدات کے لیے پورے ملک میں ہی نہیں مغربی ممالک میں بھی اپنی شہرت رکھتا ہے، ان کو بنانے والے نوے فیصد کاری گر پسماندہ برادری کے مفلس مسلمان ہیں جو تنگ اور گندی گلیوں میں کچے مکانوں میں رہتے ہیں ۔ بڑے تاجران کی محنت کا استحصال کرتے ہیں ۔ غریب اور ان پڑھ کاری گروں کا استحصال کرنے والے تاجر اور کارخانے دار پنجابی ہندو اور مسلمان دونوں ہیں ۔ ان کی ایک خصوصیت ہے کہ وہ عام حالات میں اپنے ہم مذہب کاری گروں کے جسم سے خون اور پسینے کا ایک ایک قطرہ نچوڑ لینے میں ایک دوسرے سے کم نہیں ہیں لیکن جب بھی فرقہ وارانہ تناؤ پیدا ہوتا ہے یہ فوراً ہی ہندو اور مسلمان مالکوں میں بدل جاتے ہیں ۔ پیتل کے برتنوں اور ظروف کے اس کاروبار پر اپنی اپنی بالا دستی قائم کرنے کی جنگ ہی اکثر یہاں کے فرقہ وارانہ تناؤ کا سبب بنتی رہتی ہے ۔ مسلمانوں کی اکثریت والے اس شہر نے وقت کے گہرے زخم اٹھائے تھے، لیکن کچھ وقت گذر جانے کے بعد وہ اپنے زخموں کی کھرنڈ خود ہی پونچھ کر اٹھ کھڑا ہونا تھا اور وہ دراڑ، جسے تاریخ بنانے اور بگاڑنے والے ہاتھوں نے دلوں پر ڈالنے کی کوشش کی تھی، کبھی بھی بھی دیر پا تو نہیں رہی لیکن اس کی کھروچ کبھی کبھی یہاں کے ہندوؤں اور مسلمانوں کو ضرور ٹیس دے اٹھتی ہے ۔

۱۱۵۰ء تک مراد آباد پر تومروں کی حکمرانی تھی ۔ پرتھوی راج چوہان نے اپنے بھائی کھنڈے راو کو بھیج کر مراد آباد پر فوج کشی کی تھی اور اسے تومروں سے جیت کر سنبھل میں شامل کر لیا تھا ۔ آج بھی یہاں کے ہندوؤں کو اس بات پر فخر ہے کہ سنبھل پرتھوی راج چوہان کی راجدھانی تھی ۔ شاندار ماضی میں جینے والے مسلمانوں کو بھی کم غرور نہیں ہے کہ سنبھل اور مراد آباد کو پرتھوی راج چوہان سے مسلمان حکمرانوں نے جیتا تھا ۔ سنبھل کی مسجد کو وہ بابر کی فتح کی یاد گار ہی مانتے ہیں، جسے بابر نے پرتھوی راج چوہان کے شیو مندر کو مسار کر کے تعمیر کیا تھا ۔ مراد آباد اور سنبھل کے ہندو اس علاقے کو پرتھوی راج کی سر زمین اور پورے شمالی ہند کے رزمیہ ہیروؤں آلھا اور اودل کی دن بھومی کا درجہ دیتے ہیں ۔ یہی وجہ ہے کہ اس علاقے میں جب بھی فرقہ وارانہ کشیدگی پیدا

ہوتی ہے تو دونوں طرف کے فرقوں میں بابر غوری اور پرتھوی راج کی عظمت اور شجاعت کے جھوٹے سچے قصے گشت کرنے لگتے ہیں۔

اٹھارویں صدی میں مراد آباد اودھ سلطنت کے زیر نگیں آگیا تھا لیکن لومڑی کی طرح مکاری سے گھات لگا کر شکار کرنے والی ایسٹ انڈیا کمپنی نے مراد آباد کو ریاست اودھ سے چھین کر اپنی عملداری میں شامل کر لیا تھا۔ ۱۸۰۵ء میں سنبھل کے امیر خاں پنڈاری نے اسے دو بار لوٹا تھا۔ مراد آباد یہ زخم بھی سہہ گیا تھا۔ ۱۸۵۷ء میں نواب مجو خاں نے اس علاقے میں انگریز بہادر سے بغاوت کی کمان سنبھالی تھی۔ ان کے سپاہیوں نے انگریزوں کے خزانے سے تقریباً تین لاکھ روپے لوٹ کر مراد آباد کی آزادی کا اعلان کر دیا تھا۔ تب ہندو ساہوکار بھی مجو خاں کے ساتھ تھے۔ انگریزوں کی سب سے بڑی طاقت عام ہندوستانیوں کی حرص اور راجاؤں اور نوابین کی آپسی حسد تھی جسے ہوا دینے میں انگریزوں کو مہارت حاصل تھی۔ مجو خاں کے حاسد ساہوکاروں اور نوابوں نے انگریزوں کا ساتھ دیا اور مجو خاں کی مخبری کر دی اور غدر کے ٹھیک ایک سال بعد ۳۰ اپریل ۱۸۵۸ء کو انگریز مراد آباد پر پھر قابض ہو گیے تھے۔ سفاک انگریز کلکٹر ولسن نے باغیوں کے ساتھ انتہائی غیر انسانی سلوک کیا لیکن اس سے بھی زیادہ سفاکی اس نے مجو خاں کے ساتھ دکھائی۔ انھیں ہاتھی کی دُم سے باندھ کر پورے شہر میں گھما کر خوار کیا گیا اس کے بعد انھیں چوک میں روتے بلکتے ہجوم کے سامنے دیوار میں زندہ چنوا دیا گیا۔ اس چوک کو آج گل شہید کہا جاتا ہے، جہاں ۱۸۵۷ء کے سینکڑوں باغیوں کو پھانسی دی گئی تھی۔

آج سے ایک سو بائیس سال قبل مجو خاں کی دردناک موت پر اور اپنی بے بسی پر پورا مراد آباد اسی طرح رویا تھا، جیسے آج اپنوں کی میتوں پر ہچکیاں لے لے کر رو یا ہے۔ اپنے جری نواب کی میت پر فاتحہ تک نہ پڑھ سکنے کا درد لیے سسکتا رہا تھا پورا مراد آباد!۔۔۔۔آج بھی لوگ کہتے ہیں کہ انھوں نے چوک میں رات گئے سر سے پیر تک زخموں سے چُور کسی شخص کو دھیمے قدموں سے بھٹکتے ہوئے دیکھا ہے۔

۔۔۔مجو خاں کے اسی شہر کے گھروں میں آنگنوں میں ، پولس تھانے میں اور سرکاری اسپتال میں اکڑی ہوئی لاشوں کو دیکھنے پر لگتا تھا جیسے ان کی نیم وا آنکھیں اپنے رشتے داروں کی آمد کی منتظر ہوں۔ کرفیو میں گھر سے نکل کر کون پی اے سی کی اندھی گولیوں کا نشانہ بننا چاہے گا۔ خوف سے سہما سارا شہر اپنے ان عزیزوں کی خیریت کی دعائیں مانگ رہا تھا جو نماز عید کے لیے عید گاہ گئے تھے پھر لوٹ کر نہیں آئے تھے، ان کے انتظار میں سیویاں اور شیر خورمے ٹھنڈے ہو کر جم گئے تھے۔ عادل کے گھر پر سب خیریت تھی لیکن جب شہر ہی میں عافیت نہ ہو تو کھانا پینا کسے اچھا لگتا۔ یہاں بھی چولہا نہیں جلا تھا۔ گھر کی پلی بھینس کا دودھ وافر مقدار میں تھا۔ سب نے دودھ پر ہی اکتفا کیا تھا۔ ابا جی دالان ہی میں اپنے اُس پرانے ٹرانسسٹر پر یہ یو بی بی سی سنتے سنتے سو گئے تھے، جو وہ جج سے اپنے ساتھ لائے تھے۔ بوسرِ شام ہی کچھ کھائے بغیر سو گیا تھا۔ عادل کشادہ دیوان خانے میں رکھے جہازی تخت پر کچھ بچھائے بغیر ہی لیٹ کر چھت کی کڑیوں کو دیکھ رہا تھا جو لالٹین کی ناکافی پیلی روشنی میں ایک دوسرے پر اپنا سایہ ڈال رہی تھیں۔ بجلی صبح ہی سے ندارد تھی۔ لوڈ شیڈنگ تو ہوتی ہی رہتی ہے لیکن تیج نہواروں پر بجلی و بھاگ ضرور فیاضی کا مظاہرہ کیا کرتا تھا۔ آج تہوار کہاں تھا، آج تو ماتم کا دن تھا۔۔۔عادل کی آنکھوں میں عید گاہ کے فرش پر روندے جاتے اور خون میں سنے جسم گھوم رہے تھے۔ خون اور مٹی سے لتھڑے چہروں میں اسے رہ رہ کر، ایک گورا معصوم نسوانی چہرہ بھی نظر آ جاتا۔ اسے لگتا یہ سب ایک خواب سا ہے۔ ایک خواب جو وہ دیکھ رہا ہے اور اسی خواب میں سوچ بھی رہا ہے کہ یہ محض ایک خواب ہے!۔۔۔

’’کچھ کھاؤ گے نہیں؟‘‘ بھابی کی آواز پر اس نے چونک کر کروٹ لی اور نفی میں سر ہلا دیا۔

’’دن میں بھی کچھ نہیں کھایا تم نے۔‘‘ کہتے ہوئے بھابی تخت کے قریب بچھے بید کے صوفے پر بیٹھ گئیں۔

’’تے ہو جائے گی بھابی۔ عادل نے دھیرے سے کہا۔

’’ایک بات پوچھوں؟‘‘ بھابی نے تھوڑے توقف سے کہا۔ عادل کو لگا جیسے بھابی اس کے خواب میں داخل ہو کر اس معصوم نسوانی چہرے کی بابت پوچھنے والی ہیں۔ وہ اٹھ کر گاؤ تکیے

سے پیٹھ لگا کر بیٹھ گیا اور ان کی طرف استفہامیہ نظروں سے دیکھنے لگا۔

”تم اور بو نے کس کے گھر میں پناہ لی تھی؟“ بھابی کے اس سوال نے اسے یہ اطمینان دلا دیا تھا کہ وہ اس کے خواب میں نہیں داخل ہوسکی ہیں وہ جو جاننا چاہتی تھیں اسے بتانا اس کے لیے مشکل تھا۔

”یہ پھوپھی کون ہیں، جن کا نام آتے ہی گھر میں سناٹا کھنچ گیا؟“ بھابی صوفہ کھینچ کر قریب آ گئیں۔

”اس سے کیا پوچھتی ہو مجھ سے پوچھو“ امی چہرے کے اطراف لپٹے دوپٹے کو کھولتی ہوئیں دیوان خانے میں داخل ہوئیں۔ وہ شاید نماز اور وظیفہ پڑھ کر آ رہی تھیں۔ ان کی آواز کی تلخی کو بھابی محسوس کیے بغیر نہیں رہ سکیں۔ امی تخت پر بیٹھ کر عادل کی طرف دیکھتی ہوئی بولیں:

”وہ تمہارے اباجی کی اکلوتی چھوٹی بہن ہے طاہرہ خاتون! ہم نے پندرہ سال سے اس کے مکان میں قدم نہ رکھا اور وہ بھی اپنے بھیا سے اتنی ہی دور ر ہے ہے“۔

”امی اکلوتی بہن تو بھیا کو بڑی پیاری ہوتی ہے“ بھابی نے نرمی سے کہا۔

”ہاں بہن ہو گی تب نا۔ اس نے بھائی کے ساتھ وہ سلوک کیا جو کوئی دشمن بھی نہ کرے ہے“ امی زور زور سے بولنے لگیں ۔ ”ایسا بھائی جس نے پرورش کی ۔ دھوم دھام سے شادی کی ۔ اپنی حیثیت سے بڑھ کر جہیز دیا۔ سسرال کیا گئی حصے کی دعوے دار بن گئی ۔ تم ہی بتاؤ باپ کی جائداد میں لونڈیا کا کیا حصہ؟ بہت سمجھایا بجھایا سب نے، نہیں مانی کہنے لگی شریعت کے مطابق دو آنے حصہ ہوتا ہے بیٹی کا ۔ ان کی اماں زندہ تھیں تب، انہوں نے بھی سمجھایا کہ طاہرہ بیٹیا بھیا نے قرض لے کر تیری شادی کی ہے یہ حصے کی ضد نہ کر دیکھ ہم کون سا حصہ لے کر آئے تھے ۔ مجال ہے جو اس نے کسی کی سنی ہو کہنے لگی ۔ تم نے نہ لیا تمہاری غلطی تھی میں کیوں نہ لوں ۔ میرے میاں کا کاروبار ٹھپ پڑا ہوا ہے اسے پیسوں کی سخت ضرورت ہے میاں نے بنک سے قرض لیا تھا اُسے ادا کرنا ہے اگر نہ کیا تو قرقی آ جاوے گی ۔ بھیا نے کہا اچھا تو بنک کا قرض چکانے کے لیے مجھ سے قرض لے لے میں کوئی بیاض تھوڑے ہی لینے کا، دے دینا تھوڑا تھوڑا کر کے ۔ نہ ماننے کی نہ مانی منہ در منہ کہنے لگی خود کو مقروض کہتے ہوتے تو ہمیں قرض دینے کے لیے کہاں

سے روپے آگئے؟ اگر حصہ نہ دیا تو برادری کی پنچایت کراؤں گی۔تمھارے ابا نے سو چا بڑی جگ ہنسائی ہوگی۔ یوں سمجھو کہ فکر سے بستر پکڑلیا،لیکن اس کا دل نہ پسیجا‘‘۔

’’ارے وہ اتنا آگے چلی گئیں!‘‘بھابی کو سچ مچ حیرت ہوئی۔

’’ارے بیٹی طاہرہ ایسی نہ تھی، سسرال والوں نے پتہ نہیں کیا گھول کے کھلا پلا دیا تھا کہ اس نے بالکل آنکھیں پھیر لی تھیں۔طاہرہ کی ساس قبر پجوا ہے۔ہندستان کی کون سی درگاہ ہوگی جس کی چوکھٹ اس سے بچی ہو۔ہم تو دعا گنڈے جانتے نہ ہیں اور یقین بھی نہ کرے ہیں لیکن اس لونڈیا کے بدلے چھن دیکھ کر اب ماننے لگے ہیں کہ اچھا برا علم بھی ہوے ہے۔وہ ضد پر ایسی اڑی کہ تمھارے ابا نے بازار والی پشتینی دوکان اونے پونے بیچ کر اس کا منہ بھرا تب جا کے اس کے کلیجے کو ٹھنڈک ہوئی۔بس تب سے جو رشتہ ٹوٹا ہے تو بھائی بہن نے ایک دوسرے کی شکل نہ دیکھی‘‘۔

’’کب کی بات ہے امی؟‘‘بھابی کا اشتیاق بڑھتا جا رہا تھا۔وہ سوچ رہی تھی کہ اسے اس گھر میں آئے دو سال ہو رہے ہیں کبھی طاہرہ پھوپی کا نام نہیں سنا۔

’’یوں سمجھو کہ بوکی پیدائش سے پہلے کی بات ہے‘‘۔

’’اِن کے بڑے بھائی جان نے بھی مجھ سے کبھی ذکر نہ کیا!‘‘بھابی نے عادل کی طرف دیکھ کر حیرت سے کہا۔

’’تمھارے میاں اِتّے سے تھے تو جان چھڑکتی تھی اُس پر اور اِسے تو دن بھر گود میں لٹکائے رہتی تھی‘‘امی نے عادل کی طرف اشارہ کرتے ہوئے کہا۔

’’امی ان کے کتنے بچے ہیں؟‘‘عادل نے اپنے اشتیاق کو دباتے ہوئے پوچھا۔

’’سنا ہے ایک ہی بیٹی ہے۔تم سے دو تین سال چھوٹی ہوگی‘‘۔

’’آپ نے نہیں دیکھا اُسے؟‘‘عادل نے ماں کی منشا کو جاننے کے خیال سے پوچھا۔

’’دشمنوں کی آل اولاد سے ہمارا کیا لینا دینا‘‘امی کا لہجہ ایک دم سے سخت ہو گیا تھا۔پھر وہ بہو سے مخاطب ہوئیں۔’’چلو بہو کا بستر لگا دو میں اسے اٹھا لیتی ہوں۔میرا بچہ بھوکا ہی سوگیا‘‘۔

امی جب بوکو اٹھانے کے لیے جھکیں تو انہوں نے ننھے معصوم چہرے، ننھے بوکو کے رخساروں

اور آنکھوں کے پپوٹوں کو پھڑکتا ہوا محسوس کیا، وہ اور جھکیں، انہوں نے اس کے ماتھے پر پسینے کے قطروں کو دیکھا اور جلدی سے بہو کو گود میں اٹھا کر اس کا سر کندھے پر ڈال لیا۔ امی کو لگا جیسے بہو کا دل ان کے سینے میں زور زور سے دھڑک رہا ہو ۔۔۔۔

امی منہ ہی منہ میں کوئی دعا پڑھتی ہوئیں، بھابی اور عادل کو سوچتا ہوا چھوڑ گئیں ۔ امی کی باتوں نے اسے عجیب ششش و پنج میں ڈال دیا تھا ۔ امی نے پھوپھی اور ان کی آل اولاد کے لیے جس قسم کے ناپسندیدہ جذبات کا اظہار کیا تھا وہ اسے مستقبل کے انجانے خطروں کی طرف اشارہ کر رہے تھے ۔ لالٹین اچانک بھبھکنے لگی تھی ۔ شاید تیل ختم ہو گیا تھا وہ جب تک اٹھتا لالٹین بجھ گئی اور دیوان خانے میں اچانک آنکھوں میں بھر جانے والا اندھیرا پھیل گیا۔ عادل نے پہلی بار محسوس کیا کہ دل میں گھر کر جانے والے خوف کا رنگ گھپ اندھیرے جیسا ہوتا ہے ۔

باب ۴

"۔۔۔ اے پروردگار ہم تیرے گنہگار بندے ہیں ۔ ہم نے تیری ہدایتوں پر صدق دل سے کبھی عمل نہیں کیا کیونکہ ہم نے تیرے محبوب رسول ﷺ کی سنتوں کو فراموش کر دیا ہے ۔ تو نے ہماری رسیوں کو بہت ڈھیل دی اور ہم نے دنیا کو یاد رکھا اور تجھے بھول گئے میرے مولا ہم آج اپنی انہیں ناخلفیوں کی سزا بھگت رہے ہیں ۔ ہماری تکلیفیں ہماری پریشانیاں تیری نا فرمانیوں کا نتیجہ ہیں ۔ سنبھل، علی گڑھ اور جمشید پور میں ہماری نہیں ہمارے ملّی کردار کی لاشیں گری ہیں ۔ اے فرشتوں کو تقدس اور ظالموں کو ذلت عطا کرنے والے ہم تیری بارگاہ میں گڑ گڑا گڑ گڑا کر تجھ سے عاجزی کرتے ہیں کہ تو نے انہیں بھی معاف کیا جنہوں نے موسیٰؑ پر پکڑے برسائے تھے ۔ اے اللہ تو نے انہیں بھی معاف کر دیا جس نے عیسیٰؑ کو کانٹوں کا تاج پہنایا تھا ۔ اے اللہ تو نے تو انہیں بھی معاف کیا جنہوں نے تیرے محبوبؐ پر زمین تنگ کر دینی چاہی تھی ۔ اے اللہ ہم تیرے حقیر اور گنہگار بندے تجھ سے تیرا رحم و کرم چاہتے ہیں ۔ تیری نوازشوں کا کوئی حساب نہیں ہے پر تو اگر دینے پر آئے تو ہمارے دامن تنگ ہو جائیں ۔ ہمیں بس تیری رضا چاہیے کہ ہم ناہنجاروں میں اتنی سکت نہیں ہے کہ تیرے قہر کو سہہ سکیں ۔ اے اللہ تو ہی ہمارے

برے اعمال کے لیے معاف کرکے ہمیں سرخ رو کرسکتا ہے، جس سرزمین کو ہم نے اپنے سجدوں اور اپنی قربانیوں سے گلزار کیا تھا وہی آج ہم سے ہماری وفاداریوں کا حساب طلب کر رہی ہے۔ اے اللہ تُو گواہ ہے کہ ہم نے جس زمین پر اپنے رزق کے لیے کشف کیا اسے اپنے ایمان سے کم نہیں جانا۔ اے دلوں کا حال جاننے والے تُو جانتا ہے کہ ہم سے غلطیاں سرزد ہوئی ہوں گی لیکن ہم نے اپنے وطن اور ایمان کا سودا کبھی نہیں کیا۔۔۔ اے ہماری زندگیوں کے مالک اب ہم اور امتحان نہیں دے سکتے تو ہمیں اپنی پناہ میں لے لے''۔ اللہ کے حضور میں گڑ گڑاتے ہوئے مولانا ضیاء الدین بخاری کی آواز تک آنسوؤں سے بھیگ گئی۔

وکٹوریہ ٹرمینس (وی ٹی) کے ٹھیک سامنے واقع آزاد میدان میں نماز عید کی امامت تو جامع مسجد کے امام کرتے تھے لیکن خطبہ انجمن اسلام ہائی اسکول کے دینیات کے استاد مولانا ضیاء الدین بخاری دیا کرتے تھے۔ ان کے دلدوز خطبے کو سننے کے لیے دور دراز کے علاقوں سے مسلمان آزاد میدان میں نماز عید ادا کرنے آتے تھے۔ اسی لیے یہاں عید کی نماز کچھ تاخیر سے ہوتی تھی۔

''اے اللہ جنہوں نے علی گڑھ، سنبھل اور جمشید پور میں اپنے عزیزوں اور رشتے داروں کو کھو دیا ہے، تُو انہیں صبر ایوب عطا فرما کہ اپنے پیاروں کا غم برداشت کرنا انسان کے اختیار میں نہیں ہے یہ تُو ہی ہے جو غم کی رات کو صبر کی صبح سے روشن کر دیتا ہے۔ اے اللہ فسادات میں شہید ہونے والوں کی مغفرت فرما۔ اے پروردگار جو مہلوکین نماز جنازہ سے محروم رہے تو ان کی بھی مغفرت فرما اور ہمیں عزت کی موت سے سرفراز کر!''۔۔۔

مولانا بخاری دعا کے اس اختتامی جملے کو ادا کرتے ہوئے، خود پر قابو نہیں رکھ سکے اور رو پڑے۔ سارا میدان ہچکیوں اور سسکیوں سے تھرا اٹھا۔ ماحول اتنا غمناک ہو گیا تھا جیسے فسادات میں مارے ہبانے والوں کی بے گور و کفن لاشیں ان کے سامنے پڑی ہوں۔ عظیم نے جب ''آمین'' کہہ کر اپنے چہرے پر دونوں ہتھیلیوں کو پھیرا تو وہ آنسوؤں سے اس قدر بھیگ گئیں جیسے انہیں پانی سے دھویا گیا ہو۔ عظیم کو حیرت ہوئی کہ وہ روتا رہا اور اسے پتہ ہی نہیں چلا۔ اہل حدیث مسلک کے پیروکار عظیم نے اس لمحے میں پہلی بار محسوس کیا کہ جب سوز خواں اور مرثیہ گو کر بلا

کاذکرکرتے ہیں تو اہل تشیع کیوں بے تحاشہ رو پڑتے ہیں ۔

آزادمیدان سے نکل کر عظیم تیز تیز قدموں سے بوری بندر اسٹیشن کی طرف چل پڑا۔ اگر چہ آج عید کی وجہ سے چھٹی کا دن تھا لیکن آزاد میدان میں جمع ہونے والے تقریباً بیس ہزار نمازیوں میں سے اکثریت مضافات کے مسلمانوں کی ہوتی تھی جو لوکل ٹرین سے اپنے گھروں کو لوٹنے میں زیادہ سہولت محسوس کرتے تھے ۔ اس طرح اسٹیشن پر بھیڑ عام دنوں کے مقابلے میں بڑھ جاتی تھی ۔ عظیم کو بمبئی میں آ کر تانبے پیتل کے منقش برتنوں اور ظروف کا کاروبار شروع کئے چار سال ہی ہوئے تھے ۔ ۲۵۰ قبل مسیح سے بحر عرب میں کسی مگر مچھ کی طرح اپنی پونچھ ڈالے السائے اس مہانگر کو پوری طرح سمجھنے کے لیے اتنا وقت کافی نہیں ہو سکتا۔

جو شہر چندر گپت موریا سے لے کر ایسٹ انڈیا کمپنی کی عملداری میں رہا ہو۔ جسے کسی شئے کی طرح ساڑھے چار سو سال قبل پرتگیز کے بادشاہ نے اپنی بیٹی کی شادی میں برطانیہ کے شہزادہ چارلس دوم کو جہیز میں پیش کیا ہو ۔ اٹھارویں صدی کے نصف میں امریکہ میں خانہ جنگی کے شباب کے دنوں میں جسے دنیا کا سب سے بڑا کاٹن مارکیٹ بننے کا اعزاز حاصل ہوا ہو۔ جس شہر نے ساٹھ کی دھائی میں لسانی ریاستوں کی تشکیل کی بنیاد پر گجرات کے بجائے خود کو مہاراشٹر میں شامل کئے جانے کی سمیُکت مہاراشٹر کی تحریک میں سو سے زائد لوگوں کو پولس فائرنگ میں ہلاک ہوتے ہوئے دیکھا ہو۔ وہ شہر جس نے کمیونسٹوں کی قیادت میں ہندوستان کی سب سے بڑی ٹریڈ یونین موومنٹ، جس نے لال باوٹا (سرخ پرچم) کے نام سے شہرت حاصل تھی ،کے زبردست مظاہرے اور کامیاب ہڑ تالیں دیکھی ہو ں۔ جس شہر نے سن ساٹھ کے بعد ایک منخنی سے ناکام اخباری کارٹونسٹ کو ایک تشدد پسند سیاسی پارٹی کا بانی اور پھر پورے شہر کا ناقابل تسخیر آقا بنتے ہوئے دیکھا ہو۔ ستّر کی دھائی میں جو شہر اپنی سڑکو ں اور گلیوں میں شیو سینا اور دلتوں کے درمیان خانہ جنگی جیسی خونریزی کا گواہ ہو ۔ جس شہر نے ہندستان کے تمام شہروں کے باشندوں کو ان کی رنگا رنگ تہذیب اور زبان کے ساتھ اپنے اندر سمیٹ رکھا ہو

اُسے چار برس تو کیا چودہ برسوں میں بھی سمجھنا آسان نہیں ہے!

بوری بندر اسٹیشن پر لوگ ٹکٹ کھڑکی پر ٹوٹے پڑ رہے تھے۔ اس بھیڑ اور آپا دھاپی کو دیکھ کر عظیم نے شکر منایا کہ اس نے گِرلا اسٹیشن سے ہی لوکل ٹرین کا واپسی کا ٹکٹ لے لیا تھا۔ وہ لمبے لمبے قدم اٹھاتا ہوا سیدھا پلیٹ فارم کی طرف بڑھ گیا۔ اجلے کپڑوں اور عطر سے مہکتے لوگوں کی بھیڑ لوکل ٹرین کے چھ پلیٹ فارم کو پانی کے ریلے کی طرح گھیرتی جا رہی تھی۔ عظیم کو ٹرین میں کھڑے ہونے کی جگہ مل گئی تھی۔ گرمی اور بمبئی کے رطوبتی جبس سے اس کا گلا سوکھ رہا تھا۔ ٹرین چلی تو کچھ راحت ملی۔ عظیم کو گھر اور وہاں کی عید یاد آنے لگی۔ ابا جان گٹھیا سے پریشان رہتے ہیں انہوں نے تو گھر ہی میں نماز پڑھ لی ہوگی۔ اسے یاد آیا کہ پچھلے تین چار سال سے ابا جان کے لیے گھٹنوں کا درد اس قدر تکلیف دہ ہو گیا تھا کہ وہ گھٹنے موڑ کر بیٹھ نہیں سکتے تھے اور انہیں کرسی پر بیٹھ کر نماز ادا کرنی پڑتی تھی۔ ابا جان کرسی پر بیٹھے سب کو تیار ہو کر عید گاہ جاتے ہوئے بڑی حسرت کی نظروں سے دیکھتے تھے۔ بہو کو عادل انگلی پکڑ کر عید گاہ لے گیا ہوگا۔ انجم آرا نے کیا پہنا ہو گا؟ بیوی کا خیال آتے ہی دل میں ایک خلا سا محسوس ہوا۔۔۔ شادی کے چھ برس بعد بھی بچہ نہیں ہوا تھا۔ یہ کمی عظیم سے کہیں زیادہ انجم کو کانٹے کی طرح چبھتی رہتی تھی۔ پاس پڑوس والے اور رشتے دار عورتیں جب بچے کے بارے میں سوال کرتیں تو انجم اداس ہو جاتی۔ تب امی جان کڑک کر ایسے سوال پوچھنے والوں کو ڈانٹ دیتیں:

’’اللہ کی جب مرضی ہوؤے گی دے گا کیا کوئی گھر میں بناوے ہے اولاد؟‘‘

امی جان کو انجم سے اس لیے بھی بہت محبت تھی کہ وہ ان کی رشتے کی ایک خالہ زاد بہن، جو آگرہ میں رہتی تھیں، کی بڑی بیٹی تھی۔ امی کسی تقریب میں جب آگرہ گئی تھیں تو انہوں نے درمیانہ قد اور گول چہرے والی انجم کو بڑھ چڑھ کر کام کاج کرتے دیکھا تھا اور انہیں لگا تھا کہ ان کے گھر کو ایسی ہی دلہن کی ضرورت ہے۔ بس دہیں پرانے اپنے دل میں بسا لیا تھا گھر آ کر شوہر سے بات کی اور ان کی رضامندی ملتے ہی بھٹ آگرہ پہنچ کر رشتہ پکا کر دیا تھا۔ انجم بھی ان کی توقعات پر کھری اتری تھی۔ اس نے اپنی خالہ کو جنہیں وہ بڑی امی کہتی تھی، کے پورے گھر کو سنبھال لیا تھا۔ گھر میں بچے کی کمی ہونے پوری کر دی تھی انجم بھی اسے بہت پیار کرتی تھی۔ وہ انجم کے بغیر رہتا

نہ تھا۔ رات میں اسی کے پاس سوتا تھا اور جب وہ گہری نیند میں ہوتا تب امی جان اسے اٹھا کر اپنے کمرے میں لے جاتی تھیں۔ انجم عید کے روز عظیم کے عیدگاہ جانے سے قبل چائے کی پیالی ہاتھ میں تھماتے ہوئے دھیرے سے ضرور پوچھ لیا کرتی تھی کہ کون سا جوڑا پہنوں؟ عید میں سب کے، عید، باسی اور تیوا اسی کی مناسبت سے تین تین جوڑے سلتے تھے۔ آج انجم نے کیا پہنا ہوگا؟ وہ سوچنے لگا اور ملول ہوگیا، پرائے شہر میں عید بھی کوئی عید ہے!

پچھلے سال بھی عظیم عید میں مراد آباد نہیں جا سکا تھا۔ کاروبار ٹھیک سے جم نہیں رہا تھا۔ ممبئی کے تاجر بڑے چالاک واقع ہوئے تھے۔ مال منگوا لیتے اور تین مہینوں کے بعد ادائیگی کرتے، وہ بھی ٹکڑوں میں۔ بلراج سنگھ کوہلی نے بچپن کی دوستی کا حق ادا کر دیا تھا۔ مراد آباد میں اس کا پٹیل کا خاندانی کاروبار خاصہ وسیع تھا۔ عظیم نے ایمرجنسی میں نسبندی کے عتاب سے نجات پانے کے لیے جب، ولیج ڈیولپمنٹ افسر کی نوکری سے استعفا دینے کا من بنا لیا تھا تب بلراج سنگھ کوہلی نے اسے مشورہ دیا تھا کہ وہ ممبئی چلا جائے وہاں افضل قریشی پٹیل کے منقش برتنوں کے کاروبار میں اس کی مدد کرے گا۔ بلراج سنگھ کا پریوار مراد آباد کے ان چند سکھ خاندانوں میں سے تھا جو تقسیم کے بعد لاہور سے ہجرت کر کے دہلی اور پھر مراد آباد آگئے تھے اور وہیں کے ہو رہے تھے۔ بلراج کے والد سردار رنجیت سنگھ کوہلی نے پٹیل کے برتنوں کے کاروبار کو یو پی میں پھیلایا تھا تو اکلوتے بیٹے بلراج نے کامرس میں گریجویشن کے بعد ممبئی کی تجارتی منڈی کو اپنا نشانہ بنایا تھا۔ ممبئی کے متعدد سفر میں بلراج نے پہلے پگڑی اتاری تھی اور پٹکا باندھنے لگا تھا، اس کے بعد داڑھی تراش کر خشخشی کر لی تھی۔ ایک روز جب وہ ممبئی سے لوٹ کر گھر آیا تھا تو رات میں لوڈ شیڈنگ کی وجہ سے بجلی غائب تھی۔ ماں نے لالٹین لے کر دروازہ کھولا تھا تو اس کے منہ سے چیخ نکل گئی تھی اس نے دیکھا کہ دروازے پر ترشے ہوئے کیش اور ہلکی داڑھی مونچھ والا، اس کے بیٹے کا ایک ہمشکل کھڑا ہے۔ ممبئی کے کاروباری سفر میں اس کی ملاقات افضل سے ہوئی تھی جو اسٹیل کے برتنوں کا کاروبار کرتا تھا۔ افضل قریشی نے بلراج کو پٹیل کے ظروف کے دلالوں سے ملوا دیا تھا۔ افضل قریشی، بلراج سے پٹیل کے منقش برتنوں کو منگوا کر دکانوں پر سپلائی کرنے لگا اور بزنس چل نکلا۔ افضل قریشی امرو ہے کی بڑے قصاب برادری سے تھا اور برادری والا کاروبار

کرنے میں اس کی بچپن سے دلچسپی نہیں تھی کیونکہ اسے اسکول میں بچے'قصور'کہہ کر پکارتے تھے۔وہ ریاضی میں بالکل صفر تھا ریاضی کے استاد بشیر خاں، جنہیں اپنے نسب کا بڑا گمان تھا اس کے کان اینٹھتے ہوئے استہزائیہ لہجے میں کہتے :

"ابے تو بھی لکھ پڑھ لے گا تو بیل کون کاٹے گا'"۔

افضل کے بھائی تو برادری کے پیشے میں رہے لیکن افضل نے پیتل کے برتنوں کے کاروبار میں ہاتھ ڈالا اور بلراج کے ساتھ اس کی جگل بندی خوب جمی اور دونوں نے کاروبار میں ایک دوسرے کے اعتماد کو دن بہ دن ایسا مضبوط کیا کہ بلراج کو بمبئی آنے کی ضرورت بہت ہی کم پڑنے لگی۔

نوکری کے جبر سے بوکھلائے ہوئے عظیم کو بلراج نے سمجھایا تھا کہ اگر وہ بمبئی میں افضل کے ساتھ کاروبار میں شریک ہو جائے گا تو کچھ ہفتوں میں اسے کاروبار سمجھ میں آ جائے گا اور پھیلتے کاروبار میں افضل کو بھی سہارا مل جائے گا۔۔۔اور ہوا بھی یہی افضل اس سے عمر میں پانچ چھ سال بڑا تھا۔معاملات میں بہت صاف اور سوجھ بوجھ والا! افضل نے عظیم کو گُرلا ریلوے اسٹیشن کے مشرق میں واقع قصائی باڑے کی پیٹھی چال میں اپنا ایک کمرہ کرائے پر دے دیا تھا۔بمبئی سے دس کیلومیٹر کے فاصلے پر واقع گُرلا، مسلمان اکثریتی علاقہ تھا جہاں یوپی کے مسلمانوں کی تعداد بھی خاصی تھی ان میں ضلع بستی اور گونڈہ کے مسلمان سیٹھوں کی تعداد قابل ذکر تھی جو بھنگار (کوڑے) کے کاروبار میں ناقابل استعمال اشیاء سے سونا پیدا کر رہے تھے۔قریش نگر کو بیلوں اور بکروں کے غیر قانونی ذبیحہ کی وجہ سے قصائی باڑہ کہا جانے لگا تھا۔ پولس کو اس ذبیحے پر کوئی اعتراض نہیں تھا، کیونکہ ذبیحہ کرنے والوں کی جانب سے پولس کو معقول رشوت 'ہفتے' کے نام پر دی جاتی تھی۔ پولس کو جب تک ہفتہ ملتا رہتا اسے بیلوں کے ذبیحہ میں کوئی خلاف قانون بات نظر نہیں آتی تھی لیکن جب پولس اسٹیشن میں کسی نئے سینئر انسپکٹر (ایس ایچ او) کی تقرری ہوتی تو وہ قصاب برادری کے پیٹیلوں کو پولس اسٹیشن میں طلب کر کے سختی سے کہہ دیتا کہ وہ کسی بھی مذہب کے ماننے والوں کی دل آزاری والے غیر قانونی کام کو قطعی برداشت نہ کرے گا۔اس طرح ہفتہ عشرہ مذہبی دل آزاری بند ہو جاتی لیکن قصاب برادری ہفتے کی رقم میں یوں اضافہ کر کے یوں افسر کو

قائل کر دیتی کہ بیل کے ذبیحے کا مذہبی تقدس کی پامالی سے کوئی تعلق نہیں ہے اور جہاں تک گئو ماتا کا سوال ہے وہ ان کے لیے اپنی ماں سے کم محترم نہیں ہے۔

افضل پانچ سال تک قصائی باڑے کے اسی کمرے میں اپنی بیوی بچوں کے ساتھ رہائش پذیر تھا۔ ڈیڑھ سال قبل کاروبار کے جم جانے کے بعد اس نے ایم آئی جی کالونی میں دو کمروں کا فلیٹ لے لیا تھا۔

اسٹیشن کے باہر خوب رونق تھی اسٹیشن سے ملحقہ مسلم محلّوں میں کاغذ کی رنگ برنگی جھنڈیاں لگی ہوئی تھیں لاوڈ اسپیکر پر فلمی گانوں کی بے ہنگم شور گونج رہا تھا۔ عظیم اپنے کمرے سے غسل کر کے، بغیر چائے پیے نماز کے لیے روانہ ہو گیا تھا۔ اسے اس وقت بھوک تو لگ ہی رہی تھی لیکن چائے نہ پینے کی وجہ سے سر میں درد شروع ہو گیا تھا۔ اس نے کلائی گھڑی دیکھی، ساڑھے دس بج رہے تھے۔ شروع میں اس کا ارادہ تھا کہ افضل کے گھر جا کر عید ملے گا اور وہیں ناشتہ کرے گا لیکن درد سر میں دھمک پیدا کرنے لگا تھا لہٰذا اس نے اپنا ارادہ بدل دیا اور اسٹیشن کے باہر واقع چوک کے سنسار ہوٹل میں داخل ہو گیا، جو اپنے سموسوں کے لیے مشہور تھا۔ ہوٹل کی ساری میزیں بھری ہوئی تھیں اور خوب شور ہو رہا تھا۔ اس نے ایک میز سے لگی کرسی کو خالی ہوتے دیکھا اور لپک کر وہاں جا بیٹھا۔ اس نے ایک پلیٹ سموسے اور چائے کے لیے کہا اور سر پکڑ کر بیٹھ گیا۔ اس کی میز پر دیگر تین معمر لوگ بیٹھے تھے اس بحث میں الجھے ہوئے تھے کہ عید میں لاوڈ اسپیکر پر فلمی گانے بجانا خلاف شرع ہے یا نہیں؟ ناشتہ آنے پر عظیم سموسے کھانے میں منہمک ہو گیا لیکن اسے ہوٹل میں شرعی بحث کچھ عجیب سی لگی پھر اس نے سوچا کہ عید بقر عید میں پہلے کہاں بجتے تھے گانے! یہ سب بدعت ہی تو ہے۔ اسے اس آدمی پر غصہ آ رہا تھا جو میز پر مکے مار مار کر عید کی خوشی کے اس اظہار کی وکالت کر رہا تھا۔ ان کی بحث اب اس مقام پر پہنچ گئی تھی جہاں سے ایک دوسرے کے گریبان شروع ہوتے ہیں۔

”تم سالے ہونا چوبیس نمبر تم وہابیت کو اسلام سمجھتے ہو“ وہ پھر مکا مار کر بولا۔

”تم لوگ ہندوؤں کے اثر میں عید اور شب برات کو بھی ہندوؤں کی ہولی دیوالی جیسا بنا رہے ہو“ دوسرے نے جواب دیا۔

عظیم نے سوچا کہ اس سے پہلے کہ مار پیٹ شروع ہو جائے اسے چائے پی لینی چاہیے۔ وہ جلدی جلدی چائے پینے لگا لیکن چائے خوب اولٹی ہوئی اور گرم تھی اس کی زبان جل گئی۔ ۔ اچانک عظیم نے محسوس کیا کہ ہوٹل میں شور کم ہو گیا ہے اتنا کم کہ اس کی میز کے ان دونوں 'مفتیانِ' کی آوازیں کافی بلند لگنے لگی تھیں۔ بغل کی میز سے کسی نے اس معمر آدمی کی طرف جھک کر کان میں کچھ کہا، جو بحث میں خاموش تھا اور شاید ان دونوں کے طیش کا مزہ لے رہا تھا۔ معمر آدمی نے آہستہ سے ان دونوں سے کچھ کہا اور وہ دونوں ایکدم سے خاموش ہو گئے۔ عظیم نے محسوس کیا کہ یہ خاموشی صرف ان کی میز پر نہیں ہے سارے ہوٹل میں ایک پراسراری سی دھند کی طرح چھا گئی۔ سب ایکدوسرے سے سرگوشیوں میں باتیں کر رہے تھے۔ ان کی میز کے تینوں معمر لوگ اپنی لڑائی کو بیچ میں چھوڑ کر کھسر پسر کرنے لگے تھے۔ عظیم نے میز پر ان تینوں کی طرف جھک کر دھیمی آواز میں پوچھا:

"بھائی صاحب کیا بات ہے۔"

ان تینوں کی چھبنے والی تفتیشی نظریں اس پر جم گئیں ۔ انہوں نے اسے غور سے دیکھا ۔۔۔ عظیم نے ان کی نگاہوں کا مطلب سمجھ لیا اس نے کہا:"میں مسلمان ہوں۔"

"مراد آباد میں فساد ہو گیا ہے! نمازیوں پر گولی چلی ہے!"

ان تینوں میں سے یہ جملہ کس نے کہا تھا؟ عظیم اس کی شکل نہیں دیکھ سکا کیونکہ یہ سنتے ہی اس کی نظریں دھند لانے لگی تھیں اور اس کے کانوں میں ہوٹل میں سائیں سائیں کرنے لگا تھا۔ وہ اٹھا کاؤنٹر پر پیسے ادا کئے، کتنے؟ اسے پتہ نہیں ۔ وہ اپنے ہی خیالوں سے الجھتا ہوا چل پڑا لیکن دماغ اس کے قدموں کی رفتار سے کہیں تیز چل رہا تھا:

"نمازیوں پر گولیاں کہاں چلی ہوں گی؟ یقیناً عیدگاہ میں! کیا ہندوؤں نے کوئی شرارت کی ہے؟ لیکن ہماری طرف کے ہندو تو ایسے نہیں ہیں۔ سب مل جل کر رہتے ہیں۔ پولس کی کوئی شرارت ہوئی۔ لیکن کیوں؟ ۔۔۔ اپنے لوگ بھی تو بہت جلدی بھڑک جاتے ہیں ۔۔۔ عادل اور ربو تو عیدگاہ ہی گئے ہوں گے نماز کے لیے ۔۔۔ یا اللہ ۔۔۔ پتہ نہیں کس حال میں ہوں گے ۔۔۔ اس کا دل بیٹھنے لگا کہیں یہ افواہ تو نہیں؟ اللہ کرے ایسا ہی ہو ۔ ارے ہو گا کوئی جھگڑا

وگر ہم لوگ بھی تو بات کا بتنگڑ بنا دیتے ہیں ۔ اس نے خود کو سمجھانا چاہا، لیکن دماغ اس دلیل کو ماننے کے لیے تیار نہیں تھا۔

''کیا انہوں نے مراد آباد ہی کہا تھا؟ اس نے اپنی یاد داشت پر زور دیا یا کہیں مظفر آباد یا الٰہ آباد تو نہیں کہا تھا؟ ہاں ایسا ہی کچھ ہو گا، میرے دماغ میں صبح ہی سے میرا شہر گھوم رہا تھا۔ شاید میرے کانوں نے غلط سن لیا۔۔۔۔

''عید مبارک عظیم بھائی ۔۔۔۔ ارے یار گھنٹی پر سے تو انگلی ہٹاو ۔''

وہ چونک پڑا۔ سامنے دروازہ کھولے بھاری جسم اور موٹی مونچھوں والا افضل مصافحہ کے لیے اپنا صحت مند ہاتھ بڑھائے کھڑا تھا۔ اس نے چار خانے والی تہمد اور بنڈی پہن رکھی تھی جس میں اس کی توند نمایاں ہو گئی تھی۔ عظیم نے جلدی سے ڈور بیل پر سے اپنی انگلی ہٹائی۔ اسے پتہ ہی نہیں چلا کہ سنسار ہوٹل سے نکل کر ایم آئی جی کالونی تک، پندرہ منٹ کا فاصلہ اس نے کیسے طے کیا تھا۔ اس نے معانقہ کیا اور مصافحہ کر کے صوفے پر بیٹھ گیا۔

''افضل بھائی نماز کہاں پڑھی؟'' عظیم نے پوچھا۔

''یہیں پائپ روڈ کی مسجد میں ۔''

''اچ چ چھا '' ۔۔۔۔ عظیم نے کھینچ کر کہا اور سوچنے لگا کہ، ابھی افضل بھائی کو فساد کی خبر نہیں ہے ۔

''کیا بات ہے عظیم بھائی کچھ پریشانی ہے کیا؟'' افضل نے حسب معمول مسکراتے ہوئے پوچھا۔

''کیا آپ نے ریڈیو پر خبریں سنی ہیں؟'' عظیم نے جیب میں سے رومال نکالتے ہوئے پوچھا۔

''بات کیا ہے؟''

''کہیں فساد ہو گیا ہے؟''

''کہیں؟ لیکن کہاں؟ اپنے شہر میں؟'' افضل کے چہرے سے مسکراہٹ غائب ہو گئی۔

''نہیں ۔''

''تو چھوڑو نا یا فساد تو روز ہوتے رہتے ہیں ۔ اپنی بمبئی میں تو نہیں ہوا ہے نا''، افضل کے چہرے پر مسکراہٹ لوٹ آئی ۔

''مراد آباد میں ہوا ہے شاید''

''شاید کیا۔'' افضل چڑھ گیا ۔

''سنسار ہوٹل میں کوئی کہہ رہا تھا کہ مراد آباد ۔۔۔ ہاں مراد آباد ہی کہا تھا کہ فساد ہو گیا ہے اور نمازیوں پر پولس نے گولیاں چلائی ہیں ۔''

''ابے یہ کون سالا بی بی سی کا رپورٹر سنسار ہوٹل میں خبر دے گیا؟'' افضل کی چڑھ برقرار تھی ۔ اے حاجرہ! عظیم بھائی آئے ہیں شیر خورمہ لاؤ بھئی ۔'' اس نے بیوی کو پکارا ۔

دروازہ کھلا ہوا تھا ۔ افضل کا بڑا بیٹا اختر جو ہائی اسکول کا طالب علم تھا دروازے میں چپلیں اتارتا ہوا کمرے میں 'عید مبارک چچا' کہہ کر داخل ہوا اور عظیم سے مصافحہ کرتے ہوئے وہ باپ کی طرف مڑ کر بولا :

''ابو مراد آباد میں، عید گاہ میں گھس کر پولس نے نمازیوں پر فائرنگ کی ہے ۔ بہت لوگ مرے ہیں ۔''

''تُو نے کہاں سے سن لیا؟''

''پورے محلے میں یہ خبر پھیل چکی ہے''

''اب وہاں کی خیریت کیسے معلوم ہوگی افضل بھائی؟'' عظیم کی آواز لرز رہی تھی ۔ ریڈیو لگاؤ شاید کوئی خبر مل جائے ۔''

''آل انڈیا ریڈیو سالا سرکاری بھونپو ہے، جھوٹ بولنا کوئی اس سے سیکھے''، افضل نے حقارت سے کہا ۔

''لگاؤ تو صحیح، کچھ تو پتہ چلے گا''، عظیم نے عاجزانہ لہجے میں کہا ۔

''بھائی صاحب عید مبارک ۔'' حاجرہ نے شیر خورمہ تپائی پر رکھتے ہوئے کہا ۔ ''عید مبارک'' عظیم نے بس اتنا ہی کہا اور افضل سے مخاطب ہو گیا:

''بھئی لگاؤ نا ریڈیو ۔''

حاجرہ کو عظیم کا یہ رویہ عجیب سا لگا۔ "یہ تو بہت اخلاق مند ہیں اور ہمارے لیے تو گھر کے فرد کی طرح ہیں۔ ایسا تو انہوں نے کبھی نہیں کیا آج انہیں کیا ہوگیا ہے؟" وہ سوچتی ہوئی باورچی خانہ میں چلی گئی۔

افضل شوکیس میں رکھے بڑے سے ٹو اِن ون کو آن کر کے مختلف اسٹیشنوں کو پکڑنے کی کوشش کرنے لگا۔ اس طرح کافی دیر کی مشقت کے بعد ودھ بھارتی سے خبروں میں اتنا ہی بتایا گیا کہ:

"مراد آباد سے ہمارے نمائندا نے خبر دی ہے کہ شہر میں سامپر دائیک تناو پیدا ہوگیا ہے پولس کو اگر بھیڑ پر قابو پانے کے لیے بل پریوگ کرنا پڑا ہے۔ کرفیو لگا دیا گیا ہے اور استھتی قابو میں ہے"۔

عظیم نے اپنے دونوں بازو صوفے کی پشت پر پھیلا دیئے اور چہرہ اٹھا کر آنکھیں بند کر لیں۔ اس کا سر گھوم رہا تھا۔ اس کی نظروں میں سنبھل اور جمشید پور کے فسادات کی اخباری خبریں اور تصویریں گشت کرنے لگیں۔ جلے مکانات، روتے بلکتے بچے اور عورتیں، سنسان گلیاں، سڑکوں پر گشت کرتے پولس والے ۔۔۔ افضل، عظیم کے قریب صوفے پر بیٹھ کر تسلی دینے والے انداز سے بولا:

"فکر مت کرو عظیم بھائی کوئی بڑا افساد نہیں ہوا ہے۔ اگر معاملہ سنگین ہوتا تو ریڈیو سے تفصیل تو مل ہی جاتی"۔ افضل یہ جملہ ادا کرتے ہوئے عظیم سے زیادہ خود کو دلاسہ دے رہا تھا۔ فسادات کے تصور سے وہ بھی عام مسلمانوں کی طرح بری طرح سے احساس عدم تحفظ کا شکار ہو جاتا تھا۔

"کیا آپ وِدھ بھارتی کی اس سرکاری خبر پر بھروسہ کر سکتے ہیں؟ آپ نے سنا نہیں ایک طرف نیوز پڑھنے والا کہہ رہا ہے کہ شہر میں تناو پیدا ہو گیا ہے اور اس کا دوسرا جملہ ہے کہ مشتعل ہجوم کو قابو میں کرنے کے لیے پولس کو طاقت کا استعمال کرنا پڑا۔ خیر طاقت سے اس کی کیا مراد ہے؟ دراصل حقیقت کو چھپانے کی کوشش کی جا رہی ہے"۔ عظیم کی آواز میں مایوسی تھی۔

"اب حقیقت تو بی بی سی ہی بتائے گا"

"رات میں آٹھ بجے بی بی سی کی ہندی سروس آتی ہے اور رات نو بجے اردو ۔۔۔ یعنی ابھی

162

پورا دن پڑا ہے۔"عظیم نے سیدھے بیٹھتے ہوئے کہا۔

"پریشان کیوں ہوتے ہو۔میں لگا تا ہوں مراد آباد میں ونود بھائی کو فون۔ان کے گھر پر فون ہے ارجنٹ ہونے پر ان سے میں بات کرتا رہتا ہوں ۔"افضل نے عظیم کی پریشانی اور بے چینی کے مدنظر ونود کو فون لگانے کا فیصلہ کیا"میرے بھائی شیر خورمہ تو پیو۔۔۔"

عظیم کو فون لگانے کی بات سے راحت محسوس ہوئی اور اس نے شیر خورمہ کی پیالی کو منہ سے لگا کر ایک ہی سانس میں پی لیا۔عظیم نے آپریٹر سے مراد آباد میں ونود سے رابطہ قائم کرنے کے لیے نمبر دیا اور آپریٹر کے فون کا انتظار کرنے لگا۔۔۔انتظار کی یہ گھڑیاں دونوں پر بہت بھاری گذر رہی تھیں۔امروہہ میں افضل کے والدین رہتے تھے۔ان کا آبائی پیشہ بڑے گوشت کا تھا۔امروہہ سے مراد آباد صرف تیس کیلو میٹر کے فاصلے پر تھا یعنی مراد آباد کی آنچ امروہہ ہے بھی پہنچ سکتی تھی۔افضل کو یہی خیال پریشان کر رہا تھا۔کافی دیر بعد فون کی گھنٹی بجی افضل نے لپک کر فون اٹھایا۔عظیم بھی اٹھ کر اس کے قریب آ گیا۔۔۔دوسری طرف سے کچھ کہا گیا جس کے بعد افضل نے اوکے کہہ کر فون رکھ دیا۔

"کیا بات ہے۔"عظیم نے بے صبری سے پوچھا۔

"آپریٹر کہہ رہی ہے کہ لائنیں ڈیڈ ہیں۔"افضل نے سگریٹ سلگاتے ہوئے کہا اب اس کے بھی چہرے پر تشویش کا رنگ صاف جھلک رہا تھا۔

"پرشاسن نے فون لائنیں ڈیڈ کر دی ہوں گی۔"عظیم نے اپنا شبہہ ظاہر کیا اور کچھ سوچتے ہوئے بولا "ہمارے یہاں ہندو مسلم فساد کی کوئی تاریخ نہیں ہے۔سب آپس میں میل جول رکھتے ہیں ایک دوسرے کے تیج تہواروں میں شریک ہوتے ہیں۔دو فرقوں میں تناو تو اس وقت پیدا ہوتا ہے جب آپس میں میل میلاپ بالکل نہ ہو۔"

"جب سے جنتا پارٹی سے جن سنگھ نے الگ ہو کر بی جے پی کا چولا پہنا ہے تب سے اس نے اپنا پرانا رنگ دکھانا شروع کر دیا ہے۔اپنی طرف کے علعوں میں بی جے پی ہندوؤں کو مسلمانوں سے دور کرنے کی اپنی حکمت عملی میں لگ گئی ہے۔آر ایس ایس تو لمبے عرصے سے ایسے ہی موقعوں کی تلاش میں ہے۔"افضل نے کہا۔

”مراد آباد میں مسلم لیگ کے مردہ گھوڑے میں ہمارے ڈاکٹر شمیم فرقہ پرستی کی روح پھونکنے میں لگے ہیں، تو دوسری جانب جماعت اسلامی کی مقامی یونٹ بھی اسلام پسندوں اور غیر اسلام پسندوں کی تفریق میں سرگرم ہے۔ لیکن اچھی بات یہ ہے کہ نہ تو بی جے پی کو کامیابی مل رہی ہے اور نہ ہی مسلم لیگ اور جماعت اسلامی کو، اس کی ایک بڑی وجہ دونوں فرقوں کے کاروباری رشتے ہیں جو آپس میں گوشت اور ناخن کی طرح ہیں۔“

”اگر مراد آباد میں صورت حال یہ ہے تو پھر تم اتنے پریشان کیوں ہو؟“

”میں ہندوؤں کی طرف سے نہیں پولس اور پی اے سی کی طرف سے پریشان ہوں۔ ہندو اور مسلمانوں کی لڑائی میں پولس تیسرا فریق بن کر مسلمانوں کو مارنے کو کھڑی ہو جاتی ہے اور فسادات کو تھمنے نہیں دیتی ہے۔ اس طرح ہندو فسادیوں کو شہہ مل جاتی ہے اور فساد پھیلتا چلا جاتا ہے۔“

اس درمیان حاجرہ نے فرش پر دسترخوان بچھا کر کھانا لگا دیا۔ عظیم کا جی کھانے کو نہیں کر رہا تھا کو کفتوں کی اشتہا انگیز مہک نے بھی اس کے اندر بھوک کو نہیں جگا یا لیکن افضل کے اصرار پر وہ کھانے کے لیے بیٹھ گیا۔ کھانا کھا کر وہ افضل سے رخصت ہو کر قریش نگر کی طرف چل پڑا تھا۔

ایم آئی جی کالونی اور اسٹیشن کے درمیان اس نے کئی جگہوں پر پولس والوں کو کھڑے پایا۔ اسے یاد آیا کہ جب وہ اسی راستے سے گذرا تھا تو پولس والے کہیں نظر نہیں آئے تھے۔ اسٹیشن کے باہر والے چوک میں جہاں اکثر آٹو رکشا کھڑے رہتے تھے سناٹا تھا۔ آٹو رکشا والے ہندو اور مسلمان دونوں تھے۔ مسلمانوں کے بڑے تہواروں پر مسلمان آٹو رکشا والے چھٹی کرتے تھے اور ہندوؤں کے تہواروں پر

ہندو آٹو ڈرائیور چھٹی کرتے تھے۔ جب وہ سنسار ہوٹل سے چائے پی کر نکلا تھا تب تین چار آٹو رکشا چوک میں کھڑے دکھائی دیئے تھے اور اب ایک بھی نہیں تھا۔ البتہ پولس کی ایک سیاہ رنگ کی وین ضرور کھڑی تھی۔ اسٹیشن سے ملحقہ چالیوں میں جہاں کچھ دیر پہلے لاؤڈ اسپیکر پر فلمی گانوں کا شور ابل رہا تھا وہاں خاموشی تھی۔ اور دھم مچانے والے وہ بچے بھی نظر نہیں آئے۔۔۔ عظیم مغرب اور مشرق کو جوڑنے والے اسٹیشن کے آہنی پل کو عبور کر کے، اکھڑی ہوئی گرد آلو د سڑک سے ہو

کر قریش نگر میں داخل ہوگیا۔ کچے راستے کے دونوں طرف جا بجا کوڑے اور گندگی کے ڈھیر تھے، جن کے کنارے چھوٹے چھوٹے بچے بیٹھے ٹٹی کر رہے تھے۔ کچے اور سڑتے گوشت کی بو سارے میں پھیلی ہوئی تھی۔ کھلی نالیوں میں غیر قانونی طور پر ذبح کئے گئے جانوری آنتیں پڑی ہوئی تھیں اور کتے گوشت کھا کھا کر سیر ہو کر راستے کے کنارے پڑے السا رہے تھے۔ کچھ بچے شور مچاتے اور گالیاں بکتے ہوئے کھیل رہے تھے۔ تنگ گندی گلیوں سے ہو کر وہ اپنے کمرے تک پہنچا تھا۔ وہ جب پہلی بار افضل کے ساتھ یہاں آیا تو گندگی اور بدبو سے اسے ابکائی آنے لگی تھی۔ افضل نے اس کی حالت بھانپ لی تھی اور اسے سمجھایا تھا کہ جب تک کوئی دوسرا انتظام نہیں ہو جاتا کم کرائے میں اس سے بہتر جگہ کوئی اور نہیں ہو سکتی۔ عظیم کے پاس بھی کوئی چارہ نہیں تھا مجبوراً اس نے کمرے کی چابی لے لی تھی۔ شروع کے دنوں میں تو وہ ناک پر رومال رکھ کر آتا جاتا تھا لیکن اس نے یہ محسوس کیا تھا کہ وہاں کے لوگ اس کی اس حرکت کو ناگواری کی نظروں سے دیکھ رہے ہیں تو وہ رومال کے بغیر سانس روک کر گذرنے لگا تھا۔

کمرے میں پہنچ کر عظیم نے پنکھا پوری قوت سے چلا دیا۔ گھوں گھوں کی آواز کے ساتھ پنکھا پہلے تو پانی پر ہچکولے لیتی کشتی کی طرح ڈگمگایا اور پھر رفتار پکڑ کر چلنے لگا۔ دھوپ میں تپی ہوئی سرخ کھپریل کی چھت کی حدت کمرے میں ہوا بن کر چاروں طرف پھیلنے لگی۔ اس نے کرتا اور پاجامہ اتار کر لنگی پہنی اور لوہے کے چھوٹے سے پلنگ پر لیٹ گیا۔ گھر کا خیال اس کے سر میں پنکھے کی طرح گھومنے لگا۔ فون لگ جاتا تو صحیح صورت حال کا پتہ چل جاتا۔ وہ بے اختیار اٹھ بیٹھ گیا۔ فورٹ کے ٹیلی گراف آفس جا کر فون کرنے کے بارے میں سوچنے لگا۔ فورٹ وی ٹی سے کچھ فاصلے پر ہے جہاں 24 گھنٹے ٹیلی گراف آفس کھلا رہتا ہے۔ خلیجی ممالک میں ملازمت کرنے والوں کو ان کے عزیز و اقارب یہیں سے فون کرتے تھے۔۔۔ اگر ساری لائینیں ڈیڈ ہیں تو ٹیلی گراف آفس سے بھی فون لگنے کی میا گارنٹی؟ یہ سوچ کر اس نے ٹیلی گراف آفس کا اپنا ارادہ ترک کر دیا اور طے کر لیا کہ افضل کے گھر با کر بی بی سی کی خبریں سنے گا کیونکہ اس کے پاس ریڈیو نہیں تھا۔ اس نے کلائی کی گھڑی دیکھی تین بجے تھے۔ ابھی پورے پانچ گھنٹے باقی تھے۔۔۔

165

باب ۵

کھٹ ،کھٹ ،کھٹا ،کھٹ ،کھٹ کھٹا ،کھٹ ۔۔۔ٹیلی گراف مشین سے انگریزی حرف بڑی تیزی سے کاغذ پر جملے بنا رہے تھے ۔

آنریبل پرائم منسٹر !مراد آباد میں عید کے دن پولس نے نہتے اور معصوم نمازیوں پر گولیاں چلائیں ۔اسٹاپ

سینکڑوں بچوں کو بھی گولیوں سے بھون ڈالا گیا ۔اسٹاپ

پولس کا ظلم اور غارت گری جاری ہے ۔اسٹاپ

لاشوں کی بے حرمتی کی جا رہی ہے اور انھیں غائب کیا جا رہا ہے ۔اسٹاپ

پولس اسے فرقہ وارانہ رنگ دینے کی کوشش کر رہی ہے ۔اسٹاپ

سفاکانہ قتل کا یہ سلسلہ رات بھر جاری رہ سکتا ہے ۔اسٹاپ

فوراً مراد آباد آئیں ۔اسٹاپ

حافظ محمد صدیقی ۔ممبر اسمبلی مراد آباد

دہلی ٹیلی گراف آفس کی تمام ٹیلی گراف مشینیں اتنی تیزی سے انگریزی حروف اُگل رہی تھیں جیسے وہ بھی وحشت ناک پیغامات کو پا کر بدحواس ہو گئی ہوں ۔ ایک ہی مضمون کھٹ کھٹ کھٹا کھٹ کھٹ ،وزیر اعظم ہند ،وزیر داخلہ ہند ،وزیر اعلا یو پی ،ریاستی کانگریس کمیٹی یو پی اور جمعیت العلماء ہند کے نام درج کر رہی تھیں ۔ٹیلی گراف آفس کے معمر کلرک نے ان تمام ٹیلی گراموں کو اپنی کمزور بینائی والی نظروں سے آنکھوں کے قریب لا کر پڑھا ۔اسے جھر جھری سی آ گئی اس کے منہ سے بے ساختہ نکلا ۔''ہے بھگوان غضب ہو گیا!''اس نے سر اٹھا کر موٹے شیشوں والی عینک سے ،اپنی جہاندیدہ آنکھوں سے دیوار گیر تاریخی گھڑی کو دیکھا ،رات کے گیارہ بج کر دس منٹ ہو رہے تھے ۔

آج سے تقریباً ساٹھ سال قبل ،۱۳ اپریل ۱۹۱۹ء کی گرم سہ پہر میں ٹیلی گرٖف آفس کی اسی رومن ہندوسوں والی دیوار گیر گھڑی نے ،جو اس وقت نئی نئی تھی اور جس کی ٹک ٹک ٹیلی گراف آفس کے ملازمین کے دلوں کے دھڑکن سے بڑی حد تک مانوس ہو گئی تھی ،لکڑی کی ایسی ہی

کرسی پر ایک تیل چپڑے کھچڑی بالوں اور ہونٹوں پر گرتی مونچھوں والے کائستھ ہندو ڈاک بابو کو، لندن کے کثیر الاشاعت روزنامہ مارننگ پوسٹ (لندن) کے رپورٹر جیمس گرانٹ کا امرتسر سے دہلی بیورو آفس کو بھیجا ہوا ٹیلی گرافک میسج پڑھ کر اسی طرح کانپتے ہوئے دیکھے تھا۔ ڈاک بابو کو لگا تھا جیسے ٹیلی گراف مشین کی کھٹ کھٹ اس کے سینے پر ہتھوڑے کی طرح برس رہی ہے کھردرے زردی مائل کاغذ کے اس ٹکڑے کو وہ اپنے کانپتے ہاتھوں میں لے کر کچھ لمحوں تک گھورتا رہا اور پھر اس نوجوان ٹیلی گراف بابو کی میز کی طرف بڑھ گیا جس کا کام ٹیلی گراف مشین پر صوتی علامات کے ذریعے موصول ہونے والے پیغامات کو، لفظوں میں نقل کرنا تھا۔ اس نوجوان ٹیلی گراف بابو کے قریب جا کر ڈاک بابو نے لرزتی ہوئی آواز میں بے یقینی سے پوچھا تھا:

”تم نے اس میسج کے ایک ایک حرف کو ٹھیک سے سن کر ہی لکھا ہے نا؟“

”جی بڑے بابو“ اس نے سر اٹھا کر بڑے بوڑھے بابو کو ہراساں نظروں سے دیکھتے ہوئے کہا۔ اس کی آواز بڑے بابو کی آواز سے زیادہ کانپ رہی تھی۔

’ہے بھگوان غضب ہو گیا۔ بہت بھاری اتیا چار ہے یہ تو۔ ہم غلام ہیں اس لیے فرنگی ہمارے تہوار میں بھی روکاوٹ ڈالنے کی جرأت کر رہے ہیں ایسا تو کبھی ہمارے مغل بادشاہوں نے بھی نہیں کیا۔ اگر سرکار ہماری ہوتی پولس کا اعلا افسر ہمارا ہوتا تو کیا ہمیں یہ دن دیکھنا پڑتا!‘ ۔۔۔ دیوار گیر گھڑی نے اپنے گرد آلود شیشے میں سے دیکھا تھا کہ ٹیلی گراف کے صوتی پیغام کو کاغذ پر منتقل کرنے والے ہاتھ، قلم کو دوات میں ڈبوتے وقت فرطِ جذبات سے کانپ رہے تھے۔

جیمس گرانٹ نے امرتسر میدان سے اپنے خبر نامے میں لکھا تھا:

امرتسر میں واقع سکھ قوم کے مذہبی تہوار بیساکھی کو منانے کے لیے تین ہزار لوگ جلیان والا باغ میں جمع ہوئے تھے۔ اسٹاپ

صبح دس بجے کا وقت تھا۔ اسٹاپ

حکم امتناعی کی خلاف ورزی کرنے والوں میں بچے عورتیں اور بوڑھے بھی تھے۔ اسٹاپ

ایک چھوٹے سے منبر پر کھڑے ہو کر ایک سکھ گرو تقریر کر رہا تھا۔ اسٹاپ

جنرل ریجی نالڈ ڈائر پولس کی مسلح جمیعت کے ساتھ جلیان والا باغ کے تنگ گلی والے دروازے سے داخل ہوئے۔ اسٹاپ

جنرل ڈائر نے لوگوں کو میدان کو خالی کر دینے کی تنبیہ کی۔ اسٹاپ اور انتظار کئے بغیر ایک پرامن مذہبی اور ثقافتی اجتماع پر فائرنگ کا حکم دے دیا۔ اسٹاپ

لوگ جان بچانے کیلیے چھوٹے سے دروازے کی طرف بھاگے۔ اسٹاپ

درمیان میں کھڑی پولس نے انھیں گولیوں سے بھون ڈالا۔ اسٹاپ

میدان کی چھار دیواری کو پھاندنے والوں کو بھی مار دیا گیا۔ اسٹاپ

لوگ مزاحمت تک نہ کر سکے اور صرف دس منٹ میں میدان میں لاشوں کے ڈھیر لگ گئے۔ اسٹاپ

میں نے اپنی آنکھوں سے میدان کے ایک کنویں کو عورتوں بچوں اور بوڑھوں کی لاشوں سے بھرا دیکھا۔ اسٹاپ

میدان دیکھنے پر کوئی مقتل نظر آ رہا ہے ہر جانب خون پھیلا ہوا ہے۔ اسٹاپ چپلیں جوتے اور بچوں کے کھلونے بکھرے پڑے ہیں۔ اسٹاپ

میں نے اپنی چودہ سالہ صحافتی زندگی میں اتنی لاشیں اور ایسی بربریت نہیں دیکھی۔ اسٹاپ

حکم امتناعی توڑنے والے یہ معصوم بچے کیا سلطنت برطانیہ کے لیے خطرہ تھے؟ اسٹاپ

اس واقعے کے بعد ہم انگریز اپنی کس تہذیب پر غرور کر سکیں گے۔ اسٹاپ

(۱۴؍ اپریل ۱۹۱۹ء کے مارننگ پوسٹ میں جب یہ خبر شائع ہوئی تھی تو جیمس گرانٹ کی آخری دو سطریں اس میں شامل نہیں تھیں!)

عادل نے پکی چھت سے چاروں جانب نظریں گھمائیں ۔ رات کا اندھیرا عادل کے خوف کی طرح پھیلا ہوا تھا۔ بجلی نہ ہونے کی وجہ سے یہ اندھیرا کچھ زیادہ ہی گاڑھا لگ رہا تھا۔ صبح جس شہر میں چہل پہل اور جوش و خروش دکھائی دے رہا تھا اب اس کے مکانوں اور مکینوں پر اتنا گہرا سناٹا محیط تھا جیسے وہ سماوی آفت کی شکار تباہ حال کوئی ایسی بستی ہو جس میں ایک بھی ذی روح نہ بچا ہو۔ قریب کے کسی مکان سے، بچے کے رونے کی آواز نے سناٹے کو درہم برہم کر دیا۔ بچہ روئے چلا جا رہا تھا۔ شاید بھوکا ہو گا۔ عادل نے سوچا۔ اسے بھی بھوک لگ رہی تھی، اور سر میں درد شروع ہو گیا تھا۔ بھوک بھی عجیب شئے ہے اسے کوئی غم کوئی خوف اور کوئی سانحہ روک نہیں سکتا۔ کہیں بھوک شیطان تو نہیں؟ ہاں شیطان ہی تو ہے، اسی بھوک نے آدم کو جنت سے نکلوایا تھا۔ جب تک شیطان نہ تھا بھوک بھی کہاں کہاں تھی!

سائرن بجاتی ہوئی پولس وین نیچے گلی میں سے گذر رہی تھی۔ اس نے کلائی گھڑی پر غور سے نظر ڈالی۔ ریڈیم کے بے حد مدھم ڈائل میں رات کے ڈیڑھ بج رہے تھے۔ صرف ڈیڑھ! اس نے سوچا کہ گھڑی کہیں بند تو نہیں ہو گئی ہے۔ ڈائل کو کان کے قریب لا کر سنا اس کی ٹک ٹک جاری تھی تو کیا وقت بھی ڈراڈراسارینگ رہا ہے؟

اس نے آسمان کی طرف دیکھا دور مغرب میں بادلوں کے مرغولوں کے درمیان سے بے حد زرد اور نحیف سا آخری دنوں کا چاند نکل آیا تھا، جس کی میلی میلی چاندنی شہر پر کسی مریض کے بستر کی بدرنگ چادر کی طرح پھیلی ہوئی تھی لیکن اس کی آنکھوں میں رہ رہ کر بنفشئ اور گلابی رنگ گھل رہا تھا۔ مہندی کی شوخ سرخی سے مرصع انگلیاں اور نیم اندھیرے نیم اجالے میں سے جھانکتی دو آنکھیں جنہیں وہ ہزاروں چہروں کی بھیڑ میں پہچان سکتا تھا کیونکہ اس نے کئی مہینوں تک برقعہ میں سے جھانکتی انہیں خوبصورت سیاہ آنکھوں کا تعاقب کیا تھا۔

وہ وسط نومبر کی نرم دھوپ والی ایک کھنک صبح تھی جب عادل نے اُسے اپنے ایس ایچ بی کالج کے احاطے میں اس وقت دیکھا تھا جب وہ اپنی سکنڈ ہینڈ ویسپا اسکوٹر پر سوار کالج کے صدر

دروازے سے داخل ہو رہا تھا اور اچانک وہ سامنے آگئی تھی، اگر عادل نے فوراً بریک نہ لگا دیا ہوتا تو اس کا پیر ضرور کچل جاتا۔ اس ایک لمحے میں اس کی بڑی بڑی سیاہ آنکھیں اس کی نظروں میں اتر کر خوف سے پھیل گئی تھیں اور اس کی گوری پیشانی پر پسینے کے قطرے چھلک پڑے تھے۔ وہ خود کو سمیٹ کر برقع سنبھالتی ہوئی تیز تیز قدموں سے کالج کی عمارت کی طرف چلی گئی تھی۔

احمد علی بند اسکوٹر کو جب کک مارنے کے لیے جھکا تو اس نے فرش پر ایک کتاب کو پڑا ہوا پایا۔ اس نے جھک کر اسے اٹھایا یہ کراچی سے شائع ہونے والا رومانی کہانیوں کا رسالہ ’دوشیزہ ڈائجسٹ‘ کا ایک پرانا شمارہ تھا۔ یہ اسی لڑکی کے چرمی جھولے میں سے گرا تھا۔ اس کے چہرے پر مسکراہٹ پھیل گئی۔ اسے لگا جیسے خدا اس کی مدد کر رہا ہو۔

عادل نے گھر پہنچ کر اپنے کمرے کو بند کر کے دوشیزہ ڈائجسٹ کے اوراق کو الٹ پلٹ کر بڑے بجس سے دیکھا تھا۔ ایسا کرتے ہوئے وہ دروازے کی طرف ایسے دیکھ لیتا جیسے اس کے ہاتھ میں دوشیزہ ڈائجسٹ نہیں بلکہ کوئی سچ مچ کی دوشیزہ ہو! ڈائجسٹ کے پہلے صفحے کی پیشانی پر بال پین سے ’غزالہ‘ لکھا ہوا تھا۔ غزالہ کتنا رومانی نام ہے! اس نے سوچا، جس کا نام اتنا خوبصورت ہو وہ خود بھی کتنی خوبصورت ہوگی۔ اس کی آنکھوں سے اس کے اسکوٹر سے ٹکرانے کا منظر اوجھل نہیں ہوتا تھا۔ اسے گھر کے وی سی آر پر دیکھی ہوئی ایک بہت پرانی فلم ’میرے محبوب‘ یاد آ گئی تھی اس میں بھی تو سادھنا سے راجندر کمار علی گڈھ مسلم یونیورسٹی کے کیمپس میں ایسے ہی ٹکرایا تھا۔ اسی طرح تو سادھنا کے ہاتھ سے کتابیں گر پڑی تھیں اور برقع کے پیچھے سے سادھنا نے اسے اسی طرح دیکھا تھا جس طرح غزالہ نے مجھے ۔۔۔۔۔ رات بھر وہ ٹھیک طرح سے سو نہیں سکا تھا بس یہی منصوبے بناتا رہا تھا کہ وہ اسے کالج میں کیسے مخاطب کرے گا اور کس طرح کتاب واپس کرے گا۔

اس نے اس واقعے کا ذکر جب چائے خانے کے ایک گوشے میں امجد سے کیا تو سگریٹ اور چائے کے شوقین پستہ قد اور تھل تھل بدن والے اس نوجوان نے اشتیاق سے اس کے ہاتھ سے ڈائجسٹ لے کر الٹتے پلٹتے ہوئے کہا:

’’یار یہ تو کمال ہو گیا۔‘‘

"یار مجھے تو لگتا ہے کہ اللہ میاں میرے لیے راستہ ہموار کر رہے ہیں۔"عادل کے چہرے پر خوشی دمک رہی تھی۔

"ابے اللہ میاں فلیں نہیں دیکھتے۔انہوں نے میرے محبوب نہیں دیکھی ہوگی۔"امجد نے سگریٹ کو مٹھی میں دبا کر ایک سٹّا کھینچ کر قہقہہ لگا یا۔"اور سنو کبھی کبھی او پر والا بہت برے چہرے پر بڑی دلکش آنکھیں عطا کر دیتا ہے۔"کہہ کر وہ زور سے ہنس دیا۔عادل کو اس کی یہ ہنسی بہت بری لگی تھی۔

"نہیں یار ایسا نہیں ہو سکتا۔اس کا پورا سراپا دلکش ہے۔"

عادل نے چائے خانے میں بیٹھ کر اس کے آنے کا ایک ڈیڑھ گھنٹے تک انتظار کیا تھا دفعتاً وہ اسے سائیکل رکشا سے اتر کر کالج کی طرف جاتی نظر آئی۔اس نے دور ہی سے اسے پہچان لیا تھا "چلو"اس نے امجد سے کہا اور اٹھ کر برقعہ والی لڑکی کے پیچھے چل پڑا۔امجد اس کے پیچھے پیچھے شرارت سے مسکراتا ہوا چل رہا تھا۔کالج کے صدر دروازے کے قریب پہنچ کر اس نے پہلے آس پاس دیکھا۔لڑکے لڑکیاں خوش گپیاں کرتے ہوئے کالج کی طرف جا رہے تھے۔"غزالہ" اس نے ہمت بٹور کر دھیمے سے کہا۔وہ آگے آگے چلتی رہی۔اس نے دو بار پھر پکارا"غزالہ"اس نے کوئی تاثر نہ دیا اور چلتی رہی۔اب وہ کالج کے کوری میں آ گئی تھی۔

"زور سے۔"امجد نے پیچھے سے اسے ٹہوکا دے کر کہا۔

"غزالہ"اس بار اس نے اتنی زور سے پکارا کہ تین چار لڑکے لڑکیاں پلٹ کر اسے دیکھنے لگے، لیکن وہ اپنی پنی تلی رفتار سے سیڑھیاں چڑھنے لگی اور وہ مایوس سا کھڑا رہ گیا۔امجد نے اپنی مسکراہٹ کو چھپاتے ہوئے اس کے کان میں کہا:

"سنو مجھے لگتا ہے وہ بہری ہے۔"

عادل نے اس کی طرف ایسی نظروں سے دیکھا جیسے اس کی بات کا یقین نہ کرنا چاہتا ہو۔کسی بھی پیریڈ میں اس کا دل نہیں لگا تھا اور وہ گھر چلا آیا تھا۔اب امجد کی بات پر غور کر رہا تھا کہ وہ واقعی میں بہری تو نہیں ہے؟ ورنہ اتنے قریب سے کوئی کا نام لے کر پکارے اور وہ متوجہ نہ ہو یہ کیسے ہو سکتا ہے؟ یہ سوچ کر وہ اتنا پریشان ہو گیا تھا کہ اس نے گھر کے سب سے پرانے

اور بوڑھے ملازم لڈن میاں سے مانگ کرتین بیڑیاں پی ڈالی تھیں ۔ دبلے پتلے کالے لٹے چہرے پر سفید بے ترتیب داڑھی والے لڈن میاں اسے حیرت سے دیکھتے رہ گئے تھے ۔ امتحان کے دنوں میں جب عادل رات میں دیر تک پڑھتا تھا تو اکثر وہ لڈن میاں سے بیڑی مانگ کر پی لیا کرتا تھا۔ انہوں نے سوچا، اب تو امتحان نہ یں پھر کیوں منجھلے پی ریا ہے بیڑی ؟ جو رکوئی ٹینس ہوئے گا۔۔۔۔

دوسرے دن اتوار تھا اور یہ دن عادل کے لیے این سی سی کی اس سزا کی طرح تھا، جس میں بندوق کو دونوں ہاتھوں میں سر سے اونچا اٹھا کر دوڑتے ہوئے میدان کے کئی چکر لگانے پڑتے تھے ۔ اس کی یہ دوڑ اتوار کی رات کو نیند میں بھی جاری رہی ۔۔۔۔ صبح اٹھ کر اس نے طے کر لیا تھا کہ غزالہ کو روک کر اس کا رسالہ لوٹانے کے بہانے ضرور بات کرے گا۔ اس نے امیتابھ بچن کی فلم سلسلہ والی سفید رنگ کی پیل اوور اور سفید رنگ کی بیل باٹم پتلون پہنی اور گھر سے نکلنے سے پہلے آئینے کے سامنے کھڑے ہو کر جیب سے کنگھا نکال کر بالوں کو سنوارا اور دونوں کانوں کو بالوں سے ڈھک کر سیٹی بجاتا ہوا سیڑھیاں اتر کر آنگن میں کھڑی اسکوٹر اسٹارٹ کرنے لگا سیٹی کی آواز سن کر لڈن میاں نے، جو گھاری میں بندھی بھینس کی سانی کرنے کے بعد اپنے ہاتھوں کو آنگن کے ہینڈ پمپ پر دھور ہے تھے، اسے غور سے دیکھا اور سوچا، لگتا ہے ٹینس ختم ہو گئی ہے ۔

کالج کے قریب کے چائے خانے میں جہاں کالج کے لڑکوں سے میزیں دو پہر تک بھری رہتی تھیں، عادل اور امجد بیٹھے غزالہ کا انتظار کر رہے تھے ۔ عادل کی توجہ سڑک پر آنے جانے والی برقعہ پوش لڑکیوں پر مرکوز تھی تو امجد کی پوری توجہ پکوڑی میں تھی وہ پکوڑی کی دوسری پلیٹ صاف کر رہا تھا۔ امجد کے سامنے رکھی چائے کب کی ٹھنڈی ہو چکی تھی ۔ "آ گئی!" عادل نے پھسپھسا کر کہا اور جلدی سے رسالہ اٹھا کر امجد کی طرف دیکھے بغیر سڑک پر نکل آیا۔ سائیکل رکشا پر سے دو برقعہ پوش لڑکیاں اتر کر کالج کے صدر دروازے کی طرف جا رہی تھیں ۔ ایک پستہ قد اور موٹی سی تھی دوسری چھرے رے جسم والی وہی لڑکی تھی ۔ عادل دونوں کے پیچھے پیچھے چل پڑا۔ امجد نے لپک کر چائے اور پکوڑی کے پیسے ادا کئے اور تقریباً دوڑتا ہوا ان کے پیچھے چل پڑا ۔ دونوں

لڑکیاں آپس میں باتیں کرتی ہوئیں چھوٹے چھوٹے قدم اٹھار ہی تھیں ۔ان کے کالج کے گیٹ میں داخل ہوتے ہی عادل نے پہلے تو اطراف میں احتیاط کی نظر ڈالی اور دھیمے سے پکارا:

"غزالہ"۔۔۔۔

عادل کی آواز سنتے ہی دونوں لڑکیاں پلٹ پڑیں ۔دونوں کی آنکھوں میں سوال تھے ۔

"جی" موٹی لڑکی کی بھنویں تنی ہوئی تھیں ۔

"یہ آپ کا رسالہ"۔۔۔۔عادل نے رسالہ چھریرے جسم والی لڑکی کی جانب بڑھایا" شکریہ!" کہہ کر موٹی لڑکی نے جھپٹ کر رسالہ لے لیا ۔دونوں لڑکیوں کی آنکھیں مسکرائیں اور وہ بے نیازی سے آگے بڑھ گئیں اور ان کے پیچھے امجد کا قہقہہ نرم دھوپ اور سبک رو ہوا میں رَل مل گیا۔

دونوں پھر چائے خانے میں آ کر بیٹھ گئے تھے ۔عادل خجل ہو رہا تھا اس نے امجد سے پوچھا:

"تم ہنسے کیوں؟"

"پیارے اگر خوبصورت نام والی لڑکی سے پیار ہو گیا ہے تو اس موٹی لڑکی سے کب ملاقات کر رہے ہو۔"

عادل نے اسے گھور کر دیکھا اور چائے کے چھوٹے چھوٹے گھونٹ پیتے ہوئے سوچنے لگا کہ، موٹی لڑکی غزالہ ہے تو پھر اس چھریرے جسم والی لڑکی کا نام کیا ہے؟

عادل کو شروع میں تو بڑی بڑی سیاہ آنکھوں والی لڑکی سے لگاؤ پیدا ہوا تھا لیکن اب اسے یہ ضد ہو گئی تھی کہ وہ اس سے دوستی کر کے رہے گا ۔اس کوشش میں اس نے غزالہ سے رابطہ قائم کرنے کے لیے اس کے بارے میں جو معلومات حاصل کی وہ کچھ یوں تھی:

بھاری بدن والی غزالہ اتفاق سے امجد کے ماموں کے پڑوسی بشیرے کی اکلوتی بیٹی ہے، جو پیٹرول پمپ کا مالک ہے ۔غزالہ کی ماں بچپن میں گذر چکی ہے ۔اس کی پرورش ایک بیوہ خالہ نے کی ہے جو ان ہی کے مکان میں رہتی ہے ۔امجد کے ماموں مٹی کے تیل کے سرکاری کوٹے دار ہیں اور بشیرے کو پیٹرول میں ملاوٹ کے لیے مٹی کا تیل سپلائی کرتے ہیں اس لیے بھی دونوں گھروں کے رشتے بہت اچھے ہیں ۔عادل کے لیے سب سے خوش کن خبر یہ تھی کہ

امجد کی ماموں زاد بہن صالحہ اور غزالہ میں بچپن سے دوستی ہے ۔امجد کو صالحہ نے بتایا تھا کہ غزالہ کو ہندی فلمیں دیکھنے کا جنون سا ہے ۔اس کا پسندیدہ ہیرو رشی کپور ہے جس کی فلم امرا اکبر انتھونی وہ چودہ بار دیکھ چکی ہے ۔رومانی افسانے اور ناول وہ اپنی کالج کی سہیلی نصرت کی وجہ سے پڑھ لیا کرتی ہے ۔غزالہ کو مغالطہ ہے کہ وہ نیتو سنگھ سے مشابہہ ہے ۔امجد نے پہلے تو صالحہ کی معرفت غزالہ سے تعارف حاصل کیا پھر ان کی ملاقاتیں جلد ہی دوستی میں بدل گئیں کیونکہ امجد نے غزالہ کو ہموار کرنے کے لیے اپنے رشی کپور فین ہونے کا جھوٹا اعلان کر دیا تھا ۔یہی نہیں اس نے خود کو رشی کپور کا روپ دینا شروع کر دیا تھا ۔اس نے اپنی اُس بھوری باریک مونچھ کو قربان کر دیا تھا جسے اس نے میس بھیگنے کے بعد کبھی بلیڈ سے نہیں چھوا تھا ۔اسے خود بھی کچھ عرصے بعد محسوس ہونے لگا تھا کہ موٹاپے میں رشی کپور انیس ہے تو وہ بیس ہے یعنی بہت زیادہ فرق نہیں ہے ۔امجد میں آنے والی تبدیلی کا مثبت اثر یہ ہوا کہ غزالہ اس میں دلچسپی لینے لگی ۔نصرت کے بارے میں غزالہ نے صرف اتنا ہی بتایا تھا کہ وہ پیتل کے برتنوں کے ایک تاجر کی اکلوتی بیٹی ہے ۔دونوں فرسٹ ائر سے ساتھ میں ہیں اور اس وقت بی اے کے تیسرے سال میں ہیں ۔

کچھ دنوں کے بعد امجد کے اصرار پر صالحہ نے اپنے مکان پر اپنی سالگرہ کی تقریب، وقت سے کچھ پہلے رکھ لی تھی جس میں عادل اور نصرت کی ملاقات بڑے اچھے ماحول میں ہوئی ۔ عادل نے غزالہ کو رشی کپور اور نیتو سنگھ کے کئی پوسٹر گفٹ میں دئے تو نصرت کو پاکستان سے شائع ہونے والی خواتین کی ڈائجسٹوں کا ایک بڑا سا پیکٹ تحفے میں پیش کیا تھا ۔عادل کو اچھی طرح یاد تھا کہ پہلی نظر سے پہلی ملاقات تک پورے چار مہینے دو ہفتے اور تین دن کا وقت لگا تھا ۔۔۔۔۔۔ دونوں دوستوں اور دونوں سہیلیوں کی دوستی دھیرے دھیرے اپنائیت اور پھر اس سے بھی کہیں زیادہ دھیرے دھیرے، محبت میں بدل گئی تھی ۔ایک قدامت پسند شہر، جس میں ہر پانچواں شخص ایک دوسرے کو جانتا ہو، تنہائی اور خلوت آسان نہیں ہوتی ہے ۔غزالہ، امجد، عادل اور نصرت اکثر کالج کے پروجکٹ یا اسٹڈیز کے بہانے صالحہ کے مکان پر ملنے لگے تھے ۔نصرت کا پرانی طرز کا مکان عیدگاہ کے قریب کے محلے میں تھا ۔عادل جب بھی فلم کا آخری شو دیکھ کر گھر لوٹتا تو وہ نصرت کے مکان کے عقب والی گلی سے ہو کر گذرتا ۔جو دن میں بھی سنسان رہا کرتی

تھی ۔امتحان کے دنوں میں اسے مکان کی پہلی منزل کی چھوٹی سی کھڑکی میں بلب کی روشنی دکھائی دیتی تھی ،یہی نصرت کا کمرہ تھا۔نصرت دیر تک اسٹڈی کیا کرتی تھی ۔عادل کھڑکی کے نیچے کھڑے ہو کر اس امید میں اوپر دیکھتا رہتا کہ کیا پتہ کب نصرت کھڑکی سے نیچے جھانک لے ۔ اس کی یہ امید کبھی پوری نہیں ہوئی تھی ۔ایک بار تو وہ پتہ نہیں کتنے گھنٹے اسی طرح کھڑا رہا تھا اور اس وقت نا امید ہو گیا تھا جب کھڑکی میں تاریکی چھا گئی تھی ۔اس نے نصرت سے اپنی اس دیوانگی کی بابت کبھی نہیں بتایا تھا ۔اس کی خواہش تھی کہ کسی روز نصرت اسے خود ہی کھڑکی سے جھانک کر دیکھ لے اور اسے نیچا کھڑا دیکھ کر ششدر رہ جائے!

چھٹی کے روز نصرت؟ غزالہ کے گھر کا بہانہ کر کے شہر سے دور آموں کے کسی ویران سے باغ میں عادل سے ملنے چلی آتی ۔ان کی یہ ملاقات دو ڈھائی گھنٹوں سے زیادہ نہ ہوتی ۔ساری ملاقات میں نصرت پر دیکھ لیے جانے کا خوف غالب رہتا۔ برقعہ اس کے لیے رحمت تھا کہ چہرہ چھپ جاتا تھا اور شناخت کیے جانے کا خطرہ نہیں رہتا تھا۔کم گو اور نیک طینت نصرت صبر و شکر کے ساتھ جینے میں یقین رکھتی تھی ۔ایک بار عادل نے اس سے پوچھا تھا کہ اگر کسی وجہ سے ان کی شادی نہیں ہوتی ہے تو وہ کیا کرے گی؟

’’کرنا کیا ہے ،جہاں گھر والے چاہیں گے وہاں شادی کر لوں گی ‘‘وہ بڑی سادگی سے بولی تھی ۔

عادل کے لیے اس کا یہ جواب غیر متوقع تھا۔اسے امید تھی کہ وہ گھر والوں سے بغاوت کرنے کا عزم ظاہر کرے گی ۔

’’تو کیا تم گھر والوں سے بغاوت نہیں کرو گی؟‘‘اس نے حیرت سے پوچھا تھا۔

’’کیسی بغاوت اور کس کے خلاف؟ نہ بابا میں یہ سب نہ کرنے کی ‘‘ کہتے ہوئے وہ سچ مچ میں سہمہ اٹھی تھی ۔

’’تم یہ جو رومانی ناولیں پڑھتی ہو تو ان میں کیا لڑکیاں چپ چاپ اپنے پیار کو قربان کر دیتی ہیں؟

’’دیکھیے ان ناولوں میں لڑکیاں بے چاری اپنے رشتے کے بھائیوں سے عشق کرتی ہیں اور

جب ان کی کہیں اور شادی طے ہو جاتی ہے، تو وہ گھٹ گھٹ کر روتی ہیں اور اپنی‘‘۔۔۔۔

’’اور تمہیں یہ سب اچھا لگے ہے۔‘‘ عادل نے نصرت کی بات کاٹ کر حیرت سے پوچھا۔

’’بات تو پوری سنیئے ۔‘‘ نصرت نے سنجیدگی سے کہا ’’اچھا لگے نہ لگے ہم لڑکیوں کی تقدیر ہی یہی ہے پھر وہ چاہے سلمیٰ کنول یا رضیہ بٹ کی ہیروئنیں ہوں یا پھر اصل زندگی کی ہم جیسی لڑکیاں۔‘‘ اس نے ایک سوکھے پتے کو اٹھا کر اپنی دونوں ہتھیلیوں میں رگڑ کر چورا چورا کر ڈالا اور دونوں ہتھیلیوں کو منہ کے قریب لا کر پھونک مار کر اڑا دیا۔ ابھی جو پتہ مکمل تھا اسے وہ اب ذرہ ذرہ میں بکھرتا ہوا دیکھ رہی تھی۔

’’تم بھی ان ناولوں کی بزدل ہیروئنوں کی طرح خود کو تقدیر کے سپرد کر دو گی!‘‘ عادل کو غصہ آنے لگا تھا۔

’’ناول نگار کے ہاتھ میں اپنی ہیروئنوں کی زندگیاں ہوتی ہیں اس کے باوجود وہ اپنے قلم سے ان کی تقدیر نہیں بدل سکتی ہیں تو ہم لڑکیاں اس معاشرے کو کیسے بدل سکتی ہیں۔‘‘ نصرت دور اس میلی کچیلی چھوٹی سی لڑکی کو دیکھنے لگی جو اپنے کندھے پر جوٹ کا ایک بورا لیے آم کے باغ میں بکھرے خشک پتوں کو جلاون کے لیے چن چن کر بورے میں جمع کر رہی تھی۔

’’تو کیا ہم ایک دوسرے سے صرف تفریح لے رہے ہیں؟‘‘

’’نہیں میں بہت سنجیدہ ہوں لیکن میں کوئی انقلابی قدم نہیں اٹھا سکتی، میں اتنی بہادر نہیں ہوں‘‘۔

’’تو ہمارا مستقبل کیا ہو گا؟‘‘ عادل پریشان ہو کر اپنی پیشانی سہلانے لگا۔

’’میرے گریجویشن کے بعد آپ رشتہ بھجوا دیجئے گا۔‘‘

’’اور اگر کوئی اڑنگا لگ گیا تو؟‘‘

’’باقی اللہ کی مرضی۔‘‘ نصرت نے دھیمی آواز میں جب یہ جملہ کہا تھا تو عادل نے ڈھلتی دھوپ میں سورج کی ایک آخری کرن کو اس کی نم آنکھوں میں سرمے کی لکیر کی طرح چمکتے ہوئے دیکھا تھا۔ دونوں جب گھر جانے کے لیے اٹھے تو باغ میں درختوں کے سائے لمبے ہو رہے تھے اور ٹھنڈ کافی بڑھ گئی تھی۔ دونوں اداس سے اداس سے خشک بھورے پتوں کو روندتے ہوئے، ان کی

چرمراہٹ کی آواز کو اپنے قدموں کے پیچھے چھوڑ کر آگے بڑھ رہے تھے ۔ سڑک پر پہنچ عادل نے ایک سائیکل رکشا میں نصرت کو بٹھا دیا ۔ رکشا کے چلنے سے پہلے نصرت ، عادل کی اداس آنکھوں میں دیکھتے ہوئے بولی:

’’رومانی ناولوں میں ہیروئیں بغاوت نہیں کرتی ہیں ان کو پانے کے لیے ہیرو ضرور بغاوت کرتے ہیں ۔‘‘

ادھیر سائیکل کشا چالک نے گھنٹی ٹنٹنائی جیسے وہ روانہ ہونے کا اشارہ کر رہا ہو پھر اس نے ہمک کر پیڈل مارا اور رکشا کے چلتے ہی وہ جھومتے ہوئے راجیش کھنہ کی ایک مشہور فلم کا گیت اپنی بے ہنگم لی میں گانے لگا:

’’یہ جو محبت ہے؍ یہ ان کا ہے کام؍ محبوب کا جو بس لیتے ہوئے نام؍ مر جائیں مٹ جائیں ہو جائیں بدنام؍ رہنے دو چھوڑ دو؍ جانے دو یار ہم نہ کریں گے پیار ‘‘؍۔۔۔

دور جہاں سڑک کے دونوں طرف لگے پیڑوں کی شاخیں آپس میں مل کر ایک طراب سی بناتی تھیں ، اس گھوما دار موڑ پر رکشا مڑ کر ایک سائے میں بدل گیا تھا ، جسے کچھ دور جا کر عادل کے آنکھوں کے زاویے سے نکل کر شام کے دھند لکے میں کھو جانا تھا ۔

عادل کو سال بھر پہلے کی وہ ساری باتیں آج پھوپھی جان کے تئیں امی کے سخت تیور کو دیکھ کر سچ ہوتی محسوس ہو رہی تھیں ۔ اسے ایسا لگا جیسے نصرت مستقبل کی ان پیچیدگیوں سے کسی قیافہ شناس کی طرح واقف ہو چکی تھی ۔ اگر دونوں خاندانوں میں ایک دوسرے کے لیے اتنی نفرت ہے تو کیا وہ ہی ہوگا جو نصرت نے کہا ہے؟ کیا وہ اتنی آسانی سے گھر کی مرضی کے آگے سر جھکا دے گی ، کوئی مزاحمت نہیں کرے گی؟

وہ اٹھ بیٹھا اور اس نے لڈن میاں سے مانگی ہوئی بیڑی سلگا لی ۔ بیڑی کا گاڑھا دھواں اس کے سینے میں اٹھتے وسوسوں سے کم گاڑھا تھا ۔ اچانک اسے نصرت کا جملہ یاد آگیا:

’’رومانی ناولوں میں ہیروئیں بغاوت نہیں کرتی ہیں ان کو پانے کے لیے ہیرو ضرور بغاوت کرتے ہیں ۔‘‘

عادل کو لگا جیسے ایک گتھم گتھا دھاگے کا الجھا ہوا سرا ہاتھ آگیا ہو۔اس نے بیڑی کو سلیپر سے مسل کر بجھا دیا اور ایک لمبی سانس لے کر لیٹ گیا۔

عادل کی آنکھ کسی کے بلک بلک کر رونے کی آواز سے کھل گئی تھی ۔وہ گھبرا کر اٹھ بیٹھا کھڑکی میں سے دھوپ فرش پر پڑ رہی تھی ۔اس کی بنیائن پسینے سے بھیگ گئی تھی۔ایک ساتھ کئی لوگ رو رہے تھے عورتیں بین کر رہی تھیں ۔اس نے جلدی سے پیروں میں سلیپر ڈالا اور سیڑھیاں اتر کر نیچے آنگن میں آگیا۔گھر میں سناٹا چھایا ہوا تھا۔لڈن میاں اپنی سائیکل کی چین میں کُپی سے تیل ڈال رہے تھے۔

’’لڈن چچا پڑوس میں کون رو رہا ہے؟‘‘اس نے قریب جا کر پوچھا۔

’’بڑے میاں کے چھوٹے بھائی عید گاہ گئے تھے۔لوٹ کر نہیں آئے تھے ۔کرفیو کی وجہ سے کوئی باہر نہیں جا سکتا تھا تو رات بھر سب نے انتظار کیا اور صبح سویرے بڑے میاں نے سٹی اسپتال میں جا کر پتہ کیا تو لاش دکھا دی ۔‘‘ لڈن میاں اٹھ کھڑے ہوئے اور انگوچھے سے ہاتھ پونچھتے ہوئے کہا۔

عادل کے لیے یہ خبر چونکا نے والی ہی نہیں ہی پہنچانے والی تھی ۔چھوٹے میاں عادل سے چھ سات سال بڑے رہے ہوں گے ۔کم گو اور اپنے آپ میں گم رہنے والے ۔ایل ایل بی کر کے ایک مشہور وکیل راجندر بھاٹیہ کے اسسٹنٹ ہو گئے تھے ۔انہیں پیسہ کما کر بڑا آدمی بننے کی دھن سی تھی اسی لیے شادی کے لیے تیار نہیں ہوتے تھے ۔کہتے تھے پہلے کچھ بن جاؤں تب شادی کروں گا ۔اکثر عادل سے کالج جاتے ہوئے ملاقات ہوتی تھی ،عمر میں بڑے تھے لیکن سلام کرنے میں پہل وہی کرتے تھے ۔

’’امی اور ابا جان‘‘ ۔۔۔۔

’’سب وہیں گئے ہیں ۔بہو دولہن کے کمرے میں پڑ رہی ہیں ۔‘‘

عادل نے جلدی جلدی دانتوں کو برش کیا اور ہاتھ منہ دھو کر دروازہ کھول کر گلی میں جھانکا۔ سرخ اینٹوں والی گلی سائیں سائیں کر رہی تھی ۔کیا باسی عید کے روز کسی مسلمان محلے کا اس طرح سے تصور کیا جا سکتا ہے؟ اس نے سوچا اور سر نکال کر دائیں بائیں دیکھا اور اس طرح دوڑ کر پڑوس

والے مکان کے دروازے کو دھکیل کر اندر داخل ہوگیا، جیسے بچپن میں آپا دھاپی کھیلتے ہوئے بچے محفوظ مقام پر پہنچنے کے لیے اس پھرتی سے دوڑتے ہیں کہیں پکڑ نہ لیے جائیں۔ دروازہ بند نہیں تھا بس بھڑا ہوا تھا۔ جس گھر میں ایک جوان کی موت کی خبر پہنچ چکی ہو اسے موت کا خوف کیا ہوگا۔ دروازہ کھلتے ہی رونے اور بلکنے کی آواز ریلے کی طرح اس کے کانوں سے ٹکرائی۔ اندر صحن میں چھوٹے میاں کی بہنیں، بھائی کی باتوں کو یاد کر کے پچھاڑیں کھا رہی تھیں اور بڑے میاں کی بیگم ستون سے پیٹھ لگائے غم سم بیٹھی تھیں ان کی آنکھوں سے آنسو رواں تھے۔ امی جان اور بھابی عورتوں کو سمجھانے کی کوشش کر رہی تھیں۔ عادل صحن میں کھڑا سوچ رہا تھا کہ اب اسے کیا کرنا چاہیے کیا وہ اسپتال جائے؟ یا کفن دفن کا انتظام کرے؟ اس نے اپنی بھابی کو اشارے سے بلایا اور ان سے پوچھا کہ کفن دفن کے بارے میں کیا کوئی بات ہوئی ہے؟ انہوں نے بتایا کہ شاید ابا جان مسجد گئے ہیں۔

”ابا جان!“ اسے حیرت ہوئی۔ ”وہ تو پیر کے درد سے پریشان ہیں وہ کیسے گئے ہوں گے“

”میں نے بہت منع کیا نہ مانے کہنے لگے کہ بڑے میاں کے دکھ سے کیا زیادہ بڑا دکھ ہے میرے پاوں کا۔“ بھابی بولیں۔

”ساتھ میں کون گیا ہے؟“

”کوئی نہیں، کون جائے گا۔ کوئی اپنے گھر سے نکلے گا تو جاوے گا نا۔ بتاتے ہیں کہ دیکھتے ہی گولی مار دیتی ہے پولس۔ سارے مسلمان محلوں کو گھیر رکھا ہے۔“ بھابی کی آواز میں ہلکی سی کپکپی تھی۔ ”میں نے کہا بھی تھا کہ تمہیں ساتھ کر لیں تو منع کر دیا کہ باہر جوان آدمی کے لیے خطرہ ہے۔“

عادل ایک موڈھے پر بیٹھ گیا۔ اس کی کچھ سمجھ میں نہیں آ رہا تھا کہ آخر یہ سب کیسے اور کیوں ہو گیا؟ نماز میں سؤروں کو کون ہانک سکتا ہے؟

عیدگاہ کے قریب کی بھنگی بستی سے سؤر آ سکتے ہیں، لیکن وہ خود سے تو آنے سے رہے ضرور انہیں پیچھے سے ہانکا گیا ہوگا۔ بھنگیوں کی بارات میں مسلمانوں سے جھگڑا ضرور ہوا تھا لیکن بات اتنی بڑھی ہی تھی کہ خون خرابے تک پہنچ جائے؟ نہیں خون خرابہ کیسی فرقہ وارانہ فساد کی شکل میں تو ہوا نہیں! ۔۔۔ ہم لوگ تو نماز پڑھ رہے تھے اور نماز میں اچانک سؤر گھس آئے تھے۔ پولس نے

سؤروں کو کھدیڑا کیوں نہیں؟ اسی لیے تو جھگڑا پؤس سے ہوا تھا۔ جھگڑا بھی کیا تھا سؤروں کو لے کر پؤس سے بحث ابحثی ہوئی تھی۔ یہی بی بی سی بھی بتا رہا تھا کہ مسلمانوں نے احتجاج کیا اور پؤس کے ساتھ گالی گلوچ ہوئی اور پی اے سی نے گولیاں چلا دیں۔ آخر ایسی کیا بات ہوئی تھی جس نے پؤس کو اتنا اشتعال دلا دیا تھا کہ اس نے نہتے نمازیوں پر گولیوں کی بارش کر دی؟ اگر وہ سؤروں کو نمازیوں کے بیچ گھسنے نہ دیتے تو شاید یہ سب نہ ہوتا۔۔۔تو چھوٹے میاں بھی نہ مارے جاتے!۔۔۔

اباجان اپنی چھڑی کے سہارے تقریباً لنگڑاتے ہوئے صحن میں داخل ہوئے۔ ان کا کرتا پسینے سے بھیگ گیا تھا۔ انہیں دیکھتے ہی عورتوں نے اپنے اپنے لباس درست کیے اور اپنے سروں کو ڈھنکا اور ان کی بین کرنے کی آواز اونچی ہوگئی۔ عادل نے جلدی سے اٹھ کر انہیں مونڈھا پیش کیا اور ان کے قریب کھڑا ہوگیا۔ وہ اپنی سانسیں درست کر رہے تھے۔ بھابی گلاس میں پانی لے آئیں۔ انہوں نے تین سانس میں پانی پیا اور عادل کی طرف دیکھ کر بولے:

''شہر میں سناٹا ہے اور انسان کے نام پر صرف پؤس والے ہی نظر آتے ہیں۔'' انہوں نے جیب سے رومال نکال کر پسینہ پونچھا اور کچھ سوچنے لگے۔

''اباجان، میت کب تک ملے گی اور کفن دفن''۔۔۔ عادل نے پوچھا

''میت کا تو مجھے نہیں پتہ۔ پوسٹ مارٹم کے بغیر تو لاش نہ دینے کے۔ میں تو مسجد گیا تھا کہ امام صاحب سے کفن وغیرہ کا انتظام ہو جاتا''۔۔۔ اتنا کہہ کر وہ چپ ہوگئے۔

''پھر کیا ہوا؟''

''اگر پورا شہر ہی قبرستان بن گیا تو کفن دفن کون کرے گا۔'' وہ دھیرے سے بولے جیسے خود کو جواب دے رہے ہوں۔

''کیا مطلب؟'' وہ چونک پڑا۔

''امام صاحب بتا رہے تھے اسپتال میں لاشوں کا ڈھیر لگا ہوا ہے۔ پوسٹ مارٹم کرنے والوں کی کمی ہوگئی ہے۔ لوگ رشوت دے کر اپنے رشتے داروں کا پوسٹ مارٹم کروا رہے ہیں۔ مسجد میں کفن دفن کا جو سامان ہوتا تھا وہ ختم ہو چکا ہے اور قبرستان میں یہ عالم ہے کہ گورکن تک

غائب ہیں!'' ابا جان کا یہ جملہ شاید عورتوں نے سن لیا تھا اور وہ زور زور سے رونے لگی تھیں ۔

''گو کہ غائب ہیں سے کیا مطلب؟'' عادل نے تعجب سے پوچھا۔

''بھاگ گئے یا مارے گئے پتہ نہیں ۔ سنا ہے کہ جو لوگ پولیس کی گولی سے زخمی ہو گئے تھے اور اپنے گھر پہنچ کر مر گئے پولیس ان پر فساد کرنے کا کیس درج کر رہی ہے ۔ اس ڈر سے بہت لوگوں نے اپنے گھر کے آنگنوں میں اپنے رشتے داروں کو دفن کر دیا ہے ۔۔۔ یا اللہ یہ کیسا وقت آ پڑا ہے کن گناہوں کی سزا دے رہا ہے ۔'' ابا جان نے لمبی سانس لے کر مایوس لہجے میں کہا اور اپنی چھڑی کی موٹھ پر اپنی ٹھوڑی ٹکا دی ۔

عادل نے ابا جان کو اتنا اداس کبھی نہیں دیکھا تھا اس وقت بھی نہیں جب ایمرجنسی کے بعد پارلمنٹ کے انتخابات میں اندرا گاندھی اپنے دونوں حلقہ انتخاب سے الیکشن ہار گئی تھیں ۔ جنوبی ہند کے علاوہ سارے ملک میں کانگریس اپنی نو زائیدہ سیاسی جماعت جنتا پارٹی سے ہزیمت اٹھا رہی تھی اور یو پی جسے کانگریس کا قلعہ تصور کیا جاتا تھا وہیں پر اس کی حالت نہایت خستہ تھی ۔ ابا جان سارا دن ریڈیو سے چپکے الیکشن بلیٹن سنتے رہے تھے ۔ آل انڈیا ریڈیو نے رات میں دو بجے جب رائے بریلی حلقہ انتخاب سے ان کی شکست کی خبر سنائی تھی تو وسط مارچ کی سرد رات میں بھی ان کے چہرے پر پسینہ پھوٹ پڑا تھا ۔ اس خبر کے بعد ریڈیو نے جب اپنے وقت کا یہ مشہور فلمی گیت بجایا تھا ۔ ''جھمکا گرا رے بریلی کے بازار میں'' ۔۔۔ تو ابا جان نے غصے میں آ کر ریڈیو بند کر دیا تھا ۔۔۔

''ابا جی اگر یہی حالات رہے تو چھوٹے میاں کی مٹی'' ۔۔۔ اتنا کہہ کر عادل چپ ہو گیا۔

''ہم چار لوگ کندھا دینے کے لیے کافی ہیں ۔'' ابا جی نے عزم کے ساتھ کہا۔

بڑے میاں اتنے بوڑھے بھی نہیں تھے کہ بزرگی کی وجہ سے ان کا یہ نام پڑ گیا ہو ۔ وہ خاندان کے لڑکوں میں سب سے بڑے تھے اس لیے گھر والے انہیں بچپن ہی سے اسی نام سے پکارنے

لگے تھے ۔اِس وقت پچاس پچپن کے پیٹے میں رہے ہوں گے ۔عید کی نماز کے بعد وہ بھگڈر میں پیچھے چھوٹ گئے تھے انہوں نے اپنی نظروں سے چھوٹے میاں کو صدر دروازے کی طرف بھاگتے ہوئے دیکھا تھا ۔وہ دوڑ کر ایک رات والی مسجد میں جا گھسے تھے ۔مسجد میں اپنے ہی پیروں پر کھڑے ہونے کی جگہ نہیں تھی گرمی اور حبس الگ ، پھر بھی لوگ جان بچانے کے لیے شاید اس چھوٹی سی مسجد کو سب سے بہتر پناہ گاہ سمجھ کر گھستے جا رہے تھے ۔اچانک ہی گولیاں چلنے کی آواز ہوئی اور لوگ ایک دوسرے پر گرنے لگے ۔ بڑے میاں نے محسوس کیا کہ مسجد کے دروازے سے کسی نے کسی پر گولی چلائی ہے ۔ کچھ لوگ ان پر گرے اور وہ ان کے ساتھ فرش پر آ رہے ۔ نہ جانے کتنے لوگ ان کے اوپر پڑے ہوئے تھے ۔ان کا دم گھٹنے لگا تھا انہوں نے اپنے اوپر پڑے ہوئے لوگوں کو ڈھکیلنا چاہا لیکن وہ سب ایسے پڑے تھے جیسے ان میں جان ہی نہ ہو ۔انہوں نے اپنی پیٹھ کے نیچے گرم گاڑھے سیال کو پھیلتے ہوئے محسوس کیا ۔

”مر گئے کیا سب؟“ایک آواز آئی تھی ۔

”لگتا تو ایسے ہی ہے ۔بہوت چربی چڑھی رہی سالوں کو“ دوسری آواز قدرے بلند تھی ۔

وہ چپ چاپ پڑے رہے ۔ان کا رواں رواں موت کے خوف سے کانپ رہا تھا ۔انہیں یاد آیا کہ عیدالضحیٰ کے روز، پہلے جانور کی قربانی کے بعد جب دوسرے جانور کو کھینچ کر لایا جاتا تھا تو وہ جانور کتنی مزاحمت کرتا تھا اور اس کا ایک ایک بال کس طرح کھڑا ہو جاتا تھا ۔وہ نہ جانے کتنی دیر اسی طرح پڑے قُل پڑھتے رہے تھے ۔کافی دیر بعد ان کے اوپر کا بوجھ کچھ ہلکا ہوا تو انہوں نے اپنے اوپر پڑے ایک بے حس و حرکت جسم کو ڈھکیل کر گرایا اور جب وہ کسی طرح اٹھ کر کھڑے ہوئے تو انہوں نے دیکھا کہ فرش پر کئی لاشیں پڑی ہوئی ہیں ۔بڑے میاں نے اس جسم کو دیکھا جسے انہوں نے اوپر سے ڈھکیلا تھا، وہ ایک سترہ اٹھارہ سال کا نوجوان تھا ۔اس کی مسیں بھیگ رہی تھیں گولی شاید اس کی پیٹھ میں لگی تھی ۔اس کی آنکھیں نیم وا تھیں ۔بڑے میاں کو لگا جیسے وہ انہیں غور سے دیکھ رہا ہو ۔انہوں نے بے اختیار جھک کر اس کے سینے پر ہاتھ رکھ دیا کوئی حرکت نہیں تھی ۔”یا اللہ چھوٹے میاں کو محفوظ گھر پہنچا دیجیو“ انہوں نے لمبی سانس لے کر دعا مانگی تھی ۔ان کی یہ دعا بے شمار معصومین کی دعاؤں کے پرشور ہجوم میں شاید اللہ میاں تک

نہیں پہنچی تھی اور جب چھوٹے میاں دونوں ہاتھ اٹھا کر صدر دروازے سے باہر نکلے ہی تھے کہ ایک گولی سیدھے پیٹ میں لگی تھی۔۔۔

بڑے میاں کسی طرح بچاتے بچاتے گھر پہنچے تھے۔ ان کے کپڑوں پر خون کے دھبے دیکھ کر گھر کے تمام افراد رونے لگے تھے۔ انہوں نے بڑی مشکل سے انہیں سمجھایا تھا کہ وہ بالکل خیریت سے ہیں اور ان کی پیٹھ پر جو خون ہے وہ کسی اور کا ہے۔ فوراً ہی سب کے منہ سے کلمہ شکر ادا ہوا تھا۔ انہیں یہ جان کر حیرت ہوئی تھی کہ چھوٹے میاں جو اُن سے پہلے عید گاہ سے نکلا تھا وہ چار گھنٹے بعد بھی گھر نہیں پہنچا تھا۔ شہر میں کرفیو لگ چکا تھا اور پولیس اور پی اے سی کے جوان مسلمان علاقوں میں گشت لگا رہے تھے۔ ضلع انتظامیہ نے دیکھتے ہی گولی مار دینے کا حکم جاری کر دیا تھا۔ چھوٹے میاں کا انتظار رات بھر کیا جاتا رہا۔ گھر والے برے اندیشوں کو یہ کہہ کر باطل ٹھہرانا چاہتے تھے کہ:

"عید گاہ کے آس پاس میں کسی جاننے والے کے گھر پناہ لی ہوگی۔"

بڑے میاں کا خیال تھا کہ چھوٹے میاں اپنے سینئر وکیل راجندر بھاٹیہ کے گھر بھی جا سکتے ہیں، کیونکہ اس کا مکان عید گاہ سے قریب پنجابی کالونی میں تھا۔ صبح بڑے میاں جان کی پرواہ کیے بغیر اپنے بھائی کی تلاش میں نکل پڑے تھے۔ وہ سب سے پہلے پنجابی کالونی میں راجندر بھاٹیہ کے مکان پر جا پہنچے تھے۔ بھاٹیہ نے جب چھوٹے میاں کے بارے میں اپنی لاعلمی ظاہر کی تو بڑے میاں کا دل بیٹھنے لگا تھا۔ بھاٹیہ نے کپڑے تبدیل کیے تھے اور کالا کوٹ پہن کر بڑے میاں کو اپنی اینفیلڈ موٹر سائیکل پر بٹھا کر پولیس تھانے لے آیا تھا۔ یہاں تو پولیس پر جیسے خون سوا تھا۔ وہ نہ کچھ سننا چاہتی تھی اور نہ ہی کسی سوال کے لیے جوابدہ تھی۔ بڑے میاں کے ساتھ ایک سینئر وکیل کو دیکھ کر اس نے اتنی رعایت کی تھی کہ ان سے یہ نہیں پوچھا تھا کہ:

"بھیں چود! یہاں کیا کرنے آئے ہو؟"

پولیس نے انہیں کہہ دیا تھا کہ سول اسپتال میں جا کر معلوم کریں۔ دونوں جب سول اسپتال پہنچے تو ایک ماتم بپا ہوا تھا۔ کوئی کسی کا پرسان حال نہیں تھا۔ پولیس کی گولی سے زخمی ہونے والے فرش پر یا لوہے کے پلنگ پر پڑے تڑپ رہے تھے۔ ایسا لگتا تھا جیسے سارا شہر پولیس کی گولی کھا

183

کر اسپتال پہنچ گیا ہو۔ بڑے میاں پاگلوں کی طرح ایک ایک بستر پر جا کر زخمیوں میں اپنے چھوٹے میاں کو تلاش کرتے اور مایوس ہو جاتے۔ بھاٹیہ نے ایک وارڈ بوائے کی مٹھی میں دس روپے دبائے تھے وہ انہیں اسپتال کے دوسرے کنارے پر بنے اصطبل جیسے ایک بڑے سے اندھیرے کمرے میں چھوڑ گیا تھا، جہاں بدبو کے بھبھکے اٹھ رہے تھے دونوں نے بیک وقت اپنی جیبوں سے رومال نکال کر ناک پر رکھ لیے تھے۔ جب ان کی آنکھیں اندھیرے سے مانوس ہو گئی تھیں تو انہیں فرش پر بہت سارے مردہ جسم پڑے نظر آئے تھے۔ خون کے دھبوں والے فرش پر بے ترتیب لاشوں کے درمیان انہیں چھوٹے کی لاش کو ڈھونڈنے میں زیادہ وقت نہیں لگا تھا۔ اپنے جوان بھائی کی لاش کو دیکھ کر وہ لرزنے لگے تھے اور پھر لاش کے پاس بیٹھ کر پھوٹ پھوٹ کر رو پڑے تھے۔ انہیں یقین ہی نہیں ہو رہا تھا جو بھائی کل صبح ان کے ساتھ عید کی نماز پڑھنے آیا تھا اب وہ محض ایک لاش ہے! چھوٹے کے پیٹ میں بڑا سا سوراخ تھا اور کرتے پر سیاہی مائل خون پھیلا ہوا تھا۔ انہوں نے اس کے پھولے ہوئے چہرے کو چھوا وہ کچھ نرم محسوس ہوا۔ لاش کے خراب ہونے کا عمل شروع ہو چکا تھا۔ بھاٹیہ کسی مجرم کی طرح سر جھکا کر کھڑا ہو گیا تھا۔ لبالب بھر آئی آنکھوں سے اسے فرش پر خون کے پانی میں گھلتے رنگ آ نظر آ رہے تھے۔

بھاٹیہ نے پوسٹ مارٹم کی کاروائی کو جلدی ختم کرنے کے لیے اسپتال کے عملے کو کچھ روپے دیے تھے۔ رسمی پوسٹ مارٹم کے بعد پولس نے لاش کو نو انجیکشن کی سند اس شرط کے ساتھ دی تھی کہ لاش کو گھر نہیں سیدھے قبرستان لے جایا جائے گا۔ پولس کے بموجب غسل اور کفن کا بندوبست قبرستان ہی میں کر دیا گیا تھا۔ بڑے میاں نے جب اصرار کیا تھا کہ گھر کی عورتیں لاش کا آخری دیدار کرنا چاہیں گی تو داروغہ نے انہیں گھور کر دیکھا تھا اور ڈپٹ کر کہا تھا:

"آخری دیدار قیامت میں بھینٹ ہونے پر کر لینا۔ شکر مناو، لاش دے رہے ہیں ڈنگا کرنے اور پولس پر حملہ کرنے کا کیس نہیں بنا رہے ہیں۔"

بھاٹیہ نے بڑے میاں کے کندھے پر ہاتھ رکھ دیا تھا اور کہا تھا:

"چلیے بھائی صاحب۔"

سفید کپڑے میں لپٹی ہوئی چھوٹے بڑے میاں کی لاش کو بڑے میاں نے ایک ایمبولینس میں رکھوایا، جس میں پہلے ہی سے چار لاشیں، کسی ٹیمپو میں سمنٹ کی بوریوں کی طرح لدی ہوئی تھیں۔ ایمبولینس کا انتظام پولیس نے ہی کر رکھا تھا۔ ایمبولینس کو گھیرے کھڑے دس بارہ لوگ غمزدہ ہی نہیں خوف زدہ بھی نظر آ رہے تھے وہ بار بار ایمبولینس کے کھلے دروازے سے اندر رکھی لاشوں کو دیکھ لیتے تھے۔

بھاٹیہ نے بڑے میاں کو موٹر سائیکل پر بیٹھنے کے لیے کہا تو وہ ”ابھی آیا“ کہہ کر برآمدے میں رکھی اس میز کی طرف چل دیے جہاں دو پولیس والے بیٹھے لاشوں کو سند دے رہے تھے ان کے اطراف میں پندرہ بیس لوگ کھڑے تھے۔ وہیں وہ داروغہ بھی کھڑا تھا جس نے بڑے میاں کو دھمکی دی تھی۔ بھاٹیہ ان کے پیچھے چل پڑا۔

”سنیے“ بڑے میاں نے داروغہ سے کہا جو لا   تعلقی سے کھڑا سگریٹ پی رہا تھا۔ اس نے بڑے میاں کی طرف دیکھ کر خوفزدہ کرنے والے انداز میں، پھر اپنی آنکھیں بڑی بڑی کر لیں۔

”ہمارا عقیدہ ہے کہ انشاءاللہ ہم بھائیوں کی آخرت میں ضرور ملاقات ہو گی اور آپ کو بھی وہیں آنا ہے۔“ چھوٹے سے قد کے بڑے میاں نے داروغہ کی آنکھوں میں دیکھتے ہوئے سرد لہجے میں کہا۔ ” تب میں اللہ تعالیٰ کے سامنے آپ سے پوچھوں گا کہ میرے بھائی نے عید کی نماز پڑھنے کے بعد ایسا کیا جرم کر دیا تھا کہ پولیس نے اسے گولی مار دی؟ اس وقت آپ کو اس سوال کا جواب ضرور دینا ہو گا۔“

بھاٹیہ نے دیکھا کہ داروغہ کی آنکھیں سکڑ گئیں اور وہ خالی خالی نظروں سے بڑے میاں کے چہرے کے ٹھہراؤ کو بس دیکھتا رہ گیا۔ بڑے میاں جیب سے رومال نکال کر چہرے پر ابھر آنے والے پسینے کے قطروں کو پونچھتے ہوئے پلٹ کر گیٹ کی طرف چل دیے۔ بھاٹیہ نے پلٹ کر داروغہ کو دیکھا اور اسے حیرت زدہ چھوڑ کر بڑے میاں کے پیچھے تپتی دھوپ میں چلنے لگا۔

داروغہ ہونٹوں میں سگریٹ دبائے، حیرت سے اس دبلے پتلے سانولے رنگ کے پستہ قد ہمر شخص کو دیکھتا گیا جس کی آواز میں اسے ایسا اعتماد نظر آیا تھا جو عموماً بے گناہ ملزمین کی آواز میں ہوتا ہے ۔ وہ بڑے میاں کو، چمکتی دھوپ اور تپتی کچی زمین پر چھوٹے چھوٹے قدم

اٹھاتے ہوئے اسپتال کا وسیع صحن پار کر کے گیٹ کی طرف بڑھتے ہوئے اس وقت تک دیکھتا رہا جب تک کہ کینچی چھاپ سگریٹ جلتے ہوئے اس کے ہونٹوں تک نہ آ گئی اور ہونٹوں میں گھل جانے والے تمباکو اور چنگاری نے اس کے ہونٹوں کو جلا نہ دیا۔۔۔

بھاٹیہ نے ایمبولینس کی کھڑکی سے سر نکال کر جھانکتے ڈرائیور کے کان میں دھیرے سے کہا کہ ''اگر پانچ منٹ کے لیے گھر کی عورتوں کو میت کا دیدار کرا دیں تو کیا حرج ہے۔''

''نہیں نہیں۔اللہ قسم میں نہ جانے کا۔دروغہ جی نے جو کہا ہے میں اتنا ہی کروں گا۔''

بھاٹیہ نے اسے بہت سمجھانا چاہا لیکن وہ پولیس کے خوف سے تیار ہی نہیں ہو رہا تھا۔ بھاٹیہ کا ہاتھ پتلون کی جیب میں گیا اور جب وہ باہر آیا تو مٹھی بندھی اس نے اپنی بند مٹھی ڈرائیور کی قمیض کی جیب میں اپنی بند مٹھی کھول دی۔ اس نے کنکھیوں سے اپنی جیب کی طرف دیکھا اور دھیرے سے بولا:

''اللہ رسول کی قسم بھائی جان میت کا معاملہ ہے اس لیے خطرہ مول لے رہا ہوں۔'' پھر وہ کچھ سوچ کر بولا ''دیکھیے بھائی جان میت کا دیدار ایمبولینس ہی میں کرائو،نہیں تو میرے لیے مصیبت ہو جائے گی۔''

اس بات پر اتفاق ہو گیا تھا۔ایمبولینس اوبڑ کھابڑ راستے پر ہچکولے کھاتی چل پڑی تھی۔ بھاٹیہ نے اپنی اینفیلڈ پر عادل اور بڑے میاں کو بٹھا لیا تھا اور ایمبولینس کے آگے آگے چلنے لگا تھا۔ ایمبولینس جیسے ہی بڑے میاں کے مکان پر پہنچی تھی،عورتیں ایمبولینس تک پہنچ کر پچھاڑیں کھا کھا کر بے حال ہو گئی تھیں۔ بڑے میاں کی چھوٹی بیٹی سفید چادر سے جھانکتے چچا کا زرد چہرہ دیکھ کر چیخ مار کر بے ہوش ہو گئی تھی۔ بھاٹیہ اور عادل نے بڑی مشکل سے گھر والوں کو سمجھا بجھا کر ایمبولینس آگے بڑھائی تھی۔ اب ایمبولینس تنگ گلی سے ہو کر اس سڑک پر آ گئی تھی جو پرانے قبرستان کی طرف جاتی تھی۔۔۔

باب ۷

تین روز گذر چکے تھے لیکن بدستور لگا ہوا تھا۔ زندگی معطل ہو گئی تھی اور لاشوں کی تدفین

اب بھی مسئلہ بنا ہوا تھا اور تھا کا د باؤ تھا کہ لاشوں کو فوراً اٹھا کا نے لگا وا اور اخبار والوں سے دور رہو۔ عید
گاہ کی فائرنگ کے دوسرے ہی روز سے خبروں کی بھوک میں مبتلا رہنے والے   اخباری
نمائندوں نے مراد آباد کی طرف ایسے کوچ کر دیا تھا جیسے چیونٹیاں چینی کی مہک کے پیچھے پیچھے
جوق در جوق چل پڑتی ہیں ۔ پولس اخبای نمائندوں کو شہر میں آزادانہ گھومنے کے پروانہ خیر
خواہی کے اس اظہار ساتھ ساتھ جاری نہیں کر رہی تھی کہ شہر میں بھاری مقدار میں اسلحہ موجود ہے کوئی
بلوائی انہیں بھی نشانہ بنا سکتا ہے۔ ایس ایس پی مسلمان صحافیوں کو سمجھا تا کہ ہندؤ بھی مشتعل ہیں
وہ بھی انتقامی کاروائی کر سکتے ہیں اور ہندو صحافیوں کو مسلمانوں کی جانب سے خوفزدہ کیا جاتا تھا۔
کچھ مان جاتے اور کچھ نہیں مانتے ۔۔۔ اخبارات شہر میں پوری طرح سے نہیں پھیل پا رہے
تھے نالخصوص مسلمان علاقوں میں ۔۔۔ اس لیے وہ بی بی سی کی نشریات پر انحصار کر رہے تھے
البتہ ہندو محلوں میں اخبارات کو پہنچانے میں پولس مدد کر رہی تھی۔ اخبارات کے نمائندے پولس
کی بریفنگ پر منحصر تھے ۔ پولس کی فراہم کردہ خبروں سے پورے ملک کو یہ پتہ چل گیا تھا کہ عید گاہ
میں فائرنگ پولس نے اپنے تحفظ میں کی تھی۔ مسلمانوں نے پہلے ہی سے فساد کی تیاری کر رکھی تھی۔
وہ لوگ اپنے ساتھ چھرے اور تلواریں لے کر آئے تھے اور نماز کی چادروں کے نیچے ہتھیار چھپا
کر رکھے گیے تھے !۔۔۔ مراد آباد پولس کو ریاستی حکومت اور پورے ملک کو یہ باور کرانے میں
صرف چوبیس گھنٹے لگے تھے کہ مراد آباد کی پولس فائرنگ پولس کی یک طرفہ کاروائی نہیں تھی بلکہ
مسلمانوں اور مہتروں میں پہلے سے چلی آ رہی کشیدگی کا نتیجہ تھا۔ فرقہ وارانہ خطوط پر کام کرنے والی
جماعتوں نے پولس کی اس تھیوری کو خوب ہوا دی تھی، لیکن چودہ اگست تک مراد آباد کے عام
ہندؤں کو سمجھ میں یہ نہیں آ رہا تھا کہ ان کے شہر میں مسلمانوں اور ہندؤں کے درمیان کوئی فرقہ
وارانہ جھڑپ نہیں ہوئی ہے تو اخبارات میں یہ خبریں کن بنیادوں پر شائع ہو رہی ہیں؟

عادل نے بڑی بے دلی سے رات کا کھانا اپنے کمرے میں منگوا کر کھایا تھا عید کے روز

187

سے گھر میں معمول کے مطابق دسترخوان نہیں لگ رہا تھا، جسے بھوک لگتی وہ کھالیتا کسی کا کوئی وقت مقرر نہیں تھا۔ عادل کی آنکھوں میں رہ رہ کر نصرت کا چہرہ گھوم جاتا تھا۔ کھانا کھا کر اس نے انجم سے چائے پینے کی خواہش ظاہر کی تھی اور ہاتھ منہ دھو کر کرتا پاجامہ پہن کر وہ چھت پر چلا گیا تھا۔ اس وقت بھی لوڈشیڈنگ تھی۔ گھر میں لالٹینیں جل رہی تھیں۔ چھت پر اس کا بستر لگا ہوا تھا۔ دن بھر کی دوڑ دھوپ نے اسے بری طرح تھکا دیا تھا پنڈلیوں میں درد ہونے لگا تھا۔ وہ سفید چاندنی والے بستر پر لیٹا تو اسے بڑا سکون محسوس ہوا۔ انتھنوں نے چائے کی فرحت بخش مہک کو تھکے ہوئے جسم کے رویں رویں تک پہنچا دیا تھا۔ انجم چائے کا پیالہ لے کر آ پہنچی تھی۔

"بہت تھک گیا ہوں بھابی" عادل نے اٹھ کر انجم کے ہاتھ سے پیالہ لیتے کہا۔

"دیکھ رہی ہوں صبح سے دوڑ رہے ہو۔ تھارے بھائی وہاں بمبئی میں، یہاں کاسن کر بہت پریشان ہو رہے ہوں گے" انجم نے تشویش سے کہا "کل موقع ملے تو افضل بھائی کے یہاں فون کر لینا۔"

"مشکل لگے ہے بھابی جان لگتا نہ ہے کہ پولس کرفیو اٹھائے گی۔"

اللہ خیر کرے" کہہ کر انجم عادل کو چائے پیتا چھوڑ کر چلی گئی۔ چائے کے ہر گھونٹ نے اس کے جسم میں تازگی کا احساس پیدا کر دیا تھا۔ پیالہ چارپائی کے نیچے رکھ کر دونوں ہتھیلیوں کو سر کے نیچے رکھ کر لیٹ گیا۔ آسمان پر ابر کا ایک ٹکڑا تک نہ تھا۔ ستارے راکھ میں رہ جانے والے کوئلے کے سلگتے ٹکڑوں کی طرح جلتے بجھتے دکھائی دے رہے تھے۔ وہ سوچنے لگا کہ بھائی جان کو فون کرنا ضروری ہے لیکن کیسے کرے گا فون؟ شہر میں تو کرفیو لگا ہوا ہے ......۔ کرفیو کا خیال آتے ہی اسے نصرت کی کھڑکی اور اس سے چھن کر آنے والی بلب کی روشنی یاد آ گئی ......۔

اس نے کروٹ لے کر آنکھیں بند کر لیں، جسم تھکن سے تو ٹوٹ رہا تھا لیکن آنکھوں میں نیند بالکل نہیں تھی اسے رہ رہ کر نصرت کا خیال آ جاتا اور آنکھوں میں اندھیرے میں ڈوبی کھڑکی سے چھنتی روشنی دکھائی دینے لگتی ......۔ جب وہ کروٹیں بدلتے بدلتے تھک گیا تو اٹھ کر، چارپائی پر پیر لٹکا کر بیٹھ گیا۔ اس وقت اسے لڈن چچا کی بیڑی، کی طلب محسوس ہو رہی تھی۔ کیا نصرت سوئی ہوئی ؟ اس نے سو چا اور تکیہ کے نیچے رکھی گھڑی کو آنکھوں کے قریب لا کر وقت دیکھا۔ اندھیرے میں

ٹھیک سے کچھ نظر نہ آیا۔ وہ اٹھ کر چھت کی کمر تک اونچی دیوار پر دونوں کہنیاں رکھ کر جھک کر گلی میں دیکھنے لگا۔ گلی میں دور دور تک اندھیرا اور سناٹا تھا۔ دھند لے شیشوں والے لیمپ پوسٹوں کو بھی لوڈ شیڈنگ نے اندھا کر دیا تھا۔ کیا نصرت بھی میری طرح جاگ رہی ہوگی؟ اسے کیا میری یاد نہیں آرہی ہوگی؟ کتنے دن ہو گئے نصرت سے ملے؟ اس نے انگلیوں پر گنا، رمضان کے پورے مہینے میں وہ اکیلے میں نہیں مل سکے تھے۔ ۷ رمضان کو اس کی ملاقات صالحہ کے گھر پر افطاری کی مخصوص دعوت میں ہوئی تھی۔ صالحہ کے گھر پر افطاری کی دعوت کے لیے بھی احمد علی نے ہی امجد کو منایا تھا۔ آج پورا ہفتہ ہو رہا تھا۔ اس کے اور نصرت کے درمیان طے پایا تھا کہ دونوں عید کی شام کو شہر سے باہر کے ویران رہنے والے آم کے باغ میں ملیں گے۔۔۔۔۔

عادل اچانک ہی مڑا اسے کسی نے پکارا تھا۔۔۔۔ نرم اور میٹھی آواز میں! ۔۔۔۔ وہ سیڑھیوں کی طرف چل پڑا۔۔۔۔ وہ دبے پاوں سیڑھیاں اتر کر صحن عبور کر کے دروازے کی چٹخنی اتار کر بہت آہستہ سے دروازہ کھول کر باہر گلی میں نکل آیا تھا۔۔۔۔ گلی کے اندھیرے اور سناٹے میں وہ اپنے دل کی دھڑکن کو بہت صاف سن رہا تھا۔ وہ دبے تلے قدم اٹھاتا ہوا کسی معمول کی طرح اس سمت چلا جا رہا تھا، جہاں سے اسے کوئی پکار رہا تھا۔۔۔۔ سڑک کے بیچوں بیچ ایک ملگجا سا ہیولا کھڑا ہوا تھا۔ اتنی رات کو اسے کس نے پکارا ہے؟ اس نے کچھ آگے بڑھ کر اسے دیکھنا چاہا، لیکن وہ اس کا چہرہ پھر بھی نہیں دیکھ سکا کیونکہ وہ جتنا آگے بڑھتا وہ ہیولا اس سے اتنا ہی دور ہو گیا تھا۔ اس نے تاروں کی روشنی میں ہیولے کو غور سے دیکھا۔ اس نے ایک بہت بڑی سفید چادر سر سے پیر تک اوڑھ رکھی تھی۔۔۔۔ "ارے!" بے ساختہ اس کے منہ سے نکلا۔ چادر پر جا بجا خشک خون کے دھبے تھے۔۔۔۔ اس نے لپک کر اسے جالیا۔ ہیولا اس کی طرف پیٹھ کیے کھڑا تھا۔ اس نے سوچا کہ شاید پولیس کی گولی کا شکار ہوگا اور۔۔۔۔ لیکن اتنی رات گئے وہ اس ویران گلی میں کیا کر رہا ہے؟ اس نے قریب جا کر ہیولے سے پوچھا:

"کہاں جانا ہے؟"

ہیولا ایکدم سے مڑا، اس کا چہرہ اندھیرے میں واضح نہیں ہو رہا تھا۔ چادر اس کے سر ہی نہیں اس کی پیشانی کو بھی ڈھک رہی تھی جس کی وجہ سے اس کی آنکھوں کے گرد سیاہ حلقے بہت

گہرے اور خوفناک نظر آ رہے تھے ۔اس کی ستواں ناک سے بہہ کر ہونٹوں تک گرنے والی خون کی ایک لکیر صاف دکھائی دے رہی تھی ۔شاید جبڑا ٹوٹا ہوا تھا اس لیے اس کا منہ کچھ ٹیڑھا لگ رہا تھا ۔۔۔۔۔۔جو میلی کچی چادر اس نے اوڑھ رکھی تھی وہ بڑی بوسیدہ تھی اور اس پر اس کے گھسڑے جانے کے گہرے نشان تھے، جیسے اسے دور تک بڑی بے رحمی سے گھسیٹا گیا ہو۔

”کہاں جانا ہے؟“اس نے پھر پوچھا۔

”گل شہید!“ہیولا نے نحیف سرسراتی آواز میں کہا۔

”کون ہو تم؟ گل شہید میں کس کے یہاں جانا ہے؟“عادل نے حیرت سے پوچھا۔

”تم مجھے نہیں جانتے؟“

”نہیں ۔“

وہ اپنے ٹوٹے ہوئے جبڑوں کو کھول کر زور سے ہنسا لیکن اس کی یہ ہنسی بے آواز تھی۔اس کا منہ کھلا ہوا تھا اور دانتوں پر گاڑھا گاڑھا لہو جما ہوا تھا ۔وہ بے آواز ہنسی ہنستا ہوا گلی کے اندھیرے میں اتر گیا اور پھر اس میں ایسے گھل گیا جیسے پانی میں کوئی سیال رنگ گھل جاتا ہے ۔۔۔۔کوئی پاگل ہے شاید؟ لگتا ہے پولس نے سڑک پر گھسیٹ کر خوب پیٹا ہے ۔سوچ کر اس نے سر کو جھٹکا اور پھر چل پڑا ۔۔۔۔۔

نہ جانے کتنی گلیوں کو پار کر کے وہ ٹھیک اس کھڑکی کے نیچے جا کھڑا ہوا جہاں سے ہلکی ہلکی روشنی چھن رہی تھی ۔وہ سر اٹھا کر اشتیاق سے کھڑکی کو تکنے لگا جس سے لالٹین کی پیلی روشنی پھیل رہی تھی ۔۔۔۔۔اسے پھر کسی نے پکارا تھا، وہ خود پر قابو نہ رکھ سکا اور کھڑکی کی دیوار کو ٹٹولنے لگا ، جیسے اوپر جانے کا کوئی راستہ تلاش کر رہا ہو ۔اچانک ہی روشنی کا ایک دائرہ اس پر مرکوز ہو گیا اور پھر وہ بڑھتا چلا گیا اس کے ساتھ گھر گھر کی آواز بھی بڑھتی ہوئی بالکل قریب آ گئی۔

تیز روشنی میں کوئی شبیہہ واضح نہیں تھی ان میں سے کسی نے زور سے چیخ کر پوچھا تھا۔”اوے کون ہے؟“ پھر بھاری بوٹوں کی آواز کے ساتھ چل کر کچھ لوگ اس کے قریب آ گئے تھے ۔وہ چار تھے ۔اندھیرے میں بھی عادل نے ان کی وردی کے خاکی رنگ کو دیکھ لیا تھا ۔کسی نے پیچھے سے ”مادر چود ۔۔۔“ کہہ کر کمر پر بندوق کے کندے سے وار کیا، عادل اس کی ضرب کی

قوت سے منہ کے بل فرش پر گر پڑا تھا۔ کھٹ کھٹ بندوق کے کندے اس کے کندھوں پر کمر اپر پر پیٹھ پر پڑنے لگے تھے وہ دونوں بازوؤں اور گھٹنوں میں اپنا چہرہ چھپا کر درد سے ہونٹوں کو بھینچ کر بیٹھ گیا تھا۔۔۔۔۔ ایک مضبوط اور سخت پنجے نے اسے گردن سے پکڑ کر کھڑا کیا تھا اور اس کی کمر پر ایک ٹھوکر ماری گئی تھی جس نے اسے جیپ میں لوہے کے ٹھنڈے فرش پر پھینک دیا تھا۔ اس کا سر کسی سخت شئے سے ٹکرایا تھا اور اس کی آنکھوں میں اندھیرا بھر گیا تھا ، ڈوبتے احساسات کے درمیان اسے کچھ آوازیں سنائی دے رہی تھیں اور رفتہ رفتہ وہ بھی کسی مٹکے میں گونجنے والی آواز کی طرح پھیلتی چلی گئی تھیں۔۔۔۔۔

اسے جب ہوش آیا تو اس نے خود کو سخت چمڑے کے جوتوں والے پیروں اور بندوقوں کے کندوں کے درمیان پڑا ہوا پایا۔ اس کے سر کے پچھلے حصے میں شدید درد ہو رہا تھا۔ اس کے نتھنوں میں ٹھرے کی بو بھری ہوئی تھی۔

”یہ سالا اتنی رات میں سڑک کی پیمائش کیوں کر رہا تھا؟“ کوئی بولا۔

”بہوت حرامی ہیں یہ سالے، ضرور کوئی فتنہ گری کر رہا ہوگا۔“

”کوئی ہوشمند تو ایسی پرستی تھی میں تو گھر سے نہ نکلنے کا۔“

”پاگل تو نہیں لگتا۔“

”اب پاگل اور سمجھدار کی پہچان بہوت کٹھن ہوگئی ہے ۔ پاگل، ہوشمند دکھے ہے اور ہوشمند، پاگل! کیوں یادو جی۔“

”تب مارو سالے کو۔“

”نہیں! گولی سترہ روپے کی آر ہی ہے برباد مت کرو۔“

وہ جیپ کے فرش پر پڑا اس رہا تھا اور سوچ رہا تھا کہ یہ لوگ کہاں کہاں سے آگئے؟ اسے کہاں لے جایا جار ہا ہے؟ کہیں مڈبھیڑ کرنے تو نہیں لیے جار ہے ہیں؟ یہ سوچ کر اس کے پسینے چھوٹ گئے۔ سر کی چوٹ نے اسے تقریباً مفلوج کر دیا تھا اس میں اٹھنے کی سکت نہیں تھی، اس کا دماغ کام تو کر رہا تھا لیکن اسے ہر بات کچھ تو قف سے سمجھ میں آر ہی تھی۔

”سب بھوسڑی والے گھس گئے ہیں بل میں۔“

”بھیڑیسے کا گوشت کھا کھا کر سالوں کی بُدھی پر بھی چربی چڑھ گئی ہے۔“

”پولس کپتان صاحب نے شروع میں بڑے کے کاٹنے پر کڑی کاروائی کی تھی، لیکن پھر ان کے دھرم پر بھی روپیہ بھاری پڑ گیا۔“

”تم سالے بابھن تو ہو نہیں، پھر تمھیں گئو ماتا اور بیل بھینسوں کے سلاٹر پر اتنا کرودھ کیوں ہے؟“

”جب تک یہ کٹوا لوگ بڑا گوشت کھاتے رہیں گے ان کے رکت کی گرمی کم نہیں ہو گی۔ دیکھ لو جب بھی کہیں کوئی بلوہ ہوتا ہے یہ سالے ہمئی لوگوں پر حملہ کرنے لگتے ہیں۔ بتاؤ ان میں اتنی شکتی اور ساہس کہاں سے آتا ہے؟۔۔۔۔ صرف بڑے کے گوشت کا کمال ہے بابو صاحب!“

عادل کے حواس اب پوری طرح سے بحال ہو گئے تھے۔ پولس والوں کی باتوں کی گونج اب بھی اس کے کانوں میں سیٹیاں بجا رہی تھی۔ اب اس کی سمجھ میں آنے لگا تھا کہ عیدگاہ میں بحث و تکرار میں بے دریغ گولیاں کیوں چلی تھیں؟ ۔۔۔۔۔

شہر کی اندھیری اور مخدوش گلیوں میں صبح کا اجالا دھویں کی طرح پھیلنے لگا تھا لیکن گلیاں اور سڑکیں اب بھی ویران تھیں۔ جیپ کو دیکھ کر آوارہ کتے بھی دم دبا کر ایسے بھاگ لیتے تھے جیسے میونسپلٹی کی کتا پکڑنے والی گاڑی آ گئی ہو۔ انسانوں میں رہتے رہتے کتوں میں بھی انسانوں والی خطرے کو محسوس کرنے والی حسیں بیدار ہو گئی تھیں۔

فورٹ کے ٹیلی گراف آفس میں عظیم رات آٹھ بجے سے بیٹھا مراد آباد میں اپنے دوست اور پارٹنر بلراج کو بلی کو فون لگانے کی کوشش کر رہا تھا لیکن کبھی لائن بزی ہوتی تو کبھی ریسیور میں گہری خاموشی رہتی۔ تین روز سے وہ ٹیلی گراف آفس اس امید کے ساتھ آ رہا تھا کہ شاید فون لگ جائے اور ہر بار مایوسی ہی ہوتی تھی۔ افضل قریشی نے بھی اپنے قصبے امروہہ میں اپنے ایک عزیز کے گھر فون لگا کر خیریت معلوم کرنے کی کوشش میں بیسیوں فون ڈالے تھے لیکن

آپریٹر کا وہی رٹا رٹایا جواب ہوتا کہ ''لائنز آر بزی ۔'' …… آج عظیم نے جیسے تہیہ کر لیا تھا کہ رات کے چاہے بارہ بج جائیں وہ گھر اور شہر کے حالات معلوم کر کے رہے گا۔ وہ اپنے ساتھ اردو اور ہندی کے سارے اخبار لے آیا تھا کہ ٹیلی گراف آفس میں بیٹھ کر فون لگاتا رہے گا اور وقت گذاری کے لیے اخبارات چاٹتا رہے گا اور وہ یہی کر بھی رہا تھا ۔   ہفت روزہ اردو بلٹز' آج ہی نکلا تھا ۔ اس کے خصوصی نامہ نگار کی تفتیشی رپورٹ کے مطابق عید گاہ میں باون لوگ کچل کر مرے تھے جن میں انیس بچے تھے جن کی عمریں گیارہ سال سے بھی کم تھیں ۔ سب سے زیادہ لوگ پولس کی گولیوں کا شکار ہوئے تھے ۔ مشتعل مسلمانوں نے تھانہ گلی شاہ پر حملہ کر کے آگ لگا دی تھی ۔ نامہ نگار نے سوال اٹھایا تھا کہ اگر دو فریقوں میں جھگڑا ایچ ایس بی کالج کے گیٹ پر ہوا تھا تو عید گاہ کے اندر نمازیوں کو گھیر کر گولی مارنے کی کیا وجہ تھی؟ دوسرا سوال تھا کہ ایک فرقے کے مقدس دن پر ڈیڑھ سو لوگ مار دیے جائیں تو اس کا مشتعل ہو کر تھانے پر حملہ کرنا کیا فطری ردِعمل نہیں ہے؟ …… ڈیڑھ سو لوگوں کی ہلاکت کا تصور، ہی عظیم کے لیے رونگٹے کھڑے کر دینے والا   تھا ۔ عید گاہ میں مارے جانے والے بچوں کے بارے میں پڑھ کر اسے اپنے چھوٹے بھائی بلو کی یاد آ گئی اس کی عمر بھی تو دس گیارہ سال ہے ۔ ایک بار پھر اس کا دل بیٹھنے لگا اور وہ اپنے خاندان کی سلامتی کی دعائیں مانگنے لگا ۔…… تقریباً دو گھنٹے بعد بلراج کے گھر فون لگ گیا تھا ۔

''پاپاجی ست سری اکال، میں احمد عظیم بول رہا ہوں ۔'' بلراج کے پتاجی کی آواز کو پہچان کر عظیم نے تقریباً چیختے ہوئے کہا۔ پاپاجی کی بھاری آواز سن کر سے ایسی ہی خوشی ہو رہی تھی جیسے اس نے اپنے اباجی کی آواز سن لی ہو۔

''ست سری اکال ۔ ہم تو ٹھیک ہیں پُتر، تُو کیسا ہے؟'' پاپاجی بھی چیختے ہوئے بولے، ان کی آواز میں عظیم کو شفقت کی مٹھاس محسوس ہوئی اور پتہ نہیں کس جذبے سے اس کی آنکھیں بھر آئیں ۔

''بلراج کیسا ہے؟''

''او پرسوں نے چلا گیا ہے ۔''

''میرے گھر کا کیا حال   ہے؟ میرا دل بہت گھبرا رہا ہے پاپاجی ۔ میری کسی سے بات ہی نہیں

ہو پار ہی ہے۔ آپ کو فون بڑی مشکل سے لگا ہے۔''

''دل چھوٹا نہ کر بچے، شہر میں کرفیو لگا ہوا ہے کسی کی کوئی خبر نہیں مل پا رہی ہے وہ یگو رو نے چاہا تو سب چنگے ہوں گے۔ بلراج نے کل تمھارے گھر جانے کی کوشش کی تھی لیکن پولیس نے اسے راستے ہی میں روک کر واپس بھیج دیا۔''

''یہ سب کیا ہو رہا ہے پاپا جی؟'' عظیم رو ہانسا ہو گیا۔ ''کچھ نہیں پتر سب سیاست ہے۔ یہ دنگا نہیں ہے لیکن دنگا کرانے کی کوشش ضرور ہو رہی ہے۔۔۔۔ٹوں ٹوں ٹوں۔۔۔۔'' اچانک فون کا سلسلہ منقطع ہو گیا۔ عظیم نے بوکھلا کر کریڈل کو کھٹا کھٹا کر رابطے کو استوار کرنے کی کوشش کی لیکن ناکام رہا۔ فون کا بل ادا کر کے وہ سڑک پر آ گیا۔

دفتروں والے اس علاقے میں شام کے رات میں بدلتے ہی ویرانی چھا جاتی تھی، عظیم کو آج یہ ویرانی اپنے سینے میں بڑھتی گھٹن جیسی محسوس ہو رہی تھی۔ وہ مین روڈ کی فٹ پاتھ پر آ گیا اور دھیرے دھیرے وی ٹی اسٹیشن کی طرف چل پڑا۔ ہینڈ لوم ہاوس کے بس اسٹاپ کے پیچھے نیچے شوخ لپ اسٹک والی دو لڑکیاں کھڑی مسکرا رہی تھیں۔ ایک معمر شخص انہیں غور سے دیکھ رہا تھا۔ سامنے کی سڑک پر سے کسی نے شی شی کی آواز کے ساتھ کسی کو اشارہ کیا تھا۔ کیوں سے لدے چار پہیوں کے ٹھیلے کو ایک نوجوان بھیا بر ہا گاتے ہوئے ڈھکیلتا ہوا گذر گیا۔ اس کی توجہ ان دو پیشہ ور لڑکیوں میں تھی اور نہ ہی شی شی کی آواز پر اس کا دھیان گیا تھا، کچھ سوالات تھے جو اس کے دماغ کی سیون کو دھاگوں کی طرح ادھیڑ رہے تھے۔۔۔۔ اگر یہ فساد نہیں ہے تو فائرنگ کیوں ہوئی؟ اتنے لوگ کیوں مرے؟ اب تک کرفیو کیوں لگا ہوا ہے؟

کون کرانا چاہتا ہے دنگا؟۔۔۔۔ مسلم لیگ؟ بی جے پی؟ کانگریس؟۔۔۔۔ کس کے حق میں ہے یہ فساد؟۔۔۔۔ آخر کیوں؟۔۔۔۔ مراد آباد تو کاروباری شہر ہے۔ ہندو اور مسلمان تجارت میں ایک دوسرے کے شریک ہیں اور دونوں کا کام ایک دوسرے کے بغیر چل ہی نہیں سکتا۔ برتنوں کے نوے فیصد کاری گر مسلمان ہیں، تو بچو لیے اور بڑے ساہو کار ہندو ہیں۔ بتاتے ہیں کہ مراد آباد ہر سال، پیتل، جرمن سلور اور رائی این پی ایس وئر کے برتنوں کے ایکسپورٹ سے تقریباً ایک ارب روپے کا زر مبادلہ حاصل کرتا ہے۔ جہاں دونوں فرقوں کے مالی مفادات ایک دوسرے سے

والبستہ ہوں وہاں وہ دنگا فساد کرکے کاوبار کو معطل کیوں کرنا چاہیں گے یہ تو کسی کے بھی مفاد میں نہیں ہے...... پھر کون ہے اس دنگے کے پیچھے؟......

وہ سوچتا جاتا اور چلتا جاتا تھا اور اسے پتہ ہی نہیں چلا کہ وہ اپنی فکر میں ڈوبا، وی ٹی اسٹیشن کو بہت پیچھے چھوڑ کر کرافورڈ مارکیٹ پر واقع ممبئی پولس کمشنر کے دفتر کے سامنے کھڑا ہے جس کے لوہے کی سلاخوں والے قد آدم عقبی دروازے کے دونوں پٹوں کو زنجیروں کی مدد سے تالا بند کیا گیا تھا۔ پولس کمشنر آفس سے باہر جانے کا یہ راستہ دن میں نصف کھلا رہتا تھا۔ دروازے کے دوسری جانب وسیع احاطہ تھا جس کے اطراف میں ایک اور دو منزلے کی نئی پرانی عمارتیں تھی، جو اس وقت لیمپ پوسٹوں کی روشنی میں اندھیرے اور اجالے میں ڈوبی ہوئی تھیں۔ انہیں میں کرائم برانچ کی وہ قدیم عمارت بھی تھی جس کے کے قریب ہی پیپل کا ایک بہت پرانا پیڑ اندھیرے میں کھڑا لمبی لمبی سانسیں لے رہا تھا۔ اس پیڑ کے بارے میں مشہور تھا کہ اس پر ان ملزمین کی آتماوں کا بسیرا ہے، جنہیں کرائم برانچ کے افسروں نے معصوم ہوتے ہوئے بھی سزا دلوا دی تھی اور جو یا تو جیل میں مر گئے تھے یا پھر جنہیں پھانسی ہو گئی تھی۔ عظیم نے سر کو اوپر اٹھا کر دور اندھیرے میں کھڑے پیپل کے پیڑ کو دیکھا جو نیم اندھیرے میں سیاہ کمبل اوڑھے کسی عظیم الجثہ آدمی کی طرح کھڑا کمبل کے اندر چھپی اپنی مردہ آنکھوں سے اسے گھور رہا تھا...... انگریزوں کے زمانے کی اس سنگی عمارت کو دیکھ کر اسے خوف سا محسوس ہوا اور اس کے جسم میں ہلکی سی کپکپی ہوئی، اس نے گھوم کر وی ٹی کی طرف الٹے قدم بڑھا دیے، لیکن پولس کمشنر آفس کے احاطے میں سے کسی کی وحشتناک چیخیں اور کسی کے بلبلا کر رونے کی آوازیں تیرتی ہوئیں، دو رتک اس کی سماعت میں گونجتی رہیں......

مراد آباد کوتوالی کی پیلے چونے سے پتی پرانی عمارت اس غرور کے ساتھ سر اٹھائے کھڑی تھی کہ گرمیوں میں بھی اپنی فطرت میں سرد رہنے والی اس کی موٹی موٹی دیواروں نے، نہ جانے

کیسے کیسے سرکش اور جرائم پیشہ لوگوں کو پولیس کی تھرڈ ڈگری سے ہار مانتے ہوئے دیکھا تھا اور ایسے لوگوں کو بھی پولیس کی اذیت رسانی کے سامنے گھٹنے ٹیک کر اُن جرائم کا اقبال کرتے ہوئے دیکھا تھا، جو انہوں نے کبھی کیے ہی نہیں تھے۔۔۔۔۔

ایک سفید رنگ کی ایمبیسیڈر کار دھول اڑاتی ہوئی کوتوالی کے احاطے میں داخل ہوئی جہاں پہلے ہی پولیس کی ایک جیپ کھڑی تھی۔ پولیس کے دو سپاہی، جن کے کندھے سے بندوق لٹک رہی تھی، نیم کے ایک پیڑ کے نیچے کھڑے سگریٹ پی رہے تھے۔ کوتوال کے دفتر کے برآمدے میں چار پانچ لوگ کھڑے دھیمی آواز میں باتیں کر رہے تھے۔ وہ حلیے بشرے سے مسلمان نظر آتے تھے۔ ایمبیسیڈر کار میں سے تین نوجوان پھرتی سے اترے، ایک کے گلے میں نیکون کا کیمرہ اور کندھے پر کیمرے کا بیگ لٹکا ہوا تھا۔ اسی اثنا میں ایک دوسری جیپ شور مچاتی ہوئی نصف دائرہ بنا کر احاطے کے بیچوں بیچ آ کر رک گئی۔ اس کے عقب سے ایک بڑی سی گٹھری باہر فرش پر گری اور اس کے بعد چار پولیس والے دھپ دھپ کود کر اترے ان کے چہرے پر وحشت اور ہاتھوں میں رائفلیں تھیں۔ گٹھری میں حرکت ہوئی عادل کراہتا ہوا اٹھ کر کھڑا ہو گیا۔ اس کی پیشانی اور ناک سے خون بہہ رہا تھا اور اس کی سفید شرٹ کے دامن پر تازہ خون پھیلا ہوا تھا۔ ایک پولیس والے نے اس کی پیٹھ پر زور سے بندوق کا کندھا مار کر اسے آگے کی طرف ٹھیل دیا، اس دھکے سے وہ منہ کے بل گرتے گرتے بچا۔ جس کے گلے میں کیمرہ لٹک رہا تھا اس نے بڑی پھرتی سے کیمرے کو آنکھوں سے لگایا اس کا فوکس درست کیا' کھٹاک' کیمرے کا شٹر گرنے کی آواز نے ان چار پولیس والوں میں سے ایک کو چونکا دیا تھا ''اے فوٹو نہیں!'' وہ چیخ کر تقریباً دوڑ کر کیمرے والے کی طرف انگلی ہلاتے ہوئے لپکا۔ کیمرے والے نے سر ہلا کر اس کی بات مان لینے کا اشارہ کیا۔ وہ زخمی عادل کو بندوق کے کندھوں سے ٹھیلتے ہوئے کوتوال کے کمرے کی جانب بڑھ گئے۔ عادل لنگڑاتے ہوئے ان کے ساتھ گھسٹتے ہوئے چل رہا تھا۔

''کون ہے یہ؟'' سیاہ خشخشی داڑھی والے نے کیمرے کی طرف لپکنے والے سپاہی سے پوچھا۔ سپاہی نے سرخ آنکھوں سے اسے گھور کر دیکھا اور کوتوال کے کمرے کی جانب بڑھ گیا۔ ایمبیسیڈر سے آنے والوں میں سے ایک نے اپنا وزٹنگ کارڈ کوتوال کے کمرے کے باہر

کھڑے اردلی کو دے دیا۔ اس نے پہلے تو غور سے انہیں، پھر کارڈ کو دیکھا اور سر ہلا کر اندر چلا گیا۔ باہر آ کر اس نے پانچوں انگلیوں سے انہیں انتظار کرنے کا اشارہ کیا۔ وہ تینوں دفتر کے دروازے سے ہٹ کر انتظار کرنے لگے۔ سانولے رنگ کے دبلے پتلے نوجوان نے کیمرے کو آنکھوں سے لگایا اور اردو رکھیں فوکس کرنے لگے۔ چھریرے جسم اور قدرے گھنگھریالے بالوں والے نے ہلکے نیلے رنگ کی ٹی شرٹ اور جینز پہن رکھی تھی۔ خش خشی سیاہ داڑھی اور چشمے والے نے پوری آستین کی لیمن کلر کی شرٹ اور گہرے رنگ کی گیبیڈین کی پتلون پہن رکھی تھی۔ وہ تینوں آپس میں باتیں نہیں کر رہے تھے اور کچھ بے چین سے نظر آتے تھے۔ چشمے والے نے جیب میں سے سگریٹ کا پیکٹ نکالا ہی تھا کہ اندر سے گھنٹی بجی اور اردلی لپک کر اندر گیا اور اتنی ہی تیزی سے باہر آ کر سر کے اشارے سے انہیں اندر جانے کو کہا۔ وہ تینوں پھرتی سے کمرے میں داخل ہوئے۔

کوتوال کے نیم اندھیرے کمرے میں عقب کی کھڑکی سے دن کی روشنی اندر آ رہی تھی۔ ایک جہازی سائز کا پنکھا کر کر کی آواز کے ساتھ گھوم رہا تھا جو ہوا کم دے رہا تھا اور شور زیادہ کر رہا تھا۔ کمرے کے وسط میں رکھی ایک بڑی سی میز کے پیچھے ایک نیم گنجے سر والا افسر اپنی خاکی قمیض کے اوپر کے دو بٹن کھولے بیٹھا تھا۔ اس کے جبڑے یکساں رفتار سے ہل رہے تھے وہ پان سپاری کھتے اور چونے کو اپنے دانتوں سے خوب کچل کچل کر ان کی لذت کو اپنے حلق میں اتار رہا تھا اور غور سے اپنی انگلیوں میں پھنسے اس وزیٹنگ کارڈ کو دیکھ رہا تھا جو ابھی ابھی اردلی دے گیا تھا۔ عادل دیوار سے لگ کر کھڑا تھا۔ اس کے چہرے پر ہوائیاں اڑ رہی تھیں اور وہ یہ سوچ کر پریشان ہو رہا تھا کہ صبح جب گھر والے اسے ندار دی پائیں گے تو ان کی کیا کیفیت ہو گی۔ کیسے کیسے برے خیالات اور اندیشے انہیں گھیر لیں گے۔ ممکن ہے کہ وہ کوتوالی تک آ جائیں اور جب پولس انہیں بتائے گی کہ اسے ایک گلی کے نیچے مشتبہ حالت میں کھڑا پایا گیا تھا تو وہ خود اس سوال کا کیا جواب دے گا کہ، وہ اتنی رات گئے اس گلی میں کیوں گیا تھا؟۔۔۔۔۔

دونوں نوجوانوں نے کرسیوں پر بیٹھتے ہوئے ہاتھ بڑھا کر باری باری نیم گنجے افسر سے مصافحہ کیا۔ جس نے کیمرہ لٹکا رکھا تھا وہ کھڑا رہا۔ نیم گنجے افسر نے پان چباتے ہوئے اپنی گردن کو ہلا کر اسے بیٹھنے کے لیے کہا۔

”میں ایسے ہی ٹھیک ہوں سر۔“ کیمرے والے لڑکے نے کہا۔

گھنگریالے بالوں والے چھریرے بدن کے نوجوان نے مسکرا کر کہا اور پھر اپنی دائیں طرف بیٹھے خشخشی داڑھی اور چشمے والے درمیانہ قد کے نوجوان کی طرف مڑ کر کہا۔ ”یہ اودین شرما ہیں، ہندی ویکلی روی وار کے دہلی بیورو چیف، یہ دہلی ہی میں ہمارے بیورو کے آفس میں بیٹھتے ہیں اور یہ ہمارے فوٹوگرافر ہیں کمل سہائے۔ میں کلکتہ سے آیا ہوں .....۔“

دونوں نوجوان صحافیوں کے نام کو سن کر عادل چونک چونک پڑا تھا۔ کالج لائبریری میں دونوں ہفت روزہ آتے تھے اور ان کی شہرت ان کی بیباک تفتیشی رپورٹوں کی وجہ سے تھی۔ عادل کبھی کبھار کسی خاص تفتیشی رپورٹ کے لیے روی وار پڑھ لیا کرتا تھا۔

”اچھا اچھا، روی وار سا پتا ہک ۔“ کوتوال نے پان کی پیک کو سنبھالنے کے لیے تھوڑی کو اٹھا کر کہا۔ ”بڑا نام ہے آپ کی پتریکاوں کا۔“ کہتے ہوئے اس نے جھک کر پیک دان میں تھوکا۔

”کیسے ہو گیا یہ سب؟“ اودین شرما نے پوچھا۔

”دیکھیے ایسا ہے کہ بتاو تو پہلے سے چلا آ رہا تھا۔ مسلمان بھنگیوں سے ناراض تھے کہ انہوں نے روزہ کھولنے کے سمئے میں باجے گاجے کے ساتھ بارات کیوں نکالی اور دولھے کو گھوڑی پر چڑھایا۔“

”تو کیا یہ پولس اور مسلمانوں کا دنگا نہیں تھا؟“ اودین نے پوچھا اور کوتوال کے جواب سے پہلے دونوں نے اپنے اپنے پاکٹ ٹیپ ریکارڈ کو آن کر دیا۔

”سراسر بکواس ہے یہ ساری باتیں مسلم لیگ کے ایک نیتا اور کانگریس کے ودھا ایک پھیلا رہے ہیں ۔“

”مسلم لیگ ایسا کر سکتی ہے اس پر سوچا جا سکتا ہے لیکن کانگریس کا ایم ایل اے ایسا کیوں کر سکتا ہے؟ اس میں اس کا کیا انٹریسٹ ہے؟“ اکبر نے اپنی پتلون کی جیب سے پاکٹ ٹیپ ریکارڈر نکالتے ہوئے پوچھا۔

”انہیں مسلمانوں کا ووٹ جو کھینچنا ہے۔“

”کون ہیں وہ دھائیک؟“ اودین شرما نے پوچھا۔

”حافظ محمد صدیق۔“

”ہم نے آج انگریزی کے ایک نیشنل ڈیلی میں یہ خبر پڑھی ہے کہ سنبھل کے مسلح مسلمانوں نے مراد آباد میں گھس کر بی ایس ایف کے جوانوں پر حملہ کر کے ان کے ایک جوان کو قتل کر دیا۔ اس خبر میں کتنی سچائی ہے؟“ اکبر نے پوچھا۔

”اگر خبر آئی ہے تو کچھ تو ہوا ہوگا۔“ کوتوال نے کندھوں کو اچکا کر کہا۔

”اگر بی ایس ایف پر حملہ ہوا ہے یا ان کے کسی جوان کا قتل ہوا ہے تو آپ کے یہاں ایف آئی آر تو درج ہوئی ہوگی؟“ اودین نے پوچھا۔

دیکھئے حالات بہت سنویدن شیل ہیں اس لیے ایسی باتوں پر کمینٹ کرنا میرے لیے ٹھیک نہیں ہے۔“

”اسی لیے تو آپ کو حقیقت کو سامنے لانا چاہیے۔“ اودین کی آواز تیز ہوگئی۔ ”اگر یہ خبر سچ ہے تو بہت خطرناک رجحان ہے اور اگر یہ خبر محض افواہ ہے تو ایسی جھوٹی خبریں پھیلانے والے اخبار کے خلاف کاروائی ہونی چاہیے۔“

”میں ضرور دھیان دوں گا۔“ نیم گنجے کوتوال نے جبڑوں کو چلاتے ہوئے بہت سنجیدہ لہجہ میں کہا۔

”ویسے میں آپ کو یہ ضرور بتانا چاہوں گا کہ یہاں آنے سے پہلے ہم بی ایس ایف کی چھاونی میں گئے تھے، وہاں ہمیں ان کے اسپوکس مین نے بتایا کہ بی ایس ایف پر حملے کی خبر جھوٹی ہے۔“

”اچھا!“ کوتوال نے حیرت کا اظہار اتنے بھونڈے طریقے سے کیا کہ اودین فرما کو ہنسی آ گئی۔ کوتوال نے اودین کی ہنسی کی چبھن کو اپنے کانوں میں محسوس کیا تھا۔ اس نے غور سے اودین کی آنکھوں میں دیکھتے ہوئے پوچھا:

”کیا آپ گل شہید گئے تھے؟“

”جی نہیں۔“

”تو ضرور جائیں اور دیکھیں کہ پولس چوکی کو کس نے جلایا ہے؟ ہمارے ایک سپاہی کی تیاہی گئی ہے۔“

”کوتوال صاحب جب عیدگاہ میں بچے تک پولس کی گولی کا نشانہ بنیں گے تو یہ آ کروش تو ہو گا ہی۔“ اودین کا لہجہ تلخ تھا۔

”عیدگاہ میں وہ سب ہتھیارلے کر گئے تھے۔ چٹائیوں کے نیچے چھرے اور تلواریں چھپا رکھے تھے۔“ کوتوال جیسے آپا کھونے لگا تھا، اس کا اوپری ہونٹ پھڑکنے لگا۔

”اس کا مطلب تو یہ ہوا کہ عیدگاہ جانے والے فساد کے ارادے سے گئے تھے؟“ اکبر نے پوچھا۔

”جی ی۔“ کوتوال نے کھینچ کر کہا۔

”جو لڑنے مرنے جائے گا تو کیا وہ اپنے چھوٹے چھوٹے بچوں کو بھی ساتھ لے جائے گا؟“ اودین کی آواز غصے سے اونچی ہو گئی۔ ”ہم نے عیدگاہ میں جا کر دیکھا ہے، وہاں پر اب بھی معصوم بچوں کی چپلیں، خون میں سنی سینڈلیں پڑی ہیں۔“

”دوسری اہم بات کہ اگر یہ ہندو مسلم دنگا تھا تو عیدگاہ کے قریب جو پنجابی کالونی ہے اسے مسلمان فسادیوں نے نشانہ کیوں نہیں بنایا؟“ اکبر بھی جیسے جرح کرنے پر اتر آیا۔ ”عیدگاہ کی بستی میں نیو کمار براس ورک فیکٹری ہے جس کا مالک ہندو ہے، اسے اب تک آنچ نہیں آئی ہے۔ اگر ہندو مسلم فساد ہوتا تو مسلمان اس فیکٹری کو کیسے بخش دیتے؟ اسی طرح یہ سوال بھی اٹھتا ہے کہ اگر مہتروں سے ہی تنازعہ اس دنگے کا کارن ہے تو گنجان مسلمان محلے سے ہر یکجن کالونی تو چند گز کے فاصلے پر ہے اسے کیوں چھوڑ دیا گیا؟“

اکبر کے ان سوالوں کو کوتوال، پان چباتے ہوئے باوجود غصے کے اس سکون کے اظہار کے ساتھ سنتا رہا جس کی ٹریننگ پولس اکیڈمی میں ہر پولس افسر کو دی جاتی ہے۔ اس نے اسی ٹریننگ کے تحت اپنے تنے ہوئے چہرے کے عضلات کو ڈھیلا کرنے کی کوشش میں مسکرا کر پوچھا:

”تو آپ کی کھوجی پتر کار بتا رہا کیا کہتی ہے؟“

”کوتوال صاحب ہم نے کل شام سے لے کر اب تک جو معلومات اکٹھی کی ہے اس کے مطابق تو نماز کے دوران سور گھس آئے تھے۔ مسلمان سور کو ناپاک مانتے ہیں انہوں نے پوس سے پروٹسٹ کیا کہ اس کے دیکھتے سور نمازیوں میں کیسے گھس گئے؟ پوس بھی مسلمانوں سے الجھ گئی کہ سؤر ہانکنا اس کا کام نہیں ہے اور بات ہاتھاپائی سے شروع ہو کر نہتے نمازیوں پر پوس فائرنگ پر ختم ہوئی۔“

”شریمان مجھے یہ بتائیے کہ کیا یہ واقعی میں پوس کی ڈیوٹی ہے کہ وہ سؤروں کو ہانکے؟“ کوتوال نے تمسخرانہ لہجے میں پوچھا۔

”شاید آپ ٹھیک ہی کہہ رہے ہیں، لیکن میں آپ سے ایک سوال پوچھنا چاہوں گا۔“ اکبر نے کنکھار کر کہا۔ ”فرض کیجئے کہ کسی مندر کے سامنے ہندؤں کا ہجوم پوجا کے لیے جمع ہوتا ہے اور وہاں پوس لا اینڈ آرڈر کو بنائے رکھنے کے لیے تعینات ہے۔ ایسے میں کچھ شر پسند مسلمان ایک گائے کو مندر کے سامنے لا کر ذبح کرنے لگیں تو کیا پوس اس شیطانی کو نہیں روکے گی؟ کیا پوس اس وقت بھی یہی کہے گی کہ یہ ہمارا کام نہیں ہے؟“

کوتوال کا جبڑا پھر تیزی سے چلنے لگا تھا شاید اکبر کے اس لاجواب کر دینے والے سوال کے جواب کی تلاش میں اس کا دماغ بھی تیزی سے چل رہا تھا، پھر وہ مسکرا کر میز پر اکبر کی طرف تھوڑا سا جھک کر بولا :

”اکبر صاحب ذرا ہندستانی بن کر بھی سوچیے۔“

یہ سنتے ہی چشمے کے پیچھے اودین کی آنکھیں پھیل گئیں اور چہرہ غصے سے سرخ ہو گیا۔ اکبر نے اودین کا ہاتھ دبایا اور مسکرا کر بولا :

”آپ کی اس نصیحت کو یاد رکھوں گا۔“

”اب اسی کو دیکھیے۔“ کنجے کوتوال نے دیوار سے لگے کھڑے ہادل کی طرف دیکھ کر کہا جو حیرت اور خوف سے اندر ہی اندر لرزتا ہوا اس بحث کو سن رہا تھا۔ ”رات میں پوس کی مخبری کرنے نکلا تھا۔“

”یہ غلط بات ہے کوتوال صاحب یہ سراسر الزام ہے۔“ عادل نے مسکین صورت بنا کر کہا۔

”اچھا!“ کوتوال نے اپنی ابلی آنکھوں کو اس پر جما کر کہا۔ ”تو پھر تو یہ بتا کہ آدھی رات کے بعد سڑک پر کیا کر رہا تھا؟“

عادل کے پاس اس کا جو جواب تھا وہ پولس والوں کے لیے یقیناً تسلی بخش نہ ہوتا۔ وہ خاموش کوتوال کا چہرہ دیکھتا رہا کہ وہ اس کے جواب کو سنے بغیر ہی اس پر اعتماد کر لے۔

”دیکھا اکبر صاحب، آپ کے سامنے ایک ثبوت کھڑا ہے۔ کل کو آپ ہی کہیں گے کہ پولس والے مائناریٹی پر اتنا چار کرتے ہیں۔“ کہہ کر وہ میز پر رکھے ہولسٹر میں سے پستول کو اٹھا کر پھر اسے غور سے دیکھنے لگا۔

عادل کو لگا کہ اسے اپنی صفائی دینی چاہیے ورنہ یہ گنجا کوتوال اس کے ساتھ اس کے ساتھ کچھ بھی کر گزرے گا۔ اس لمحے میں اسے اپنی نیک نامی اور گھر والوں کی ناراضگی سے زیادہ اپنی جان عزیز محسوس ہو رہی تھی۔

”میں رات میں .... اپنی پھوپھی کے مکان سے گھر جا رہا تھا تب گشتی پولس نے مجھے پکڑ لیا۔“ عادل نے کچھ سوچ کر کہا، البتہ اپنی پھوپھی کا ذکر کرتے ہوئے اس کی زبان میں لکنت ضرور آئی تھی۔

”دیکھا آپ نے آدھی رات کو دنگے فساد میں یہ اپنی پھوپھی سے ملنے گیا تھا!“ کہہ کر کوتوال ٹھٹھا مار کر ہنسا۔

عادل نے کوتوال کے قہقہے کو اپنی ریڑھ کی ہڈی میں کسی یخ بستہ پانی کی لکیر کی طرح اترتا ہوا محسوس کیا۔ اودین نے اس کے چہرے کو غور سے دیکھا، جو خوف سے بے رنگ سا لگ رہا تھا۔

”آپ اس کی جانچ کر لیں نا کہ جھوٹ تو نہیں بول رہا ہے۔“ اودین نے کوتوال کو مشورہ دیا۔

”ہاں یہ بھی ٹھیک ہے۔“ کوتوال اپنے گنجے سر پر ہاتھ پھیرتے ہوئے دروازے کی طرف دیکھ کر زور سے چیخا ”اے پہرہ“ اردلی کھٹاک سے کمرے میں داخل ہو کر اٹینشن کھڑا ہو گیا۔ کوتوال نے دارو غہ کو طلب کیا اور اس سے کہا کہ دو سپاہیوں کو عادل کے ساتھ بھیج کر اس کے بیان کی صداقت کی تصدیق کرے۔ دارو غہ نے کوتوال کو بتایا کہ رات میں جو پولس والے عادل کو لے

کر آئے تھے وہ دو روز سے سوئے نہیں تھے اس لیے انہیں آرام کرنے کے لیے بھیج دیا گیا ہے۔ کوتوال نے کہا کہ صبح ڈیوٹی پر آنے والے سپاہیوں کو عادل کے ساتھ جانچ کے لیے بھیجا جائے۔

’’اگر آپ مناسب سمجھیں تو ہم بھی چلے جائیں جیپ کے پیچھے پیچھے، اس طرح پولس کی نگرانی میں شہر کا ماحول دیکھ لیں گے۔‘‘ اکبر نے دریافت کیا۔

’’ہاں ہاں ہم کو کیا آپتی ہو سکتی ہے۔‘‘ کوتوال نے اپنی فراخدلی کا مظاہرہ کیا۔ ’’کرفیو پاس تو ہے نا؟‘‘

’’جی ہاں، ڈی ایم آفس سے کل ہی بنوا لیا تھا۔‘‘

’’ٹھیک ہے، لیکن ذرا اسٹرک رہیے گا، سامپرد اینک کا ماحول ہے، ایسے میں کسی کا بھروسہ نہیں رہتا ہے۔‘‘ کوتوال نے لفظ سامپرد اینک پر ذرا زور دے کر کہا۔

عادل کو جیپ میں بٹھا کر پولس اس کی پھوپھی کے مکان کی طرف چل دی۔ اکبر اور اودین کی کار جیپ کے تعاقب میں چلنے لگی۔

جیپ میں سے سر نکال کر کمل سہائے ویران گلیوں اور جلے ہوئے ٹھیلوں اور گمٹیوں کی تصویریں اپنے کیمرے میں محفوظ کر رہا تھا۔

’’اکبر یہ تو اس خون خرابے کو پوری طرح سے کمیونل رنگ دینے پر تلا ہوا ہے۔‘‘ اودین نے سگریٹ سلگا کر انگریزی میں کہا۔

’’اپنے گناہوں پر پردہ ڈالنے کا ان کا یہ سیلف ڈیفینس ہے۔‘‘ اکبر نے کھڑکی سے باہر ویران سڑک پر دیکھتے ہوئے کہا۔ ’’حالات بتا رہے ہیں۔ سرکمس ٹینشل ایویڈینس ثابت کر رہے ہیں کہ فساد تو ہوا نہیں ہے۔ سی آر پی نے نہتے لوگوں پر گولیاں برسانے کی مجرمانہ بے رحمی کی ہے بس کے لیے اسے جوابدہ تو ہونا پڑے گا تو اب پولس اسے ہندو مسلم دنگا بنانے پر آمادہ ہے۔ مجھے تو آگے بھی حالات کچھ ٹھیک نظر نہیں آتے ہیں۔‘‘

ایک چوراہے پر کوڑے کے ڈھیر کے قریب بورے سے ڈھکی ایک آدمی کی پھولی ہوئی لاش پڑی تھی، جسے ایک سؤر سونگھ رہا تھا۔ کمل زور سے چیخا ’’رُکو!‘‘ ڈرائیور نے کار روک دی۔

کمل نے کار کی کھڑکی سے کھٹاکھٹ، لاش اور سؤر کے چار پانچ فوٹو کھینچ لیے۔اسے نہیں پتہ تھا کہ جب یہ تصویر چھپے گی تو وہ مراد آباد کے فسادات میں انسان کی حیوانیت کی ایک شرمناک علامت بن جائے گی۔۔۔۔۔

پولس جیپ میں دو پولس سپاہیوں کے درمیان عادل سکڑا سمٹا بیٹھا ان کی شکلیں پڑھنے کی کوشش کر رہا تھا۔ دو پولس والے ایک دوسرے کی ضد نظر آتے تھے۔ایک سیاہ رو، دبلا اور لمبے قد کا تھا تو دوسرا گورے رنگ کا درمیانہ قد کا تھا جو اپنے گل مچھوں کی وجہ سے کسی نوٹنکی کا کردار نظر آتا تھا۔ عادل سوچنے لگا کہ پھوپھی جان کے گھر پہنچ کر کیا کہے گا؟۔۔۔۔۔ پولس تو تفتیشی انداز میں سوالات کرے گی، پھو پھا جان نے اگر کہہ دیا کہ وہ ان کے گھر نہیں آیا تھا تو!۔۔۔۔۔اس کا سانس پھولنے لگا۔ تب تو یہ حرام زادے مار مار کر میرا بھرکس ہی نکال دیں گے۔ جیپ اپنے ٹائروں سے سڑک پر بکھرے، اینٹ پتھروں، کانچ کے ٹکڑوں کو روندتے ہوئے اور اسکوٹروں، سائیکلوں، رکشاوں کے جلے ہوئے ڈھانچوں اور جھلسی ہوئی دکانوں کے درمیان سے ہو کر عید گاہ کے قریب سے گذری۔عید گاہ پر خوفناک سناٹا گدھ کے بھاری بھرکم منحوس بازوں کی طرح چھایا ہوا تھا۔

عید گاہ کی سڑک کا موڑ کاٹ کر جیپ ایک سنسان گلی میں داخل ہوئی تو سفید ایمبیسڈر راہ نہیں پیچھے چھوڑ کر آگے نکل گئی۔گلی میں دو رویہ مکانات کے دروازے اور کھڑکیاں بند تھیں۔ایک مکان کے سامنے جیپ رکی، جیپ کے عقب سے گل مچھوں والا سپاہی اترا اس کے پیچھے عادل اور اس کے پیچھے دوسرا لمبے قد والا سپاہی بندوق کو کندھے پر سنبھالتا ہوا اترا۔ جیپ سے اترتے ہی لمبے قد والے سپاہی نے احمد علی کی ہتھیلی کی انگلیوں میں اپنی انگلیاں پھنسا دیں، جیسے اس کے بھاگ نکلنے کا خدشہ ہو۔ عادل نے بڑھ کر لکڑی کے دروازے کی کنڈی کو تین چار بار بجا کر دستک دی۔ کچھ دیر کے بعد دروازہ تھوڑا سا کھلا۔

’’پولس ہے دروازہ کھولو‘‘ عادل کے ٹھیک پیچھے کھڑے گل مچھوں والے نے اپنی آواز میں سختی پیدا کرتے ہوئے کہا اور لمبے قد والا جواب کا انتظار کیے بغیر ہی دروازہ کو دھکا دے کر اندر گھس گیا۔ دروازہ کھولنے والا گھر کا ملازم لڑکا تھا، پولس کو سامنے دیکھ کر وہ سہم کر کنارے ہو گیا

تھا۔ پولیس والا عادل کا ہاتھ پکڑ کر اندر داخل ہوا اس کے پیچھے پیچھے دوسرے سپاہی بھی تھے۔ پولیس والے جائزہ لینے والی گہری نظروں سے چاروں طرف دیکھنے لگے۔ پھوپھا پہنتے ہوئے صحن میں آگئے تھے ان کے پیچھے پھوپھی اپنے بڑے سے دوپٹے کو سر پر درست کرتے ہوئے چلی آئی تھیں۔ نصرت صحن کی دوسری جانب کے برآمدے کے ستون سے لگ کر اپنی بڑی بڑی سیاہ آنکھوں سے بے یقینی سے عادل کو دیکھ رہی تھی۔ پھوپھی کی نظروں میں خوف سے زیادہ تحیر تھا۔ وہ کبھی عادل کو تو کبھی پولیس کو دیکھ رہی تھیں وہ سمجھ نہیں پا رہی تھیں کہ، ماجرا کیا ہے؟

”آپ ان کو جانتے ہیں؟“ گل مچھوں والے سپاہی نے پھوپھی کی حیرت سے پھیلی ہوئی آنکھوں میں آنکھیں ڈال کر پوچھا۔

”جی ہاں یہ ہمارا بھتیجا۔۔۔۔“ پھوپھی نے کہنا چاہا۔ عادل نے اس خوف سے کہ پھوپھی کوئی ایسی بات نہ کہہ دیں کہ پولیس کسی شک میں مبتلا ہو جائے اس نے فوراً ہی ان کی بات کاٹ کر انہیں مخاطب کیا:

”پھوپھی جان، میں کل رات میں جب آپ کے یہاں سے گھر لوٹ رہا تھا تب باہر گلی میں پولیس نے مجھے پکڑ لیا تھا۔۔۔۔“

”تم چپ رہو۔“ لمبے قد والے نے اسے ڈانٹ دیا اور پھوپھی سے پوچھا۔ ”یہ کل آپ کے گھر آیا تھا؟“

عادل اس سوال پر بری طرح ڈر گیا کہ پولیس والا کہیں یہ نہ پوچھ لے کہ آدھی رات کے بعد اسے ان کے گھر کی عقبی گلی سے پکڑ لایا گیا ہے۔

”جی، جی ہاں۔“ پھوپھی نے توقف کئے بغیر کہا۔ چند لمحوں ہی میں انہوں نے سوچ لیا تھا کہ عادل رات میں کہیں پولیس کے ہاتھ لگ گیا ہو گا اور اس نے پولیس سے جان چھڑانے کے لیے ان کا حوالہ دے دیا ہو گا۔

”دنگے کے ماحول میں آدھی رات میں اسے گھر جانے کی کیا ضرورت تھی؟“ گل مچھوں والے نے آنکھیں تریر کر پوچھا۔

”آدھی رات!“۔۔۔۔ پھوپھی نے چونک کر دھیرے سے کہا اور عادل کی سانسیں پھولنے

لگیں۔

’’رات ہمارے یہاں کھانا دیر سے ہوا تھا نا‘‘ نصرت کٹنے ستون کے پیچھے سے نکل کر کپکپاتی آواز میں کہا۔ عادل حیرت سے نصرت کو دیکھتا رہ گیا۔

’’شہر میں دنگے ہو رہے ہیں کرفیو لگا ہوا ہے اور آپ آدھی رات کو رشتے داروں کو کھانا کھلا رہے ہیں!‘‘ ایک سپاہی نے آواز میں کرختگی پیدا کرتے ہوئے نصرت کی جانب مڑ کر کہا، پھر وہ پلٹ کر اپنے ساتھی سے بولا ۔ ’’چلو!‘‘

’’میں بھی چلتا ہوں تھانے۔‘‘ پھو پھا نے کہا۔

’’ہاں ہاں آپ بھی چلے جائیں۔‘‘ نصرت نے بے اختیار والد سے کہا۔

’’ڈرو نہیں ہم نے تفتیش کر لی ہے کوتوال صاحب سے بتا دیں گے۔‘‘ لمبے قد والے نے کہا۔

’’لیکن ہمارا تو سمئے خراب ہو ا نا‘‘ ۔۔۔۔ گل مچھوں والے نے عادل کا بازو پکڑ کر جھنجھلا کر گردن جھٹکی ’’ہم کوتوال صاحب سے جو بتائیں گے اسی کے انوسار تو وہ نر نئے لیں گے۔‘‘ یہ گویا ایک طرح کی دھمکی تھی۔

پھو پھا عمری ہی سے پیتل کے کاروبار میں تھے اچھے برے اور نفع نقصان کی انہیں خوب تمیز تھی۔ انہوں نے کرتے کی جیب میں ہاتھ ڈال کر اپنا بٹوہ نکال لیا اور گل مچھوں والے کے قریب جا کر اس کے ہاتھ میں کچھ دبا دیا۔ اس نے بڑی سرعت سے اپنی بند مٹھی، پتلون کی جیب میں ڈال لی اور پھو پھا سے بولا :

’’چنتا کی کوئی بات نہ ہے جی بس ایک تصدیق اور ہو جائے، پھر ہم کوتوال صاحب سے بتا دیں گے کہ شریف گھر کا نوجوان ہے، شک شبہہ والی کوئی بات نہ ہے۔‘‘ گل مچھوں والے نے پہلی بار مسکراتے ہوئے کہا۔

پھو پھا نے جب ساتھ چلنے کا ارادہ ظاہر کیا تو لمبے قد والے نے اطمینان دلایا کہ وہ عادل کو کوتوالی لے جا کر چھوڑ دیں گے۔ وہ عادل کو ساتھ لے کر باہر نکل گئے اور گھر والے اندیشوں اور وسوسوں کے ساتھ دروازے میں سے جھانک کر جیپ کو گلی کے موڑ پر غائب ہوتا ہوا دیکھتے

رہے تھے۔

۔۔۔۔۔۔۔۔۔۔۔۔۔۔۔۔۔۔۔۔۔۔۔۔۔۔۔۔۔۔۔۔۔۔۔۔۔

صبح عادل کو گھر پر نہ پا کر سبھی پریشان ہو گئے تھے۔ شروع میں تو سب نے یہ قیاس لگایا تھا کہ سویرے کرفیو میں راحت کے وقت میں وہ اپنے کسی دوست کے گھر چلا گیا ہو گا لیکن جیسے جیسے دن چڑھنے لگا، امی کو ہول اٹھنے لگا وہ تھوڑی تھوڑی دیر کا ایک پٹ ذرا سا کھول کر گلی میں جھانکتیں، جس کا سناٹا ان کے سینے میں بھر جاتا تھا۔ عمر بار بار چھت پر جاتا اور منڈیر پر جھک کر گلی میں دور تک دیکھتا۔ جب اسے گلی میں دھوپ اور دھول کے علاوہ کچھ نظر نہ آتا تو وہ دل ہی دل میں اپنے بھائی جان کی سلامتی کے لیے دعائیں مانگنے لگتا۔ بھابی خود تو پریشان تھیں لیکن ظاہر نہیں ہونے دے رہی تھیں۔ اباجی نے دو بار کرتا پہنا تھا کہ تھانے میں جا کر معلوم کریں لیکن بھابی نے ہی منع کر دیا تھا کہ کرفیو کے دوران باہر نکلنا خطرے سے خالی نہیں ہو گا۔

دھوپ آنگن میں جب اچھی طرح پھیل گئی تو اباجی نے ارادہ کر لیا کہ وہ تھانہ پر جا کر پتہ کریں گے، کیونکہ ان حالات میں عادل کا گھر میں کسی کو کچھ بتائے بغیر کہیں جانے کا سوال ہی نہیں اٹھتا تھا۔ وہ کسی اور کو نہ سہی اپنی بھاوج کو ضرور ہی بتا کر جاتا، اسے بھی کچھ پتہ نہیں ہے۔ یہی سب سوچ کر وہ اٹھ کھڑے ہوئے تھے کہ دروازے کی کنڈی زور زور سے بجنے لگی۔ دستک اتنی غیر متوقع تھی کہ گھر کے سبھی لوگ آنگن میں آ گئے تھے۔ لڈن میاں نے لپک کر دروازہ کھولا اور بھونچکے سے چار قدم پیچھے ہو گئے۔ سامنے پولیس والوں کے ساتھ عادل کھڑا تھا۔ اس کے چہرے پر تھکن اور کپڑوں پر گھسٹرے کے نشان تھے۔ عادل گھر میں داخل ہوا اس کے پیچھے پیچھے پولیس والے بھی آئے۔

امی کا تو دم گھٹنے لگا اور اباجی لنگڑاتے ہوئے آگے بڑھے اور پوچھا:

"کیا بات ہے؟"

"یہ کون ہے؟" لمبے قد والے نے الٹ کر سوال کر دیا۔

"میرا منجھلا بیٹا ہے، کالج میں پڑھتا ہے۔" اباجی کی آواز میں ٹھہراؤ تھا۔

"کرفیو کے ماحول میں آپ نے اپنی بہن کے کس خوشی میں کھانا بھیجوا دیا تھا؟" گل مچھوں والے کا یہ طنزیہ جملہ سنتے ہی اباجی کا ہی نہیں دیوان خانے کے باہر کھڑی امی جان کا بھی دماغ سائیں سائیں کرنے لگا۔

"آپ کے بہن اور بہنوئی شریف لوگ نظر آتے ہیں اس لیے ان کی بات کا یقین کر لیا نہیں تو یہ کرفیو توڑنے کے جرم میں تو حوالات میں ضرور جاتا۔"

سب کے منہ پر جیسے گو ندلگ گئی تھی، شاید ہر کوئی اس وقت خاموش رہنے ہی میں عافیت محسوس کر رہا تھا۔

"اسے لے جا رہے ہیں، کوتوال صاحب کو رپورٹ دینی ہے باقی کا فیصلہ تو وہی کریں گے۔" لمبے قد والے نے عادل کی انگلیوں میں اپنی انگلیوں کی گرفت کو سخت کرتے ہوئے کہا۔

"لیکن رپورٹ تو ہم ہی دیں گے نا۔" گل مچھوں والے نے معنی خیز انداز میں کہا۔

اباجی پولس والے کا اشارہ نہیں سمجھ سکے لیکن عادل کو ان کے اس انداز کا تجربہ ہو چکا تھا، اس نے آگے بڑھ کر اباجی کے کان میں کچھ کہا اور انہوں نے فوراً ہی اپنے کرتے کی جیب میں ہاتھ ڈال کر ایک سو روپے کا نوٹ پولس والوں کی طرف بڑھا دیا۔ پولس والے نے "ارے اس کی کیا ضرورت تھی۔" کہہ کر نوٹ کو سرعت سے جیب میں رکھ لیا اور کوتوال کے سامنے پیش کرکے چھوڑ دینے کا یقین دلا کر عادل کو لے کر دروازے کی طرف بڑھا۔

"میں بھی ساتھ چلوں تو کوئی حرج نہیں ہے؟" اباجی نے پوچھا۔

گل مچھوں والے نے "چلیے۔" کہا اور دروازے سے باہر نکل گیا۔ اباجی اور عادل جب پولس تھانے میں جیپ سے اترے تو دھوپ خوب تپی ہوئی تھی اور حبس بھی بڑھ گیا تھا۔ کوتوالی کے برآمدے میں بیس بائیس لوگ اکڑوں بیٹھے تھے جن میں کچھ باریش تھے اور سر پر ٹوپی پہن رکھی تھی۔ کوتوال کے کمرے کے برآمدے میں کھڑے پھو پھا اختر زماں خاں پر سب سے پہلے نظر عادل کی پڑی تھی۔ شاید انہوں نے بھی عادل کے ساتھ اپنی بیوی کے اس بھائی کو دیکھ لیا تھا جو ان کے خیال میں بہن کے حصے کو غصب کرنے کا غیر شرعی ارادہ رکھتا تھا۔ پولس والوں کے چلے

جانے کے بعد طاہرہ خاتون نے پولیس کے بے اعتبار ہونے کے کچھ واقعات اس طرح سے سنائے کہ اختر زماں عادل کی خبر گیری کے لیے ہمت بٹور کر کوتوالی پہنچ گئے، لیکن وہاں عادل اور ان دونوں پولیس والوں کو نہ پا کر ان کا جو رنگ پہلے ہی فکر سے پھیکا ہو رہا تھا اب اپنے سالے کو سامنے دیکھ کر اور بھی پھیکا پڑ گیا۔ اچانک قاضی علی احمد کی نظر بھی اپنے اس بہنوئی پر پڑ گئی جس کی شکل انہوں نے برسوں سے نہیں دیکھی تھی اور نہ ہی دیکھنا چاہتے تھے ۔۔۔۔ دونوں پولیس والوں نے عادل کو دیکھا تو لمبے قد والے نے انہیں دیکھ کر سر ہلایا اور قاضی علی احمد کو باہر رکنے کا اشارہ کر کے عادل کا ہاتھ پکڑ کر کوتوال کے کمرے میں داخل ہو گیا۔

قاضی علی احمد نے کھڑکیوں سے برآمدے ہی میں کچھ فاصلے سے ایک ستون سے لا کھڑے اختر زماں کی طرف دیکھا جو مٹھی میں سگریٹ پھنسا کر رہ رہ کر کش لے رہے تھے ۔ قاضی علی احمد نے سوچا، کیا اختر زماں، عادل ہی کے لیے کوتوالی آئے ہیں؟ ۔۔۔ تو کیا عادل سچ مچ ان ہی کے گھر گیا تھا؟ ۔۔ لیکن کیوں؟ ۔۔۔ عید گاہ کے سانحہ کے بعد عادل کا اپنی پھوپھی کے گھر پہنچ جانے کو وہ اور عادل کی امی ایک اتفاق مان رہے تھے، لیکن اب وہاں جانے کی کیا ضرورت آ پڑی؟ ۔۔۔ ان سوالوں کا جواب ان کے پاس نہیں تھا اور یہی ان کی سب سے بڑی الجھن تھی۔

کوتوال کے سامنے پولیس والوں نے تصدیق کر دی تھی کہ عادل کوئی مشتبہ آدمی نہیں ہے اور وہ اپنی پھوپھی ہی کے گھر گیا ہوا تھا۔ کوتوال نے اسے بھر بھرا ہٹ گالیاں دینے کے بعد، سر جھکا کر سیدھے اپنے گھر کی راہ لینے اور پھر کبھی کرفیو کے درمیان نہ نکلنے کی تنبیہہ کر کے چھوڑ دیا تھا۔ عادل کوتوال کا شکریہ ادا کر کے کوتوالی کے باہر آیا تو اسے محسوس ہوا جیسے وہ کسی معجزے کے تحت بچ گیا ہو ۔ یہ معجزہ ہی تھا کہ جن پولیس والوں نے اسے رات میں پکڑا تھا وہ نشے میں تھے اور صبح وہ سونے چلے گئے تھے، جو پولیس کے سپاہی اسے پھوپھی کے گھر لے گئے تھے انہیں یہ نہیں پتہ تھا کہ اسے آدھی رات کے بعد پھوپھی کے گھر کے پچھواڑے سے پکڑ کر لایا گیا تھا۔ جن پولیس والوں نے اسے دبوچا تھا اگر وہی اسے تصدیق کے لیے لے جاتے تو ساری پول کھل جاتی۔ عادل نے باہر نکل کر چاروں طرف نظر دوڑائی لیکن اسے پھوپھی کہیں بھی دکھائی نہیں پڑے ۔۔۔۔

"چلو، وہ جا چکے ہیں۔" قاضی علی احمد نے اس کی آنکھوں میں دیکھ کر کہا اور چھڑی کے سہارے لنگڑاتے ہوئے چل پڑے۔

عادل اباجی کے ساتھ جب گھر پہنچا تھا تو اس کی صحیح سلامت واپسی پر سب نے اطمینان کا سانس لیا تھا اور امی فوراً ہی وضو کر کے نماز شکرانہ ادا کرنے کے لیے مصلے پر بیٹھ گئی تھیں ۔۔۔۔ عادل نے گھر والوں کی تشویش کے مطابق ہی بہانہ گھڑ دیا تھا کہ وہ کرفیو میں راحت کے وقت میں ٹہلنے نکلا تھا کہ پولس نے پکڑ لیا۔ چہرے پر لگنے والی خراشوں اور کپڑوں پر لگنے والے دھبوں پر اس نے بتایا تھا کہ وہ پولس کی جیپ سے اترتے ہوئے گر پڑا تھا۔ قاضی علی احمد نے بہت سخت لہجے میں ایسی تفریح سے باز رہنے کی تنبیہہ کی تھی ۔۔۔۔۔۔

دوپہر کے کھانے کے بعد معمول کے مطابق آصفہ خاتون الائچی والا پان لے کر دیوان خانے میں بید کے صوفے پر نیم دراز قاضی علی احمد کے پاس گئیں تو انہوں نے قریب کے مونڈھے پر بیٹھنے کا اشارہ کیا اور بیوی کے ہاتھ سے پان لے کر منہ میں رکھ کر کچھ سوچنے لگے۔

"کیا بات ہے؟" آصفہ خاتون نے پوچھا۔

"کوتوالی میں اختر زماں بھی آئے تھے۔" کہہ کر وہ پھر کچھ سوچنے لگے۔

"کیا کرنے آئے تھے؟"

بیوی کے اس سوال پر وہ کچھ سوچ کر توقف سے بولے:

"شاید عادل کے بارے میں ۔۔۔۔"

"دشمنوں سے انہیں کیا لینا۔" آصفہ خاتون تلخی سے بولیں۔

"بیٹے سے پوچھو کہ دشمنوں کے گھر جانے کی اسے کیا ضرورت آ پڑی تھی؟" قاضی علی احمد نے پان چباتے ہوئے پنکھے کی طرف دیکھا جو اچانک بجلی چلی جانے کی وجہ سے ابھی ابھی بند ہوا تھا۔

آصفہ بیگم اس جملے پر چونک پڑیں اور وہ خود ہی اپنے سوالوں میں گھر گئیں ۔۔۔۔ وہ جتنا سوچ رہی تھیں اسی قدر الجھتی جا رہی تھیں، لیکن ان کے سوالوں میں ایک بھی سوال نصرت سے متعلق نہ تھا کیونکہ انہیں یہ پتہ تھا کہ عادل کی پھوپھی کی بیٹی اتنی بڑی ہے کہ کالج جاتی ہے اور نہ

ہی یہ پتہ تھا کہ وہ اسی کالج کی طالبہ ہے جس میں عادل پڑھتا ہے ۔۔۔

''عادل رات میں کہاں جا رہا تھا اور اس نے پولس سے ہمارے گھر کا کیوں بتایا؟ وہ جس کسی کے گھر گیا تھا اس کے گھر پولس کو کیوں نہ لے گیا؟'' پھوپھا نے یہ سوال پہلے تو خود سے کئی بار کیا تھا اور پھر اس کے بعد پھوپھی سے دریافت کیا تھا۔ عادل کے جانے کے بعد سے وہ بھی انہیں سوالوں پر غور کرتی رہی تھیں ۔۔۔۔ عشاء کی نماز کے لیے وہ صحن میں نل کی منڈیر پر بیٹھ کر وضو کر رہی تھیں لیکن ان کا ذہن عادل میں الجھا ہوا تھا کہ ایک منظر ان کی آنکھوں میں کوند گیا ۔۔۔۔

'' دنگے کے ماحول میں آدھی رات میں اسے گھر جانے کی کیا ضرورت تھی ؟'' دوسرے پولس والے نے آنکھیں تریر کر پوچھا۔

''آدھی رات!''۔۔۔۔ انھوں نے چونک کر دھیرے سے کہا اور عادل کو دیکھا جس کی سانسیں پھول رہی تھیں۔

'رات ہمارے یہاں کھانا دیر سے ہوا تھا نا۔'' نصرت نے ستون کے پیچھے سے نکل کر کپکپاتی آواز میں کہا۔ (اس کا یہ جملہ پورے مکان میں گونج گیا تھا) عادل حیرت سے نصرت کو تک رہا تھا۔

'' شہر میں دنگے ہو رہے ہیں کرفیو لگا ہوا ہے اور آپ آدھی رات کو رشتے داروں کو کھانا کھلا رہے ہیں!'' ایک سپاہی نے آواز میں کرختگی پیدا کرتے ہوئے نصرت کی جانب مڑ کر کہا، پھر وہ پلٹ کر اپنے ساتھی سے بولا۔ ''چلو!''

''میں بھی چلتا ہوں تھانے۔'' پھوپھا نے کہا۔

''ہاں ہاں آپ بھی ساتھ چلے جائیں۔'' نصرت نے بے اختیار والد سے کہا۔

(پولس کے جانے کے بعد جب میں نے غیر ارادی طور پر نصرت کو دیکھا تھا تو اس نے سر جھکا لیا تھا)

نصرت جلدی غیروں کے سامنے نہیں آتی تو پھر وہ پولس کے سامنے کیسے آ گئی؟ وہ تو

گھر آنے والے مہمانوں تک سے کم ہی بولتی تھی ۔ طاہرہ خاتون کے کانوں میں اپنے ابو سے کہا ہوا نصرت کا جملہ بازگشت کرنے لگا ''ہاں ہاں آپ بھی ساتھ چلے جائیں ۔'' انہوں نے غیر ارادی طور پر نصرت کو دیکھا تھا ۔۔۔ اور نصرت نے سر جھکا لیا تھا ۔۔۔ تو کیا نصرت! ۔۔۔۔ ان کے ہاتھ سے وضو کا لوٹا چھوٹ گیا ۔۔۔ پیتل کے لوٹے کی زمین پر گرنے سے پیدا ہونے والی گونج نے پرسکون گھر کی فضا میں ارتعاش پیدا کر دیا ۔ طاہرہ بیگم نے سر جھٹک کر لا حول پڑھا ، جلدی جلدی وضو مکمل کیا اور دیوان خانے میں نماز کے لیے کھڑی ہو گئیں ۔ ان کے کانوں میں دیر تک پیتل کے پکے فرش سے ٹکرانے کی آواز جھنجھناہٹ پیدا کرتی رہی اور ان کی عبادت میں کرفیو ، پولیس ، عادل اور نصرت شیطان بن کر خلل ڈالتے رہے ۔ انہوں نے جیسے تیسے نماز ختم کی طبیعت کے تکدر کو دور کرنے کے لیے انہوں نے تسبیح پر ورد کیا لیکن دماغ کے بھٹکاو پر وہ قابو نہیں پا سکیں ۔ پھر کچھ پریشان کن سوالات ہانڈی میں ابلتے چاول کی طرح کھد کھد کر رہے تھے ۔۔۔۔ انہوں نے جا نماز لپیٹ دی اور تسبیح کو چوم کر طاق پر رکھ دیا ۔ گھر میں خاموشی تھی سبھی تھکے ہوئے تھے ۔ تھکن صرف جسمانی مشقت ہی سے تو نہیں ہوتی ۔ خوف اندیشوں اور خیالات کی یلغار سے بھی تو دماغ تھک جاتا ہے ۔ عید کے سانحے کے بعد سے گھر کے تمام افراد ایک اداس کر دینے والی تھکن میں مبتلا تھے ۔ لوڈ شیڈنگ کی وجہ سے سر شام ہی کھانا کھا لیا جاتا تھا کہ برسات کے موسمی پتنگے لالٹین جلتے ہی یلغار کر دیتے تھے ۔ عشاء تک سبھی اپنے اپنے بستر پر چلے جاتے تھے ۔ شہر کے تقریباً تمام گھروں نے یہی معمول بنا لیا تھا ۔ طاہرہ خاتون نے دیوان خانے کی دیوار سے لگے پلنگ کی طرف دیکھا نصرت کے ابو کے سرہانے ٹرانزسٹر رکھا ہوا تھا اور وہ گہری نیند میں تھے ۔ وہ بھی دیوان خانے کے مشرقی کمرے میں سونے چلی گئیں ۔۔۔۔

طاہرہ خاتون کو بستر پر کروٹیں بدلتے بدلتے ایک پہر گذر گیا لیکن جو خیالات اور خدشات خطرناک اندیشوں میں بدل چکے تھے وہ بستر میں چھبنے والے ریت کے ذروں کی طرح انہیں بے چین کیے ہوئے تھے ۔ 'کیا نصرت پہلے بھی عادل سے مل چکی ہے ؟' اب اس سوال سے پیچھا چھڑانا ناممکن ہوتا جا رہا تھا ۔۔۔ نہیں ۔۔۔ تو پھر وہ پولیس کے گھر آنے اور عادل کو دوبارہ کوتوالی لے جانے کے وقت بے چین کیوں ہوئی تھی؟ 'کالج!' ۔۔۔ اچانک ایک خیال ان کے

دماغ میں کوندااور وہ ایسے اچھل کر اٹھ بیٹھیں جیسے چھت سے کوئی چھپکلی ان پر آگری ہو۔انہوں نے تکیے کے ساتھ رکھی ٹارچ کو اٹھایااور دیوان خانے سے نکل کر تیز تیز قدموں سے زینے طے کر کے نصرت کے کمرے کے دروازے پر پہنچ کر اندر جھانکا۔کھڑکی سے ہو کر آنے والی مدھم چاندنی نصرت کے پلنگ پر پڑ رہی تھی اور وہ دوسری طرف کروٹ لیے سو رہی تھی۔انہوں نے کمرے پر نظریں دوڑائیں ۔پلنگ کے سرہانے پڑھنے کی میز تھی جس پر کتابیں رکھی ہوئی تھیں، اس کی بغل میں دو ٹرنک تلے اوپر رکھے ہوئے تھے ،جن میں نصرت کے کپڑے اور بچپن کے دنوں کی کہانیوں کی کتابیں بھری ہوئی تھیں ، جن سے اسے آج بھی بڑی محبت تھی ۔ان کے قریب ہی لکڑی کی بڑی سی الماری تھی ،جس میں اس کے روز مرہ کے کپڑے تھے۔الماری کے ہینڈل پر لیڈیز پرس لٹک رہا تھا۔لکڑی کی کھونٹی پر نصرت کا سیاہ برقعہ ٹنگا ہوا تھا۔پھوپھی نے پرس کو اٹھا کر ٹارچ کی روشنی میں اس کے اندر جھانکا اور انگلیوں کو اندر داخل کر کے اندر رکھی چیزوں کو ٹٹولنے لگیں ۔ان کی انگلیوں نے کسی قابل گرفت چیز کی خبر نہیں دی تو پرس کو الماری کے ہینڈل پر لٹکا کر وہ میز پر رکھی کتابوں کو الٹنے پلٹنے لگیں ،کتابوں پر کچھ ریمارکس ہندی اور اردو میں لکھے ہوئے تھے ۔کتابوں کو اسی ترتیب سے رکھ کر میز پر رکھے ایک رسالے کو اٹھالیا،خواتین ڈائجسٹ٬ ٹارچ کی روشنی میں انہوں نے جیسے ہی پہلا صفحہ پلٹاوہ ایک تحریر کو دیکھ کر بری طرح سے چونک گئیں ،نیلے بال پین سے اردو میں تحریر تھا:

'پہلی ملاقات کی یادگار کے طور پر قبول فرمائیں'۔(ع)

(۳؍ اپریل ۱۹۸۰ء)

نصرت کے سامان کی تلاشی کے دوران انہیں کوئی قابل اعتراض شئے کے ہاتھ نہ لگنے سے جو اطمینان ہوا تھا، ڈائجسٹ پر درج تحریر کو دیکھ کر وہ طمانیت اب بدحواسی میں بدل گئی۔ان کے ہاتھ کانپنے لگے اور سانس تیز تیز چلنے لگا ۔انہوں نے گردن ٹوگھما کر پلنگ پر بے خبر سو رہی نصرت کو دیکھا جس نے شاید ابھی ابھی کروٹ بدلی تھی ۔وہ جھپٹ کر نصرت کے پلنگ کے قریب جا کر اس کے پرسکون چہرے کو گھورنے لگیں اور اچانک ہی انہوں نے اسے جھنجھوڑ ڈالا۔نصرت ہڑبڑا کر بیٹھی ۔

213

”امی، آپ!“ اس کے منہ سے بے ساختہ نکلا۔

”یہ کیا ہے؟“ طاہرہ بیگم نے ڈائجسٹ کو اس کے سامنے لہراتے ہوئے آنکھیں نکال کر آواز کو دباتے ہوئے پوچھا،لیکن ٹیش میں ان کی آواز ہو کر بلند پھٹ گئی۔

نصرت نے ماں کے ہاتھ میں ڈائجسٹ دیکھا تو اسے سارے معاملے کو سمجھنے میں دیر نہیں لگی اور اس کے کانوں میں سیٹیاں بجنے لگیں اور سر ایکدم سے روئی کی طرح ہلکا ہو گیا اور اس کے جسم کا ایک ایک عضو خوف سے لرزنے لگا۔اسے اپنی ماں کے غصے کا علم تھا کہ وہ کتنی خونخوار ہو جاتی ہیں۔اس نے اپنی لرزتی پلکیں جھکالیں۔

”کیا ہے یہ؟“ انہوں نے ڈائجسٹ کو نصرت کے دامن میں پھینک کر دانتوں کو پیچکا کر پوچھا۔

نصرت بے حس و حرکت ایسے بیٹھی رہی جیسے جانور اپنے ذبح کے وقت ہو جایا کرتا ہے۔

اس کی خاموشی نے ان کا غصہ بڑھا دیا اور انہوں نے جھپٹ کر پیچھے سے اس کے بالوں کو اپنی مٹھی میں جکڑ کر اس کے چہرے کو اپنی آنکھوں کے قریب لاکر،اس کی لبالب بھری آنکھوں میں زہرناک نظروں سے دیکھتے ہوئے کہا:

”میں نے تجھے کالج اسی لیے بھیجا تھا؟ تیرے ابو کی مخالفت کے باوجود میں نے تیری ضد کا ساتھ دیا تھا اسی دن کے لیے!“۔۔۔۔انہوں نے ایک ایک لفظ کو اپنے دانتوں کے نیچے چلتے ہوئے کہا اور جھٹکے سے اس کے بال چھوڑ دیے۔

نصرت کی آنکھوں سے آنسو پھوٹ کر بہنے لگے۔وہ دونوں ہتھیلیوں سے چہرے کو چھپا کر اپنے ماتھے کو گھٹنوں پر رکھ کر پھپھک پھپھک کر رو پڑی۔

”کل سے کالج بند!“ ان کی آواز کچھ بلند ہو گئی۔

انہوں نے ڈائجسٹ کو نصرت کے اوپر پھینک کر مارا اور جتنے تیز قدموں سے وہ اوپر آئی تھیں اتنی ہی تیزی سے باہر نکل گئیں۔

وہ جیسے ہی سیڑھیاں اتر کر مڑیں اور ان کی چیخ نکلتے نکلتے رہ گئی۔سامنے اندھیرے میں تہمد اور بنیائن میں شوہر کے سائے کو کھڑا پایا! دونوں کی چمکتی نظریں آپس میں ملیں لیکن دونوں میں

سے کوئی کچھ نہ بولا اور وہ کچھ کہے بغیر اپنے کمرے کی طرف بڑھ گئیں ۔ اختر نبی چند لمحوں تک ٹھٹھکے سے کھڑے رہے پھر وہ بھی سر جھکا کر سست قدموں سے ان کے پیچھے پیچھے چل دیے۔۔۔۔

عیدگاہ سے شروع ہونے والا وہ تشدد جسے ابتدا میں پولیس اور انتظامیہ کے علاوہ کوئی بھی فساد ماننے کو تیار نہ تھا رفتہ رفتہ فرقہ وارانہ فساد کی شکل اختیار کر گیا تھا ۔ یو پی کے خوش شکل وزیر اعلا راجہ وشوناتھ پرتاپ سنگھ، جن کی فر والی جناح ٹوپی پر مسلمان فدا ہوئے جاتے تھے، بھی پولیس کی فراہم کردہ رپورٹ کی بھاشا بولنے لگے تھے ۔ پولیس کا جبر دن بہ دن بڑھتا جا رہا تھا اور دونوں فرقوں کے مفسدوں اور جرائم پیشہ افراد کی پراسرار سرگرمیوں میں بھی اضافہ ہو گیا تھا ۔ مسلمان محلوں میں ہندو محفوظ نہیں تھے اور ہندو محلوں میں مسلمان ۔ آئے دن چاقو زنی کی وارداتیں ہونے لگی تھیں پولیس نے دونوں فرقے کے محلوں میں کومبنگ آپریشن شروع کر دیے تھے ۔ شروع کے دنوں میں پورے دو ہفتوں تک گرفتاریوں کا سلسلہ چلتا رہا ۔ گھروں کے دروازے توڑ توڑ کر نوجوانوں کو گرفتار کیا گیا تھا ۔ بوڑھوں کے ساتھ یہ رعایت کی گئی تھی کہ انہیں صرف گالیاں دی گئی تھیں اور داڑھیوں کو پکڑ کر جھنجھوڑا گیا تھا ۔ گرفتار شدگان میں اکثریت مسلمانوں کی تھی جب کہ فساد کے ابتدائی دنوں میں مرنے والوں میں صرف مسلمان ہی تھے ۔ اس کے بعد دو پولیس والوں کے علاوہ کچھ ہندوؤں کے نام بھی مہلوکین میں شامل ہو گئے تھے ۔ ڈیڑھ مہینے تک شہر پوری طرح مفلوج ہو کر رہ گیا تھا ۔ اسکولوں، کالجوں اور صنعتوں پر تالے پڑ گئے تھے ۔ دیہاڑی پر کام کرنے والے مزدور پیشہ لوگوں کے لیے بھوکوں مرنے کی نوبت آ گئی تھی ۔ شہر میں دکانیں صبح کھلتیں اور دوپہر سے پہلے کوئی خوفناک افواہ اڑتی اور کھٹا کھٹ دوکانوں کے شٹر اور دروازے بند ہو جاتے ۔ بازار میں لوگ چل پھر رہے ہوتے اور اچانک بھگدڑ مچ جاتی ۔ ایسے حالات میں اسکولوں اور یا کالجوں میں باقاعدگی سے کلاس لگنے کا سوال ہی پیدا ہی نہیں ہوتا تھا ۔

عید گاہ کی فائرنگ کے چند ہفتوں بعد ایس ایچ بی کالج دو بار کھلا ضرور تھا لیکن طلبا کی حاضری برائے نام ہی تھی۔ شہر سے باہر کے طلبا تو آ ہی نہیں رہے تھے اور لڑکیوں کی تعداد صفر ہوگئی تھی۔ عادل امی کے منع کرنے کے باوجود اس امید پر کالج گیا تھا کہ شاید نصرت سے ملاقات ہوجائے لیکن مایوس لوٹ آیا تھا۔

پورے دو مہینے بعد کالج کھلا تھا اور طلبا کی تعداد بھی نصف تھی لڑکیاں بمشکل دس فیصد ہی رہی ہوں گی۔ امجد کی بہن صالحہ اور نصرت کی سہیلی غزالہ بھی ڈری سہمی کالج بھی آئی تھیں لیکن نصرت ان کے ساتھ نہیں تھی۔ عادل نے غزالہ سے جب دریافت کیا تو اس نے بھی لا علمی کا اظہار کیا۔

”پلیز تم چلی جاونا اس کے گھر‘‘ عادل نے لجاجت سے کہا تھا اور غزالہ نے کالج سے فارغ ہو کر نصرت کے گھر جانے کا وعدہ کر لیا تھا۔

دوسرے روز جب غزالہ اور صالحہ کالج آئی تھیں تو عادل اور امجد کالج کے ایک خالی کلاس روم میں ان سے ملے تھے۔ غزالہ نے انہیں بتایا تھا کہ:

”میں اور صالحہ، نصرت کے گھر گئے تھے۔ نصرت کی امی نے کہا تھا کہ اس کی طبیعت ٹھیک نہیں ہے اس لیے کالج نہیں جا رہی ہے۔ جب ہم نے اس سے ملنے کی خواہش ظاہر کی تو انہوں نے کہا کہ وہ سو رہی ہے، لیکن نصرت نے شاید ہماری آواز سن لی تھی اور وہ اور اپنے کمرے سے باہر نکل کر آ گئی تھی۔ اس کی آنکھیں سوجی ہوئی تھیں، لگتا ہے وہ واقعی میں بیمار ہے۔‘‘ اتنا کہہ کر غزالہ نے اپنے پرس میں سے ایک کاغذ کا مڑا تڑا ٹکڑا اس کی طرف بڑھا دیا۔‘‘ ہم جب تک وہاں بیٹھے رہے اس کی امی کبھی پانی دینے کبھی شربت دینے تو کبھی ٹرے اٹھانے کے لیے خود ہی آتی رہیں۔ ہم ٹھیک طرح سے بات بھی نہیں کر پا رہے تھے۔ اس نے بڑی مشکل سے ہمیں بتایا کہ اب وہ کالج نہیں آ سکے گی اور یہ کاغذ تمہیں دیا ہے۔‘‘

عادل خود کو، کاغذ کے اس ٹکڑے کو کھول کر دیکھنے سے باز نہ رکھ سکا۔ وہ بیاض کا ایک چھوٹا سا ٹکڑا تھا جس پر خون کی ایک بوند نیچے تک پھیل گئی تھی، جو خشک ہو کر چاکلیٹی نظر آنے لگی تھی۔ عادل کی نظریں دھندلا گئیں اور اس نے کاغذ کے اس ٹکڑے کو تہہ کر کے اپنی شرٹ کی جیب میں رکھ لیا۔ ”شکریہ‘‘ کہہ کر اس نے جب غزالہ کی طرف دیکھا تو وہ ان کی نظروں سے اپنی آنکھوں

میں چھلچھلاتے ہوئے آنسوؤں کو چھپا نہیں سکا تھا۔

عادل نے کسی سے کچھ کہے بغیر ہی اسکوٹر کو کک لگائی اور سڑک پر نکل آیا۔امجد حیرت اور تاسف کے ملے جلے جذبات سے اسے جاتا ہوا دیکھتا رہا۔اس نے غیر ارادی طور اسکوٹر کو پنجابی کالونی کی طرف موڑ دیا تھا۔کالونی کا ایک راؤنڈ کاٹ کر وہ مین روڈ پر آگیا تھا دھوپ اور گرمی میں وہ اسکوٹر مدھم رفتار سے چلاتا رہا۔۔۔پتہ نہیں وہ کن کن علاقوں سے گذر رہا تھا۔۔۔اچانک اس نے اسکوٹر املتاس کے ایک پیڑ کے نیچے کھڑی کر دی تھی۔پتلی سی گلی کے تارکول کی سڑک پر املتاس کے پیلے مرجھائے پھول پڑے ہوئے تھے ۔ پیڑ پر دھوپ سے ستاتی فاختائیں ہوں ہوں ہوں کی آواز یں نکال رہی تھیں۔عادل کی نظر بے اختیار اس مکان کی طرف اٹھ گئی اور اسے اپنے سینے پر ایک چوٹ سی محسوس ہوئی۔ہمیشہ کھلی رہنے والی وہ کھڑکی آج بند تھی۔۔۔۔وہ سوچنے لگا کہ وہ یہاں کے لیے تو نہیں چلا تھا! پھر یہاں کیسے پہنچ گیا؟

۔۔۔وہ دیر تک کھڑا بند کھڑکی کو تکتا رہا۔گلی سے گذرنے والے راہ گیروں کو، دو پہیہ سواریوں کو، رکشا سواروں کو اور بھینسا گاڑی پر چارہ ڈھونے والوں کو، ایک بند کھڑکی کو تکنے والے نوجوان کے بارے میں یہ خیال ہی نہیں آیا کہ اس وقت وہ اس بند کھڑکی سے لگی میز پر بیٹھنے والی ایک خوش شکل لڑکی کے بارے میں کیا سوچ رہا ہے ۔۔۔عادل کو محسوس ہوتا جیسا ابھی کھڑکی کھلے گی اور نصرت کو دمکتا گورا چہرہ نظر آجائے گا۔اس خیال کے تحت وہ نہ جانے کتنی دیر تک املتاس کے پیڑ کے نیچے کھڑا رہا لیکن بالآخر مایوس ہو کر اسے گھر لوٹنا پڑا تھا۔

انجم کئی دنوں سے عادل کو بجھا بجھا سا دیکھ رہی تھی۔آج بھی وہ اپنے کمرے میں بستر پر آنکھیں بند کیے ہوئے لیٹا تھا۔

’’تم اتنے چپ چپ کیوں ہو گئے ہو؟ کوئی پریشانی کی بات ہے کیا؟‘‘ انجم نے دیوری کی طرف شام کی چائے کا پیالہ بڑھاتے ہوئے پوچھا۔

’’نہیں بھابی جان ایسی کوئی بات نہیں ہے ۔‘‘ عادل نے پیالہ لے کر سیدھا بیٹھتے ہوئے

جواب دیا۔

”کچھ تو ہے جو چھپایا جا رہا ہے۔ میں نے تمہیں اتنا پریشان کبھی نہیں دیکھا تھا۔“

عادل نے کوئی جواب نہیں دیا اور چائے کا بڑا سا گھونٹ بھرا تو زبان جل گئی۔

”نہ بتانا چاہوں تو کوئی بات نہیں۔“ کہہ کر انجم پلٹ کر جانے لگی۔

”بھابی جان۔“ عادل کے منہ سے بے ساختہ نکلا۔

انجم دروازے سے لوٹ آئی اور کرسی کھینچ کر اس کے قریب بیٹھتے ہوئے بولی :

”بولو۔“

عادل نے چائے کا پیالہ تپائی پر رکھا اور سگریٹ کا لمبا کش لے کر کالج میں نصرت سے اپنی اتفاقیہ ملاقات اور پھر ملاقاتوں کے محبت میں بدل جانے کا ذکر شرماتے اور جھجکتے ہوئے کر ڈالا۔ انجم غور سے تمام باتیں سنتی رہی۔

”اس روز تم پھوپھی جان کے گھر کے پیچھے اسی سے اسی لیے گرفتار کیے گئے تھے؟“ انجم نے مسکرا کر کہا اور عادل نے سر جھکا لیا۔

”میں نصرت کے بغیر نہیں رہ سکوں گا۔“ اس کی آواز لرز گئی۔

”اور وہ؟“

عادل نے کوئی جواب نہیں دیا اور اٹھ کر کھونٹی سے ٹنگی اپنی پتلون میں سے پرس نکال کر اس میں سے کاغذ کا ایک ٹکڑا انجم کی طرف بڑھا دیا۔

انجم نے اسے دیکھا اور پوچھا:

”کیا یہ اس کا پیغام ہے؟“

عادل نے خفیف سا سر ہلا دیا اور پر امید نظروں سے بھابی کی طرف دیکھنے لگا۔

”بڑی امی تو پھوپھی جان کے نام ہی سے نفرت کرتی ہیں ۔۔۔“ کہہ کر انجم سوچنے لگی۔

”میں نفرت کی نہیں محبت کی بات کر رہا ہوں۔“ عادل نے کہا۔

”وہ لوگ بھی تو ہم سے اتنی ہی نفرت ۔۔۔“

”نہیں کرتے!“ عادل نے یقین کے ساتھ کہا۔

”تم کیسے جانتے ہو۔“

”اگر وہ ہم سے نفرت کرتے تو پھوپھا جان پولس کے سامنے میرے جھوٹ کی تصدیق کبھی نہ کرتے، یہی نہیں وہ تو والی بھی نہ آتے۔“ عادل نے جرح کرتے ہوئے کہا۔

عادل کے اس جواب نے انجم کو قائل کر دیا اس نے پوچھا:

”تم کیا سوچتے ہو؟“

”میں نصرت سے شادی کروں گا اور اس میں آپ ہی میری مدد کر سکتی ہیں۔“ اس کے لہجے میں قطعیت تھی۔

”میں!“ انجم کی آنکھیں حیرت سے پھیل گئیں۔

”ہاں بھابی جان، آپ امی جان سے ساری بات بتا دیجیے۔“ کہہ کر عادل لیٹ گیا اور آنکھیں بند کر لیں۔

عادل کی ان باتوں نے انجم کو سخت کشمکش و پیچ میں ڈال دیا تھا۔ امی جان سے یہ بات کب اور کیسے کی جائے؟ اس کی سمجھ میں نہیں آ رہا تھا۔ انجم نے ایک روز ان کا مزاج خوشگوار دیکھ کر انہیں عادل اور نصرت کے بارے میں بتا دیا۔ آصفہ بیگم ساری روداد سننے کے بعد بہت دیر تک خاموش رہیں۔ انہیں یقین ہی نہیں ہو رہا تھا کہ انہوں نے اپنی بہو کی زبانی جو کچھ سنا ہے وہ سچ ہو سکتا ہے۔ وہ سر نیچے کیے چھالیہ کترتی رہیں اور اتنی چھالیہ کتر ڈالیں جو دس پان کے لیے کافی ہوتا۔

”بڑی امی عادل نصرت سے شادی کا ارادہ رکھتے ہیں۔“ انجم نے انہیں بالکل خاموش دیکھ کر دھیرے سے کہا۔

”ارادہ خاندان کی عزت سے بڑھ کر نہ ہوتا۔ طاہرہ نے پشتینی جائداد میں ٹوارا کروایا۔ عظیم کے اباجی کو سماج میں ذلیل کرنے کی دھمکی دی تھی۔ اس غم میں وہ بیمار ہو گئے تھے۔“ امی نے سر و تہ رکھ کر تیز آواز میں کہا۔

”بڑی امی جو کچھ ہوا برا ہوا لیکن اب بہت زمانہ گزر گیا ہے۔ بھول جائیے ساری باتوں کو،

آخرکو وہ پھوپھی ہیں۔''

''پھوپھی! نہ بہن، دشمن ہے وہ دشمن۔'' آصفہ بیگم کی آواز اور بھی تیز ہوگئی۔

بڑی امی کے اس جواب کی کاٹ میں انجم نے جو جملہ کہا تھا، وہ اس کے ذہن میں کیسے آیا؟ ایک عرصے تک یہ سوچ کر وہ تعجب کرتی رہی۔ انجم کے منہ سے نکل گیا تھا:

''بڑی امی اگر دشمن کی اولاد گھر میں بہو بن کر آجائے تو اس کی اس سے بڑی شکست اور کیا ہوگی۔''

آصفہ بیگم نے غور سے بہو کی طرف دیکھا جس نے انتقام کا ایک ایسا راستہ دکھایا تھا جس کے بارے میں وہ سوچ بھی نہیں سکتی تھیں۔

انجم کو انہوں نے کوئی جواب نہیں دیا تھا لیکن ان کے دماغ میں بہو کی ترکیب کی بازگشت دو روز تک گونجتی رہی تھی۔۔۔

وقت تو اپنی رفتار سے دنوں کو مہینوں میں بدل رہا تھا لیکن عادل اور نصرت کے لیے وقت کسی گاڑھے تارکول کی طرح ایک سپاٹ سڑک پر بہت دھیرے دھیرے پھیل رہا تھا۔۔۔ نصرت کا کالج بند کرا دیا گیا تھا۔ وہ اپنے ہی گھر میں اجنبی بن کر رہ گئی تھی۔ گھر میں ایسا کوئی نہ تھا جس سے وہ اپنا غم اور فکر بیان کرتی۔ امی کے مزاج میں سختی آگئی تھی اور وہ اس سے اب صرف ضرورت پڑنے پر ہی بات کرتی تھیں۔

صالحہ اور غزالہ کبھی کبھار ملنے ضرور آجاتی تھیں۔ وہ اس کے لیے رومانی ناولیں اور خواتین کے رسالے لے کر آتی تھیں، جوان کے جانے کے بعد امی کی گہری نظروں سے سنسر ہوتی تھیں۔ نصرت نے عادل کو کسی ڈراونے خواب کی طرح بھلانے کی بہت کوشش کی تھی لیکن اسے کامیابی نہیں ہوئی تھی۔۔۔ ادھر عادل کی بجھتی شخصیت کو دیکھ کر امجد نے اسے یہ کہہ کر سمجھانے کی بہت کوشش کی تھی کہ خود کو حالات کے دھارے کے سپرد کر دے اور وقت کی کروٹ کا انتظار کرے۔ عادل ایسے تمام مشوروں کو، سگریٹ پھونکتے ہوئے چائے پیتے ہوئے اور کسی میدان یا باغ میں کھیلتے ہوئے بچوں اور چرتے ہوئے مویشیوں کو دیکھتے ہوئے، سنتا رہتا اور کوئی جواب نہ

دیتا۔اسے یہ شہراب بے مزہ اور بے رونق لگنے لگا تھا۔کالج سے لوٹ کر زیادہ تر گھر ہی میں پڑا
رہتا یا شہر سے باہر والے آم کے اس باغ میں جا کر گھنٹوں تنہا بیٹھا رہتا جہاں وہ اکثر نصرت سے
ملا کرتا تھا۔۔۔عادل کے اس بدلتے مزاج کو بھائی ہی نہیں ماں بھی محسوس کر رہی تھیں۔اس
درمیان عادل نے جیسے تیسے بی کام کاامتحان دے دیا اور ایک دن اپنی بھابی سے کہا۔
”میں بھائی جان کے پاس بمبئی جاؤں گا۔“
”ہاں اب ان کا کاروبار بھی جم رہا ہے جاؤ گھوم آؤ دل بہل جائے گا۔“انجم نے عادل کے
خیال کی فوراً تائید کی تھی۔
”میں گھومنے نہیں وہیں پر کچھ کرنے کے بارے میں سوچ رہا ہوں۔“
عادل کے اس ارادے نے انجم کو حیرت نہیں صدمہ پہنچایا تھا۔اس نے محسوس کیا تھا کہ
عادل اب اس شہر سے اور یہاں کی فضا میں بسی ہوئی نصرت کی یاد سے فرار چاہتا ہے۔اس کا
مطلب ہے کہ عادل نصرت کو فراموش نہیں کر سکا ہے۔انجم نے عادل کے اس ارادے کو جب
آصفہ بیگم سے بتایا تو انہوں نے کہا تھا:
”بہت اچھا خیال ہے۔بڑے شہر میں زندگی بھی بڑی ہوا کرے ہے۔چھوٹے شہر میں
ہم چھوٹی چھوٹی باتوں میں الجھ جاتے ہیں۔“
عادل نے بلراج سنگھ کولی کے ذریعے بڑے بھائی سے بمبئی میں رابطہ قائم کیا تھا اور اس کی
اجازت حاصل کر کے اپنا سامان باندھنا شروع کر دیا تھا۔سامان باندھنے میں انجم بھی گیلی بھیگی
آنکھوں سے مدد کرتی رہی۔آصفہ بیگم اس خیال سے مطمئن تھیں کہ بیٹا اس ماحول سے دور رہے گا
تو پرانی باتوں اور نئے رشتوں کو جلدی بھول جائے گا۔
ایک روز عادل نے اپنے کسی بھی دوست کو بتائے بغیر اس شہر کو چھوڑ دیا جس میں اس کا
بچپن اور جوانی اس طرح پیوست تھیں کہ وہ اسے چھوڑنے کا کبھی تصور ہی نہیں کر سکتا
تھا۔۔۔۔۔

(نامکمل ناول)